文春文庫

孤《こ》愁《しゅう》ノ春《はる》

居眠り磐音（三十三）決定版

佐伯泰英

文藝春秋

目次

「居眠り磐音」主な登場人物

佐々木磐音《ささきいわね》
元豊後関前藩士の浪人。直心影流の達人。旧姓は坂崎。師である佐々木玲圓の養子となり、江戸・神保小路の尚武館佐々木道場の後継となった。

おこん
磐音の妻。磐音が暮らした長屋の大家・金兵衛の娘。今津屋の奥向き女中だった。

今津屋吉右衛門《いまづやきちえもん》
両国西広小路の両替商の主人。お佐紀《さき》と再婚、一太郎が生まれた。

由蔵《よしぞう》
今津屋の老分番頭。

佐々木玲圓《ささきれいえん》
磐音の義父。内儀のおえいとともに自裁。

速水左近《はやみさこん》
将軍近侍の御側御用取次。佐々木玲圓の剣友。おこんの養父。

依田鐘四郎《よだかねしろう》
佐々木道場の元師範。西の丸御近習衆。

松平辰平《まつだいらたつぺい》　佐々木道場の住み込み門弟。父は旗本・松平喜内《きない》。廻国武者修行中。

重富利次郎《しげとみとしじろう》　佐々木道場の住み込み門弟。土佐高知藩山内家の家臣。

霧子《きりこ》　雑賀衆の女忍び。佐々木道場に身を寄せる。

小田平助《おだへいすけ》　槍折れの達人。佐々木道場の客分として長屋に住む。

品川柳次郎《しながわりゅうじろう》　北割下水の拝領屋敷に住む貧乏御家人。母は幾代《いくよ》。

竹村武左衛門《たけむらぶざえもん》　陸奥磐城平藩下屋敷の門番。早苗など四人の子がいる。

弥助《やすけ》　「越中富山の薬売り」と称する密偵。

笹塚孫一《ささづかまごいち》　南町奉行所の年番方与力。

木下一郎太《きのしたいちろうた》　南町奉行所の定廻り同心。

徳川家基《とくがわいえもと》　将軍家の世嗣。西の丸の主。十八歳で死去。

小林奈緒《こばやしなお》　磐音の幼馴染みで許婚《いいなずけ》だった。小林家廃絶後、江戸・吉原で花魁《おいらん》・白鶴《はっかく》となる。前田屋内蔵助に落籍され、山形へと旅立った。

坂崎正睦《さかざきまさよし》　磐音の実父。豊後関前藩の藩主福坂実高《ふくさかさねたか》のもと、国家老を務める。

『居眠り磐音』江戸地図

新吉原
山谷堀
東叡山 寛永寺
待乳山
聖天社
向島
忍ケ岡
上野
下谷車坂町
浅草
竹屋ノ渡し
浅草寺
今戸橋
今津屋寮
不忍池
花川戸町
常泉寺
小梅村
下谷広小路
新寺町通り
新堀川
吾妻橋
源森川
品川家
業平橋
十間川
首尾の松
北割下水
今津屋
本所
吉岡町
天神橋
石原橋
法恩寺橋
新シ橋
浅草御門
柳原土手
両国橋
南割下水
入江町
横川
金的銀的
長崎屋
薬研堀
回向院
松井橋
竪川
浮世小路
若狭屋
鰻処宮戸川
六間堀
大川
魚河岸
猿子橋
新高橋
日本橋川
新大橋
小名木川
日本橋
万年橋
鎧ノ渡し
霊巌寺
深川
砂村新田
亀島橋
金兵衛長屋
霊岸島
八丁堀
仙台堀
永代橋
永代寺
鉄砲洲
富岡八幡宮
越中島
佃島
堺橋

護国寺
面影橋
小石川
伝通院
中山道
日光御成街道
本郷
下谷茅町
石切橋
牛込
豊後関前藩
上屋敷
湯島天神
神田川
神田明神
牛込御門
水道橋
表猿楽町
駒井小路
尚武館佐々木道場
駿河台
昌平橋
筋違橋御門
田安御門
市谷八幡宮
神保小路
九段坂
俎橋
雉子橋
内藤新宿
四谷大木戸
市谷御門
一橋御門
千鳥ヶ淵
鎌倉河岸
善国寺谷通
麹町
四谷
江戸城
本丸
神田橋
四谷御門
大手御門
半蔵御門
西の丸
道灌堀
一石橋
平川天満宮
和田倉御門
呉服町
馬場先御門
鍛冶橋御門
南町奉行所
比丘尼橋
数寄屋橋御門
三十間堀川
溜池
清水谷
木挽橋
氷川明神
木挽町
原宿
愛宕権現
長谷寺
宝泉寺
増上寺
芝
麻布村
麻布広尾町

本書は『居眠り磐音　江戸双紙　孤愁ノ春』（二〇一〇年五月　双葉文庫刊）に
著者が加筆修正した「決定版」です。

編集協力　澤島優子
地図制作　木村弥世

孤愁ノ春

居眠り磐音（三十三）決定版

第一章　弔いの日々

一

桜の季節を迎えていた。

隅田川が浅草川と里の人に呼ばれる辺り、竹屋ノ渡しの小梅村側の船着場は、三囲稲荷《みめぐりいなり》近くにあった。

その昔、田圃《たんぼ》の中にあったことから、田中稲荷と呼ばれていたそうな。

小梅村の鎮守である田中稲荷は、弘法大師が勧請《かんじょう》した社《やしろ》を文和《ぶんな》年間（一三五二〜五六）に近江《おうみ》三井寺《みいでら》の源慶が再興した。この源慶が、社の跡から白狐に乗った老翁の像を掘りだしたところ、白狐が現れてご神体の周りを三度回ったことから三囲稲荷と称するようになったとか。

別当延命寺三囲稲荷と隅田川に挟《はさ》まれた岸辺に、江戸両替屋行司《ぎょうじ》の今津屋《いまづや》の御寮はあった。

当代吉右衛門《きちえもん》の二代前の祖父がこの地の風光明媚《ふうこうめいび》に魅惑され、七年の歳月をかけて作った御寮の敷地はおよそ千三百余坪、隅田川と並行して流れる堀の水が御寮に引き込まれ、北から南に回流して再び堀へ、そして隅田川へと戻っていった。

藁葺《わらぶ》きの御寮に若い武家の夫婦が引っ越してきてひっそりと住み始めた。

佐々木《ささき》磐音《いわね》とおこんである。

二人が屋敷を出ることもなければ、訪《おとな》う者も滅多にない。訪う者がいるとすれば、五日か六日おきに夫婦の食べ物を運んでくる今津屋の奉公人だけだった。

そのような御寮を、昼となく夜となく監視する「眼」があった。大納言家基の暗殺を遂行した老中田沼意次《おきつぐ》の手の者が昼となく夜となく見張っていたのである。

磐音とおこんの御寮での暮らしは毎日変わることはなかった。

未明八つ（午前二時）、磐音は床を離れると仏間に入って灯明を灯《とも》し、線香を手向《たむ》けた。

位牌《いはい》代わりの紙片に磐音が自ら認《したた》めた大納言徳川家基、養父佐々木玲圓《れいえん》と養母おえいの名、さらに三柱は旧友の河出《かわで》慎之輔《しんのすけ》、舞《まい》夫婦に小林琴平《こばやしきんぺい》だ。

その六柱の霊前に合掌してまず朝の挨拶《あいさつ》をなした。

「家基様、養父上《ちちうえ》、朝稽古《あさげいこ》に参ります」

磐音が仏間を出るときも灯明は灯したまま、線香は燻《くゆ》らせ続けていた。蠟燭《ろうそく》と線香が尽きそうになると、おこんが替えてくれた。

磐音は木刀の素振《すぶ》りを行うと、真剣に替え、直心影《じきしんかげ》流の法定《ほうじょう》四本之形を丹念になぞる。独り稽古におよそ一刻《いっとき》（二時間）、夜が明け白む前に庭から座敷に戻ると、仏間に入って再び合掌した。そして、灯明を手で扇《あお》いで消す。

その間、おこんは古浴衣《ふるゆかた》などを解《ほぐ》した布で襁褓《むつき》を拵《こしら》えている。ただひたすら運針に没頭しているかに見えた。

養父と養母の自裁の様子と埋葬を磐音に聞かされて以来、おこんの胸中には未だだれにも告げられない黒々とした怒りと悔いがあった。

なぜ、あの聡明な大納言家基が毒殺されなければならなかったのか。わずか十八歳の家基にどのような罪科《つみとが》があったというのか。

なぜ、十代将軍家治は嫡子《ちゃくし》家基の暗殺を止められなかったのか。

家基の死を告げられた家治は、なんと暗殺の黒幕と目される田沼意次に、

「意次、そなたに御養君御用掛《おんやしないぎみ》を命ず」

と家治の養子を選ぶ大任を与えたという。

四十三歳の家治は未だ子を生《な》せぬ年齢ではなかった。それをなぜ、家基の埋葬も終わらない前から田沼意次に全権を預けたか。

(なんという腑抜《ふぬ》けの公方様《くぼう》か)

おこんには解せなかった。

おこんは家基の面影を追いつつ、悔いに思いを移した。

養母おえいの亡骸《なきがら》を自らの手で浄め、死出の旅の白装束に着替えさせて、あの世に見送りたかった。

独りですべての埋葬の儀をなし終えたと磐音から聞かされたとき、おこんは、

「武家の非情」

を呪《のろ》った。おこんは、

「なぜ私をその場に呼んでくださらなかったのです」

と喉《のど》まで出かかった恨みの言葉を呑《の》み込んだ。

苦痛に歪《ゆが》んだ磐音の顔は、棺の蓋《ふた》を覆った後にそのことを知らされる人より、亡き人を自らの手で葬った人のほうが何十倍も辛《つら》く哀《かな》しいことを告げていたからだ。おこんの嘆きと悔いに磐音は思いを致し、懊悩《おうのう》していた。そのような磐音に

自らの怒りと悔いを告げられようか。

　朝稽古を終えた磐音が襁褓を縫《ぬ》うおこんのところに来た。全身から湯気が立ち昇っていた。

「おこん、湯殿で水を浴びて参る」

「春とはいえ、桜冷えがいたします。湯を沸かしますので、しばらくお待ちください」

「いや、体は火照《ほて》っている。水のほうが却《かえ》って引き締まってよい」

と言って磐音はおこんのかたわらに座ると、その下腹に手をあてた。

「やや子はどうじゃ」

「元気に育っておりますよ」

「それがしには感じられぬが」

「もう少し大きく育てば、磐音様にもお分かりいただけます」

「男親では分からぬか」

「磐音様、いつまでこのような暮らしが続くのでしょうか」

「はて。ともあれ、いつまでも今津屋の御寮に世話になっているわけにもいくまい。この近くに小さな百姓家でもあればよいが」

磐音は答えると立ち上がった。

「着替えは脱衣場の乱れ箱に用意してあります」

「いつもすまぬな」

と応じた磐音は居間を出て湯殿への廊下に消えた。

いつもの磐音の言葉らしくないとおこんは思った。

小梅村に百姓家を借り受けて暮らす日々など夢想だにできなかった。

おこんは磐音がなにごとかを待ち受けていると思った。それがなにか分からないが、大納言家基の死ですべてが終わったわけではないことを女の勘が教えていた。

今や田沼意次が幕閣を掌握しつつあった。

家基を擁護し、十一代将軍に就けようと動いた親家基派への報復が本式に始まるのはこれからだと思った。

(なにかが起こる、なにかが始まる)

おこんは下腹に掌《てのひら》をあてて、

(生きるも死ぬも一緒ですよ)

と話しかけた。

磐音は廊下を湯殿へと歩きながら、だれかが待ち受ける気配があることを察していた。

田沼一派の刺客か。

備前包平《びぜんかねひら》を手に下げたまま湯殿の敷居を跨《また》いだ。

田沼一派が動くのは大納言家基の埋葬が終わった後だと、磐音は確信していた。

それまで幕府は大納言家基をいかに厳粛に埋葬するか、この一事に専念するはずだった。暗殺に成功した田沼派にとっても、

「暗殺者の黒幕」

の噂《うわさ》を払拭《ふっしょく》するには、いかに埋葬の儀式を滞りなく行うか、この一点にかかっていた。

田沼意次が幕閣を完全に掌握するのは、家治の養子を選び、十一代将軍の保証を得たときだ。

磐音は脱衣場で汗をかいた稽古着を脱ぐと湯殿に入った。そのとき、磐音は気配の主がだれか分かっていた。

磐音は水が張ってある湯殿に手桶《ておけ》を突っ込み、肩口から、

ざんぶ

と掛けた。

冷水に気持ちが引き締まった。

磐音はひたすら冷水をかけ続けた。その水音の間から無音の声が響いてきて磐音に伝えた。

稽古の汗を流し終えた磐音が、

「委細承知つかまつった」

と小声で応じると気配が消えた。

朝餉《あさげ》はおこんとともに食した。

大根の青葉と油揚げを細かく刻み込んだ粥《かゆ》に胡麻《ごま》をたっぷりと振りかけ、豆腐の味噌汁《みそしる》に香の物であった。

磐音は嚙《か》み締めるようにゆっくりと粥を食したが、以前のように食べることに没頭することはない。

意識の中に猥雑《わいざつ》なものが入り込み、磐音を無心の食事へとは誘《いざな》わなかった。

ただ黙々と粥を啜《すす》り終えた。その椀《わん》を見たおこんが、

「いつもながら、磐音様の食された後は器を洗わずともよいような、見事なものです。いつも感服しております」

「幼い頃母に、米一粒にお百姓衆の手が八十八回もかかっているのです、最後の一粒まで賞味せねば罰があたります、と諭された。このことが念頭にあって、かような食べ方になってしもうた。いささか子供じみておるかな」

「いえ、照埜《てるの》様の薫陶、私も見習いとうございます」

「おこんの言葉を聞けば母上も喜ばれよう」

今津屋の御寮に引っ越して以来、朝餉と夕餉《ゆうげ》の二食だけだ。

朝餉の後、磐音は文机《ふづくえ》に向かう。

これまで江戸で世話になった人々を思い浮かべて、一人一人に文を書く。

ただしこたびの一連の騒ぎが波及すると思える旧主福坂実高《ふくさかさねたか》や速水左近《はやみさこん》、実父坂崎正睦《さかざきまさよし》には連絡をとることを避けた。むろん田沼意次の報復を恐れたせいだ。

それでも今津屋、金兵衛《きんべえ》、品川柳次郎《しながわりゆうじろう》、竹村武左衛門《たけむらぶざえもん》、宮戸川《みやとがわ》の鉄五郎《てつごろう》親方、地蔵《じぞう》の竹蔵《たけぞう》親分、尚武館《しようぶかん》の門弟衆、高知城下に滞在する重富利次郎《しげとみとしじろう》、福岡に武者修行で草鞋《わらじ》を脱ぐ松平辰平《まつだいらたつぺい》、桂川国瑞《かつらがわくにあきら》、中川淳庵《なかがわじゆんあん》、吉原会所の四郎兵衛《しろべえ》等々、書き出せばきりがない。

その書状がおよそ三十通、仏壇下の隠し戸棚に保管してあった。

磐音はその人々の厚情を思い出しながら丁寧《ていねい》に筆を運ぶ。そして、そのかたわらでおこんが襁褓を縫い続ける。

このようにして一日一日が過ぎ去っていく。

神保小路《じんぼうこうじ》の旧尚武館佐々木道場には竹矢来《たけやらい》が組まれ、御目付《おめつけ》配下の同心が門前に立哨《りっしょう》していた。

ひっそり閑とした尚武館道場だが、中に人の気配がないことはない。

門番の季助《きすけ》と槍折《やりお》れの達人小田平助《おだへいすけ》が、息を潜めるようにして暮らしていた。

季助はいつもの習慣で朝起きると門を開こうとして、

(ああ、尚武館はこの世からなくなったのだ)

という考えに思い至る。

もはや何百人の門弟衆の気合い声も木刀で打ち合う乾いた音もおこんの明るい笑い声も、永久に消えてなくなったのだ。

季助は力なく、

「白山《はくさん》、元気か。今、小田様が散歩に連れ出してくださるでな」

と言いかけると、箒《ほうき》を手に玄関前を清める作業を始めた。だが、いくら箒の掃き目をつけても、それを快く思う佐々木家の人々も門弟衆もいない。

「季助さんや、元気かのう」

そんな季助に小田平助が挨拶した。

「生きているだけですよ」

と応じた季助が、

「小田様、いつまでここにこうしておられましょうかのう。わっしは居るのが辛《つろ》うて辛うてなりません。といって、追い出されれば行くあてもない」

「季助さん、先のことを案じても致し方なかろうもん。わしらに大先生が命じられたことはたい、次なる住人が決まるまで屋敷、道場が荒れぬよう留守番をしてくれちゅうことたいね」

「道場の再興は考えられましょうか」

「そればっかりは、槍折れ風情《ふぜい》には分からんこったい。季助さん、わしらは大先生の申されたことを守り抜くしかなかろ」

「道場に皆さんが帰ってくる日が来ましょうかな」

「それも分からん」

と答えた平助だが、もはやそのような日々が戻ってくるとも思えなかった。

「季助さん、行ってきますばい」

平助は槍折れを手に白山の綱を引き、通用口に向かった。

「小田平助、犬ば連れて散歩に出ますたい。門ば開けます」

平助は叫ぶと通用口の扉を押し開いた。


江戸じゅうが沈鬱《ちんうつ》な空気に包まれていた。

長崎出島の阿蘭陀商館長《カピタン》一行が江戸参府に出向いていたが、いつものように将軍家との拝謁《はいえつ》の儀式もなく代わりに老臣らが対面し、商館長一行は貢物を献じて早々に中奥を退出した。

そして、三月九日、大納言家基の霊柩は十日後の十九日に西の丸を発引《はついん》し、東《とう》叡山《えいざん》に埋葬されることが決まった。

この日、南町奉行所年番方与力《ねんばんかたよりき》笹塚孫一《ささづかまごいち》は、定廻《じょうまわ》り同心の木下一郎太《きのしたいちろうた》を御用部屋に呼んだ。

「一郎太、そなたの知り合いはどうしておる」

「知り合いと言われますと」

「分かっておろうが。尚武館の若先生じゃ」

「笹塚様もご存じにございましょう。小梅村の今津屋の御寮に、おこんさんと二人逼塞《ひっそく》しておられます」

「会《お》うてはおらぬか」

「笹塚様、田沼様の手の者がこの南町奉行所にすら入り込んでいるとの噂。そのようなことができましょうか」

「できまいな」

「豊後《ぶんご》関前《せきまえ》藩の上屋敷には田沼様の見廻りが、昼となく夜となく嫌がらせのように参られるそうです」

「なに、佐々木どのはすでに豊後関前の家臣ではないぞ。何年も前に主従の縁を切ったことを幕府も承知ではないか」

「田沼一派は、佐々木さんの父上が豊後関前のご家老ゆえなんぞ連絡《つなぎ》をとらぬかと気にしておられるのではございませぬか」

「それほどまですることもあるまいに。今や御城は田沼意次様の天下というではないか。公方様という人形を操るのが田沼様。周知の事実よ」

「いかにも。われらとて神保小路界隈《かいわい》には近づけませぬ。田沼様の意を汲《く》んだ御目付衆から、町方の参るところではないと追い返されます」

「戦は負けてはならぬな。これほど惨《みじ》めな境遇に落ちるかと思うと、暗澹《あんたん》たる気持ちになって、くさくさするわ」

「笹塚様、佐々木さんにどのような咎《とが》が、おこんさんになんの罪があるのですか。家治様の嫡子家基様が十一代将軍位に就かれるのを支えられただけにございます。元来かようなことは直参《じきさん》旗本がやるべき仕事、それを速水左近様や佐々木玲圓先生方が行われただけです。それが罪にございますか。将軍のお世継ぎを暗殺した人物がのうのうと生きて、絶大な力を振るっておられる。世の中、逆様ではございませぬか」

「敗者を鞭打《むちう》つ気はない。だが、大納言様に世直しを託する松平武元《まつだいらたけちか》様方大名諸家、速水左近様方近習衆《きんじゅしゅう》には、いささか過信があったか、油断した。小姓上がりの田沼意次という人物を見誤ったのだ」

「これからどうなりますか」

「大納言様の埋葬が終わったあと、西の丸、表、中奥に、親家基様派を狩り出す粛清の嵐が吹き荒れような」

「笹塚様、尚武館の師範だった依田鐘四郎《よだかねしろう》どのもですか」

「田沼様のことだ、反逆の芽は悉《ことごと》く摘み取られるはずじゃ」

「切腹の沙汰《さた》がございますので。依田どのは家臣としての務めを忠実に果たされただけですぞ」

「承知しておる」

「依田家は断絶ですか」

「はて、そこまで田沼様がなさるかどうか」

と呟《つぶや》くように言った笹塚孫一の視線が奉行の御用部屋に向けられた。

「わが南町とて他人事《ひとごと》ではあるまい」

「お奉行牧野成賢《まきのせいげん》様の弟御の奥方は、家治様ご側近水野忠友様の妹御。この水野様は意次様の実子を養子に貰《もろ》うて、出世街道を突っ走る田沼子飼いの子分ですからね」

「城内外のどの役所も、神田橋の血縁でがんじがらめにされておるわ。一郎太、わしらとて決して安泰ではないぞ」

「笹塚様、われらは一代かぎりの与力同心、御城の方々からは不浄役人と蔑《さげす》まれる身分にございます。田沼様は、汗水垂らして町廻りに努めるわれら軽輩までも追放なされますか」

「分からぬ。お奉行とてわが身が可愛いからな」

「笹塚様、新しい内与力松岡三蔵《まつおかさんぞう》様は牧野様の腰巾着《こしぎんちゃく》ゆえ、油断なりませんぞ。

南町には尚武館と親しい付き合いをしていた者がいると、お奉行に進言なされたそうな」

「なにっ、松岡めがそのようなことを」

笹塚孫一が首を竦《すく》めてぶるっと身を震わした。

二

羽織を着込んだ金兵衛が両国橋の欄干《らんかん》に寄りかかるようにして不意に足を止め、ふうっと溜息《ためいき》をついた。

手首には数珠《じゅず》が巻かれ、懐《ふところ》には線香があった。

「爺《じい》さん、急に足を止めんじゃねえよ。危うく、担いだ道具箱でおめえの頭を叩《たた》き潰《つぶ》すところだったぜ」

と職人が金兵衛に向かって悪態をついて、

「おめえ、まさか身投げを考えてんじゃないだろうな」

「なにぬかしやがる、身投げなんぞするかい」

と金兵衛らしくもなく力無く呟いただけで、大川の流れを見下ろした。すると職人がさらに言った。

「爺さん、良からぬことなんぞ考えたって駄目だぜ。橋の上にはこの人込み、川面には花見船だ。もっとも、歌舞音曲は一切ならねえって触れが出てるんで、なんとも景気の悪い桜の季節だぜ」

川面にちらほら花見船が出ていたが、なんとも景気の悪い春だった。

なにより金兵衛の気持ちが鬱々《うつうつ》としてどうにもならなかった。

(尚武館の婿《むこ》どのがなにをしたっていうんだよ。おこんにどんな罪があるっていうんだよ)

と心の中で幾度自問したことか。

家基の死はだれとはなしに江戸じゅうに伝播《でんぱ》し、金兵衛の耳にもすぐに入った。

「こりゃ、大変だ」

と思ったが、公方様の嫡子の死など下々が考えるには縁がなさすぎた。

だが、数日後、品川柳次郎が金兵衛の家に飛び込んできて、佐々木玲圓とおえいの死を知らせたときには、腰が抜けるほどに驚いた。

「品川柳次郎さんよ、冗談にも程があるぜ。おこんの舅《しゅうと》どのは剣術の達人だ。何十人、束になって斬《き》りかかっても、びくともなさらない神様のようなお人だ」

「金兵衛さん、しっかり聞いてくれ。佐々木玲圓様はおえい様を道連れに、自ら腹搔《か》っ捌《さば》いて亡くなられた」

「そんなことがあるものか」

「南町の木下どのから聞いた話だ。間違いない」

「弔いに行かなきゃあ」

金兵衛がふらふらと立ち上がろうとすると、柳次郎がどてらの袖《そで》を摑《つか》んでその場に座らせた。

「ここからが肝心な話なのだ。木下どのが、金輪際神保小路に近付いてはならぬと言われた」

「なぜだ」

「尚武館にはもはやたれもいないのだ。門弟方も師弟の契りを解かれたのだ、金兵衛さん」

「大先生の亡骸はどこに埋められた」

「知らぬ。たれもがなにも知らぬのだ」

柳次郎が苛立《いらだ》ったように告げた。

「尚武館を追い出された婿どのは、おこんはどうしているんだ」

「若先生とおこんさんは今津屋の御寮に移られたそうだ」

よし、と再び立ち上がりかけた金兵衛の膝《ひざ》を柳次郎が押さえて顔を横に振った。

「金兵衛さん、こちらも駄目だ。たれも二人には会えない」

「こっちも竹矢来か」

「竹矢来はないが、田沼様の眼が光っていて決して近付いてはならぬ、と木下どのからの厳命だ。金兵衛さんばかりか、佐々木さんとおこんさんにどのような沙汰が降りかかるか知れないそうだ」

「くそっ、なんてことが」

あの日以来、金兵衛は腑抜けのように時を過ごしてきた。

だが、どうにも居たたまれなくなり、深川六間堀の家を出て両国橋を渡ろうと考えたのだ。尚武館の門前なりとも訪ねて、なんとしても玲圓大先生とおえい様に手を合わせたいと考えた金兵衛だったが、竹矢来に囲まれた尚武館を見るのは辛いと思い直した。

(どうしたものか)

金兵衛はふらふらと歩き出した。

人込みの橋を渡り切ると、両国西広小路の賑《にぎ》わいはなく閑散としていた。

いつもの物売りの触れ声や見世物小屋の呼び込みの声もなく、ただ大勢の人々がぞろぞろと歩く光景は異様だった。

金兵衛の足は、米沢町の角に堂々たる店構えを見せる今津屋の前で止まった。

(今津屋は商い停止じゃなかったよ)

と金兵衛はほっと胸を撫《な》で下ろした。

(柳次郎の野郎、江戸じゅうが田沼の手に抑え込まれたようなことを言いやがったが、今津屋さんは変わりなく商売を続けているじゃないか)

と思いながら店に入っていった。すると帳場格子《ごうし》にいた老分《ろうぶん》番頭の由蔵《よしぞう》がぴょこんと立ち上がると、帳場格子を飛び越えるようにして土間に下りてきた。

「金兵衛さん」

と由蔵は金兵衛の両手を摑み、店の内外をきょろきょろと見回した後、奥へと通じる三和土《たたき》廊下の薄暗がりに連れていった。そこなら人目につかなかった。

「金兵衛さん、どうしていなさった。気にはなっていたんですが、うちも身動きがつかないんですよ。ようやく商いだけはこうして続けられていますがね」

「やっぱり御城からなんぞ沙汰を受けなすったか」

「田沼様の息がかかったお役人の見廻りが始終ございましてな。なあに、嫌がらせですよ」

「老分さん、品川さんから佐々木玲圓様とおえい様が亡くなられたと聞いたが、ほんとうの話ですかえ」

「真《まこと》です」

「なんてこった」

「私どもも、玲圓先生とおえい様がどこに葬られたのか知りたいと、八方手を尽くしておりますが、たれも知らないのですよ」

「線香の一本もとこうして出てきたが駄目か」

「金兵衛さん、今は動いてはなりません、どのようなお咎めがあるかもしれませんでな。ささっ、奥に参りましょう、旦那《だんな》様とお佐紀《さき》様がおられますよ」

「旦那も奥で謹慎中ですかえ」

「そういうわけではございませんが、幕府の方針が下るのは大納言家基様の弔いが終わった後です。それまでこちらも様子見にございますよ」

と由蔵が言い、内玄関から今津屋の奥へと金兵衛を導いた。

今津屋の奥では吉右衛門が帳簿を前に、庭の満開の桜を眺めていた。そして、そのかたわらでお佐紀が所在なげに一太郎《いちたろう》をあやしていた。

「旦那様、お佐紀様、金兵衛さんですよ」

おお、と顔を向けた吉右衛門が、

「金兵衛さん、よう来なさった」

「旦那、品川さんがたれも訪ねてはならないとぬかしやがったが、我慢にも程がある。せめて尚武館に線香を手向けたいと六間堀を出てきましたが、やっぱり尚武館は訪ねてはならないと思い直し、その代わりこちらにお邪魔いたしました。迷惑ではございませんでしたかね」

「迷惑もなにもあるものですか。私どもは佐々木様やおこんさんと一蓮托生《いちれんたくしょう》、家基様という世直し船に乗りかかった仲間にございますよ」

「うちの婿どのは、おこんは、元気にしていましょうかな」

「私どもも会うことは叶《かな》いません。ですが、うちの女衆《おんなし》が五日おきに食べ物を届けますでな、その者の話ですと、佐々木様もおこんさんもお元気で静かに暮らしておいでじゃそうな」

「旦那、お内儀《ないぎ》様、老分さん、二人はどうなるので」

金兵衛の問いに、だれもすぐには答えることができなかった。

「佐々木玲圓先生とおえい様が死になさった理由《わけ》がわっしには分かりません。だけど、なにがあったにしろ、お二人が命を捨てて詫《わ》びられたんだ。もうこれ以上いいじゃないですか」

「金兵衛さん、そこです。こたびの玲圓先生の死は、却って佐々木家が幕府と深い繋《つな》がりがあったことを示してはおりませんか。そこのところを田沼様がどうお考えになるかで、佐々木家の後継磐音様とおこん様の処遇が決まるような気がします、と、旦那様と話していたところです」

と由蔵が金兵衛に答えた。

「ですが、婿どのはもはや尚武館を追われて一介の浪人だ。それを幕府がどうこうするというのはおかしいじゃございませんか」

「いかにもさようです。ですが、若先生は未だ佐々木姓、玲圓先生の後継であることに変わりはない」

「老分さん、姓は佐々木でも浪人に変わりはなかろうじゃないか」

金兵衛が言い募った。

「いえ、違いますぞ、金兵衛さん」

「どう違うんで」

「田沼様方から考えますと、佐々木磐音様はもはや一介の浪人ではございません。

先の日光社参に際して上様の命《めい》で密《ひそ》かに微行《びこう》なされた家基様の影警護をし、佐々木道場の後継として養子に入られた。田沼一派にとっては恐ろしい御仁です」

「養子は養子ですがね」

「いくら尚武館を追われたとはいえ、佐々木磐音であるかぎり、不倶戴天《ふぐたいてん》の敵なのですよ。尚武館道場で教えを乞《こ》うた門弟衆は大名家、旗本衆と無慮《むりょ》何千人にもなりましょう。その方々のすべてが、田沼様のやり方を認めておられるわけではございません。もしこの方々が佐々木磐音様のもとに結束したら、田沼様にとってこれほど恐ろしいものはない。だからこそ、田沼様としては、佐々木様からなんとしても佐々木姓を捨てさせたいと考えておられるはず」

「佐々木なんて姓が欲しきゃあ、田沼にくれてやるがいいじゃないか。老分さん、それで婿どのとおこんが助かるなら、そうするがいいじゃないか」

と金兵衛が叫んだが、吉右衛門はゆっくりと顔を横に振った。

「金兵衛さん、若先生がよしんば佐々木氏《うじ》を捨て、坂崎に戻ったとしても、田沼様は許しはいたしますまい。佐々木家再興の旗印の佐々木氏を捨てさせたあと、刺客を送り込まれましょうな。田沼様というのはそのようなお方です」

「婿どのは佐々木のままでいても危ない、かといって坂崎に戻ったところで殺されるってわけですかえ。八方塞《ふさ》がりじゃございませんか」

頷《うなず》いた由蔵が、

「金兵衛さん、佐々木様というお方、芯《しん》が通ったお武家様です。そうそう容易《たやす》く佐々木氏をお捨てになりますまい。どのようなことがあれ、玲圓先生の教えを引き継いでいかれましょう」

と言い切り、金兵衛も頷いた。そしてしばらく考えた後、

「いけねえいけねえ」

と顔を吉右衛門に向けた。

「旦那、そんな婿どのをこちらの御寮に置くなんて無茶だ。今津屋に迷惑がかかる。そいつが分からない婿どのでもおこんでもなかろう。私がこれから小梅村に行って、婿どのとおこんをうちに引き取りますよ」

「金兵衛さん、気持ちは有難いが、私も今津屋吉右衛門です。一旦《いったん》佐々木様とおこんさんをうちの寮にお引き取りしたからには、お二人が出ていくと言われても最後までお世話申します。世間がすべて田沼意次様をよしとする方々ばかりではございません。確かに田沼様は幕閣、御城の表、中奥、大奥に息のかかった人々を送り込み、意のままにしておりますが、このやり口に不満を抱く人々も多くお

られます。うちは痩《や》せても枯れても江戸の金融を支配する両替屋筆頭です。そうそう容易く田沼様の手に潰されてたまるものですか」

「そうは言っても、田沼がお上の名を振り翳《かざ》したら、いくらなんでも今津屋さんとてひとたまりもなかろうが」

「金兵衛さん、商いと政《まつりごと》は違います。商いは自分の金子《きんす》を動かして利を生み、人を動かすものです。これに対して政の世界に身を置く田沼様は、いわば徳川様の御旗を振り翳して代わりに政事を行うお役人。風向きが変われば一挙にその力は失せてしまいます」

「そんなものですかね」

「金兵衛さん、私は、尚武館と付き合いがあったから佐々木様の手助けに廻るのではありません。尚武館以前に、浪人の坂崎磐音様のお人柄に惚《ほ》れたのです。だから、私どもと佐々木様は最後の最後まで味方ですよ」

「言うは易しだが、大変ですぜ。それに今津屋の暖簾《のれん》に傷を付けたくねえと婿どのも思ってますよ」

「ならば金兵衛さん、申しましょう」

「ほう、まだなにかございますので」

「田沼様が幕閣で力を持たれ始めた当初、私どもは幕府財政再建を託するお方として、商いを重視した政策を打ち出された田沼様を支持しました。ですが、近頃の田沼様のやり方は、いささかおかしゅうございます」

「と言われますと」

金兵衛は吉右衛門の言うことが理解できず、相槌《あいづち》を打つように問い直した。

「近頃、田沼様は、職人だろうと商人《あきんど》だろうと見境なく株仲間を強制し、同業者組合に独占的な権利を認める代わりに税を徴収なさるおつもりです。元来、商いも職人の世界も品物の質を競い、技を争ってこそ商いにも活気が出ますし、職人方の技術も向上します。過剰な株仲間の組織は、商人や職人らに決してよいわけがない。また買う側、頼む側にも不利益を与えかねません」

「ほう、そのようなことまで田沼様は考えておられますので」

「これまで幕府の租税は百姓衆の年貢が基礎にございました。反対に、江戸や大坂に住む商人や町人からは税をとってこられませんでした。そこで百姓衆ばかりか私ども商人も職人も稼ぎに合わせて税を支払うことにしますと、百姓衆の在所からの逃散《ちょうさん》も減りましょう」

「というと、私もお上になにがしか税を払うので」

「はい」

「左官の常次《つねじ》が稼ぎから税を払いますかね」

「どうやって徴収するかは難題でしょう。ですが、田沼様のように株仲間を組織して独占的に利潤を吸い上げ、税を納めさせる方法では、田沼様の懐を肥《こ》やすだけとみました」

金兵衛には今一つ理解できなかった。

「金兵衛さん、四民六公、五民五公では、百姓衆の働く意欲をそぐばかりです。暮らしが苦しいゆえ、百姓衆は藁《わら》で草履《ぞうり》を作り、竹で笊《ざる》を編む。このような品を寺社の祭礼の場で売るのにも税をかけると田沼様は言われる。これでは百姓衆に死ねというも同然です」

「そうでしょうな」

「江戸の者に在所の話は関《かか》わりがないと言われる方もおられましょう。ですが、田地田畑《でんちでんぱた》を捨てて百姓衆が江戸に流れ込めば、小商いから私どものような両替商まで必ずや悪い影響が出ます。百姓衆の逃散は年貢制を根幹から揺るがします。そして江戸への流入は、それだけ町人の暮らしを圧迫します」

吉右衛門は、田沼意次の重商主義を標榜《ひょうぼう》しつつ、農村を圧迫する施策が、必ずや江戸の商いをも衰退させると主張していた。

「とにかく今津屋の商いにも田沼様の政はよくないってわけだ」

「金兵衛さん、粗悪な南鐐二朱銀《なんりようにしゆぎん》の下落ぶりを見ればお分かりでしょう」

「近頃では偽貨かほんものか分かりませんでな、棒手振《ぼてふ》りの亀《かめ》など、一日に何枚も混じっていることがあると騒いでおりましたよ」

吉右衛門に代わって由蔵が話題を転じた。

「一夜に千両の小判の雨が降る吉原は、幕府が許した御免色里にございますな」

「へえへえ」

「田沼様は、このところ場末で雨後の筍《たけのこ》のように流行《はや》り始めた売女屋《ばいたや》の売り上げからも税を吸い上げようとなされております。これではお上が許した売女屋ではありませんか」

「そうなりますかね」

「吉原会所では田沼様が売女屋から税を吸い上げるやり方に、そして、売女屋がお上お許しの金看板を掲げて堂々と商いを始めたやり口に憤慨なさっておられるそうな。田沼様の政がすべて悪いと旦那様も私も申し上げているのではありません。思い付きは悪くないお触れもあります。しかしながら、同業者組合をやたらに作り、税と称して自らの懐を潤わせるやり方に疑いを持たざるをえない、と言っているのです」

「旦那、老分さん、それでも田沼意次様の天下は続くんですね」

「家治様が田沼様に養子選びを命じなされたそうな。たれが養子に選ばれようと、そのお方に田沼様が十一代様を保証したわけです。ということは、田沼様が十一代様に多大な力を発揮されることになる。家重様、家治様、そして、次の将軍様の三代にわたる将軍後見が田沼意次様です」

「念を押すようだが、今津屋の商いに悪い影響は出ませんかえ」

深川六間堀の裏長屋を差配する金兵衛が、江戸金融界の大立者とその腹心に訊いた。

「ございましょうな」

と吉右衛門が正直に答えた。吉右衛門は、田沼意次の力が巨大であることを認めていた。

「ですが、金兵衛さん、この今津屋も昨日今日の両替商ではございません。お武家様の大半は内所《ないしょ》が苦しゅうございましてな、私どもから年収の何倍もの金子を借りておられます。田沼様が私どもに横暴なことを言われるなら、両替商六百軒、田沼様と刺し違える覚悟はできております」

「旦那様が言われるとおり、田沼様が両替商の銭箱にまで手を突っ込むおつもりならば、田沼様も大火傷《おおやけど》をなさいましょう」

と吉右衛門の言葉に由蔵が言い添えた。

「少しばかり安心しましたよ」

「だから、金兵衛さん、佐々木磐音様とおこん様は今津屋の寮にいることが一番安心なのですよ」

「分かりました」

「しばらく、お互いに佐々木磐音様とおこんさんの顔を見ることはできませんが、ここは辛抱のしどころです。田沼様方にこちらの弱みを突かせるような真似《まね》だけはしてはなりませんぞ」

「へい、分かりました」

と金兵衛は応じ、茶菓の接待を受けて今津屋をあとにした。

だが、両国橋を渡って深川六間堀に戻る金兵衛の気持ちはなぜか晴れなかった。

むろん吉右衛門と由蔵の言葉を疑ったわけではない。

だが、当代将軍家治の嫡子を暗殺して、平然と養子選びの任を受けた田沼意次なる人物の得体が知れなかったからだ。

(婿どの、一目会いたい。おまえ様と話がしたいよ)

と金兵衛は痛切に思った。

三

この日、本所北割下水の品川柳次郎の屋敷でささやかな集まりがあった。

近頃、小まめに手入れがなされて、傾きかけていた冠木門《かぶきもん》の門柱の一部に新しい木が埋め接がれていた。また門内外はきれいに清掃がなされて、品川家所縁《ゆかり》の竜眼寺から寺僧の清願《せいがん》が小坊主を従えてやってきた。

品川家の仏壇の前に品川家当主の柳次郎が継裃《つぎかみしも》で控え、そのかたわらに母の幾代《いくよ》と嫁になる椎葉有《しいばゆう》の姿があった。法会《ほうえ》の客は陸奥《むつ》磐城平《いわきたいら》藩安藤《あんどう》家に門番として奉公する竹村武左衛門一家だけだ。お仕着せの半纏《はんてん》姿の武左衛門に勢津《せつ》、そして、尚武館に奉公していた早苗《さなえ》と弟妹三人が清願の読経を神妙な顔で聞いていた。

法会は品川家の先祖を弔う体《てい》で行われたが、実際は自裁した佐々木玲圓とおえいを追善するものだった。

品川柳次郎が白木の位牌を拵え、椎葉有が自慢の筆で佐々木玲圓、おえいと俗名を書いたものが仏壇に飾られた。

清願は品川家の法会と思って仏壇の前に座ったが、追善供養が尚武館佐々木道場の夫婦のためと知り、読経を済ますと早々に品川家を退出した。

幾代とお有に勢津と早苗が手伝い、昨夜《ゆうべ》から幾代が仕度した煮しめなど斎《とき》の膳《ぜん》が座敷に並べられた。

膳の前に早々に胡坐《あぐら》をかいた武左衛門が、

「柳次郎、酒はまだか」

と催促した。

「まあ、皆が席に着くのを待て」

「あの坊主、尚武館佐々木玲圓様とおえい様の法要と知ったら、関わりを恐れて早々に立ち去っていきおったぞ」

「人情紙の如《ごと》し。坊主とて田沼意次様の威勢には逆らえないのさ」

「くそっ、かようにこそこそと隠れて尚武館の大先生の弔いをせねばならぬ理由がどこにある。なぜ佐々木どのとおこんさんをこの場に呼ばなかった。源森《げんもり》川の川向こう、今津屋の御寮にいるのだぞ」

「旦那、御寮には田沼の眼が光っているのだ。近寄ることも叶わぬわ」

「なんと情けない」

「そなたが空威張りして今津屋の御寮を訪ねでもすると、たちまち安藤様のところに田沼の用人なんぞが姿を見せて、嫌がらせを始めるわ。ただ今、城中で田沼様に逆らえる人物はおらぬからな」

「どやつもこやつも腰抜けばかりだ」

と武左衛門が言うところに、女衆が燗酒《かんざけ》を運んできて全員が席に着いた。

「ご一統様に申し上げます。今は亡き佐々木玲圓様、おえい様の遺徳を偲《しの》び、ささやかな斎を調えました。ここに集うたのは佐々木先生ご一家に世話になった者ばかりです。特に早苗どのは尚武館に奉公してようやく慣れたところで、かような哀しみを経験することとなり、その心中は察するに余り有るものです。今日は静かに、和《なご》やかに尚武館の思い出を語り合いましょう」

品川家の主《あるじ》、柳次郎の淡々とした言葉が斎の意を告げた。

「それにはまず酒がいるな」

「おまえ様」

と勢津が武左衛門をはたと睨《にら》んだ。

「なんだ、怖い顔をして」

「本日は佐々木先生とおえい様の追善の場にございます。品川様が言われたとおり、うちは早苗が一方ならぬ世話を受けております。主のおまえ様が酒に酔い潰れる醜態をさらしてはなりません」

と釘《くぎ》を刺した。

「わ、分かっておるわ」

と言いながらも武左衛門は膳にあった猪口《ちょこ》をそっと膳の下に隠し、茶碗《ちゃわん》に手酌で酒を注《つ》ごうとした。それを押し止《とど》めたのは早苗だ。

「父上、母上のお言葉をお聞きになりましたね。私は未だこの世から佐々木大先生とおえい様がいなくなられたことが信じられません。なぜこのような非道が許されるのか」

早苗の両眼に涙が盛り上がった。

「早苗、泣くな。父とて理不尽に胸が張り裂けそうじゃ。すべては神田橋の主どのが家治様の睾丸《ふぐり》をぎゅっと摑んで、城の内外に睨みを利《き》かせておることから始まったのだ。佐々木玲圓、一代の剣客、もはやこの世になしか」

と言いながら武左衛門は早苗の手をそっと離し、徳利からどぼどぼと茶碗に注いだ。そして、ちらりと幾代を気にした。すると幾代と目が合い、武左衛門は首を竦めた。

「よいよい、本日は無礼講です。竹村武左衛門どのがいつものように酒に酔い潰れるのも法会の一つ。許します」

「お、驚いた。なんと優しい幾代様のお言葉よ。聞いたか、勢津。好きなだけ酒を飲んでよろしいと言われたぞ。そうなると急に酒を飲む気が失せた」

「では、本日酒はよすか」

「柳次郎、そのような殺生を言うものではないぞ。この母子《おやこ》、引いたり押したりと、なかなか互いが出番を心得ておるわ。よいか、お有どの、このような家に嫁に入るそなたは、柳次郎ばかりか、幾代様の顔色を見て暮らさねばならんのだぞ。苦しいことあらば、わが長屋に逃げて参られよ」

「なにが、わが長屋に逃げて参られよだ。お有どのは大事な嫁だぞ、母上がいじめたりなさるか」

「柳次郎、世の中の理《ことわり》が分かっておらぬな。一旦嫁姑《しゅうとめ》の仲になってみよ。そなたを間に挟んで腕の引っ張りあいじゃ。そなたとて、そのうち屋敷にいたたまれなくなるわ」

「これ、武左衛門どの、お控えなされ」

と幾代の物真似で武左衛門を睨んだのはお有だ。

幾代と勘違いした武左衛門が、

「ははあ、武左衛門、未だ酒は飲んでおりませんぞ」

と言い訳しながらその言葉の主がお有と分かり、

「な、なんと先日まで娘々していたと思うたら、もうこれだ。女は怖いのう」

とぼやきながら茶碗酒をひと息に飲んだ。

「幾代様、私どもはいつ小梅村の御寮に佐々木様とおこん様を訪ねることができるのでしょうか。早苗もお二人の手伝いがしたいと申しております」

と勢津が気にした。

「勢津様、われら、ただ今は臥薪嘗胆《がしんしょうたん》の時節。田沼意次様が失脚する時まで待たねばなりませぬ」

「それはいつのことです」

「三年後か、五年後か。こればかりは、たれにも分かりますまい。ですが、驕《おご》る平家は久しからず、威勢を張る者には必ずや凋落《ちょうらく》の秋《とき》が訪れます。早苗さん、今は辛抱の時ですよ」

幾代が早苗に優しく話しかけた。

「幾代様、早苗の新しい奉公先はないかのう。尚武館にわずかばかり奉公しただけで、なにやら急に父親に対しても小煩《こうるそ》うなってのう。女房が二人おるようじゃ」

「父上」

と隣から早苗がきっと睨んだ。

「私は未だ佐々木家の奉公人と思っております。なんとしても若先生とおこん様のお世話をしとうございます」

「早苗、そうは言うが、あやつら、田沼という大蛇に睨まれた蛙《かえる》だぞ。いくら剣術の腕があっても身動き一つできぬわ。第一、おまえの給金すら払えまい」

「おまえ様、なんということを！」

「父上！」

「竹村武左衛門、そこに直れ。この品川幾代が自慢の薙刀《なぎなた》でそなたの素《そ》っ首《くび》斬り落としてくれん！」

と勢津、早苗、幾代の三人に睨まれた武左衛門が、

「どうも旗色が悪いな。なぜこうも女どもは佐々木さんのことになると、おれの

一言半句に注文を付けるのだ。幾代様は無礼講と言われたが、酒を飲んだ気がせぬわ」

　と膳を抱えて独り縁側に座を移した。

「柳次郎、こちらに来ぬか。清々するぞ」

　と武左衛門が仲間に引き入れようとしたが、

「それがし、お有どのの傍《そば》がよい。ご免蒙《こうむ》る」

「ぬけぬけと言いおるわ。春とはなぜかくも物悲しいものであろうか。わが憂愁の心を知る佳人はおらぬものか」

　と言いながら茶碗酒を飲み干し、

「早苗、すまぬが徳利を回してくれ」

　と願って早苗に睨まれた。

「早苗さん、最前申したとおり、本日は遠慮のう飲んだり食べたりしながら、亡き玲圓先生とおえい様の思い出を語り合いましょう。父御には、好きなだけ酒をお注ぎなされ」

　と幾代が笑みを湛《たた》えた顔で言った。

　品川家の斎は哀しみの中にも和やかに過ぎ、最後はいつものように武左衛門が酔い潰れて高鼾《たかいびき》で眠り込んだ。

その体に柳次郎が掻巻《かいま》きをかけて、どこの屋敷で散る桜の花びらか、風に舞って品川家の縁側にはらはらと落ちてくる光景に目をやった。

「まさかこのように追善供養をわが家でなそうとは、考えもしなかったな。本来尚武館の主の弔いであれば、神保小路を人が埋め尽くしたであろうに」

と嘆く声が夜空に消えていった。


この夜、神保小路の通用口がそっと開けられたのは、いつもより遅い刻限であった。白山を伴った小田平助が片手に槍折れを携え、腰に脇差《わきざし》一本を差し、

「犬の散歩に罷《まか》り越す」

と門前に呼びかけた。

竹矢来の前には警護の人影はなかった。だが、尚武館を見張る眼があることを平助も白山も承知していた。

神保小路から一橋通に出た平助と白山は、旗本屋敷の間を抜けて小栗《おぐり》坂を上がり、神田川の土手に出た。

桜冷えの風が水面から冷たく吹き上げてきた。

白山は土手で長々と小便をした。そのかたわらで平助も連れ小便をし、腰を振ると一物を仕舞った。

江戸の飲み水を運ぶ上水道の大樋《おおどい》が神田川に架《か》かっていた。この辺りから昌平橋に向かう坂道を皀角坂《さいかち》と称した。

小便を終えた白山の背の毛が逆立ち、
ううう
と低い声で唸《うな》った。

「よかよか、白山。いつもの連中たい」

と犬に言いかけた平助の胸の中の鬱々たる気持ちが不意に爆発した。

「犬ば脅《おど》かしてなんすっとな。陰に隠れてくさ、こそこそと人の尻《しり》ば追いかけてくるとが、そげんに面白かな。偶《たま》には面ばさらさんね」

と闇《やみ》に向かって平助が挑発した。

「たれか知らんばってん、腰抜けたいね」

と言いながら皀角坂を下り始めると、平助の前後の闇が揺れて、坂上に二人、坂下に三人の影が姿を見せた。

「成り上がりの老中どんの下っ端ね。あんたらも、尚武館ば見張る仕事も飽きたろうが。ちいとは体動かさんね」

「おのれ、下郎めが」

坂上の羽織が挑発に乗った。残りの四人は黒衣で直刀を一本だけ落とし差しにしていた。影御用を務める者たちか。

平助の足元から白山がううっと威嚇《いかく》した。

「白山、よかよか、大した相手じゃなか。おまえの出番はなかろ」

平助が言うのと同時に坂上坂下の五人が一気に間合いを詰めてきた。

槍折れを小脇にかい込んだ平助は、長い得物《えもの》の両端を前後に突き出した。

坂上の二人が翳す剣が対岸の常夜灯のおぼろな灯《あか》りに煌《きら》めいた。

平助の槍折れが坂上に向かって突き出され、片手から伸びた槍折れがまず黒衣の一人の鳩尾《みぞおち》を突き上げ、返した槍折れで羽織の男の鬢《びん》を殴り付けた。

小さな体に槍折れを敏捷に振り回す力が備わっていた。

二人の体が土手の斜面に転がった。

坂下から迫る三人の足元を襲うように、白山が低い姿勢で飛び込んでいった。

その攻撃に三人の動きが一瞬止まった。

小田平助の槍折れがぐるりと回転し、坂下の三人を牽制《けんせい》するように突き出された。

「白山、ようやったばい。あとは任せない。こげん小者《こもの》を相手せんでよかよか」

白山がひょいっと飛び下がった。

三人が剣を連ねて不用意に動いた。

平助の槍折れが突き出され、鮮やかに翻《ひるがえ》って次々に胸や肩口を突き、殴り付け、坂上の二人同様に神田川の斜面に転がした。

一瞬の早業に五人は土手に悶絶《もんぜつ》していた。

「ちいと小田平助の虫の居所が悪かったもんね。あんたらには気の毒したたい。ばってん命には差し支えなか。ほれ、仲間がおるならたい、助けてやらんね」

闇に話しかけた平助は白山を呼び寄せて、皀角坂の方へと向かっていった。

五人を槍折れの術で倒した平助は、坂道の途中で武家屋敷に戻った。初めての屋敷町だが、尚武館の見当はついていた。

平助は雁木《がんぎ》坂の上を北から南に抜けた。高台から坂下に向かって曲がりくねった小路が続いていた。

不意に丁の字の坂下に出た。

その瞬間、小田平助はその場所がどこか分かった。

表猿楽町《おもてさるがくちょう》の速水左近邸近くだ。

夜の闇に沈む速水邸の門前には竹矢来が組まれて、御目付衆の同心らが立哨していた。

(速水の殿様も田沼の手に落ちたか)

と平助は門前をそおっと通り過ぎようとした。

「何奴《なにやつ》か」

「犬の散歩にございますたい」

平助の返答に相手が槍《やり》を構えかけたが、また元の場所に戻った。

(杢之助《もくのすけ》、右近《うこん》の若様はどげんしておられるとやろか)

平助は速水の子供たちの面影を追った。まだ体もできておらぬのに木刀を振り回して稽古をしていた日々が無性に哀しく思えた。

あの日の出来事を平助は知らなかった。

大納言家基の危篤が伝えられた日、速水左近は登城の仕度をして屋敷の式台から乗り物に乗り込もうとした。そこへ、どどどっと御目付日下伊三郎《くさかいさぶろう》率いる一隊が速水邸に雪崩《なだ》れ込んできた。

「何事か。上様御側御用取次速水左近の屋敷なるぞ」

と速水家の用人が叫んだ。

「上意である。御側御用取次の職務、解任の沙汰が下った。謹んでお受けいたされよ」

と日下が叫んだ。

「日下どの、それがし、これより登城して上様にご面会をいたす。おどきなされ」

と速水左近も叫び返した。

「ならぬ」

と厳しい言葉を返した日下が、

「速水左近どの、老中会議でそなた様の御役解任が決まり申した」

「上様は」

「すでに上様も承知しておられる。これ以上抗《あらが》うとなれば、われら力ずくでお止めすることになる。速水家の武門の家系に傷をつけることになろう」

「日下どの、相分かった。それがし、仏間に入り、ご先祖にお詫びした後、謹んで沙汰をお受けいたす」

「その儀もならず」

御目付日下の配下の者たちが速水左近の腰の脇差を抜きとり、切腹を阻止した。

「日下どの、それがし、なんじょう罪人が如き扱いを受けねばならぬ」

「速水どの、上意にござる。そなた様は本日ただ今より、御目付監督下にて座敷牢《ろう》閉じ込めが命ぜられた。追って沙汰があるまで謹慎を願おう」

「田沼意次の術中に落ちたか。速水左近、悔しやな」

速水は悲痛な叫び声を上げながら、田沼意次に敗《やぶ》れたことを悟らされた。


小田平助が尚武館に戻ったとき、いつも闇の中から監視の眼を光らせていた面々が消えていることに気付いた。

（大方、神田川で水浴びばしちょるとやろ）

と呟きながら道場に目をやった。だが、すぐに視線を外すと白山を門前の小屋に戻し、自ら長屋に戻った。

季助爺《じい》は眠りに就いた刻限だった。

平助は布団の上で一刻ばかりじいっと時が過ぎるのを待った上で、行動を開始した。

久しぶりに尚武館道場に忍び込むと、日向《ひなた》臭い匂《にお》いがした。格子窓から月光が一筋、広々とした板の間の一角を照らしていた。その青白い光の中に待つ者がいた。

「弥助《やすけ》さんか」

小田平助は黙然と動かぬ弥助の前に座した。

「佐々木様からの言伝《ことづて》にございます」

「聞かしちくれんね」

「近々尚武館は上使を迎えて召し上げが通告されるはず」

「承《うけたまわ》ったばい」

「その折りは潔く尚武館を退去されたし」

「また青天井の下に戻りまっしょ」

「小田様、そなた様と季助さんは、白山を連れて小梅村の今津屋の御寮に引き移られよとの命にございます」

「なんちな。こん平助と季助さんと白山がまた若先生とおこん様と一緒に暮らしてよかちな」

「はてそれは」

弥助がゆらりと立ち上がった。

四

大納言家基の霊柩を東叡山に発引する前夜、小梅村の今津屋の御寮仏間に灯明が灯り、線香が手向けられ、低い声で読経する声が屋敷の外に零《こぼ》れていた。

御寮を監視する眼は、独り佐々木磐音が家基の弔いをなす声を聞いていた。

いつもは八つ過ぎに庭に出て闇の中でする稽古もこの日ばかりは中止され、十八歳で身罷った若者の死を悼む声は絶えることがなかった。

隅田川を挟んだ対岸の東叡山では全山が喪に包まれ、大納言霊幄《れいあく》に参拝する人々を待つばかりになっていた。

そのような刻限、東叡山寛永寺《かんえいじ》の一隅、不忍池《しのばずのいけ》を見下ろす小高い岡にある東照大権現宮の拝殿前に、人影が闇から浮かび出るように生じて、ひっそりと座した。

そして、影は黙然と合掌して頭《こうべ》を垂れた。

半刻《はんとき》（一時間）後、大権現宮に夜回りの一隊が姿を見せたとき、すでに影は消えていた。だが、大権現宮に接した別当寒松院《べっとうかんしょういん》の一角にある鬱蒼《うっそう》とした森に、その影を見出すことになる。

昼なお暗い森は深い闇に包まれていた。だが、影は迷うことなく小さな墓石に近付き、その墓前に道中羽織野袴《のばかま》姿で正座した。

そのとき、雲間にあった月が、太古からの森を思わせる隠し墓を一瞬蒼《あお》い光で照らした。苔《こけ》むした墓石には違イ剣の家紋だけが刻まれていた。

微動だにせぬ影の口から声が洩《も》れた。

「養父上、養母上《ははうえ》、江戸を離れるときが参りました」

と静かに語りかけた。

声の主は、小梅村の今津屋の御寮にいるはずの佐々木磐音その人であった。

磐音が隠し墓に参るのは三度目のことだ。

一度目は玲圓に伴われて佐々木家の隠し墓を教えられたときで、わずかひと月前のことであった。

二度目は、玲圓とおえいの遺骸《いがい》を大八車《だいはちぐるま》に乗せて隠し墓に運び込んだ雪の未明であった。

その折り、磐音は寒松院の住持無心《むしん》に願い、佐々木玲圓とおえいの亡骸を隠し墓に埋葬した。

穴を掘ったのは磐音自身だ。

雪が降る中、磐音の孤独な作業は延々と続き、玲圓とおえいの亡骸を並べて埋葬した。

その間、無心の読経の声は絶えることなく続いていた。

磐音は二人の亡骸と最期の別れをなすとき、家基から拝領した小さ刀で玲圓とおえいの髪を切り取り、奉書に包み込むと墓石の下に埋めて隠した。

土を掛け、埋葬の儀を終えた。

「無心様、ご苦労にございました」

磐音の言葉に無心の読経がやんだ。

「これまでもこれからも隠し墓は私どもがお護《まも》りするのが、寒松院代々の住持の約束事にござる、磐音どの」

「安堵《あんど》いたしました」

「そなたの心のままに生きられよ」

はっ、と畏《かしこ》まった磐音はその場に膝を屈して頭を垂れた。

三度、佐々木家の隠し墓の前に磐音は座していた。

雪の未明から季節は巡り、桜の季節を迎えていた。

磐音は合掌瞑想《めいそう》した姿で時が流れるに任せていた。

遠く千代田の御城で、大納言家基の霊柩が発引する気配が風に乗って伝わってきた。

霊柩に先行して松平周防守康福《まつだいらすおうのかみやすよし》、阿部《あべ》豊後守正允《ぶんごのかみまさちか》、少老酒井《さかい》石見守忠休《いわみのかみただよし》、鳥居《とりい》丹波守忠意《たんばのかみただおき》、西の丸御側衆、大目付、目付、寺社奉行、勘定奉行らが東叡山境内《けいだい》に到着した気配があった。

「養父上、養母上、しばしの別れにございます」

最後の拝礼をなした磐音は隠し墓の背後に回ると玲圓とおえいの遺髪を掘り出し、用意の袱紗《ふくさ》に包み込むと懐に仕舞った。

いつしか白々と朝が訪れようとしていた。

だが、この日ばかりは、お店《たな》が大戸を開く物音も豆腐を売り歩く声も聞くことはなかった。

磐音は人々の注意が東叡山の表、下谷《したや》広小路に向けられたとき、忍《しのぶ》ケ岡《おか》の西の坂道を下って不忍池端、下谷茅町《かやちょう》にあった。

朝靄《あさもや》が薄く流れ、大下水のせせらぎの音が響く中、小さな茅葺《かやぶ》きの門前に立った。すると門内でちょうど老爺《ろうや》が庭掃除を始めたところだった。

「お願い申す」

密やかな声に老爺が門を開いた。

「いささか早い刻限じゃが、佐々木磐音が月参りに参ったとお京様《けい》にお伝えしてくれぬか」

「はっ、はい」

と老爺が心得顔に奥へと消え、しばらく磐音は門前で待たされた。すると屋内に人々が急に動き出した気配が生じて、玄関の戸が開けられ、若い娘が、

「月参り、ご苦労にございました」

と驚くふうも見せずに磐音を迎えた。

「忍《しのぶ》どの、いささか早い刻限で迷惑をかけ申した」

「本日は大納言様の埋葬の日、料理茶屋も休みにございます」

と素顔の忍が硬い笑みで磐音を迎え、

「ただ今朝湯を立てたところです。まずは夜露で濡《ぬ》れた体を温めてください」

と磐音の行動をこの家の女衆は承知していたかのように言った。

「造作をかける」

磐音は素直に忍の言葉に従うことにした。

家基の霊柩は、西の丸を発引した。

御供は板倉佐渡守勝清《いたくらさどのかみかつきよ》、高家《こうけ》二人、少老加納遠江守久堅《かのうとおとうみのかみひさかた》、酒井飛騨守忠香《さかいひだのかみただか》らを筆頭に、数多《あまた》の西の丸御側衆が従った。

霊柩は山里腕木門より吹上の門を出ると、ゆるゆると西の丸に別れを告げ、矢来門、竹橋門へと差しかかる。一橋門より御城の外に出て、小川町筋違橋《すじかいばし》御門を潜《くぐ》り、仲町、旅籠町《はたごちょう》と葬列は進みゆく。

どの町筋にも十一代将軍に就くことを期待させた若者の夭折《ようせつ》を惜しむ大勢の人々が無言裡《り》に見送った。無言は不条理な死に対する静かな憤りだった。だれの胸にも黒々とした不審と幻滅があった。

幕府の立て直しを期待された若武者がなぜかくも早く死なねばならないのか。葬列を迎え見送る武家、町人のどの顔にも、その悔しさが滲《にじ》み出ていた。

料理茶屋谷戸《やと》の淵《ふち》の内湯を頂戴《ちょうだい》した磐音は、この家のお婆《ばば》のお京、当代のお茅《かや》、そして孫娘の忍の三人と離れ座敷で向かい合った。

「なによりの馳走《ちそう》にございました」

「初めての月参り、ご苦労にございました」

お京がこの一言にすべてを込めて磐音に話しかけた。

「お京様、最初で最後になるやもしれませぬ」

「しばしお別れですか、磐音様」

「はい」

「このお婆になんぞ手向けをさせてもらえぬものか」

「一つだけお願いがございます」

「遠慮のう言うてくだされ」

「過日、お京様は、佐野善左衛門政言《さのぜんざえもんまさこと》様の系図を田沼家が借り受けた件を話されましたな」

「いかにも申しました」

「それがし、佐野政言様にお目にかかることができましょうか」

「磐音様、時の余裕はございますか」

「日中は歩けぬ身にございます。川向こうに戻るのは夜の帳《とばり》がおりてから」

「ならばお婆が手配してみます」

と請《う》け合ったお京が、

「忍、朝餉の仕度を願いますよ。磐音様としばしの別れ、酒もな」

「お婆様、すでに仕度はできております」

朝餉の膳部が離れ屋に運ばれてきて、磐音と三代の女衆が向き合うように座した。忍が磐音の盃《さかずき》を満たし、磐音が代わってお京、お茅、忍の酒器に酒を注いだ。

「世は大納言様の弔いで哀しみにくれております。じゃが、お婆にとって家基様の死より佐々木玲圓どの、おえい様の死が哀しゅうてならぬ。武家は非情なものですね、磐音様」

「そのお言葉を、亡き養父も養母も天上の一角にて聞いておりましょう」

「磐音様、玲圓どのが辿《たど》られた道を歩かれるか」

「それが佐々木家に迎えられた者の務めにございます」

「そなたならばおこん様と二人、どのような暮らしもできように。敢《あ》えて棘《いばら》の道を進まれるか」

「佐々木磐音の運命《さだめ》にございます」

「この歳《とし》でその言葉を聞くのは辛い」

「お婆様、磐音様を責めないでくださいませ」

と忍が言い、お茅が、

「玲圓様、おえい様とのお別れの酒を酌み交わしましょうぞ」

と言葉を添えて四人は盃の酒をゆっくりと飲み干した。

磐音がこの夜、小梅村の今津屋の御寮に流れ込む細流に小舟を着けたのは、夜半九つ（十二時）の頃合いだ。細流は御寮の庭を回遊して泉水に入り、池の反対側から再び流れ出て、隅田川へと戻った。

流れは土盛りされた上に塀を巡らしたその下に掘り抜かれた暗渠《あんきょ》で、御寮の庭へと流れ込む。むろん暗渠の入口には流木などを堰《せ》き止める鉄格子が嵌《は》め込まれていたが、これを随意に開閉できるように工夫したのは弥助だ。

弥助に教えられた鉄格子を開いて小舟を暗渠の下に入れ、御寮の北側の竹林に出ると、岸辺に打ち込まれた杭《くい》に舫《もや》い綱を繋いだ。

磐音は竹林の落ち葉を音がしないように踏みしめて御寮に近付いた。

読経の声は未だ続いていた。

その瞬間、磐音は竹林の四方に小さな灯りが灯されたのに気付いた。

五つ、いや、六つ、灯心だけの灯りが磐音を押し包んだ。

「やはり読経の声は別人であったようだな」

灯心を竹林の落ち葉の上に置いた影が言った。他の面々もそれに倣《なら》った。

「佐々木磐音よのう」

「田沼意次様の刺客か」

いつもの監視の眼とは異なる武芸者だった。

「小賢《こざか》しいことを考えおって」

「いかがなさるおつもりか」

「そなたの首、直信《じきしん》流山野井《やまのい》観兵衛《かんべえ》とその一統が頂戴いたす」

「ほう、直信流とな、播州赤穂《ばんしゅうあこう》藩堀田《ほった》様が創始なされた起倒《きとう》流から出た流派にござったな」

「江戸の天徳寺《てんとくじ》門前で道場を開いたが、尚武館佐々木道場とは比較にもならぬ貧乏道場であったわ」

「田沼様から褒賞《ほうしょう》を約束されたか」

「そなたを斃《たお》せば尚武館を引き継ぐことになる」

「お相手つかまつる」

磐音は六つの灯心に囲まれ、備前包平二尺七寸（八十二センチ）を抜いた。それに合わせて山野井らも剣を無言裡に鞘走《さやばし》らせた。

磐音は正眼《せいがん》に包平をおくと、竹林の葉叢《はむら》を揺らす夜風に身を委《ゆだ》ねていた。微風は磐音の右手前方から吹いてきた。

山野井は磐音の正面、間合い一間半のところに立っていた。呼吸も感じさせず、気配も押し殺す術《すべ》を心得た剣客だった。

灯心は山野井の左右にあって、五尺七寸余のがっちりとした体を浮かび上がらせていた。上段に構えた剣が静かに下りてきた。すると灯心の灯りを映した刃《やいば》がきらりと光った。

直後、背後から殺気が押し寄せてきた。

磐音の体が竹林の落ち葉の上に気配もなく座した。

刃が磐音の頭上を過《よぎ》り、かたわらを影が走り抜けようとした。

座したまま磐音の包平が相手の腰を斬り割り、その場に転がした。

次の瞬間、磐音は跳躍すると横手に走り、踏み込んでこようとした二人を八の字に迅速に斬り分けていた。

六人が一挙に三人に減じていた。だが、残る三人は無言のままで、山野井の左右を二人が固めた。

磐音は正眼に戻した。

三人も構えを正眼にとっていた。

左右の二人が師匠を援護するように磐音に向かって飛び込むと見せかけ、刃をかたわらの竹幹に振るい、鮮やかに斬り倒した。倒された竹が磐音に向かってゆっくりと倒れかかってきた。

山野井は動きを封じた磐音の前に踏み込み、重い一撃を磐音の肩口に叩き込んだ。

ふわり

と竹が倒れ込んできたのを感じながら、磐音がとった行動は不思議なものだった。

路地を吹く風がそよりそよりと曲がりくねって吹き抜けるように竹と竹の間を移動し、山野井の袈裟《けさ》斬りの正面に立った。

「愚か者めが」

山野井の一撃が肩に触れなんとしたとき、包平がどこから翻ってきたか気配も見せず、相手の喉元《のどもと》を抉《えぐ》って横手に飛ばしていた。

「おのれ」

背後から二つの剣が迫ってきた。

磐音は竹林の落ち葉の上にごろりと前転すると刃との間合いをとり、立ち上がった。

その瞬間、二人の刺客が磐音を左右から挟撃した。

磐音は刃と刃の間の正面を抜けながら迅速の剣を左、右と振るった。

竹林の風が止んだ。

六人の骸《むくろ》が転がっていた。

磐音は血振りした包平を鞘に戻すと、山野井観兵衛とその一統五人に合掌した。

江戸の剣術界の頂点、尚武館の後継を夢見た六人は静かに竹林に斃れ伏していた。

「ご免」

と一言を残した磐音は、読経の声が続く御寮に向かった。

半刻後、竹林の中に三つの人影があった。

旅仕度のおこんを従えた磐音だ。

山野井らの亡骸は弥助が小舟に乗せて隅田川に流していた。もはや竹林に戦いの痕跡《こんせき》は残されていなかった。

「行かれますか」

「弥助どの、最後の最後まで世話になった」

「なんのことがございましょう。明日にも、御寮には小田平助様方が白山を連れて来られますよ」

「お頼み申す」

磐音はおこんを小舟に乗せた。

弥助が口に出かかった言葉を呑み込んだ。

「お供がしとうございます」

この一言が言えなかった。

いつの日か、いや近い将来必ずや、佐々木磐音と一緒の戦いに加わる、その信念が喉元で言葉を押し止めさせた。

「弥助どの、頼みがござる」

「なんでございますか」

「仏壇の下に隠し戸棚があり、江戸で世話になった人々に宛てた書状を遺してある」

「わっしが必ずその方々のもとにお届けいたします」

「読み終わった後は、文を焼いてくれと願うておる。弥助どの、それまで見届けてもらえぬか」

「畏まりました」

「さらばにござる」

「佐々木様、おこん様、弥助が要《い》るときはわっしの名を呼んでくださいまし。唐《から》天竺《てんじく》なりとも必ず駆け付けます」

「なんと心強い言葉か」

小舟の舫い綱を解いた磐音のかたわらからおこんが、

「皆様によろしくお伝えください」

と言葉を添えて小舟は流れに乗り、御寮の瓢簞《ひょうたん》形の池を渡って反対側の出口から敷地の外の流れに、そして、夜の隅田川へと出ていった。

「佐々木様とおこん様が旅立たれた」

と弥助は力なく呟いた。

再び吹き始めた風が竹林を揺らした。

第二章　長屋の花見

一

鉄砲洲河岸《てっぽうずがし》の船問屋江戸一は、周防丸《すおうまる》という年季ものの千石船一隻を大事にしながら江戸と上方を往来し、馴染《なじ》みのお店《たな》の荷を運んで八人の水夫《かこ》と三人の奉公人の生計《たつき》を立ててきた。

江戸一の主《あるじ》である文吉《ぶんきち》は、同時に周防丸の主船頭でもあった。

二十五のとき、勤めていた老舗《しにせ》の船問屋の経営が傾き、店を畳んだ。

そのとき、旧主から、

「文吉、うちに残ったのは周防丸だけです。船大工のところにあったので、なんとか差し押さえを免れました。おまえさんは若いながら、度胸と義侠心《ぎきょうしん》で水夫らにも慕われております。おまえさんに周防丸を譲るので、奉公人と水夫の暮らしの面倒を見てくれませんか」

と頼まれた。

文吉は大工の棟梁《とうりょう》だった父親に相談した上、新造目前の周防丸に最後の手を入れ、旧主の願いに応《こた》えることにした。

以来、十五年、周防丸一隻で江戸一を堅実に守ってきた。

二十五反の帆を広げた周防丸が浦賀水道を抜けて剣崎を廻《まわ》り込み、三浦半島と城《じょう》ケ島《しま》の間の水路に舳先《へさき》を入れた。

佃島《つくだじま》沖を夜半過ぎに船出したときには風に苦労した。だが、観音崎に差しかかった辺りから運が向いて追い風が周防丸の尻を押してくれ、船足が上がった。

「主船頭、三崎に寄らずに一気に相模灘《さがみなだ》を乗り切るかえ」

と揚《あ》げ蓋《ぶた》甲板から老練な水夫頭が文吉に問うた。

「刻限も早いや。この分なら風待湊《みなと》の網代《あじろ》まで一気に乗り切れそうだぜ」

「七年に一度あるかなしかの風だ」

「荷が、今小町のおこん様だ。風の神様が佐々木こん様の身に同情したかね」

その会話を揚げ蓋甲板の下でおぼろに聞いて磐音は目を覚ました。狭いながら三畳ほどの清潔な板の間の船室でおこんと二人熟睡した。

「おこん、気分はいかがじゃ」

「久しぶりにゆっくり眠ることができました」

「それがしもじゃ。小梅村にあって今津屋の御寮に守られて暮らしてきたが、やはり緊張していたらしい」

磐音とおこんは身仕度を整えると船室から甲板に上がった。すると相模灘の向こうに、頂きに白雪をおいた霊峰富士山が姿を見せた。

優美に山裾《やますそ》を引いた山容はなんとも雄大で端麗だった。

おこんは、まあと感動の声を洩らすと富士山に向かって合掌した。磐音も倣った。

「佐々木様、おこん様は弁天様だ。七年に一度の風が、船を一気に豆州《ずしゅう》へと運んでくれてますよ」

文吉が艫櫓《ともやぐら》から操船指揮をとりながら叫んだ。

田沼一派の監視の眼を逃れて江戸を離れる磐音は弥助に相談し、海路、小田原城下まで行くことにした。

弥助が探した船が江戸一の周防丸だった。文吉と弥助は、文吉が旧主に奉公していたときからの知り合いとか。

磐音とおこんが佃島沖に碇《いかり》を下ろしていた周防丸に小舟を横付けしたのは八つ（午前二時）時分のことだった。七つ（午前四時）の出帆に備えて文吉以下水夫らはすでに乗り組んでいた。

縄梯子《なわばしご》を上がってきたおこんを見た文吉が、

「弥助さんが願った駆け落ち者とは、今津屋のおこんさんか」

と磐音を気にしながらも驚きの声を上げた。

弥助は乗船者の身分を隠して文吉に願ったようだ。それだけ二人の間には信頼関係があるということだった。

「船頭さん、私をご存じですか」

「そりゃ今小町のおこんさんを知らない者がいるものか。うちの炊きの繁三《しげぞう》なんぞ、今津屋に何度も覗《のぞ》きに行った口ですよ」

「船頭さん、今では佐々木磐音の女房にございます」

「聞いた聞いた。おまえさんが尚武館に嫁入りしたのも驚いたが、こたびのことは尋常ではねえ。大先生とお内儀が亡くなられたってね。田沼の野郎、どこまで横暴か。やはり田沼の手先を逃れての道中かね」

「主船頭どの、迷惑をかけて相すまぬ」

と磐音が頭を下げた。

「佐々木様、そんな言葉は無用ですよ。田沼の政《まつりごと》にはわっしらも怒り心頭、うんざりしてるんでさ。一隻だけの船主に株仲間を組織しろと命じ、上納金をとるつもりだ。荷主も長年のお馴染みとなりゃ、わっしら一匹狼《おおかみ》の船主は運び賃の値上げもできず、廃業するところも出てくる。田沼と聞いただけで虫唾《むしず》が走るんですよ、佐々木様」

「さようであったか」

「佐々木様、弥助さんから小田原の御幸《みゆき》ノ浜まで駆け落ち者を運んでほしいと願われたが、お二人が上方に逃れられるなら、摂津《せっつ》の湊にだって送りますぜ」

「気持ちは有難いが、江戸を無事に出られるなら、あとは二人の足で道中をいたしたい」

磐音の言葉に頷いた文吉が、

「野郎ども、七つ発《だ》ちを前倒しだ。たった今、月明かりを頼りに船出をするぞ。碇をあげろ、帆を張れ！」

と磐音とおこんの逃避行を助けてくれたのだ。

周防丸の格別な荷は磐音とおこんばかりではなかった。もう一人船室にひっそりと潜んでいたが、そのことを磐音もおこんも知らなかった。

東風を帆に孕《はら》んだ周防丸は一気に相模灘を横切り、小田原城の天守閣が望める御幸ノ浜に迫っていた。

「佐々木様、この刻限だ。小田原泊まりになりそうだが、昵懇《じっこん》の旅籠《はたご》はありますかえ」

と文吉が親切に訊いた。

今津屋の後添いお佐紀の実家の小清水屋《こしみずや》右七《ゆうしち》方は、脇本陣《わきほんじん》を務めるほどの家柄だ。磐音とおこんが訪ねれば歓待してくれるのは間違いなかった。

だが、追っ手から逃れる二人が小清水屋に泊まったことが田沼一派に知れれば、小清水屋に迷惑がかかる。そのことを磐音は気にした。

「どこぞに知り合いの旅籠がござろうか」

「なら本町一丁目の押切屋はどうですかい。周防丸の文吉の口添えと言えば、そう邪険な扱いもしめえ。小田原名物の外良屋《ういろう》の前なんで、すぐに知れましょう」

外良は胃腸や喉の痛み、船酔いに効く霊薬として、小田原を通過する旅人が必ず買い求めるものだった。それだけに店は小田原でも有名で、磐音も場所はおぼろに覚えていた。

「帆を下ろせ」

文吉の命が下って小田原城下御幸ノ浜の沖合一丁に周防丸は停船し、伝馬《てんま》が下ろされて磐音とおこんが乗り込んだ。

「文吉どの、世話をかけ申した」

「なんのなんの。おこん様のご入来で、周防丸も一気に豆州網代湊に着きそうですよ」

と互いに言い合い、二人は御幸ノ浜に上陸した。

御幸ノ浜からさほど歩くことなく、小田原城下を抜ける東海道に出た。その目の前に外良屋が見えて、今晩小田原城下に宿泊する旅人が大勢外良を買い求めていた。

押切屋はその前で看板を上げていた。間口は八、九間だが、奥が深そうに見えた。だが、すでに客で一杯の気配が表まで伝わってきた。

敷居を跨いで土間に入ると、番頭と思《おぼ》しい年寄りが二人を目顔で迎えた。

磐音が宿を願い、周防丸の主船頭文吉の口添えだと付け足した。

「お客人、一足遅かったよ。明日箱根越えする旅のお方で座敷はいっぱいですよ。

ですが、文吉さんの口添えなら、無下にもできませんな」

としばし思案した番頭が、表部屋とは違いますがと言いながら、一旦表に二人を連れ出すと、隣家との路地から旅籠の裏に廻って案内した。すると裏庭に別棟の二階家があって、

「うちでは離れと称して、階下には私ども奉公人が住まいしております。二階からは海も見えますし、潮騒《しおさい》の音も聞こえてなかなかの眺めですよ。こちらではいかがにございますか」

「なんとも結構な宿にございます」

番頭が案内した八畳間は馴染みの上客に泊まらせるようで、床の間付き縁付きの畳の部屋だった。

おこんが障子を開くと御幸ノ浜に周防丸が停船し、伝馬が船に戻っていこうとしているのが見えた。

磐音とおこんを下ろした伝馬にしては、随分と時間がかかったものだな、と磐音は漠然と考えた。

そのとき、周防丸は磐音らとは別の荷を下ろしたところだった。伝馬が周防丸の船尾に結ばれて二人が見ている中、碇を上げ、帆を張って、豆州の風待湊の網

代へとゆっくり出船していった。

道中の二日目を二人は小田原宿で泊まることになった。

明日は東海道最大の難所の箱根越えだ。

「おこん、弥助どのの助けで江戸は無事に抜け出ることができた。これからは二人で旅を続けるしかない。共に助け合おうぞ」

「はい。それにしても長い旅にございましょうね」

「いつ果てるともしれぬ。だが、いつまでも厳寒の冬が続くことはあるまい。いつの日か子を連れて春の江戸に戻ろうぞ」

「やや子を旅の空の下で産むのですね」

「その覚悟は付けておいたほうがよい」

「私には磐音様がおられます」

「それがしにもおこんがおる」

そう言い合い、二つ敷かれた布団から片手を出して握り合って眠りに落ちた。

翌朝七つ発ちした磐音とおこんは、小田原提灯《ぢようちん》の灯りを頼りに小田原城下西の出入口上方見附《かみがたみつけ》に差しかかった。

磐音は田沼一派の追っ手を考え、海の道を行くか箱根の山路を辿るか、一瞬迷った。

海の道とは、根府川往還《ねぶかわおうかん》で熱海に向かい、熱海峠から熱海街道で軽井沢を経由して三島に抜ける脇街道だ。むろんこちらにも根府川の関所があって旅人の人別改めを行う。

磐音は、江戸では田沼一派が磐音とおこんが消えたことを察知した頃だと思った。未だ行き先は知らぬはずだ。このことはおこんにすら話していない。となるとまだ幾分余裕があると考え直した。ならば多くの旅人が往来する箱根八里を越えるべきだ、と早川沿いに風祭《かざまつり》の里を目指すことにした。

「磐音様、こたびの道中で新しい手形は用意しておりません。豊後関前に旅した折りの、今津屋の奉公人おこんの手形で箱根関を通りますか」

おこんの不安は磐音の不安でもあった。

磐音自身は佐々木磐音の通行手形を持参していた。奈緒《なお》を救うために出羽《でわ》山形《やまがた》へと旅した折りに得た手形だった。

佐々木磐音の手形で道中を続けることは痕跡を残すことだった。できることなら佐々木磐音の手形は使いたくないと迷っていた。

「おこん、そのことは道々考えよう」

東海道は早川に架かる三枚橋《さんまい》で二つに分かれた。

右の道を辿れば塔《とう》ノ沢《さわ》道で、箱根七湯の湯本湯、塔ノ沢湯、堂《どう》ケ島《しま》湯、宮ノ下湯、底倉《そこくら》湯、木賀《きが》湯、そして芦ノ湯の箱根温泉群が待ち受けていた。湯治客はむろん塔ノ沢道を選んで、ここで小田原提灯の灯りの列は二手に分かれることになる。

「どうじゃ、草鞋《わらじ》の具合は」

磐音はおこんの足を案じた。

箱根越えに際して旅人は新しい草鞋を用意した。

おこんも足袋《たび》の上に押切屋で求めた草鞋を履くことにした。

前夜、磐音はその草鞋の緒の粗い藁を手で解《ほぐ》して柔らかくし、その上に古布を割《さ》いたものを丹念に巻き付けた。また紐《ひも》もあたりがよいように丁寧に解していた。

「お蔭《かげ》さまで足が軽やかにございます」

おこんは背に小さな風呂敷包みを負い、小袖《こそで》の上に旅着を重ね、笠《かさ》を被《かぶ》り、杖《つえ》を突いていた。旅慣れた磐音は年来の道中羽織に野袴だ。

朝が白んできて磐音は提灯を吹き消した。すると早川と須雲《すくも》川が合流する川面から、もくもくと朝靄が立ち昇っているのが見えた。

二人は箱根越えの本道を選んだ。

そのとき初めて、二人を見張る眼を磐音は意識した。

田沼一派の追っ手にしてはいかにも早過ぎる対応だと思った。

このひと月の緊張がもたらす神経過敏か。このことをおこんには告げず、しばらくは胸に仕舞っておくことにした。

三枚橋を渡り切ると橋の袂《たもと》に山駕籠《やまかご》がいて、

「ご新造さん、駕籠はいらんかね。箱根山には野猿も出れば、護摩《ごま》の灰《はい》も現れる。わっしらの山駕籠に乗ってくだされば、野猿だろうと山賊だろうとこの千吉《せんきち》が息杖《いきづえ》一本で追い払うぞ」

「駕籠屋さん、私は二本の足で歩きとうございます」

「結構な意気込みだね。見ればわけありの箱根越えと睨んだ。箱根関を知らぬ間に抜ける裏道がないじゃなし、わっしに任せなせえ」

と間道を抜ける手まで披露《ひろう》して客を誘おうとしたが、磐音とおこんは素通りして箱根越えにかかった。

早雲寺《そううんじ》門前を抜けた辺りから坂が段々と険しくなった。さらに紅梅で有名な正《しょう》眼寺《げんじ》では須雲川のせせらぎが遠く谷から聞こえだした。一里塚を過ぎると、左手の岩場から水が落ちる音がしてきた。

初花《はつはな》の瀑《たき》だ。

瀑布《ばくふ》のせいか、山が高さを上げたせいか、寒くなった。

「おこん、この瀑を過ぎると女転ばし坂の難所じゃぞ。足元に気をつけて参ろう」

「豊後関前からの帰りに箱根を越えた折り、奇妙な名ゆえ覚えました。急な坂道でしたね」

「あの折りは下り、こたびは上り坂できついでな」

女転ばし坂は、坂道を九十九《つづら》折りに上がるのではなく、前方の山に向かって直登するような急峻《きゅうしゅん》な坂だ。いや、坂というより崖路《がけじ》といったほうがいいか。

二人の前後に旅人の姿はなく、頭上の木の枝の上で、牙《きば》を剝《む》いた野猿がきいきいと威嚇した。

磐音はおこんを先に歩かせ、両手で背を押すようにして女転ばし坂を上っていった。

不意に上方で悲鳴が上がり、棒切れで叩き伏せる音が重なった。そして、両手で抱えるほどの大きな石がごろごろと、二人が歩く山道のかたわらの崖路を落下してきた。

おこんと磐音は茫然《ぼうぜん》と、二人のかたわらを掠《かす》めて谷底に転がる石を見送った。

「女転ばし坂はほんとうに石が転がり落ちてきて、おこんを転ばすところであったぞ」

「磐音様、あの石が当たったら私たちは谷底まで吹き飛ばされましたね」

「危ういところであったな。気をつけて参ろうか」

二人は女転ばし坂の途中から必死で急峻な山道を上がった。すると路傍に皮の袖なしを着た髭面《ひげづら》の男ら三人が倒れていた。

「どうしたことでしょう」

「こやつども、石を転がして旅人に怪我《けが》を負わせ、その隙《すき》に金品を持ち去る野盗山賊の類《たぐい》であろう」

「なぜ気を失っているのです」

「奇特なお方がわれらを助けてくだされたようじゃ」

「どなたでしょう。これでは命の恩人に礼も申せません」

そうじゃな、と応じた磐音が箱根の山並みに向かい、

「女転ばし坂の恩人どの、どなたかは存ぜぬが危ういところを助けていただき、礼を申しますぞ！」

と叫んだ。するとその声に枝上の野猿が呼応してぎゃあぎゃあと騒ぎ立て、磐音の声が木霊《こだま》して箱根山中に広がっていった。

二人は小さな流れに架かる丸太橋を渡った。さらに二丁ばかり坂を上がったところに立場《たてば》の畑宿《はたじゅく》が見えた。

刻限は五つ半（午前九時）の頃合いかと、お天道様《てんと》の位置で磐音は見当をつけた。

「三島宿まで辿り着けましょうか」

「歩き旅の初日から箱根越えだ。おこん、無理をせずに、そなたの足と相談しながら、まずは芦ノ湖畔賽《さい》の河原《かわら》に辿り着くことだ。それで刻限が遅ければ箱根神社にお参りして、箱根に泊まるのも一興じゃぞ」

磐音はおこんを急《せ》かすまいとして言った。するとおこんが、

「磐音様、私の足はそれほどやわではございません。皆さんが歩き通すところは私も行けます。ほら、このとおり」

と畑宿の最後の坂道を先に立ち、歩き出した。その途端、石畳の浮石におこん

の左足がかかり、ぐらりとした石に体が倒れかかり、磐音が慌《あわ》てて背後から支えて倒れるのを防いだ。

「あ、痛い」

とおこんが左足を上げて立ち竦んだ。

「おこん、路傍の岩に腰をかけよ」

と草鞋の紐を解こうとした。

「磐音様、大丈夫です」

「今の捻《ひね》り具合では捻挫《ねんざ》をしておろう。そうじゃ、このような場所で確かめるより畑宿に参り、足首を診てみよう。おこん、背に負ぶされ」

「磐音様、なんということを」

「旅ではかようなことは付きものじゃ」

おこんを強引に背負った磐音は畑宿に上がっていった。

二

この日、江戸の神保小路の尚武館佐々木道場に幕府の上使が訪れた。老中首座松平右近将監《うこんのじょう》武元の命を受けた大河内又輔《おおこうちまたすけ》だ。

　応対したのは小田平助だ。

「老中会議において尚武館召し上げが決まった。これまでの留守方、ご苦労であった」

「上使どの、承りました。即刻立ち退《の》きますたい」

「明朝までに退去いたさばよいのだ」

　と上使の大河内が気の毒そうな顔で平助に言った。むろん大河内は、幕閣の意思が田沼意次の専断によって決まることを承知していた。

「有難か思《おぼ》し召したい。ばってん仕度はすべてできちょります。季助さんと白山ば連れてくさ、これより尚武館ば立ち退きますで、上使どの、ご検分くだされ」

　と言って平助は長屋に戻り、仕度を整えた。

　背に道中嚢《どうちゅうのう》、腰に鵜飼百助《うかいももすけ》から借り受けた一剣、頭に破《や》れ笠を被り、愛用の槍折れを携えた。

　すでに季助爺の背にも大風呂敷が負われて、白山が不安げな表情で平助の様子を窺《うかが》っていた。

　平助は槍折れを門柱に立てかけると尚武館に向かって拝礼した。すると季助爺も真似た。

「そなたら、頼る先はあるのか」

大河内又輔が案じた。

「上使どの、小田平助の住処はこん青天井の下ばい。広々として遠慮はいらんもん」

と愛敬のある笑顔を大河内に向けた平助は、

「白山、おまえも平助もたい、元の暮らしに戻ろかね」

と言いかけると白山の首に引き綱をつけた。すると安心したか白山が尻尾《しっぽ》を振った。むろんこの言葉は田沼の眼に聞かせる言葉だが、それがいつまで信じられるか平助にも自信はなかった。

かくて槍折れを片手に白山を引いた小田平助は季助爺を伴い、堂々と尚武館を退去していき、神保小路から直心影流尚武館佐々木道場は姿を消した。

畑宿の中ほどに茶屋本陣茗荷屋《みょうがや》畑《はた》右衛門《えもん》があった。

箱根の関所と小田原の中間に位置する畑宿は、往来する大名行列一行から駕籠かき、馬方までがしばしの休息をするところだった。

磐音は浮石に足を捻ったおこんをこの茗荷屋に運んだ。すると女衆《おんなし》がまず縁台に下ろしなされと言うところに、茗荷屋の主が武家を見送りに出て目に留め、

「どうなされた、足を捻られたか。女衆、お武家様とお内儀様を奥の帳場にお連れしなされ。あちらでこの畑右衛門が診てしんぜるでな」

と命じた。

「造作をかけ申す」

おこんを背負った磐音は街道に面した茶店から奥へと通された。

茗荷屋は中庭を挟んで大名家一行が休息する別棟を持っていた。

磐音は帳場の上がりかまちにおこんを下ろして草鞋の紐を解き、足袋を脱がせた。すると左足首がぷっくりと腫《は》れているのが分かった。そこへ畑右衛門が戻ってきて、

「どれどれ、お内儀様」

とおこんの足首を触り、次いでゆっくりと回しておこんの痛がる顔色を見て、

「これならば大事に至りますまい。秘伝の塗り薬を塗れば二、三日で腫れも引きますし、歩けますよ」

と診断を下した。

「二、三日は歩けませんか」

おこんの案ずる言葉に二人の形《なり》を見た畑右衛門が、

「お内儀様、駕籠で道中をなさればよいことです」

と安心させ、治療にかかった。そこへ奥から家来を伴った中年の武家が姿を見せて、

「主、造作をかけた」

と言葉をかけた。治療を中断した畑右衛門が立ち上がって挨拶しようとしたとき、塗笠を被った武家が、

「佐々木磐音どの、若先生ではございませんか」

と驚きの声を磐音にかけた。

磐音が見れば、尚武館の古い門弟で、神保小路近くに江戸屋敷を構える丹波園部《そのべ》藩小出《こいで》家の家臣遠藤治武衛門《えんどうやぶえもん》だ。

「遠藤様にございましたか」

磐音も会釈《えしやく》を返した。すると遠藤が随行の供に、

「そなたら、表にて待て」

と命ずると、おこんに会釈をして中庭に磐音を連れ出した。葉が茂った老梅の

下に磬音を導いた遠藤は、

「それがし、国許《くにもと》より江戸に戻るところにござる」

とまず旅の行き先を告げた。

玲圓より年上の遠藤は、一年も前に江戸屋敷から園部城下に戻っていた。

古い門弟ゆえ磬音は稽古《けいこ》をしたことはなかった。当然磬音より玲圓のほうが親しく、時に二人で稽古をするのを見かけたことがあった。

「江戸の異変はご存じにございますな」

「国許にも家基様の急死は伝わっておる。それより磬音どの、玲圓どのとおえい様が亡くなられたと噂で聞いたが真《まこと》か」

首肯《しゆこう》した磬音は手短に尚武館佐々木道場と佐々木家を見舞った激変を語った。

「田沼様の横暴、どこまでも果てぬか」

と慨嘆した遠藤が、

「若先生、あちらの女性《によしよう》はそなたの内儀どのじゃな」

「はい。以前は今津屋に奉公しておりました、こんにございます」

「評判の今小町にまさか箱根山中でお目にかかるとは、夢にも思わなんだ。どちらに参られる」

「どちらとて、あてなき旅にございます」

「お労《いたわ》しや。田沼様の追っ手を逃れてのことにござるか」

「はい」

と磐音は尚武館の先輩に正直に答え、

「佐々木家と尚武館道場の再興のための逃避行じゃな」

と遠藤が重ねて問うた。

「時節がすべて悪うございます。しばし旅の空に身を置くのもよかろうかと思いまして」

「苦労なさるな」

「遠藤様、われらと出会《でお》うたこと、江戸にては他言無用に願いとうございます。園部藩にどのような迷惑がかかるやもしれませぬゆえ」

「相分かった」

二人が帳場に戻るとおこんの治療は終わっていた。

「主、それがし昵懇の方々でな、宜《よろ》しゅう頼む」

遠藤治武衛門は言い残すと供の待つ表に戻っていった。

「よいですか、この貝殻に秘伝の塗り薬を詰めておきますでな、朝晩、できれば昼も塗布してくだされ。さすれば二、三日内には必ず治ります」

とおこんに塗り薬を持たせ、

「お武家様、ここからは駕籠をお雇いなされませ。うちの出入りの者を付けますのでご安心ください」

と親切に駕籠の手配もしてくれた。

おこんは親身な手当ての代償に相応の金子を座布団の下に残して、深々と治療の礼を述べた。


小田平助と季助爺と白山が小梅村今津屋の御寮に到着したとき、ひと騒ぎが終わったところだった。

御寮には、南町奉行所の与力松岡三蔵が同心を引き連れて踏み込んできたという。知らせを受けた老分番頭の由蔵が駆け付けると、松岡が憮然《ぶぜん》と立っていた。なにか狙《ねら》いが外れた表情だ。磐音とおこんがいないせいか。

「私は今津屋の老分由蔵にございますが、どのようなお調べにございますか」

「この御寮に不逞《ふてい》の輩《やから》が出入りしておるとの通報あっての調べである」

「そなた様は南町にございますか、北町にございますか」

「南町奉行牧野成賢様支配下松岡じゃ」

「私どもも南町とは親しいお付き合いをさせていただいておりますが、かような仕打ちに遭《お》うたのは初めてのことにございます。なんぞご不審の儀がございましたので」

「調べを一々町人風情に報告する義務はない」

「ほう、それがお答えにございますか。本日店に立ち返り主と相談の上、牧野様にお目にかかり、強い申し入れをいたします」

「要らざることを」

と吐き捨てた松岡一行が御寮を引き上げた直後に小田平助らが到着した。

「小田様、よう見えられました。これで御寮も安心にございます」

と由蔵が御寮を訪ねた理由を平助に告げ、さらに言った。

「南町が、まさかかような理不尽をなさるとは驚きました」

「老分どの、そりゃ、どちら様かの嫌がらせたいね」

「まあ、そのようなところにございますかな」

と由蔵の口調が落ち着いてきた。

「若先生からこちらに厄介《やっかい》になれちゅう言伝ば貰《もら》いましたが、わしらが住んでよかとやろか」

「小田様、佐々木様からさるお方を通して相談がございましてな、主の吉右衛門も快諾したことにございます。なにしろ留守番の老夫婦が敷地内の長屋に住んでいるだけ。槍折れの達人の小田平助様に住んでいただければ大安心にございますよ」

「ばってん、季助さんと二人、こげん立派な御寮に住みきらんばい。なんぞ納屋か小屋はございまっせんかな」

「ふっふっふ」

　と笑った由蔵が、

「留守番の老夫婦の隣に、階下が広々とした土間の納屋がございますが、そちらで宜しゅうございますか」

「土間があるならたい、白山も雨風にあたらんでよかろ。わっしらは板の間でんなんでん構わんたい」

　と平助が答えて、この日から今津屋の御寮に小田平助、季助爺、それに白山の尚武館最後の残党が移り住むことになった。

弥助は文使いの役目に徹していた。だが、文の宛名の当人に会い、直《じか》に手渡してその場で読ませ、さらに文を焼くところまで見届けるとなると、時間がかかった。だが、田沼一派の手が尚武館や磐音の知り合いに波及しないためには致し方ないことだった。

弥助は孤独感に苛《さいな》まれながらもこの役目を黙々と果たし、時には旅を続ける磐音とおこんに想いを馳《は》せていた。

浅草聖天町《しょうでんちょう》に三味《しゃみ》芳六《よし》代目の看板を掲げて、三味線造りを始めた鶴吉《つるきち》は、この日、神田橋のお部屋様こと、田沼意次の愛妾《あいしょう》おすなに呼ばれていた。

お部屋様から三味線の注文を受けた鶴吉は、おすなの心をくすぐりながら、時に三味線の稽古に付き合った。

「鶴吉、そなたの音色とわらわの音はだいぶ違うように思えるがのう」

「お部屋様、そりゃ当然にございましょう」

「年季がちがうと申すか」

いささか不満顔で問い返す。

「お部屋様は昔取った杵柄《きねづか》、この鶴吉は三味線造りの音調べに爪弾くだけ。お部屋様の音色がしみじみと響くのは当然にございます。鶴吉なんぞとは比較にもなりますまい。それよりお部屋様、そろそろ三味線の師匠をお雇いになり、本式な稽古をなされませ。それまでには必ずやお部屋様の手に合う三味線を、この鶴吉がお造りいたします」

「おうおう、そのようなことを。じゃが、わらわは当分、そなたの三味線造りの手助けに、そなたと稽古をいたすぞ」

「この鶴吉ではもはやお部屋様のお相手は務まりませんよ」

と言いながら、二棹《ふたさお》の三味線がまた鳴り始めた。

田沼意次の屋敷の庭に桜が咲き、はらはらと風に舞っていた。

三味線の調べが響く庭を挟んだ向こう座敷で、海老茶《えびちゃ》の烏帽子《えぼし》に同色の貫頭衣のような衣服を着た人物が、座敷じゅうに系図を広げて作業をしていた。

田沼家の系図作りを頼まれた雹田平《ひょうでんぺい》だ。瘦《や》せ烏《がらす》のような尖《とが》った顔で、佐野善左衛門政言から借り受けた佐野家の系図に目を落とし、新たな田沼家の家系図を創作する系図屋が、

「なんともひどい音じゃな」

と庭の向こうから聞こえてくる調べに苦笑いした。雹田平は系図作りに集中するために遠耳《とおみみ》を塞いでいたが、おすなの鳴らすひどい音だけは雹の秘技をもってしても防ぎきれなかった。

主の田沼意次といい、愛妾のおすなといい、なかなかの人物にござるな、と胸の中で苦笑いした雹は、

(大切な金蔓《かねづる》じゃ、出世の糸口、大事にせねば)

と自らに言い聞かせた。

そのとき、庭に面した廊下に足音が響いた。

鶴吉の音色についていけずいらいらしていたお部屋様が、

「たれじゃ、わらわの稽古の邪魔をいたす者は」

と喚《わめ》いた。

「お部屋様、三浦《みうら》にございます」

と田沼の用人の一人三浦庄司《しょうじ》が慌ただしく姿を見せて廊下に座した。

「何事じゃ、三浦」

楊弓場《ようきゅうば》上がりのおすなが田沼の股肱《ここう》の臣を呼び捨てにした。

「お部屋様、お人払いを」

「鶴吉なればよい」

「いえ、それは」

と三浦が言い淀《よど》みながらも上目遣いに鶴吉を睨んだ。

「お部屋様、わっしはこれで」

「いえ、なりませぬ。稽古の途中じゃ」

「ならば一旦控えの間に下がらせてもらいます」

「そうしてくれるか」

と色目を遣うおすなに会釈した鶴吉は三味線をその場に置き、老女が控える次の間に下がった。

「今津屋の御寮に封じ込めたはずの尚武館の若夫婦が消えた由《よし》にございます」

「なにっ、折角、佐々木磐音とおこんを小梅村に囲い込んだものを、逃がしたとな。なんということじゃ。三浦、見逃した者どもを厳しく処罰いたせ」

「それが、警備に当たらせていた者たちも姿を消しております」

「夫婦を追っておると言いやるか」

「いえ、尚武館の養子に始末されたのではと危惧《きぐ》しております」

「おのれ、佐々木磐音め。三浦、草の根分けてもあやつら夫婦を探し出せ。三百諸国に人を放ってもそのことを遂行するのじゃ。あやつが生きておるかぎり、殿は枕を高くしてお休みになれぬわ。それがどうして分からぬか」

「はっ、はい」

「佐々木一族を根絶やしにせねば、尚武館が再興されるやもしれぬのじゃぞ。人を飛ばして佐々木磐音を追え。息の根を止めよ」

と激しい怒りの声が控え部屋の鶴吉の耳にまで聞こえてきた。

(佐々木様とおこん様は田沼の包囲の輪の外に逃れられた)

鶴吉は老女が睨み据える視線を感じながら胸の中で安堵した。

お部屋様の逆鱗《げきりん》に触れた三浦用人がそそくさとおすなの前から退出した。

おすなは三浦が去った後も独り考えに沈んでいた。

田沼意次の野望、三代にわたる将軍の後見として幕閣に絶大な権力を保持するためには、神保小路の尚武館佐々木道場を完全に破滅に追い込み、佐々木一族を根絶やしにする要があった。

(磐音とおこんを取り逃がしたとあっては佐々木一族が生き延びた)

ということだ。なんとしても、佐々木の名のもとに反田沼の幕臣、大名家を結集させてはならぬとおすなは思った。

（磐音め、どこに逃げおったか）

なんぞ探り出す手はないものか、と思案に落ちるおすなは庭に人の気配を感じた。視線を上げると、烏帽子、貫頭衣に奇妙な沓《くつ》を履いた男が片膝《かたひざ》を突いて控えていた。

「何奴か」

「系図屋にございます」

「系図屋風情がわらわの前に、何用あって姿を見せた」

「お部屋様の憂いを取り除くために」

「わらわの憂いを取り除くとな。そなた、わらわの悩みを承知と申すか」

「はい」

「申せ」

「尚武館道場の後継佐々木磐音の行き先」

「ほう、申してみよ」

「お部屋様、系図屋とは過去を探る職業にございます。佐々木磐音がどこへ参ったか、現在《いま》を追っても見つかりませぬ。磐音を炙《あぶ》り出すためには、佐々木家の過去を手繰ることが肝要です」

「そなた、それができると申すか」

「系図屋は過去を探って未来を予測する匠《たくみ》にございます。田沼意次様の過去を拵えて田沼様のご出世に華を添えるような」

「わらわの近くに上がりや、系図屋」

にやりと笑ったおすなが許しを与えた。

鶴吉が耳にした会話はそこまでだった。稽古が急に止められて、鶴吉は神田橋にある田沼屋敷を出されたからだ。

(さてこの話、どう佐々木様に伝えたものか)

鶴吉は想い悩みながら神田橋を渡り、鎌倉《かまくら》河岸の人込みに触れてほっと安堵した。

三

〈御関所、小田原の城主勤番也。女人と武具は御証文なくては通さず。鎗もたせざる者は主人の手がた、あるひは所の庄官の手形持参して通る〉

と『袖鏡《そでかがみ》』に記されたように、天下一厳しい関所が箱根の関であった。

畑宿から山駕籠を雇った磐音は、おこんをその山駕籠に乗せて六道地蔵の道標を通過し、眼下に芦ノ湖が見えるところまで上ってきた。

「おこん、足はどうか」

「お蔭さまで駕籠に乗せていただき、随分と楽にございます」

と答えたおこんだが、窮屈な山駕籠で傷《いた》めた足首が痛んでいた。それでも、

「あれ、湖に富士山のお姿が」

と湖面に映じた霊峰に目を留めて声を上げた。

「旦那、関所に向かいますか」

と駕籠屋の先棒《さきぼう》が磐音に訊いた。

おこんが足首を捻ったこともあり、刻限はすでに九つ（正午）を大きく廻っていた。箱根の関所は、

「明け六つ（午前六時）御開門、暮れ六つ（午後六時）閉門」

が決まりだ。それでも関所が開いている刻限に通過は可能だ。

「駕籠屋どの、関所を越えたとしても今日中に三島に着くのは無理じゃ。女房も足を傷めていることゆえ、関所を前に今宵《こよい》は賽の河原の旅籠に早泊まりとしたい」

「なら、茗荷屋の旦那から、もしお客様が箱根にお泊まりの節は日金屋に案内しろ、うちからと言えば粗末な扱いをするまいと言付かってきたが、日金屋でいいかえ」

「茗荷屋どのは、そこまで気を遣われておられたか」

畑右衛門の厚意に感謝しながら、磐音は日金屋に宿泊することを駕籠屋に告げた。

箱根に泊まる旅人が関所を越えた箱根宿で旅仕度をほどくことは、磐音も承知していた。だが、二人にはまだ悩みがあった。

関所を佐々木磐音の名と今津屋こんの手形で通過するかどうかだ。厳しい調べの末に通過は許されるであろう。だが、できることなら田沼一派の追跡を振り切るために、箱根の関所に痕跡を残していきたくなかった。

田沼の追っ手は必ずや来る。それが磐音の確信だった。

田沼意次は幕府を一手に掌握しているのだ。五街道を監督する勘定奉行を思いのままに操ることもできた。ためになんとしても小さな痕跡さえ残したくなかった。

未だこの問題が解決できぬまま、賽の河原の日金屋に駕籠が到着した。

「番頭さん、畑宿の茗荷屋の送り客だ。一晩泊めてくだせえよ」

と駕籠屋の先棒が声をかけると番頭や女衆が出迎えた。

「お内儀様が足を傷めておられる。それで早泊まりだよ」

おこんは旅籠の女衆に助けられて日金屋の玄関の上がりかまちに腰を下ろし、一息ついた。磐音は酒手を添えて駕籠代を支払い、

「帰り道、気をつけてくだされ」

「お武家様、今日はまだ陽《ひ》があるだよ。小田原まで一気に駆け下るだ」

と言って空駕籠を担ぐと、駕籠屋は再び箱根の山道を走り戻っていった。

足首を傷めたおこんは湯を遠慮して部屋に上がった。

「おこん、塗り薬を付け替えるか」

おこんが捻った足首は塗り薬が効いたか、さほど腫れることもなく熱だけがあった。畑宿で塗布した秘伝の薬は熱のせいでかさかさに乾いていた。

磐音は桶《おけ》に汲んだ冷水に手拭《てぬぐ》いを浸して固く絞り、患部を冷やすと同時に乾いた薬をきれいに拭《ふ》きとった。

「磐音様、このようなことまでさせて申し訳ありません」

「われらは夫婦じゃ。遠慮はいらぬ」

新たに貝殻の塗り薬を患部に塗って布で固めた。

「明日は駕籠よりも馬がよかろう。足を曲げずに伸ばせるからな」

「磐音様、関所のこと、どうなされますか」

「未だ考えが決しておらぬ。だが案ずることはない。かようなことはふと閃《ひらめ》くものだ。それより、旅の初日、ようも箱根まで上がってきたことを祝おうか」

「いえ、山祝いは関所を越えてからにいたしましょう」

旅人にとって東海道の難所は箱根八里と大井川だ。箱根では関所を通過したとき、大井川では川渡しを終えたときに、山祝い、水祝いと称して一杯酒を飲んだ。

「磐音様、湯に入ってこられませ。女衆に頼んで前祝いの御酒を頼んでおきます」

と旅籠の座敷に落ち着いたおこんが磐音に言った。

「そうさせてもらおうか」

手拭いを提げて日金屋の湯に向かうとき、磐音はまた何者かが見張っているような眼を意識した。

(ご苦労じゃな)

胸の中で呟いた磐音は賽の河原の日金屋の湯の戸を開けた。

江戸は本所の横川に架かる法恩寺橋際の地蔵蕎麦《そば》からだみ声が響いてきた。

「なんだ、佐々木さんから置き文というから封を披《ひら》いてみたら、早苗の奉公を解かざるを得なくなった詫びやそれがしの身内に宜しゅうとばかりで、この武左衛門にはただ一言も触れてはおらぬ。いくら慌ただしい身とは申せ、もう少し気の利いた別れの文は残せぬのか」

竹村武左衛門が言い放ち、隣の柳次郎の文を覗き込もうとした。すると柳次郎が文を閉じた。

「なんだ、文くらい読ませてくれてもよいではないか。なんと書いてあったな、行き先は記してあったか」

「これは私に宛てられた文だ。なぜ旦那に見せねばならぬ」

「減るものでもあるまい。なんと書いてあるか、教えよ」

「それがしとお有どのの祝言《しゅうげん》の仲人を務められなくなったことを、幾度も詫びておられる」

「それだけか」

「母上にも細々と詫びが記してある。なにも佐々木さんがわれらに詫びることなどないのだ」

「そうだとも。田沼が悪い」

「竹村の旦那」

と地蔵蕎麦の主にして南町の木下一郎太の御用を務める竹蔵親分が武左衛門を窘《たしな》めた。

「なんだ、親分。田沼の名を出しては悪いか」

「へえ、こうして佐々木様が細心の注意で文を弥助さんに託されたんですよ。文を頂戴したわっしらが、そのお気持ちをぶっ壊す真似をしちゃなりませんや」

三人が文を読む様子を黙って眺めていた弥助が、

「お身内に文を持ちかえりたいお気持ちはわっしも重々分かります。だが、竹蔵親分が言われたとおり、佐々木様の言葉の一言一句は胸に刻んで、この火鉢に文をくべてくださいまし」

と願った。

「弥助さん、それほど注意をせねばならぬことか」

「田の字様のお力は、前とは比べものになりませんや。あの尚武館佐々木道場がこの世から消えたんですぜ」

「そうだったな。驕る平家は久しからず、か。尚武館の栄華もうたかたの夢であったな」

「旦那、佐々木様方は驕られてなどいなかった。幕臣でもない身で旗本大名家の剣術の業を高めようと、日夜努めてこられただけだ」

「そうか、こういう場合に使う言葉ではないか」

と言いながら武左衛門が最初に文を火鉢の火にくべた。

燃える文を無言で凝視している四人の男たちの目に、ぼおっとした焔《ほのお》が映じていた。

三通の文が灰になったとき、

「なにやらおれの胸の中を虚《むな》しい風が吹き抜けていくぞ、柳次郎」

「旦那も時にそんな気持ちになるか」

「あたりまえだ。尚武館の若先生にはこれまであれこれと仕事を紹介してもらい、銭を稼がせてもろうたからな」

「なんだ、金が絡《から》む話か」

「早苗の一件もある」

と言った武左衛門が、

「親分、この塞いだ気持ちを変えるには、ちくと一杯要るのだがな」

と請求した。

「今日ばかりはわっしも飲みたい気持ちでさ」

と竹蔵が手を叩くと、すぐに酒が運ばれてきた。

武左衛門が、これこれ、と言いながら手酌で茶碗に酒を注《つ》いだ。

「わっしはこれで」

と弥助が立ち上がった。

「弥助さん、一杯飲んでいかれないんで」

「親分、佐々木様に文使いを頼まれたとき、こんな哀しい気持ちになるなんて考えもしませんでしたよ。文が燃える焰を見ていると、無性に寂しくなるんでさ」

「だから、酒を」

「竹村さん、酒を飲むとさらに虚しさと寂しさが募るのは、どういうわけにござんしょうね」

と頭を下げた弥助が竹蔵に、

「木下様と笹塚様の文、親分にお任せいたしましたぜ」

「必ずやわっしが木下様に、そして木下様の手から笹塚様に届くよう、密かに手配いたします」

「またいずれ」

「行くのか、弥助さん」

「これから宮戸川に回りますんで」

「鰻《うなぎ》か。こってりとした蒲焼《かばやき》で一杯もいいな」

と呟いた武左衛門がきゅっと茶碗酒を飲み干した。


相州《そうしゅう》箱根山中、賽の河原の旅籠では磐音とおこんが寝に就こうとしていた。そこへ夜道を駆け通してきた旅人か、駕籠が日金屋の前に止まった様子があり、夜番の男衆《おとこし》と何事か話す気配があった。

磐音は包平《かねひら》を引き寄せると立て膝をして様子を窺った。おこんも懐剣を手にした。

廊下に人の気配がして、

「お客人にございます」

と磐音らの座敷へ男衆が声をかけた。

「お客を迎える予定はござらぬが」

磐音が応じる声に障子が開かれ、

「佐々木様、おこん様」

と部屋に飛び込んできたのは、小田原宿脇本陣の主の小清水屋右七だ。

「右七どの、またどうして」

旅籠の男衆が姿を消し、部屋に右七が入ってきた。

「佐々木様、おこん様、冷とうございますよ。この右七、恨みに思いますぞ。小田原を通りながら、なぜ小清水屋に立ち寄っていただけないので」

「それには理由《わけ》がございまして」

「聞きました。お佐紀からの文で、尚武館の大先生とおえい様が自ら命を断たれたとか。また尚武館もなくなったと。だが、佐々木様とおこん様は今津屋の御寮で静かに暮らしておられるというもので、少しだけ安心していたところですよ。それが」

「右七どの、それよりわれらがこの日金屋にいることをどうして知られました」

磐音は右七が磐音らの動向を知ることに不安を感じた。

「本日、うちに園部藩小出家の遠藤様がお泊まりになりましてな、私を座敷にお呼びになり、小清水屋、そなたの娘が江戸の両替商今津屋に嫁に入っていたな、と念を押されて言い出されたのです。箱根の道々迷うてきたことだが、やはり話しておきたいと、畑宿で佐々木様とおこん様に会ったことを話されましたので」

「さようにございましたか。確かに、江戸では他言無用に、と願いましたが、まさか遠藤様が右七どののところにお泊まりになるとは考えもしませんでした」

「早駕籠を仕立てて一気に峠道を駆けのぼる道中、空駕籠を担いだ駕籠屋に出会いました。それでこちらも駕籠を止めて様子を聞きますと、なんと運がよいことに、お二人をこの日金屋に送った駕籠屋でございました」

「右七どの、それで仔細《しさい》は分かりました」

「佐々木様、そちらはお分かりでも、私は得心できませぬ」

と最前のことに触れた。

「右七どの、われらが小清水屋に投宿いたしたことが、後に田沼一派に知られれば、今津屋のお佐紀どののこともござるゆえ、われらが今津屋の知り合いを頼って旅していると知れ、田沼様は必ずや今津屋、小清水屋にきつい咎めを下されましょう。それだけは避けとうございました」

「なんと、そのような気遣いをなさりながらの道中にございましたか。お労《いたわ》しや」

と涙を両眼にためた右七が手拭いで拭き、

「年寄りになると急に涙脆《もろ》くなりまして失礼いたしました」

「いえ、そのようなことは」

「佐々木様、おこん様、なんぞこの右七にできることはございませんか。かように夜道を早駕籠で駆け付けた私を無下に小田原に追い返さないでくださいまし。江戸のお佐紀にきつく叱《しか》られます」

磐音はしばし思案した末に、

「右七どの、思案がつかぬことが一つございます」

と前置きして、箱根の関所を佐々木磐音、今津屋の奉公人おこんの手形で越えてよいものかどうか迷っていると告げた。

「そのようなことでしたか。容易なことです」

「容易にございますか」

「はい。箱根の関所は幕府直轄とは申せ、小田原藩大久保家が勤番する関所です。そして私は小田原の脇本陣の主、大久保様の家臣とも顔見知りにございます」

「であろうな」

「明日の関所通過はこの右七にお任せくだされ」

「助かり申した」

「佐々木様、おこん様、だが、難題はその先です。今後、佐々木や坂崎の名で関所を通るのは、田沼様に通過を知らせるようなものです」

「いかにもさよう。なんぞお知恵がございますか」

「どなたもが非の打ちどころがない通行手形で道中されるお方ばかりではございません。このような関所の周りには闇手形屋がおりましてな、佐々木様とおこん様が武家夫婦として今後旅ができるよう、新しい手形を拵えましょう」

「そのような商いがあるのですか。金子はさておき、日数がかかるのではござらぬか」

「まあ、この右七にお任せください。明日の明け六つの御開門までに、お二人の新しい手形を携えて右七が戻って参りますから、今宵はゆっくりとお休みくださいまし」

と言葉を残した右七が座敷から廊下へと姿を消した。

「小田原で小清水屋どのに迷惑をかけまいとしたが、結局かような仕儀になってしもうた」

「磐音様、これが私どもの運命《さだめ》にございましょう。ただ今は、素直に右七様のお手配に従いましょうか」

とおこんが磐音に話しかけた。

そのとき、弥助は店の暖簾を下ろした鰻処宮戸川の帳場で、鉄五郎親方が長火鉢の炭火に文を焼く様子を見ていた。

いったいいくつ、磐音とおこんの想いを焼く焔を見つめればよいのか。

「ふうっ」

と鉄五郎が溜息をついた。

「江戸に佐々木様とおこん様がいないと思うとたまらないや。酒を飲んで憂さが晴れるならいくらでも飲む。だが、この憂さは酒なんぞで消えはしめえ」

「仰《おつしや》るとおりにございます」

「弥助さん、おまえさんが一番辛《つら》いやね」

と鉄五郎が弥助の気持ちを慮《おもんぱか》った。

「鉄五郎親方、頼みがございます。懐に、金兵衛さんに宛てた佐々木様とおこん様の文がございます。わっしが届けたんじゃ、田沼の見張りに見つかりに行くようなもんだ。なんとか六間堀繋がりで金兵衛さんに文を届ける手はございませんかかね」

「任せなせえ、弥助さん」

と答える傍から幸吉《こうきち》が身を乗り出してきた。

「おお、こいつはおめえの出番だ。だが、工夫がいらあ。おめえの昔の鰻捕り仲間を何人か集められねえか」

「親方、みんな奉公に出て、おれのようにすぐ融通のきく野郎が残っていたかね」

「男ばかりじゃねえ。洟《はな》垂《た》れ餓鬼《がき》やよちよち歩きの女子でもいいや」

「分かった」

「すべては明日、おれが指図する。いいな、幸吉」

「合点承知之助だ」

と答えた幸吉も、浪人さんが江戸にいないと思うと無性に哀しくなった。

「弥助さん、佐々木様とおこんさんの文、確かにお預かりいたしますぜ」

と鉄五郎が言い、この日、最後の分厚い文が弥助から鉄五郎に手渡された。

四

箱根芦ノ湖賽の河原の旅籠日金屋の旅人たちが目を覚まし、旅仕度を始めた気配があった。

刻限は七つ半（午前五時）、旅の仕来《しきた》りの七つ発ちより半刻（一時間）ほど遅い目覚めだ。だが、箱根の関所の御開門は明け六つが決まり。日金屋から関所は見えていたから十分に間にあった。

磐音もおこんもすでに目覚めていた。だが、未だ小清水屋右七が戻ってくる気配はない。

「右七様はああ言われましたが、ご苦労をなさっておられるのではないでしょうか」

とおこんが不安げな声を吐いた。それに対して磐音が笑みを湛えた顔で、

「おこん、右七どのがわれらに約定《やくじょう》なされたことじゃ。必ずや刻限までには戻って参られよう」

とおこんに頷き返した。

すでに日金屋の玄関口では関所に向かう旅人の気配がしていた。

廊下に人の気配がしたのはそのときだ。

「お待たせ申しましたな」

右七が障子を開けて静かに姿を見せた。その肩口に夜露が乗っていた。

「造作をおかけいたしました」

「なにほどのことがございましょう」

右七は磐音とおこんの前に一通の道中手形を差し出した。大久保家陪臣《ばいしん》の武家手形だった。

「小田原藩町奉行職和泉常信《いずみつねのぶ》様のご家来清水平四郎《しみずへいしろう》、いね様夫婦の武家手形にございますよ。ええ、和泉様は実在の人物で、そのご家来に清水様と申されるお方がおられます。お内儀いね様も、もはやお歳で、二人とも小田原城下外れに悠々自適の隠居暮らしをしておられます。私は和泉様とも清水様とも昵懇の間柄にございましてな、万が一問い合わせがあっても、和泉様が口裏を合わせてくださることになっております」

と言うと、右七は腰帯から煙草《たばこ》入れを外して煙管《きせる》を抜いた。

右七は闇手形といったが、ただの闇手形ではなかった。裏付けのあるりっぱな武家手形だった。

磐音は手形を押し戴《いただ》くと、

「右七どの、佐々木磐音とおこん、このご恩、生涯忘れることはございませぬ」

「なにをおっしゃいますな。わが娘香奈《かな》の命の恩人は坂崎磐音様。そのことを思えば、私のやったことなど大したことではございません」

右七が行灯《あんどん》の灯りで煙草に火を点《つ》け、満足げに一服した。

吉右衛門の後添いに右七の長女のお香奈がどうかと、亡くなった先妻お艶《えん》の兄赤木儀左衛門《あかぎぎざえもん》から話がもたらされた。その話に乗った今津屋の老分番頭由蔵と磐音はお香奈の人物検分に鎌倉に出かけた。

だが、二人が初めてお香奈に会った翌日、お香奈は小田原藩大久保家の近習《きんじゅ》大塚左門《おおつかさもん》とともに逐電した。一方、共に藩改革を目指した吉村作太郎《よしむらさくたろう》らが大塚の行為は、

「仲間への裏切り」

と決め付けて大塚左門を斬ろうとした。だが、内実は吉村のお香奈への横恋慕がそのような行動を取らせたのだ。

そのことを知った磐音は、大塚とお香奈を吉村らの手から救い、鎌倉から旅の

空に逃がしていた。

かくて吉右衛門の後添い候補は消えた。だが、この騒ぎを通して妹お佐紀の沈着冷静な判断を知った磐音は、由蔵らにお佐紀を吉右衛門の後添いにと改めて提案し、お佐紀も熟慮の末に受けた。これで由蔵と右七と儀左衛門の面目《めんぼく》も保たれ、ほっと安堵させた騒ぎがあった。

右七はこのことを言っていたのである。

一服し終えた右七が、

「そろそろ参りましょうかな」

と磐音とおこんに言いかけた。

玄関先で磐音がおこんの足に草鞋を履かせ、右七が、

「関所を抜けるまで徒歩で願えますか。関所の向こうには馬を待たせてございますでな」

と願った。

「右七どの、おこんはそれがしが負うて参ります」

「それは宜しゅうございますな」

おこんは遠慮したが、磐音は、

「亭主の申すことは聞くものじゃぞ」

と足を痛めた女房をさっさと負ぶった。

すでに箱根の関所は開門しており、第一陣の旅人たちが通過した頃合いだった。

二人に従った右七が関所門番に挨拶をしながら関所に入ると、高床の上で旅人の通過を厳しい目で見張る役人に、

「笹間様《ささま》、清水平四郎様のお内儀様が足を痛められましてな、芦ノ湯で湯治しておられましたがなかなか治りが遅うございます。そこでこれから熱海の湯に下るところにございます」

と言いかけた。笹間と名を呼ばれた役人が、

「おお、最前遣いを貰うた。清水どの、お内儀の足、いささか心配じゃな。芦ノ湯にて治りが遅うても、源泉が違えば効くこともある。熱海の大湯なれば必ずや元通りに足が動くようになろう。気をつけて行かれよ」

と右七に目配せして、行けと命じた。

「笹間様、城下に下りてこられるのはいつですな。この次は必ずや、この前の負けを取り返しますからな」

「右七、そなたの碁《ご》の腕では百年かかってもこの笹間に敵《かな》うものではないぞ。こ

の次は何目でもそなたの望むとおりにな、それがしが勝ちを制すぞ」

と笹間が鷹揚《おうよう》に笑って見送り、右七ら三人は関所を通った。

関所を抜けたところに馬が待機しており、おこんは馬の鞍《くら》に乗せられて箱根峠に向かった。

「右七どの、お礼の言葉もござらぬ」

と磐音が右七に言ったが、

「もはや十分にお気持ちは頂戴いたしました」

と取り合わなかった。

箱根峠は相模と伊豆《いず》の国境であり、今日も芦ノ湖の湖面に逆さ富士が映じて、その上に本物の富士が神々しく聳《そび》えていた。箱根峠を少し三島へ下ったところに接待茶屋があった。右七は馬を止めさせると磐音とおこんに、

「山祝いの酒を酌み交わしましょうか」

と誘《いざな》った。

箱根の関所を通過した旅人が必ず行うのが山祝いの一杯だ。

女衆が心得顔に酒の膳を運んできて、三人は猪口に酒を注ぎ合った。

「佐々木様、おこん様、お達者で」

「右七どの、ご機嫌麗しゅう」

短い言葉に万感の想いを込めて飲み干した。

再び鞍上《あんじょう》に戻ったおこんの体付きを見た右七がはっとして磐音に、

「もしやおこん様にはやや子が」

と囁《ささや》くように訊いた。

「お気付きでしたか」

「なんと、佐々木家の後継が」

「江戸にはしばらく伏せておいてくだされ。田沼様の追跡がさらに厳しくなりましょうから」

「心得ました」

と右七の顔が心なしか綻《ほころ》び、

「おこん様、ここでお別れでございます」

「またお目にかかれる日を願っております」

三島へ向かうおこんと磐音、熱海峠へ向かう右七は、接待茶屋の前で左右に別れた。この次、会えるのはいつの日か。

鞍上のおこんの両眼は涙に曇り、箱根の山並みが霞《かす》んで見えた。

弥助は吉原会所の四郎兵衛に磐音の文を届けた後、聖天町の三味線造りの鶴吉の工房に足を止めた。

「三味芳の親方にございますね」

表が見える仕事場で三味線の棹《さお》と箱を手に何事か思案する鶴吉が顔を上げ、

「いかにもわっしが鶴吉でございますが」

とどこかで見かけたような顔だがと見返した。

「わっしは弥助と申しまして、神保小路に世話になった者です」

「おお、弥助さん。うっかりしておりました」

と鶴吉が上がりかまちに座布団を運んできた。

「ちょいとお邪魔をさせてもらいます」

と許しを乞うた弥助が、三味線を注文に来た客の体《てい》で鶴吉に体を寄せると、文を差し出した。

「佐々木様からの文にございます」

と文使いの口上を囁き声で述べた。驚きの顔で聞いていた鶴吉が、

「わっしにまで文を」

と答えると弥助に背を向け、三味線造りを続ける様子で封を披いて文を読み始めた。しばらくするとその背が震えてきた。

「なんということが」

と呟きを洩らすと、怒りを抑えた体で鶴吉は立ち上がり、仕事場の隅にあった火鉢に文をくべた。それを確かめた弥助が、わっしはこれでと上がりかまちから立ち上がりかけた。

「弥助さん、わっしにもちょいと思案に余る話がございましてね」

「なんでございましょう」

と再び上がりかまちに腰を下ろした弥助に、鶴吉が神田橋の田沼屋敷で見聞した一切合切を告げた。

「なんと、鶴吉さんが田沼屋敷に出入りなされていたとは」

と驚いた表情の弥助が、

「系図屋の雹田平、ですか。奇妙な人物が神田橋のお部屋様と手を組みやがったものだぜ」

弥助は旅の佐々木磐音に知らせねばなるまいがと考えた。その耳に鶴吉の遠慮深げな言葉が届いた。

「なんとなく、霜田平なる人物、和人ではないような気がしました。いえ、わっしの勘ですがね」


深川六間堀の河岸道《かしみち》に鰻の香ばしい匂いが流れていた。

幸吉が大皿を風呂敷に包んで両手に抱え、桜の一枝を担いだおまんと貧乏徳利を提げた三八《さんぱち》の兄妹が幸吉に従っていた。二人は鰻捕り仲間の新太《しんた》の弟と妹だ。

「幸ちゃん、重いよ」

五つのおまんは、満開の桜の枝を地面に引きずりそうだった。

「おまん、金兵衛さんの家はすぐそこだよ。もうしばらくの辛抱だぞ」

と諭すように言って金兵衛長屋の路地に曲がった。

「金兵衛さんよ、いるかえ」

わざと口調を昔に戻した幸吉が戸口を開けると、御籾蔵《おもみぐら》から射《さ》し込む西日の縁側で、金兵衛が魂の抜けがらのように座り、庭を眺めていた。

「たれだ、大きな声を上げるのは」

「幸吉だよ。金兵衛さんがさ、元気がないってんで見舞いに来たんだよ。親方が鰻の肝《きも》を工夫して秘伝のたれにつけて焼いた名物だ。滋養があるからさ、こいつを食うと元気になるぜ」

「幸吉、今さら英気を養ってどうするんだい」

力なく答える金兵衛のそばに幸吉だけが上がり、おまんと三八は玄関土間の上がりかまちに貧乏徳利と桜の枝を置き、幸吉の様子を見ていた。

「世の中が一気に変わっちまってよ、生きる張りがねえよ」

「金兵衛さん、おれのほうを向きなって」

「宮戸川の小僧を見てなんになる」

「小僧だって。おれはもう割き台を貰ってよ、浪人さん譲りの包丁で鰻割きの仕事をしてるんだよ」

「その浪人さんとおこんが、どこかに姿を晦《くら》ましちまったんだよ。親父のおれになにも言わずによ」

ほれ、とどてらの袖を引いた幸吉が金兵衛の向きを変えさせた。

「なんだ、ほれって」

幸吉が懐から書状を半分ほど出して見せた。

「なんだ、おめえは飛脚の真似までするのか」

「しいっ」

と制した幸吉が、

「いいかい、金兵衛さん。決して泣き喚いたり、おこんさんや浪人さんの名を大声で呼んじゃならないよ。黙って噛み締めるように読むんだよ」

「こ、幸吉、この文は婿どのとおこんからか」

「読み終えたら文を残しちゃならない。燃やしてしまうんだ」

「大事な文だぞ」

「だからこそ一言一句をよ、頭に刻み込んで覚えるんだ。そうすりゃ、田沼だって浪人さんやおこんさんの言葉を金兵衛さんの胸の中から盗むことはできないからね。いいね、おれの言葉が耳に入ったね」

「わ、分かった」

と分厚い巻紙をひったくるように幸吉から奪い取った金兵衛は、その場で封を抜き、読み出した。

「声は出しちゃならないよ」

「わ、分かってるって」

金兵衛は縁側から仏壇のある座敷に入り、再び、磐音とおこんから届いた長い文を黙読し始めた。

陽射《ひざ》しが家の中まで射し込み、金兵衛の横顔を照らしていた。

幸吉は金兵衛の目から涙が滂沱《ぼうだ》と落ち始め、ぼたぼたと文を濡らすのを見ていた。それでも拳で涙を拭《ぬぐ》いながら、金兵衛は磐音とおこんから届いた文を読み終えた。

長い時間が過ぎていた。

「……お父っつぁん、私たちが江戸に戻るまで元気でいて、だと」

金兵衛は声を忍ばせて一頻《ひとしき》り泣いた。

幸吉もおまんも三八も、ただ金兵衛の様子を見ているしかない。気を取り直したように涙を拳で拭った金兵衛が、

「幸吉、もういい。文を読むと辛くならあ」

と呟いた。よし、と幸吉が火鉢を抱えて金兵衛のそばに運んでいき、

「破いて焼くんだよ」

「幸吉、おまえがやってくんな」

金兵衛の手にあった文は涙でぐちゃぐちゃだった。その文を幸吉はひと破りひと破り火鉢の炭にくべて燃やした。

「おこんさんのためにも元気を出さなきゃあ」

と励ました幸吉が、

「おまん、三八、上がれ」

と子分に命じた。あいよ、と貧乏徳利を抱えた三八と桜の枝を引きずったおまんが座敷に上がってきた。

「酒の肴《さかな》に桜の一枝か」

「今日はさ、飲んで元気を出すんだよ」

「幸吉、長屋を回ってきてくんな」

「口上はなんだい」

「本日、金兵衛の家で長屋の花見を催します。ついては皆々様、揃《そろ》っておいでくださいとな」

「合点だ」

と幸吉が玄関先から飛び出していった。ちょうど左官の常次らが仕事先から戻ってきた刻限で、井戸端は込み合っていた。

「東西東西、金兵衛長屋のご一統に申しあげます。ただ今より差配の金兵衛さんの家で花見を催します。皆々様、夕餉の菜と酒を手に、金兵衛さんのところにご参集ください！」

「なにっ、幸吉、どてらの金兵衛さんがそんなことをぬかしたか」

「こいつは元気になった証《あかし》かもしれねえな。いいか、今宵は長屋の花見だ。菜と酒を持って金兵衛さんの家に集合だ」

と水飴《みずあめ》売りの五作《ごさく》や常次が言い合い、女衆が、

「そりゃ、大変だ」

と慌てて長屋に取って返した。

幸吉が長屋の面々を引き連れて再び金兵衛の家に戻ったとき、座敷二間の襖《ふすま》が取り払われ、真ん中に飯台が置かれて桜の大枝が壺《つぼ》に活けられ、鰻の肝焼きと貧乏徳利が並べられていた。

「三八、金兵衛さんはどこだ」

「厠《かわや》だよ」

「ごめんなさいよ」

ぞろぞろと長屋の連中が座敷に上がり、持参の菜や皿を並べ、茶碗へ酒を注ぎ始めた男たちもいた。

「肝心の金兵衛さんは厠で腹下しか」

と常次が言ったとき、

コンチキチコンチキチ
と縁側の奥で祭囃子《まつりばやし》の鉦《かね》の音が響いた。
「な、なんだい」
コンコンチキチコンチキチ
鉦が乱打されて金兵衛が縁側に飛び出してきた。
ひょっとこのお面を額に被り、死んだおのぶの花柄木綿《もめん》の派手な浴衣《ゆかた》を着て襷《たすき》がけ、裾《すそ》をからげて後ろ帯に手繰り込み、腰を曲げてくるりとひと回りした。
「安永《あんえい》八年（一七七九）春爛漫《はるらんまん》、花のお江戸の灯《ひ》が消えた。桜の季節はどこいった。寂しいぜ、哀しいよ。だがな深川六間堀の金兵衛長屋は、世間様とは違います。なにが歌舞音曲の停止とな。お触れはこの際さっぱりと、六間堀に叩き込み、さあてさてさて、飲んだり食べたり歌ったり、長屋の花見の始まり始まりだえ！」
コンコンチキチコンチキチ
と鉦が入り、金兵衛がなにかに憑《つ》かれたように踊り出した。すると痩せた脛《すね》が交互に躍って、花柄木綿の浴衣が西日に鮮やかに浮かんだ。
「よおし、金兵衛さんだけに踊らしてたまるか」

常次、五作、植木職人徳三《とくぞう》、棒手振りの亀吉《かめきち》らが金兵衛の鉦に合わせて踊り出した。

「おまん、三八、おれたちの用事は済んだ」

幸吉が二人の手を引いて花見の席から土間に下りた。

そのとき、幸吉は金兵衛を振り返った。するとひょっとこ面の下の両眼にきらきらと涙の粒が光っているのを見た。

金兵衛は哀しみを堪《こら》えて馬鹿踊りをしていた。

「行くぜ」

幸吉は二人を連れて金兵衛長屋の路地から六間堀の河岸道に出た。すると目付きの鋭い着流しの男が懐手《ふところで》で三人の前に立ち塞がり、

「小僧、ありゃ、なんの騒ぎだ」

と訊いた。

「長屋の花見だよ」

「花見だと、小僧」

「小僧小僧と繰り返したたな。気安く小僧なんて呼ぶんじゃねえ。小僧だって肚《はら》に据えかねる日もあるんだ」

「なに、生意気ぬかしやがって。頬《ほお》べた張り飛ばしてやろうか」

「てめえ、川向こうの使い走りだな。この六間堀で、幸吉様の頬べたを張り飛ばすとぬかしたな。いいか、おれが一声上げりゃあ、どの長屋からだって天秤棒《てんびんぼう》や出刃包丁握って男衆が飛び出してくるんだよ。それでもやりたいか。殴れ、頬べたを張り飛ばせ」

　幸吉の勢いに田沼一派の見張りがたじろいだ。

「行こう」

　再びおまんと三八の手を握った。

「幸ちゃん、おまんは肝焼きが食いたかったよ」

「そうか、おまんは親方の肝焼きが食いたかったか」

「おれもだ、幸ちゃん」

「よし、おれが親方に願ってやるよ。肝焼きだろうと鰻の蒲焼だろうとなんでも、まんまの上に載せて食べさせてやるよ。おまえたちは立派に仕事をしのけたんだもんな」

　幸吉の声が優しく夕暮れの河岸道に流れた。

　そのとき、幸吉の脳裏には浪人さんとおこんが手に手を取り合って旅する光景が浮かんでいた。

第三章　川留め

一

　ゆるゆるとした時が小梅村の今津屋の御寮に流れていた。それでも変化はあった。主《あるじ》を失った今津屋御寮の納屋に、小田平助と季助爺《じい》が白山を連れて神保小路から引っ越してきたのだ。

　御城近くの神保小路より緑が濃く、縦横に堀が走る小梅村は、長閑《のどか》だった。朝まだき、近くの百姓家が内職で焼く瓦《かわら》の窯《かま》の煙がすうっと空に立ち昇っていくのを見ていると心が洗われた。

　季助爺は引っ越した日から留守番の老夫婦十吉《じゅうきち》、おとらとすっかり打ち解け、広大な敷地の庭掃除を手伝い、時には庭木の剪定《せんてい》から畑作業まで一緒にやった。

敷地の一角では、十吉は自分たちが食する野菜を栽培していたのだ。

小田平助は裏庭の三十坪余りの地べたを土俵のように整備して、野天の道場を作り、槍折れの独り稽古を再開していた。そして、これまでどおり、白山の朝晩の散歩は欠かさなかったが、なにしろ敷地が広いので外に出ることはなかった。

田沼一派の監視は今も続いていた。

そのせいもあって平助は敷地の外に出ることはなかったが、この夕暮れ、思い立って久しぶりに三囲稲荷から竹屋ノ渡し場に足を向けた。

引き綱を付けられた白山は張り切ってぐんぐん小田平助を引っ張った。

「白山、無闇《むやみ》に引っ張るもんじゃなか」

平助は三囲稲荷の社殿に拝礼したあと、参道を通って竹屋ノ渡しに出た。

ちょうど仕舞い船が川向こうから着き、乗合客がぞろぞろと降りてきた。そんな客の中に武芸者風の二人がいて、一人は赤柄の槍を担いでいた。風貌《ふうぼう》がよく似たもう一人は、腰の大小の他に鉄扇を手にしていた。

白山を連れた平助をじろりと見た二人は三囲稲荷のほうに姿を消した。

平助は夕焼けに染まる対岸の空を見た。

「白山、明日は晴れたい。ばってん、明後日《あさって》からくさ、天気は崩れるばい。風ん中に湿気がまじっとうもん」

白山は神保小路を懐《なつ》かしがるように、対岸をじいっと見詰めていた。

船着場から人の姿が消え、船頭衆も乗合船に舫い綱を結び、家に戻るのか須崎村の方角へと歩み去った。ちょうど三囲稲荷は小梅村と須崎村の境にあったのだ。

「戻ろうかね、季助さんが待っとるけんね」

平助が白山に優しく言いかけ、三囲稲荷の参道に戻った。

拝殿前を横切ろうとしたとき、最前渡し場で会った武芸者風の一人が不意に拝殿裏から現れた。赤柄の槍の男だ。

白山が奇妙な鳴き声を上げた。すると刀の下げ緒で両手を背で縛られた三人の若侍がよろよろと姿を見せ、その背後から鉄扇の武芸者が姿を見せた。

小田平助は月明かりで、縛《いまし》められた三人の若侍が旧尚武館佐々木道場の門弟と知った。田丸輝信《たまるてるのぶ》、井筒遼次郎《いづつりょうじろう》、神原辰之助《かんばらたつのすけ》だ。

白山が尻尾を振った。

「どげんしたとな、田丸さんや」

と平助が話しかけた。

「面目次第もござらぬ。若先生とおこん様のお元気な姿を拝したく小梅村に渡ってきて、ようやく今津屋の御寮がこころしいと垣根の間から覗いているところを、後ろからいきなり打たれてかような仕儀に」

田丸は面目なさそうな顔で言った。鉄扇で打たれたか、辰之助の額からは血が流れていた。

「井筒遼次郎さんまでがなんちゅう考えなしな。ああたは若先生の家ば継ぐ人ばい。こげん軽はずみなことばしでかして」

遼次郎が情けなさそうに顔を伏せた。

担いだ槍を武芸者が構えた。

総身八尺余の豪壮な槍だった。

白山の背の毛が逆立った。

うう っ

と威嚇の声を低く響かせた。

「白山、いつも言うちょろうもん。会うた人ごと吠《ほ》えんでよか」

と白山を制した小田平助が、

「なんの真似な」

と槍の主に尋ねた。

「そのほう、今津屋なる両替商の用心棒か」

「わしゃ、留守番たい。主が帰るとば待っとると」

「主とは佐々木磐音じゃな」

「いかにもそうたい。ばってん、主どんはいなさらんばい」

「虚言を弄《ろう》するとためにならぬぞ」

「わしゃ、嘘《うそ》と田の字は好かんもん」

「ぬかしたな」

　槍の武芸者が槍を扱《しご》いて穂先の革鞘《かわざや》を外した。革鞘が参道に転がり、白山の足元で止まった。

「兄者《あにじゃ》、今宵は様子見じゃぞ」

「江戸の者はとかくなんでも大仰《おおぎょう》に言いおるわ。潰された尚武館道場の影に怯《おび》えるのは笑止の沙汰よ」

「二人で仕留めるというのか」

「手土産《てみやげ》がなくばわれらが腕を買わぬと、田沼屋敷の用人がほざいたではないか。それとも、三人のひよこ侍とこやつの老首ではいささか不足か」

　それを聞いた弟が鉄扇を前帯に戻し、黒鞘の剣を抜いた。

厚みのある刀身だった。

「老首には間違いなかろ。ばってん、こいがなかといけんたい」

と言いながら、平助が片手に持っていた槍折れを二人の兄弟武者に突き出すように構えた。田丸ら三人が戦いの場から下がり、白山が三人を護るように寄り添った。

「兄者、棒術か」

「いや、槍折れと称する雑兵の芸よ」

「ふーん」

と弟は言うと、脇構《わきがま》えに剣をとって腰を沈めた。

「兄者、穂先で踊らせよ」

「承知した」

赤柄の槍の穂先が間合いを取るように素早く前後に繰り出され、そのかたわらから弟が迫った。

小田平助が槍折れを片手で回しながらひょいひょいとその場で踊り出した。足腰を鍛えるために尚武館で毎朝稽古をしていた槍折れ踊りだ。

「なんじゃ、こやつ。ほんとうに踊り出したぞ」

「間合いを悟らせぬための小賢しい策よ」

赤柄の穂先が、飛び回る平助の体を串刺《くしざ》しにしようと繰り出された。

その瞬間、平助の体が弟武芸者に向かって飛び、槍折れがぐんと伸びて鬢を強《した》かに強襲すると、数間先に転がした。転瞬、平助の槍折れが回転を止めることなく、虚しく突き出された赤柄に絡み、

ばしっ

と音がしたかと思うと八尺余の柄を二つに折り飛ばし、立ち竦む兄武芸者の脇腹を強打して弟のそばに吹っ飛ばした。

「おう、やった、やったぞ。さすがは槍折れの小田様じゃ」

立場を忘れた田丸が思わず叫び、槍折れの回転を止めた平助にじろりと睨まれた。

「馬鹿たれが！」

はっ、と首を竦める田丸らの縛めを次々に解くと、三人の若侍がしゅんとした。

「もう、渡しもなか。吾妻橋まで送っていくたい」

「われら、三人で戻れます」

「あげん程度の武芸者に後《おく》れをとったんはたれな」

と言い返された田丸が、面目ございませんと呟くように詫びた。

「小田様、御寮には若先生もおこん様もおられぬのですか」

と神原辰之助が平助に訊いた。

「おられんたい」

「どこに行かれたのですか」

と井筒遼次郎が問うた。

「こん小田平助も知らん」

「玲圓大先生とおえい様が自裁されたという風説は、ほんとうでしょうか」

と田丸が問うた。

しばし考えた平助が、隅田川の土手道に出て、下流に向かって歩きながら、

「あんたら、真《まこと》のことをくさ、知るのも試練たいね。いかにも、大先生とお内儀は身罷《みまか》られた」

「嗚呼《ああ》」

辰之助が絶望の悲鳴を上げた。

「あんたらも、玲圓大先生、磐音若先生の薫陶ば受けた尚武館の門弟やろが。こん試練はじいっと嚙み締めて生きていかんね。ちょろちょろ御寮を覗きに来ると

きじゃなかろうもん」

「どう生きればいいのですか」

「たれもが耐えるときたい。それが辛抱できんとなら男じゃなか。尚武館の門弟じゃなかばい」

「いつの日か、若先生に、おこん様に会えますね」

「神原さん、わしもその日が訪れることば信じて生きちょりますと」

と平助の言葉が三人の若侍の胸に染みた。


小糠雨《こぬかあめ》が降っていた。

小普請奉行《こぶしんぶぎよう》の定小屋《じようごや》が、道三堀《どうさんぼり》の道三橋と辰《たつ》ノ口《くち》の間の北側にあった。小屋と称しても、老中職や若年寄の屋敷が並ぶ一角にある堂々たる屋敷だ。

その屋根の上から弥助が、神田橋の方角、老中田沼意次の表門を眺めていた。

最前から旅仕度の武士が続々と集まり、馬が嘶《いなな》き、荷馬に筵《むしろ》包みの荷が振り分けに載せられた。

がっちりとした体格の面々は、御小姓組二ノ組五十人の番士から選抜された二十数名だ。

両番と呼ばれる将軍直属の軍団は御書院番、御小姓組からなり、幕府最強の武闘組織だ。御小姓組は通称、花畑番とも呼ばれるが、番士の詰所前に花畑があったことからの異名だ。

寛永《かんえい》十八年（一六四一）以来、御小姓組は十組に固定され、将軍の後継や大御所として西の丸に居住したときは、四組が西の丸に移動して警護にあたった。一組の長は四千石高、菊之間詰、諸大夫《しょだいぶ》の大身《たいしん》旗本から選ばれ、御小姓組番頭と呼ばれた。その下に組頭が一名置かれ、菊之間南御襖際《おふすまぎわ》詰、千石高、布衣《ほい》以上の役職である。

田沼屋敷に参集した御小姓組二ノ組の組頭は陣内城吉宗世《じんないじょうきちむねよ》で、最後に屋敷入りした。陣内が屋敷に消えて四半刻《しはんとき》（三十分）後、田沼屋敷の玄関前に緊張が走り、隊列が組まれた。

雨の中、深夜に発するのは陣内ら騎馬三騎、乗り物一挺《ちょう》、これには系図屋の雹田平が乗り込み、雨合羽を着込んだ御小姓組番士の二十数人は徒歩で従った。さらに荷馬五頭が続く。

田沼屋敷から出る隊列を見送ったのは、お部屋様の意を受けた用人井上寛司《いのうえかんじ》だけだ。隊列が門外に消えてようやく田沼屋敷は眠りに就いた。

弥助は小普請奉行の定小屋の屋根からするすると地表に這《は》い下りながら、

(系図屋が佐々木様のもとにこの弥助を案内してくれるかどうか)

を考えていた。

江戸から五十里余離れた島田宿にも雨が降り続いていた。

磐音とおこんが島田宿三丁目、禅宗康泰寺《こうたいじ》門前の小沢定八《おざわさだはち》方の離れ家に投宿して、三日が過ぎようとしていた。むろん小田原藩大久保家陪臣清水平四郎といね夫婦としての投宿だ。

駿河志太郡《するがしだごおり》島田宿は日本橋から数えて二十三番目の宿で、宿内戸数千五百余り、本陣三、旅籠《はたご》四十八軒という堂々たる東海道の宿場だった。島田がこのような規模を持つ宿になったのには理由がある。

「箱根八里は馬でも越すが、越すに越されぬ大井川」

の難所を前にした宿場だからだ。

島田宿には昔から言い伝えがあった。

「南風に水増し、西風に水落ちる」

駿河一円を南風が吹き、大井川上流で雨が激しく降り続いて大井川の水嵩《みずかさ》が上がった。大井川では水深四尺五寸脇通《わきどおし》で川留めになった。そして五尺に達すると御状箱も留められた。

磐音とおこんが島田宿に到着した日、水深が四尺五寸を超えて、

「川留め」

の触れが川会所《かわかいしょ》から通達された。

箱根の関は思いがけなく小清水屋右七の手助けで越えることができたが、川留めだけは如何《いかん》ともし難い。小沢定八方に投宿を願うと、番頭が磐音とおこんの形《なり》を確かめて、

「お武家様、この川留めは三、四日続きます。どこの旅籠も相部屋になりますし、泊まれぬ旅人は藤枝宿《ふじえだ》や岡部宿まで引き返すことになります。お早いお着きで運が宜しゅうございます。どうです、離れ家ならば相客を入れることもありませんよ」

と二人に離れ家を勧めてくれた。

離れ家と言われて小田原宿の立派な旅籠を思い出した。

番頭の申し出に、磐音とおこんは小沢定八方の離れ家に向かった。そこは物置小屋の二階の一室で、小田原宿とは比べようもない。雨も降っているせいもあり、

陰鬱《いんうつ》な感じだったが贅沢《ぜいたく》は言えなかった。

二人はこの離れ部屋に投宿することにした。

離れ部屋の二階から康泰寺の本堂の屋根と墓地が見え、表の喧騒《けんそう》とは隔絶していた。これだけは磐音とおこんを清々とした気分にしたが、時に退屈を感じることもあった。

「よく降りますね」

「これもまた旅の醍醐味《だいごみ》じゃ」

と応じた磐音は、旅に出て暇の折りに記し始めた日記から目を上げておこんを振り返った。おこんは洗濯した旅着を物置きに干したが、雨のせいで生乾きのままだ。それを一枚一枚火鉢にあてて乾かしていた。

「おこん、この逗留《とうりゆう》でそなたの足が完全に治ったと思えば、気も楽になろう」

「もはや足首に痛みもありませんし、治っております」

「この雨は駿河から相模一円に降り続いている。旅人のたれもがいずこかの宿場で、逗留を余儀なくされているのだ。休めるときに体を休めておくことじゃ」

しばらく無言で襦袢《じゆばん》の襟《えり》を炭火に翳していたおこんが、

「田沼様は私どもに追っ手を送り出されたでしょうか」

と訊いた。

「今津屋の御寮からわれらが姿を消したことは、もはや摑んでおろう。だが、われらが中山道を選んだか、日光道中を進んでいるか、あるいはこの東海道を上っているか、決めるにはもうしばらく時間がかかろう」

「すると当分、追っ手の心配はないのですね」

「はてそこだ」

磐音が正直迷うところだった。

今や田沼意次は幕府の実権を一手に握ったと断言できた。となれば、幕府のあらゆる組織や機構を使うことが田沼一派にはできるのである。

五街道を監督する勘定奉行に命じて、五街道に佐々木磐音、おこんの手配を回すことも可能だった。川留めの島田宿ではお調べの役人が各旅籠を回っていたが、宿帳に清水平四郎、内儀いねと記しており、これまでは磐音とおこんに役人の直々の調べはなかった。

磐音は、島田宿の役人の調べは通常のもので、佐々木磐音を特定してのものではないと思っていた。だが、近々、田沼一派が身近に迫ることを磐音は覚悟していた。

それがいつか。

数日後か、数か月後か。

磐音の武人としての勘は、それが案外近いことを教えていた。

雨が小降りになったように見えた。

「おこん、川を見て参る」

「一室にいては退屈にございましょう。気晴らしに、御酒など飲んで参られませ」

「一人で飲んでも楽しゅうはない。それにわれら追っ手のある身、自重が肝要じゃ。夕餉までには戻る」

「なら帳場に御酒を頼んでおきます。この離れ家で飲むのならようございましょう」

「品川さんや竹村さんと飲んだ酒が、今となっては懐かしゅう感じられる」

「先の師走《しわす》には尚武館で餅搗《もちつ》きをして、御酒を賑やかに召されましたね」

「小田平助どのが見事な餅搗きを披露された光景は、昨日のことのようでもあり、何十年も昔のことのようでもある」

「このひと月余りの身の回りの変わりようは、尋常ではありませんでしたね」

「そうじゃな」

と答えた磬音はおこんに顔を向けて、

「われら、過ぎ去った日々より向後のことに考えを致さねばならぬのだが」

「なかなか心の区切りがつきません」

「それがしもそなたも凡人じゃな」

「凡人かもしれませんが、亡き人へ想いを致し、哀しみ、悩むことがあってもようございましょう。私にはそれしか、養父上と養母上を追善する手立てがございません」

「おこん、いつの日か、そなたと二人で養父と養母の墓参をいたそう」

「真にございますか」

「そなたに嘘を申してなんとする」

「磬音様、もう一人加えてくださいまし。腹のやや子ともども三人で、墓前に額《ぬか》ずく日が参りますよう」

「思いは同じ、必ずや叶えてみせる」

と言い残すと、磬音は階下へ下りていった。

二

道中着の腰に備前包平《かねひら》と脇差を差し、菅笠《すげがさ》に蓑《みの》を被って足駄を履いた磐音は、濁流が流れる光景を土手から見下ろしていた。河原いっぱいに広がって流れる水の景色は、壮観でもあり恐ろしくもあった。

磐音と同じように川留めを食った旅人が何人か土手に見物に訪れていたが、だれもが黙りこくって大井川の奔流を見詰めていた。

大井川の源流は、駿河、信濃《しなの》、甲斐《かい》三国の国境、標高一万余尺の間ノ岳《あいのたけ》に発し、赤石《あかいし》山系と白根山脈の峡谷を縫って南下し、四十二里を流れて駿河の海に注いだ。水源付近の山岳地帯は雨が多いところとして知られ、南風が吹くと川留めになるほどの霖雨《りんう》が続いた。

磐音は川上の空の雲の動きが早いのを見ていた。

「明日まで雨はやまぬ、明後日《あさって》には晴れ間が見える」

と川役人が磐音に話しかけた。

「真にござるか」

「天気ばかりは確かな証《あかし》がないものでな。ただそれでも、われら空や流れを見続けてきた者には、なんとのう予兆が感じ取れるのだ」

「ならば確かなことにございましょう」

「信じてくれるか」

と川役人が笑い、

「川留めにうんざりしているのはなにも旅人ばかりではない。われらもいささか飽き飽きしているのだ」

「心中お察しいたします」

磐音は初老の川役人に笑みを返すと、大井川の土手から宿場に戻ろうとした。いつしか土手で流れを見物していた旅人の姿が消え、薄暗くなっていた。

磐音は東海道と並行した裏道を辿って宿場に戻ろうと考えた。

東海道の宿場はどこも一本道の町並みで、その奥に町が広がっているところは城下町くらいだ。この島田宿も薄い町並みだったが、街道の南側に細い道が通って宿場の裏手に出る予感がした。

東海道と裏道の間は葦《あし》の原で、所々に松の大木が生えていた。

「なにをするか」

葦原の向こうで声がした。

葦原の一角が狭く口を開き、石畳が伸びていた。参道の先に地蔵堂が見え、数人の影がばらばらと地蔵堂から飛び出してきた。

磐音はこの地蔵堂にも川留めが終わるのを待つ旅人がいたかと、石畳を辿った。

むろん地蔵堂を宿りとする連中だ、旅籠に泊まる宿賃がないか、仔細がある者ばかりだろう。

「こいつ、乞食の形をしているが、娘だぜ。最前、炎の灯りで見た面はなかなかの美形だったな、頭《かしら》」

「おもしれえ。お菰《こも》のぼろ着を剥《は》いですっ裸にしてみろ」

お菰を囲んだのは四人の無宿者のようだった。渡世人の形をしていたが、兇《きょう》状《じょう》持ちか、手配書に追われている悪党だろう。

「銀《ぎん》の字、お菰の姉さんの体を摑まえろ」

「合点承知と言いたいが、臭いぜ」

「この娘も曰《いわ》く持ちの旅をしてるんだ。おれたちがさんざ楽しんだ後、どこぞの食売《めしもり》に叩き売ったところで、だれからも文句は出ねえ」

よし、と、銀の字と頭に呼ばれた男が両手を広げてお菰に迫った。

磐音はお菰の挙動と形を見たが、動こうとはしなかった。

「ささ、こっちに来ねえ、姉さんよ」

お菰はぼろ着の上に筵を巻いていたが、近付く相手に身が竦んだように動かなかった。

「ほれほれ、大人しくしていれば楽しいこともあらあ」

と筵に手を掛けた無宿者が突然、

「ぎええっ！」

と叫んで飛び上がり、その場にごろごろと転がり悶絶した。

お菰が素早い身のこなしで無宿者の股間《こかん》を蹴《け》り上げたのだ。

「やりやがったな」

と残りの三人が長脇差を抜いた。

お菰は筵を剝ぎとると、腰に差していた一尺七寸余の、小太刀《こだち》とも脇差とも異なる直刀を鞘《さや》ごと抜いた。

「囲んで斬り刻め！」

頭の合図で二人の子分が長脇差を振り翳してお菰に迫り、頭分も背後から迫った。

お菰の体がひょいと横手に滑るように移動して、子分の一人の鳩尾《みぞおち》を刀の鐺《こじり》で突き上げ、さらに反転すると、頭の前に風のように襲いかかった。鞘ごと抜かれた直刀で叩かれ突かれて、残りの二人も一瞬のうちに倒れ込んだ。

「ふうっ」

と小さな息を吐いたお菰が地蔵堂に戻ろうとした。荷でも地蔵堂に残しているのか。

そのとき、お菰は蓑笠姿の見物人がいたことに気付いてなにかを言いかけ、不意に身を竦ませた。

「霧子《きりこ》、いささか珍妙なる形じゃな」

「若先生」

と驚きの声を上げた霧子がその場から逃げ出そうとした。

「霧子、逃げることはあるまい。この磐音、箱根の礼も申しておらぬ」

「若先生、ご存じでしたか」

「どうやら周防丸に乗船しておったのは、それがしとおこんだけではなかったようだ。弥助どのの命か」

「いいえ、師の命では」

「ないと申すか。それがしは弥助どのに、江戸を抜け出す船を頼んだ。その船にそなたが乗っている以上、弥助どのの命と考えてよかろう」

「師匠はなにも言われませんでした。私も、若先生とおこん様の道中に従うことを師匠に話しておりませぬ」

「以心伝心で弥助どのの意を受け、そなた一人の判断でわれらの旅に従うたというか」

霧子はなにも答えなかった。その場に両膝を突いて頭《こうべ》を垂れた。

「若先生、私を旅にお連れください。おこん様の荷物持ちとして同道させてください。決して邪魔はいたしませぬ。おこん様には供が要ります」

磐音は答えなかった。

「私は、断られても断られても従います。どこまでも付いていきます」

「われらの旅はいつ果てるとも知れぬ、あてなき道中じゃ」

「構いませぬ。何年でも何十年でも、唐天竺の果てまでも従います」

霧子は、雨にぬかるんだ地蔵堂の地面に額を擦《こす》りつけて嘆願した。

ふうっ、と大きな息を吐いた磐音が霧子に歩み寄り、手を取ると、

「その形では、いくら離れ家と称するボロ小屋とはいえ、上げてもらえぬであろ

うな」

と言いながら立ち上がらせた。

半刻（一時間）後、離れ家の後ろを流れる小川で手足を洗った霧子をおこんが湯殿に連れて行き、お菰に扮《ふん》して道中を続けたために汚れた体を綺麗《きれい》に洗い上げた。また旅籠の女衆《おんなし》に願って縞《しま》模様の袷《あわせ》を借り受けて、霧子に着させた。

離れ家におこんと一緒に戻ってきたとき、湯上がりの霧子はさっぱりとして別人になっていた。すでに部屋には三つの膳が用意されていた。

「おう、これでわれらが知る霧子に戻ったな」

「磐音様、女一人で旅をするのはいかに大変か、霧子さんの髪を洗いながら思いました」

「どういうことか」

「なにを体に塗られたのか、臭うて臭うて」

おこんが笑い、霧子が顔を赤らめて恥ずかしそうにした。

「野山に伏せる暮らしを長年続けておりますと、あのような臭《にお》いが体に染み付きます。お菰に扮しての旅ゆえ、箱根山中で生き物の糞《ふん》などを身に染ませました」

ご苦労であった、と改めて霧子の密行を労《ねぎら》った磐音におこんが仕度されてあった燗《かん》徳利を持ち上げて、

「霧子さんとの再会を祝いまして」

と酌をした。

「頂戴しよう。今宵の酒は格別な味であろう」

夫婦の食卓に霧子が加わったことで、なんとも賑やかになった。

江戸の話は敢えてだれも持ち出さなかった。だが、夕餉を食し終わった頃合い、霧子が磐音に、

「お許しもなく私がしでかしたことがございます」

と言い出した。

「どのようなことか」

「土佐高知藩の上屋敷を訪ねまして、重富利次郎様宛ての文を届ける手立てはないものかと門番に相談いたしました。そこへ通りかかったお武家様が、重富百太《ひゃくた》郎《ろう》どのの知り合いかと私に問われ、いえ、高知におられる百太郎様の子息利次郎様に文を差し出したいとお答えしましたところ、お武家様はしばらく考え込まれて、そなた、尚武館に関わりの者かと、さらに尋ね返されました。私がどう答え

ようか迷っておりますと、お武家様が、尚武館佐々木道場を失うたこと、われら江戸在住の武士にとって、なんとも無念でならぬと言われ、文を持参すれば藩の御用袋に入れて進ぜると言われました。私が頷くと玄関先の供待ち部屋に上がられ、私の文の表書きに追手門御槍奉行重富為次郎《ためじろう》様気付と添え書きして預かってくださいました」

「ほう、よきお方に出会うたな」

「恥ずかしゅうございました」

「文を出したことか」

「いえ、私は雑賀衆《さいかしゅう》として育ちましたゆえ、字を知りませぬ。神保小路に住むようになってようよう漢字を読むことを辛うじて覚えましたが、書くのは不得手です。重富利次郎様の姓名だけはなんとか書けました」

「霧子さん、文は真心が籠《こも》っていることが肝心です。利次郎さんも霧子さんの文を受け取り、喜んだり驚いたりしておられることでしょう」

「霧子、尚武館の仔細を告げたか」

「若先生、私は自分の胸にだけ哀しみを秘めることができませんでした」

「それで利次郎どのに訴えたか」

「はい」

「それがしも利次郎どのに書状を送った。じゃが、霧子の文がどうやら先に利次郎どのの手に渡ったようだな」

「差し出がましいことでした」

「いや、それでよかったのだ」

と磐音が霧子に微笑《ほほえ》みかけた。

この夜、おこんを真ん中に、三つ床を並べて眠りに就いた。

磐音が女二人の話を聞きながら眠りに落ちようとしたとき、霧子がおこんに遠慮深げに尋ねる声がした。

「おこん様、もしやお腹《なか》にやや子が」

「分かったの」

「やはりそうでしたか。よかった、これで勇気百倍、望みが湧《わ》きました」

「霧子さん、私は旅の空でお産をすることに、いささか不安を抱いているのです」

「おこん様、私は雑賀衆で育った女です。産婆の真似事《まねごと》くらい、いと容易《たやす》いことです。私にお任せください」

「まあ、心強い供だこと」

女同士が笑い合うのを半分眠りの中で磐音は聞いた。

おそめはこの朝、江三郎《こうざぶろう》親方の供を命ぜられ、縫箔《ぬいはく》屋のある呉服町を出た。刻限は四つ（午前十時）時分で、おそめは呉服屋に届ける品を両手に捧げ持って江三郎に従った。

尾張町の呉服屋伊勢源に花嫁衣装の打掛けを届けた後、江三郎の足はさらに南に向かって東海道を進んだ。

芝口橋を渡る江三郎の手首に数珠が見えた。

おそめは江三郎のもとに弟子入りして以来、親方の供を命ぜられたことなどなかった。ただ緊張して親方の後ろに従っていた。

江三郎は宇田川橋を渡ったところで右に折れ、町屋を抜けて、増上寺《ぞうじょうじ》の学寮が並ぶ大横町をさらに進んだ。右手は大名家の上屋敷が連なる一帯だ。

足元の疏水《そすい》のせせらぎの音を聞きながら進むと馬場に出た。

「おそめ、鏡台飾りの下縫い、ようできた」

と不意に江三郎が褒《ほ》めた。

おそめは体をびくりと震わせて、思いもかけない言葉を聞いた。

「この三年、おめえが必死に仕事を覚えようとしたことが、すべて下縫いに出てやがる。いいな、これからも直向《ひたむ》きに仕事をするんだ」

「はい」

おそめは胸の中に灯りが灯った気持ちで親方に従い、寺と寺の間を抜ける切《きり》通《とおし》にかかった。

「三、四日前、うちに関わりがない様子の男が訪ねてきたのを覚えているか」

と江三郎の話が急に転じた。

「きびきびとした動きのお方でございますね」

江三郎は弥助と名乗った男を奥に招じ上げ、長いこと話し込んでいた。

弥助が店を去り、江三郎が作業場に戻ってきたが、その顔には憂いが漂っていた。

「佐々木磐音様の文を届けに参られたのだ」

おそめは、はっとして足を止めた。

「おめえも世間の噂くらい承知していよう」

「真のことにございますか」

「尚武館佐々木道場が閉じられ、佐々木様とおこん様が神保小路から出られたことも真実ならば、大先生の玲圓様とおえい様が自裁されて身罷られたこともほんとうの話だ」

おそめは茫然としてただ江三郎の言葉を聞いていた。頭を棍棒《こんぼう》で強かに殴り付けられた気分で、痛撃のあまりなにも考えられなかった。

「理不尽な話よ。政《まつりごと》の本来の務めはなんだ。てめえの保身と出世ばかり考えやがって、それが老中だなんだと威張って何文の価値があるんだ」

江三郎の声は静かだったが、その中に憤怒が込められて厳しかった。

「おこん様はどうなさっておられますので」

「江戸を出られた」

「江戸を、出られた」

おそめはぽかんとして江三郎親方を見た。

「佐々木様とともに、あてのない旅に出られた。田沼意次様の手の者を逃れてのことだ」

「親方、それは違います」

とおそめが反論した。

「佐々木様ならばきっと、江戸に残って戦われます」

「おそめ、おれもそう思いてえ。だが、もはや尚武館はなく、佐々木大先生もいないんだ。大勢いた門弟衆もちりぢりだ。これもすべて家基様の死から始まったこった」

おそめは江三郎の言葉に胸を突かれた。そして、底なしの黒々とした穴の縁に立たされたような、逃げ場のない絶望感に見舞われた。

二人はいつしか切通を越えて神谷町の辻《つじ》に出ていた。江三郎は右に曲がり、西久保通を天徳寺まで進んだ。

「ここだ」

江三郎はこの日おそめを供に命じた理由を告げ、訪ね先を告げたようだった。

だが、おそめにはなんのことやら分からなかった。

愛宕権現《あたごごんげん》の西に位置する天徳寺の墓地におそめを連れていった江三郎は、庫裏《くり》から閼伽桶《あかおけ》を借りてこいと命じた。おそめが水を張った桶を下げて墓地に戻ると、江三郎が、

「佐々木家累代之墓」

という文字と桔梗紋《ききようもん》が刻まれた墓石の前で草を毟《むし》っていた。

墓前ではすでに線香が燻《くゆ》っていた。

「何年も前のことだ。おれの知り合いがこの寺の檀家《だんか》でな、佐々木玲圓大先生とおえい様が墓参に来られたのを見かけたと言っていたことを思い出した」

立ち上がった江三郎がおそめに、

「墓石を清めようか」

と言い、師と弟子は黙って墓石を清めた。

「親方、玲圓大先生とお内儀様は、この墓に眠っておいでなのですか」

「いや、ここではあるまい」

と答えた江三郎が、

「佐々木玲圓様とおえい様の亡骸がどこに葬られたか、承知しているのは佐々木様とおこん様か。いや、おこん様とて承知ではないかもしれねえ」

「なぜそのようなことを」

「ただ今の城中は、おれたちの考えを超えた愚行の場ということよ。戦いに敗れた者たちの墓を暴くのが、御城でのさばるお偉い方のやることった」

「佐々木大先生の墓が暴かれることを恐れて、別の場所に埋められたのですか」

「この墓を訪ねてそう思ったたね。だが、佐々木家の墓はここしか知らないんだ。

おそめ、心を込めて大先生とお内儀様の霊を弔おうか」

「はい」

江三郎とおそめは佐々木家累代の墓の前で頭を垂れ、いつまでも手を合わせていた。

三

磐音とおこんの二人旅に霧子が加わり、三人旅が始まったのは、霧子と合流して三日目の朝だった。

島田宿に川留めの解禁を知らせる触れが出て、磐音は小沢定八方に離れ家を使わせてくれた礼に相応の宿代を支払い、大井川の川会所へと向かった。

東海道の中でも大井川の川渡しは独特で、旅人は川会所にて渡し賃と引き換えに割符《わりふ》を貰う。その割符を川越人足に渡すと、人足は髻《もとどり》に結び付けて客を渡した。渡し賃は水深によって異なり、股下通四十八文、帯下通五十二文、脇下通九十四文と分かれていた。また武家と町人は渡し賃が異なり、武家のほうが安かった。

大勢の行列が川会所にできていた。

磐音がその列に並んだ。

霧子は川会所の前の野地蔵に歩み寄り、おこんも一緒にしたがった。霧子が手を合わせた後、紅絹の布片を地蔵の首に結び付けた。それを見ていたおこんが、

「なにかお参りの印なの」

と問うた。

そのとき、磐音は川会所の役人と割符のことで交渉の最中だったが、ちらりと霧子の行動を見ていた。

「もし師の弥助様が私を追ってくる場合、かようにしていると、私がいつここを通過したか分かる仕組みです。密偵や忍びがよく使う手段にございます」

「弥助さんも後を追ってこられるの」

「弥助様は田沼様方の動静を見守っておいでです。もし弥助様が見えられるときは火急の場合と存じます」

「田沼一派は私たちがどこに向かったか、知らないはずよ」

「おこん様、田沼様は今や幕府のどのような者でも使えます。諸国五街道に張り巡らされた網に、いつ若先生とおこん様のことが触れるやもしれませぬ。油断は禁物です」

頷いたおこんは、

「霧子さんには私の荷まで持ってもらって、お蔭さまで背が軽くなりました」

「おこん様はやや子を産む身です。このような重いものを負うてはなりませぬ。箱根の石畳で捻挫されたのも無理はございません。おこん様は旅の持ちものは笠と杖だけにしてください」

と霧子が注意した。

霧子は、島田宿でおこんと一緒に買い求めた縞模様の筒袖《つつそで》に野袴を穿《は》き、足元を草鞋で固めていた。腰には忍び刀が一本だけ差し落とされ、総髪を後頭部で結んだ形は、遠目に男か女か区別がつかなかった。

「霧子さんが私どもの道中に加わってくれてどれほど心強いか」

とおこんが言ったとき、磐音が、

「川渡しの割符を買うことができたぞ」

と二人に知らせた。

磐音はおこんと霧子のために蓮台《れんだい》を雇った。

島田宿から金谷《かなや》宿まで大井川を挟んでわずか一里だが、明け六つ（午前六時）からの川渡しに時間を要し、金谷に到着したとき、五つ（午前八時）を過ぎていた。

　磐音らは街道傍の茶店に入り、お茶を喫して水祝いに代えた。

　金谷や島田宿では、箱根の関所を通過した旅人が山祝いをするように、水祝いと称して酒を飲む習わしがあった。

　茶を喫して気分を変えた三人は、一里二十四丁先の日坂宿《につさか》に向かった。

　磐音はおこんの軽やかな足取りと笑みを見ながら、霧子の助勢に感謝した。いくら亭主とはいえ、女のおこんには磐音に相談できないこともあろう。お産のことを考えれば、心強い味方だった。

　そして、島田の川会所で割符を求めて待つ間、霧子が野地蔵の首に赤い布切れを独特の結び方で巻いたのを見ていた。あれは間違いなく後から来るはずの弥助への連絡《つなぎ》であろう、と磐音は思った。

　磐音は霧子が報告してくれた、速水左近や依田鐘四郎が陥った事態を憂慮しながら歩を進めた。

　速水左近は、表猿楽町の屋敷内に設けられた座敷牢に幽閉されているという。

　品川宿の東海寺において家基が池原雲伯《いけはらうんぱく》医師に毒を盛られた直後、それを知った佐々木玲圓が霧子を伴い、速水邸に駆け付けていた。玲圓は御側御用取次の速水

に、

「医師団に桂川甫周《ほしゆう》を加えてもらい解毒の治療に当たらせること」

を家治に進言してもらおうと行動したのだ。

玲圓の願いを受けて速水左近は即刻登城した。


速水邸で主の帰りを待ったが、その夜、速水は帰邸しなかった。かくて速水左近に最後に会った人物は佐々木玲圓ということになる。

それから数日のうちに、田沼一派は迅速機敏に行動し、尚武館佐々木道場を召し上げ、玲圓の自裁を誘発していた。

だが、速水左近邸の情報は一切磬音のもとに伝わっていなかった。

霧子の報告により、尚武館に上使を迎えた前日に速水左近邸にも急使が向かい、なんらかの理由をつけて、座敷牢に押し込めたことが判明した。

すでに家基の遺骸は東叡山に葬られていた。

となると速水左近に新たな沙汰が下っていることが考えられた。

速水左近は幕閣の中でも人望の厚い人物だ。それだけに速水左近を心から信頼する譜代《ふだい》大名も大勢いた。

いくら田沼意次の力が絶大になったとはいえ、三河以来の速水家取り潰しや切腹はあるまいと磐音は思いたかった。

依田鐘四郎の場合は速水より緩《ゆる》やかだった。

上役より西の丸御近習衆《ごきんじゆしゆう》の役を解かれて、小普請組《こぶしんぐみ》に落とされ、屋敷で当分の謹慎が命じられたという。

速水にしろ鐘四郎にしろ、役職を忠実に遂行していただけで格別の落ち度はない。それを田沼はどう処断するつもりか。

磐音は日坂宿に向かって歩きながら思案を続けた。

おこんと霧子は磐音の考え込む姿を気にしながらも女同士、つもる話を続けていた。

遠江佐野郡日坂を昼前に通り過ぎ、掛川、袋井《ふくろい》、見附《みつけ》と大井川の川渡しがあったにも拘《かかわ》らず、磐音らはその日の内に七里半を歩き通していた。

「おこん、よう歩いたな」

と磐音が褒めた。

「霧子さんが荷を負うてくれました。それに話に夢中で、いつの間にかこのようなところまで歩いておりました」

「霧子に感謝せねばならぬな」

見附から次の浜松宿へは四里七丁もあった。

「今宵は見附宿に泊まろうか」

「ならば旅籠を探して参ります」

と霧子が今にも走り出そうとした。

「待て。見性寺の門前に本坂屋という旅籠があるはずじゃ」

と霧子に言うと、畏まりましたと答えた若衆姿の霧子が身軽に走り出した。

おこんは歩いてきた街道を振り返り、街道の向こうに夕日に染まった富士の峰を見ると、思わず手を合わせた。

箱根峠で見て以来の富士山だった。

いや、富士山は常に堂々たる佇《たたず》まいを見せていたが、二人に富士山を仰ぎ見る余裕がなかったり、また大雨で山自体が姿を隠していたりしたせいで、見る機会を失していた。

おこんを真似て磐音も霊峰に向かって合掌した。

「若先生、本坂屋に宿が取れました」

と霧子が叫んだ。

「霧子さん、その形でいささか元気がよすぎますよ」

とおこんが笑った。

「あら、そうでしたか」

と答えた霧子は背からおこんの荷を下ろすと、

「最前通り過ぎた十王堂まで戻って参ります」

と磐音に差し出した。

「連絡《つなぎ》か」

「師と会うときは敵を迎えての戦いにございます」

と言い残した霧子が再び今来た道に戻っていった。

本坂屋の二階座敷に落ち着いた磐音とおこんは霧子の帰りを待っていたが、なかなか戻ってくる気配はなかった。女衆が湯に入れと二度も催促に来たのをしおに、おこんをまず湯殿にやった。

その直後、顔を紅潮させた霧子が戻ってきた。

「遅かったな」

「弥助様から連絡が入りました」

「会うたのか」

と磐音は訝《いぶか》しげに問うた。

「いえ、幕府の御用を務めてこられた弥助様は、七里飛脚を利用する方法をお持ちにございます」

七里飛脚は、尾張、紀伊、水戸の御三家が組織した飛脚制度だ。

尾張では江戸と尾張を結ぶ飛脚として七里ごとに飛脚宿を用意し、毎月一日、五日、十日、十六日、二十日、二十六日の六度、江戸と名古屋の双方から飛脚を進発させた。

一番早い一文字なる飛脚は半刻（一時間）に一里半（六キロ）を飛ばし、次々に繋ぎながら、江戸から名古屋城下八十六里（三百四十四キロ）余を十二刻（二十四時間）から十三刻（二十六時間）で結んだ。

「弥助様は三島宿で行き合うた七里飛脚の御状箱にこの黒の布切れを付けてもらったそうで、その布片を付けて見附宿を走り抜ける七里飛脚の御状箱を偶然にも見て、師からの連絡を受け取ることができました」

「それはまた奇なる連絡法じゃな」

「これで意外に連絡がつくものでございます。弥助様も私の赤布を見ておられました」

「弥助どのは独り旅か」

「いいえ、田沼様が江戸から送り込んだ御小姓組二十数名の後に付いているそうです」

「なに、御小姓組とな」

磐音も驚いた。

御書院番組と御小姓組は両番と呼ばれ、将軍直属の護衛団であり、直参旗本でも武術に長《た》けた家系が組していた。また尚武館道場にも何人か、御書院番組と御小姓組の番士が門弟となっていた。

「はい。それに得体の知れぬ雹田平なる系図屋が一行にいると、走り書きがございました」

「系図屋とな」

磐音は、不忍池の料理茶屋谷戸の淵のお京の口利きで会った佐野善左衛門政言から得た証言を思い巡らした。

佐野家の系図を田沼意知《おきとも》が借り受けたまま返さぬという話は、佐野の言葉で裏付けられた。そのことと系図屋とがいかなる関わりを持つのか。

「霧子、やはりなんぞ対応を考えねばならぬ事態が生じたな」

「どうなさいますか、若先生」

「御小姓組が二十数名となると死闘になる。全面対決になる前に、少しでも人数を減らすことは考えられぬか」

と自問するように呟いた。

磐音は尚武館の門弟の一人、御小姓組岩城《いわき》小次郎《こじろう》の軽やかな竹刀《しない》遣いを思い出し、門弟と対決することだけは避けたいと思った。また御小姓組十組の四組は西の丸に派遣されているはずだ。となると、これまで家基の警護をしていた者もいるやもしれぬと、そのことも磐音は危惧した。それといま一つ、尚武館とも速水左近とも昵懇の御小姓組赤井《あかい》主水正《もんどのしょう》が承知のことであろうかと思いを致した。

磐音は自らの正直な気持ちを弥助に伝えたいと思った。それを察した霧子が、

「弥助様なら、なんぞお知恵もございましょう。それには一度師匠とお目にかかることが要るかと存じます」

と言い出した。

「若先生、私はこの足で今来た道を引き返します。弥助様と会うのは島田宿か藤枝宿あたりでしょうか。師の指示を得て、若先生のもとに戻ります」

「霧子、一日おこんに付き添うた上で再び夜道を島田宿に引き返すか。いささか

強行軍じゃが」

「若先生、私は雑賀衆の出にございます。三晩や四晩寝ずに走るなど、造作もございません」

「そうであったな。ならば頼もうか」

磐音は路銀として十両を持たせた。

「十両など多すぎます」

「いや、弥助どのの知恵次第では、これでは足りぬかもしれぬ」

と答えた磐音が、

「弥助どのにくれぐれも伝えてくれ。御小姓組の面々と戦う謂《いわ》れはない。なんとか追っ手から離脱させればよいとな」

「委細承りました」

「この次に霧子と会うのは舞坂宿だ。今切《いまぎれ》の渡しにいたそう。それがしもそなたを真似て、宿場の出入口にある野地蔵の首に言伝を残す。そなたが赤、弥助どのが黒となれば、われらは手拭いを引き裂いて白にいたす」

「私が戻ってくるのは二日後か三日後にございましょう」

と霧子が言い残して部屋から消えた。

「よい湯にございました。あれ、霧子さんはまだ戻ってこないのですか」

「おこん、田沼様の刺客団が送られてきた。弥助どのが後に付いておるそうじゃ。霧子が連絡のために島田宿に引き返した」

「なんと慌ただしいことで」

「風雲急を告げてきたでな」

磐音は、行き先を考えるとこの辺りで完全に追跡を諦めさせる企ての要があると思った。

「霧子さんとはたった一夜のことでした」

「なあに、二、三日後には舞坂宿で再会が叶う」

「それにしても、こちらから急いでも大井川の川渡しは終わっているでしょうに」

「霧子は雑賀衆育ちじゃ。夜蔭に乗じて大井川を渡るなど容易かろう」

「おやおや、私と一緒に蓮台で渡ったのは別の霧子さんでしたか」

「いかにもさよう」

と言い残して磐音は湯に向かった。

旅籠の湯殿で思いがけない人物に会った。

薄暗い湯船に浸《つ》かって両眼を閉じていたのは、豊後関前藩の小者、早足の仁助《にすけ》だった。異名のとおり、江戸と豊後関前を十二、三日で走り抜いた。その仁助の顔に重い疲労があった。東海道を上るにしろ下るにしろ、遠くから走ってきたのであろう。

湯船には偶然にも仁助の他だれもいなかった。

「仁助、江戸に向かう道中か。それとも豊後関前への戻り道か」

磐音の問いに仁助がびっくりして両眼を開き、

「佐々木様、お久しゅうございます」

と驚きの顔をした。

「昨冬、上屋敷で会うたとき以来か」

「おこん様は元気でございましょうな」

と懐かしげに応じた仁助が、

「わっしは関前藩に走る最中にございます」

「ならば尚武館のこと、承知じゃな」

「はい、とくと承知にございます。わっしの御用も、殿様の命を受けてお父上坂崎正睦様への書状を届ける道中にございます」

「このひと月、江戸に大嵐が吹き荒れた」

「はい、中居《なかい》半蔵《はんぞう》様方も固唾《かたず》を呑んで、幕府の動きを見ておられるところにございますよ」

「であろうな」

「佐々木様、関前にお戻りの道中にございますか」

「それがしが関前に戻れば、藩に迷惑がかかろう。仁助ゆえ伝える。田沼様の追っ手と、明日にも出会《でくわ》すやもしれぬ剣呑《けんのん》な旅の最中だ」

「お独りにございますか」

「いや、おこんと一緒だ」

「おこん様とご一緒でしたか。わっしもお目にかかってようございますか。国許のご家老様に土産話ができます」

と仁助が言った。

磐音はしばし迷った末に、決断した。

正睦に江戸の事情や尚武館の急変を知らせたものかどうか迷ったが、関前藩の江戸屋敷からおよその事情は伝わる。それより、磐音が正睦に書状を出して、もしそれが田沼一派に知られたとき、坂崎家、延《ひ》いては豊後関前藩に多大な迷惑を及ぼすことを慮り、書状を認《したた》めることを遠慮してきた。

だが、こうして見附宿で、関前に向かう仁助に会ったのもなにかの因縁。磐音は父母に宛てて現在の境遇と心境を認めようと考えを変えたのだ。

「仁助、夕餉をともにせぬか。食事の後に父に宛てて書状を認めるゆえ届けてくれぬか」

「お安い御用にございますよ」

「仁助、関前の坂崎家にも、田沼派の眼が光っておらぬとも限らぬ。書状をお渡しするとき、万全の注意を払うてくれぬか。実高様と関前藩にどのような難題が降りかかるやもしれぬゆえな」

はい、と仁助が答えたとき、脱衣場にどどっと客が入ってきて、二人だけの静かな湯が急に賑やかになった。

四

霧子は、朝発ちした島田宿に、その夜半過ぎには戻っていた。若衆姿の衣服を脱いで襦袢一枚で夜の大井川を密かに渡り、頭に載せてきた衣服に葦原の中で着替えた。

川会所前の野地蔵に戻ってみると、首に結んだ赤い布片が消えていた。ということは、弥助がすでに島田宿に入っているということだ。

田沼一派は、徒《かち》の御小姓組の他、騎馬三騎に乗り物一挺、荷馬五頭の編制という。島田宿で馬の世話ができるのは問屋場《といやば》だ。大井川からの宿の入口は細い流れに架かる板橋で、そこから一丁目が始まり、昨夜《ゆうべ》泊まった小沢定八方は三丁目、問屋場は五丁目と六丁目の間にあった。

問屋場の裏に廻ると厩《うまや》が並んでいた。

霧子は指笛を低く鳴らした。だが、反応はない。問屋場の周りのあちらこちらに場所を変えて指笛を鳴らし続けた。何度目か、闇がふわりと動いて弥助が姿を見せた。

「ご苦労だな、霧子」

「師匠こそお疲れにございましょう」

「佐々木様に正体を見破られたか」

「はい」

「佐々木様のことだ、いつかはお気付きになるとは思うていた」

「すでに箱根山中で怪しまれたようにございます」

箱根山中を縄張りにする悪党の護摩の灰らが女転ばしの坂上から石を蹴り落とし、二人連れの旅人、磐音とおこんを身動きできぬようにして懐中物を狙おうと企てたのを、霧子は叩きのめして助けた心算だった。

ひと騒ぎが終わったあと、懐かしい磐音の声が響いてきた。

「女転ばし坂の恩人どの、どなたかは存ぜぬが危ういところを助けていただき、礼を申しますぞ！」

という感謝の言葉が霧子に向かって叫び返されたことを師匠に告げた。

「ふっふっふ」

と弥助が愉快そうに笑った。

「佃島からの周防丸では怪しまれなかったのだな」

「風具合がよろしくて、夜半に碇を上げた船はなんとその日の六つ（午後六時）前に、小田原城下の御幸ノ浜に到着しておりました。船中ではお二人ともぐっすりと休まれておられた様子で、小田原の浜から宿場に歩かれる足の運びは軽やかにございました」

「小梅村の御寮では常に田沼派の密偵に見張られ、熟睡なされる夜は満足になかったであろう。船に乗られて安心なさったのだな」

「そのようにお見受けしました」

「霧子、翌日、女転ばし坂で正体を見破られたとなると、江戸から二日も保《も》たなかったことになるな」

弥助が苦笑いした。

「霧子は未だ未熟者にございます」

佐々木様が相手ではな、と満足げに笑った弥助が訊いた。

「佐々木様からの言伝とはなんだ」

「弥助様からの連絡で追っ手が御小姓組と知られた若先生は、できることなら上様直属の御小姓組とは戦いたくはないと洩らされました」

「尚武館にも何人も門弟がおられたはずだ」

「おそらくそのことを気にされてのことでしょう、『御小姓組が二十数名となると死闘になる。全面対決になる前に、少しでも人数を減らしたい』と言われ、御小姓組の面々と戦う謂れはない。なんとか追っ手から離脱させたい、弥助様に思案を委ねられました」

「道中の間、おれもそのことを考えてきた。御小姓組を率いるのは二ノ組組頭、陣内城吉宗世と申される柳生新陰流《やぎゅうしんかげ》の遣い手だ。だがな、霧子、追う相手が佐々木磐音様と知っているのは、この陣内様と雹田平という系図屋だけだ」

「なぜ知らせぬのでございましょうか」

「御小姓組や御書院番衆は皆武術に長けた面々だ。この方々は師弟の契りを結ばなかったとしても、中には佐々木玲圓先生に稽古を付けてもらった連中もいて、佐々木玲圓大先生や磐音若先生を尊敬している。江戸を出るときから佐々木磐音様が相手と知れれば、戦意を喪失するとでも思ったか、ひた隠しにしている」

「なんということで」

「霧子、佐々木様は舞坂宿でお待ちなのだな」

「はい。一行が島田宿を早発ちするとなると、明日の夕暮れには浜松城下に入りましょう。浜松からなら舞坂は指呼《しこ》の間です」

霧子は磐音から預かった十両を弥助に渡した。

「佐々木様の心遣い、この弥助、涙が出るわ」

と呟いた弥助が五両を霧子の手に戻した。何事か考えがあってのことと思い、霧子は聞き返さなかった。

「霧子、おもしろいことに、やつらは明朝より二手に分かれる。一隊は雹田平に二人の陣内様の家来が従い、東海道をさらに西に進むそうな。系図屋の雹だが、あれこれ占いもやるとみえて、夕暮れや明け方に星辰《せいしん》を見ては古い書物と照らし合わせ、組頭の陣内に忠言しておる。この雹らが、差し当たって舞坂宿で佐々木様に接近することになる」

「残りの陣内ら本隊は、この島田宿に留まるのでございますか」

「いや、明日道を変えて相良《さがら》城下に立ち寄る」

「相良でございますか。なんのためでしょう」

「遠江《とおとうみ》相良城は田沼様の居城よ」

「あっ、そうでした」

と霧子が自分の迂闊《うかつ》を悔いた。

「一行の荷駄の中身は大筒、鉄砲、火薬と、飛び道具や火薬の類《たぐい》ばかりだ。相良で鉄砲方を訓練してきたようで、追っ手の中に加えるそうな」

「若先生お一人を殺《あや》めるのにそのような陣立てですか。まるで戦ですね」

「田沼様にとって佐々木玲圓様亡きあと、目の上の瘤《こぶ》は佐々木様お一人ゆえ、宿泊の旅籠ごと破壊し尽くしても一気に暗殺する気だ」

「どうなさいますか」

「一行が相良城下に立ち寄るのは勿怪《もっけ》の幸い、こちらにとっても、一日二日考える余裕ができたということよ。この際だ、雹田平ら三人は若先生にお任せしよう。霧子、われらは本隊を見守り、数を割くことを試みる」

「仕度すべきことがございますか」

「大黄《だいおう》が手に入らぬかな。甘草湯《かんぞうとう》でも牡丹皮湯《ぼたんぴとう》でもよい。さらには桃核承気湯《とうかくじょうきとう》でもよい」

雑賀衆であった霧子がにっこりと笑った。

弥助は五両を使って探せと命じていた。

「大黄がないとなればひまし油を使う。これならば、この界隈でも手に入ろう」

「師匠、半日ください。必ずや大黄を手に入れて戻ります」

「再会の地は相良城下。陣内一行も二日とは城下に滞在すまい」

「今日の夕刻までには相良に入ります」

と弥助に約束した霧子は、再び島田宿の闇に姿を没した。

大井川の右岸沿いに、牧之原を経て相良城下へと脇街道が抜けていた。

騎馬三騎を先頭に御小姓組二十余人が、駿河灘に向かってひたひたと南下していた。二組に分かれた御小姓組の間に荷馬五頭が挟まれていた。半丁後を、背に風呂敷包みを負った弥助が見え隠れについていく。

風具合で、一行の後尾にいる小姓組の若手らの話し声が弥助の耳に届くことがあった。

「兵衛《ひょうえ》、われらはどこに行こうとしておるのだ」

「東海道筋ならば分かるが、街道を外れてはな」

「最前、茶屋の厠を使わせてもろうたとき、小女《こおんな》にこの道の先はどこかと訊いた。どこへ向かうと思うな」

「最前から潮の香りが漂ってきたが、海に通じておるのか」

「田沼意次様のご城下相良じゃそうな」

「なに、われら幕臣御小姓組がなぜ老中田沼様の城下に向かわねばならぬ」

そこだ、と三人目が応じて小声で何事か交わされた。だが、弥助の耳には聞こえなかった。しばらくして、

「われらは田沼意次様の手先になり、尚武館の佐々木磐音どのを斃すというか。いくら老中とは申せ、われらは幕臣、筋が違う」

「田沼様の妄執にわれらが付き合わされるのはご免だ」

「だが、ただ今の田沼様に逆らえるか。これが宮仕えというものだ」

弥助は風に乗った声を聞くことに集中して、路傍から声をかけられたことに気付かなかった。

「われらの後を追っているようだが、何者だ」

いつの間に一行から離れたか、陣内足下の御小姓組の二人が油断なく弥助を睨んでいた。

「お武家様、なんと申されたので。わっしは耳が遠いもので、道を歩くとき、ぼおっと歩く癖がございましてな」

「そなた、何用あって相良に向かう」

「ああ、そのことにございますか。わっしは印肉の仕替え屋でございましてな、相良城下のお得意様の印肉の中身を交換したり、固くなった印肉を引き取ったりする商いにございますよ」

二人の武家は弥助の思わぬ返答に顔を見合わせた。

「見せてみよ」

「お買い求めでございますか」

弥助は風呂敷包みを路傍に下ろして荷を解《ほど》いた。すると中に竹籠《たけかご》があり、その中にさらに小さな籠がいくつも入っていた。

「印肉と一口に申してもいろいろございまして、書家やお武家様が使われる落款《らっかん》になりますと、唐渡りの銀朱《ぎんしゅ》と解《ほぐ》した布をひまし油で丁寧に混ぜましてな、使います。この印肉などはなかなかよいものにございますよ。お武家様、お一つ、道中の思い出にお買い求めになりませんか」

印肉の仕替え屋になりきった弥助が新しい朱肉を見せた。

器は陶器製で蛙のかたちをしていた。

「この朱肉を使いますと金がかえる、利が高飛びすると申しまして、縁起がよいものにございますよ」

弥助はぺらぺらと喋《しゃべ》った。

霧子と別れた弥助は陣内らの本隊を見送り、島田宿が店を開けるのを待って、ひまし油なりとも探しておこうと宿場じゅうを訊いて廻った。すると茶店の店先で弥助の話を聞いた荷担ぎ商人が、

「おまえさん、ひまし油をなにに使いなさる」

と尋ねてきた。

「いえね、旅に出て水が合わないのか、とんとご無沙汰《ぶさた》なんで。そこでひまし油

を使ってすっきりとしようと思ってね」

「素人《しろうと》療法は危ないよ」

「おまえさん、そうは言うが、腹が張って腹が張ってどうにも歩く気にもなれないのさ」

「少しなら分けてやってもいいよ」

「そういうおまえさんは、一体何屋さんだえ」

「印肉の仕替え屋ですよ」

「そうか、印肉の仕替え屋さんならひまし油は持っているな」

茶店の店先に仕替え屋が風呂敷包みを広げた。

そのとき、弥助の頭に、相良城下に入ったときに怪しまれない扮装《ふんそう》がいるという考えが閃いた。

「ところで、おまえさんの問屋はどこですね」

「府中ですよ」

「ちょいと相談だ。この風呂敷ごと売ってくれませんか。なあに、おまえさんの商いの邪魔をしようなんて考えちゃいませんよ。いささか身内を驚かせたいことがございましてね。お礼は十分にいたしますよ」

弥助の熱心な言葉に、印肉の仕替え屋は商いの鑑札《かんさつ》を付け、風呂敷ごと二両二分で荷を譲り渡したのだった。

「道中で印肉など要らぬわ」

弥助を仕替え屋と信じた御小姓組の二人は、遠くに去った本隊を追おうとした。

「お武家様、旅は道連れと申します。一人旅は寂しいや、ご一緒させてくださいな」

風呂敷包みを素早く纏《まと》めた弥助は二人の武家の後を追った。

「お武家様は田沼様のご家来衆にございますね。ただ今は田沼様の天下、ご家来衆の羽振りもさぞよろしいことでしょうな」

「たれが田沼様の家臣と申した」

「おや、違いますので」

「われら幕府御小姓組番士じゃ。田沼家の家臣などではない」

「おや、早とちりをいたしました。申し訳ございません」

と弥助は詫びたあと、

「それにしても、公方様の親衛隊がまたなぜ田沼様のご城下に参られますので」

「われらが訊きたいわ」

と答えた一人が仲間に、

「藤田《ふじた》どの、こたびの御用いささか妙ではないか」

「なんのために招集されたか、どのような御用かも聞かされず、ひたすら東海道を西に向かってきた。そして田沼様のご城下に立ち寄ると陣内様がいきなり言い出された」

「われらは家治様の御小姓組ぞ。なぜ田沼様のご城下などに立ち寄らねばならぬ。相良城下になんの用だ」

「だから、われら一行に相良藩の鉄砲組を加えるためではないか」

「田沼様の家来とわれらが、なぜ一緒に御用を務めねばならぬ」

「われら田沼意次様の私兵ではないからな」

二人が不意に黙り、藤田と呼ばれた武士にもう一人が訊いた。

「磯辺《いそべ》虎之助《とらのすけ》が雹田平なる系図屋から聞き込んだ話はどう思われるな」

「われらの相手は佐々木磐音どのということか」

「いかにもさよう」

御小姓組は将軍家の親衛隊だけに、三河譜代の旗本で固められ、代々世襲のように御用を勤めてきた。武術に長けていても朴訥《ぼくとつ》にして豪毅《ごうき》、直情な気性の士が多かった。

二人の口調は、成り上がりの田沼意次に決して好い感情を抱いていないことを示していた。

「それがし、尚武館佐々木道場に稽古に参ったことがある。玲圓先生の業は神業の如く、人格高潔にして清廉であった。その後継の磐音どのも、玲圓先生に劣らぬ人物にて優れた技量の持ち主と聞いた」

「大納言家基様の剣術指南をなされたほどの人物じゃぞ。同輩には、磐音どのから直に指導を受けた者もおろう。そのような方に刃《やいば》を向けるのか」

「異なことがある」

「なんだ」

「佐々木家はすでに幕臣ではなかった。にも拘《かかわ》らず家基様の剣術指南に推挙され、家基様の死の直後には、玲圓先生は奥方とともに自裁されたそうな。このこと、どう考えればよい」

「分からぬ。分からぬことだらけだ」

「分からぬようにしておるのは田沼様の野心ではないか」

「いかにもさよう」

「家基様に殉死なされた佐々木玲圓様の後継をわれらが討つ謂れが、どこにある」

二人は話に夢中になって弥助のいることなど気付いていない。

「どういたすな」

「噂がほんとうで、われらに佐々木磐音どのを討つ命《めい》が下ったときのことか」

「それがし、家治様のために命を投げ出す覚悟はできておる。じゃが田沼様のために、なぜ尚武館佐々木道場の主を討たねばならぬ」

「それがしも、佐々木磐音どのとは刃を交えとうはない。陣内様ら数人の幹部を除いて、この気持ちは一緒だ」

「とは申せ、組頭陣内様の命を蹴るわけにもいくまい」

「なんぞ江戸に戻る理由があればよいが」

「ふうっ」

と期せずして二人が息を吐いた。そして、そこに弥助がいることに気付いた。

「印肉屋、われらの話を聞いたな」

「わっしは最初に耳が遠いと申しましたぜ。印肉を売ったり銀朱を替えたりするしか関心がございませんので」

と弥助は応じて、

「お武家様、今宵は相良城下にお泊まりですね」

「それがどうした。おまえ、ほんとうに旅の印肉屋か」

「むろんのことにございますよ」

「われらが相良城下に泊まることを知ってどうする気だ」

「病に臥《ふ》せりなされ」

「どういうことか」

「老中とは申せ、田沼様の御用を、直参旗本御小姓組の猛者《もさ》が引き受けることはございませんや。花畑番は将軍様直属の親衛隊にございましょう。命を聞くべき相手はただお一人、家治様にございますよ」

「分かっておる」

と答えた二人が足を止めて顔を見合わせた。

「都合よく病に倒れるなんてことができようか」

「食事はご一統様でお摂《と》りになるのでございますか」

「陣内様方と系図屋は、われらとは別よ」

「それは重畳《ちょうじょう》」

弥助は再び路傍にしゃがんで荷を解くと、竹筒に入れられたひまし油を掌《てのひら》に出してみせた。

「こいつは唐胡麻《とうごま》の種子を絞り出した純正のひまし油にございます。印肉屋は銀朱と布片を練るときに使います。こいつを、皆さん方の汁でもいい、酒でもいい、混ぜて飲みますと腹が下ります。決してそれ以上のことは起こりませんや」

と弥助が舐《な》めてみせた。

「夕餉に飲まれれば今晩から下痢だ。旅をするどころではございませんし、田沼様の命を聞く力なんぞは湧いてきません。ひょっとしたら皆さんは江戸に戻されるかもしれません」

「印肉屋、そなた、何者か」

「へえ、この次、お目にかかるときまで、印肉の仕替え屋として覚えて置いてくださいましな。いいですかえ、田沼の命なんぞに乗って、佐々木磐音様に刀の切っ先を向ける真似なんぞしちゃあなりませんぜ。あなた方のお為になりません」

二人の前方に駿河灘が見えてきた。相良城下は遠江国だが、御前崎の東にあるために、接する海は駿河灘だった。

一瞬白波の立つ海に視線を向けた瞬間、印肉屋の姿が消えていた。

「藤田覚之助《かくのすけ》、白昼夢か」

「いや、現《うつつ》だ」

と菊村新八郎《きくむらしんぱちろう》が手に持たされた竹筒を藤田に見せた。

「あやつが言うたこと、どう考えればよい」

二人の御小姓組の猛者が相良城下を前に顔を見合わせた。

第四章　遠湖騒乱

一

遠江榛原郡《はいばらごおり》相良に置かれた譜代小藩が相良藩だ。

相良藩の歴史は、宝永《ほうえい》七年（一七一〇）に本多《ほんだ》忠晴《ただはる》が三河伊保《いぼ》より転じてきたことに始まる。

田沼との関わりは宝暦《ほうれき》八年（一七五八）、本多忠央《ただなか》が所領を没収、除封されたことに代わって相良藩一万石で大名家の列に加わった折りのことだ。田沼は明和《めいわ》四年（一七六七）に将軍家治の側用人《そばようにん》として認められ、二万石に加増されて城主格になり築城を許された。安永六年（一七七七）に大手門が完成し、安永七年に川端櫓《やぐら》が建ち、安永八年一月には相良城本丸御殿が上棟していた。

陣内城吉に率いられた御小姓組の一行が相良城下に到着したとき、幕閣に絶大な権力を振るう田沼意次は三万七千石を頂戴し、完成間近の城下町も活気に満ちていた。とはいえ、城下在住の田沼家家臣は三百数十人余、城下戸数は百数十戸、六、七百人の小さな城下町だ。

この時点において田沼意次は相良城に入ったことはなかった。相良城主としての田沼の初入部は、翌年の安永九年四月のことであった。

普請《ふしん》の槌音《つちおと》が処々方々から聞こえる相良城下は、駿河灘の潮騒が響いてどことなくのんびりしていた。だが、相良城の一角、松林に囲まれた御馬場付近だけに緊張の空気が漂っていた。

ともあれ御小姓組二ノ組の組頭陣内に率いられた御小姓組の猛者《もさ》連は、訝しげな顔で相良藩御馬場に併設された宿営に入った。

弥助は藤田覚之助と菊村新八郎を加えた一行が御馬場宿営に入ったのを確かめ、城下大手門前に戻った。

萩間《はぎま》川を外堀にし、城を囲む内堀も萩間川の流れを引き入れて、満々と水を湛えていた。

弥助は小さな城下町の大手通りの町屋に入ると、路地裏に小さな旅籠《はたご》を見付けた。波津屋と、板切れに金釘流《かなくぎ》で書かれた看板がぶら下がった安直な旅籠屋だ。どうやら江戸から呼ばれた相良城築城に携わる職人の宿と思えた。

「ご免なさいよ」

土間から囲炉裏端《いろり》が丸見えで、狸面《たぬきづら》の爺様《じい》が、

「物売りならご免だよ」

と姿を見せた。

「旅の印肉の仕替え屋だが、泊めてくれませんか」

「なんだい、客か。一人だな」

「いや、後から一人加わる」

「二人相部屋でいいな」

「致し方ないな」

「宿代は飯付き四百文の前払いだ」

木賃宿《きちんやど》同然の旅籠で法外な値段だった。

「高いか」

「高いな」

「相良ではうちが一番安い旅籠よ。江戸から職人衆が押しかけての城造りだ。田

沼の殿様が手間賃を惜しまないから、江戸の職人衆は金遣いが派手だ。こんな在所だが、女郎もいれば酒も濁り酒じゃないぞ」

と狸親爺《おやじ》が威張った。

「そうだ、おまえさんが印肉屋なら、うちの印肉を手入れしておくれ。そうすればいくらか宿代を負けようじゃないか」

「いいとも、荷を部屋に放り込んでおいてくんな。仲間を迎えに行ってくるからよ」

と言い置いた弥助は、波津屋を出て再び大手通りに戻った。

築城の恩恵を受けた小さな城下町は、主《あるじ》の出世とともにさらに拡大しようとしていた。ただ急激な発展にどこもが追いついていない様子が見られた。

大手通りのお店《たな》を覗くと品揃《しなぞろ》えは少なく、値だけが驚くほどに高かった。

弥助はぶらぶらと大手通りを歩き、金谷宿からの脇街道への出口、城下外れの庚申塚《こうしんづか》を見付けて霧子に連絡をつけようとした。すると地味な縞模様の筒袖を着た霧子が庚申塚の後ろから姿を見せた。腰に一本脇差を差し、総髪を垂らして元結で束ねていた。一見、男か女か分からぬ形《なり》だ。

「霧子、旅籠に泊まるのだ。男か女、はっきりとした形をしねえか。名をなんと呼べばいい」

と師匠の弥助が苦笑いした。

「霧の字で結構ですよ」

「霧の字な。まあいいだろう」

霧子が一旦庚申塚の後ろに戻り、大きな背負籠《しょいかご》を抱えてきた。

「師匠が言われた大黄甘草湯と大黄牡丹皮湯、ひまし油を揃えてきました」

雑賀衆の下忍《しのび》の集団で育った霧子だ。どこで入手したか、一日足らずで用意していた。しっかりとした背負籠には旅の道具が詰まっているのか。

霧子はひょいと背に負った。

「若先生とおこん様の荷を纏めて運ぼうと思いまして、このような籠を用意しました」

「丈も高うて便利にできておるな」

「蔓《かずら》と葦で編まれた籠です。頑丈ですし、これなら両手が使えます」

「よう知恵を絞った」

弥助と霧子の師弟は、なにがなんでも磐音とおこんの旅に同道する気だ。そのためにはなんとしても目前の田沼一派の追跡を振り切り、瓦解《がかい》させる要があった。

霧子と弥助は肩を並べて城下大手通りに向かった。

「霧子、いささか乱暴な策だが、御小姓組のお二人にわっしらの仕事を願った」

「どういうことです、師匠」

弥助は島田宿で印肉の仕替え屋の道具をそっくり買い取り、印肉屋に化けていたところに御小姓組の藤田覚之助と菊村新八郎に出会ったこと、印肉屋の材料のひまし油を渡して自ら病人になるよう、企てを願ったことを告げた。

「それはまた大胆な。師匠の言葉を信用してくれますか」

「そこだ。お二人と話してみてな、公方様直属の御小姓組の方々がいかに純真にして忠義の士であるかを知った。それでさ、いささか説教じみた物言いで忠義心を喚起してみた、と思いねえ。あのお二人が仲間を引き込んで、ひまし油を混ぜた料理や酒を飲み食いされるかどうか、まず十に一つか二つの賭《か》けじゃな。一番困るのは、あの二人がわっしのことを陣内組頭に告げることだ。それはまずあるまいとみたがね」

「師匠、そのお二人が迷われるなら、大黄を仕掛けます」

「本日の夕餉が見物《みもの》といえば見物。この城下に腕のよい医師がおらぬことを願うばかりよ」

「楽しみにございますね」

波津屋に二人連れで戻ったとき、囲炉裏端は一変していた。築城に携わる左官衆が旅籠に戻ってすでに酒盛りを始めていた。

「おお、印肉屋さんか。仲間と会いなされたか」

と狸親爺が霧子の様子を見て、

「おまえ様も隅に置けねえな。男の形をさせておるが娘ではないか。この波津屋の蔵六《ぞうろく》の目はごまかせないぞ」

「親爺さん、さすがの眼力ですな。正直申すとわが娘でな、娘の形で旅をさせると悪さを仕掛けてくる者もいる。そこでこんな汚い形をさせているんだ。見逃してくんな」

「名はなんだ、娘さんの」

「霧子にございます」

と霧子自らが名乗った。

「ですが、この家では霧の字で通させてください」

と霧子が恐ろしげに囲炉裏端を覗く振りをした。

「男親は娘を持つと心配じゃな。湯に入るときには親爺様が張り番するだよ」

と忠告までしてくれた。

相客が囲炉裏端に集まっていることを確かめた霧子と弥助は交替で湯に入り、囲炉裏端に加わった。

「江戸の衆、旅の印肉屋の親子だ。少し座を詰めてくださらんか」

と狸親爺の蔵六が言うと、

「印肉屋とはなんだ、印肉屋」

とすでに酒に酔った左官の一人が酔眼を向けてきた。

「さすがは江戸の職人衆、歯切れもいいが飲みっぷりもいいや」

「印肉屋、いいか、おれたちは手間賃に引かれて相良なんて在所までのしてきたんだ。酒でも飲まなきゃ、こんな魚臭い在所におられるか」

「在所在所と言われるが、老中田沼意次様のご城下。堀端からお城を見せてもらったが、さすがに立派なものだ」

「成り上がりが造った城よ。いつまで保《も》つか」

と酒に酔った職人が喚くのを親方が、

「成十《しげじゅう》、口を慎め。おめえが腹の中でどんなことを考えてもいい。田沼様はわっしらの施主様だ。その施主様の悪口を言う奴《やつ》がいるか」

「親方、おれがいつ悪口を言った。ただ成り上がりと言っただけだ」

江戸の職人衆は高い手間賃に引かれて相良城下に普請に来たはいいが、江戸懐かしさのあまりに不満を募らせているような様子が見えた。

弥助と霧子はそうそうに夕餉を食すると部屋に戻った。そして、頃合いを見て波津屋を出た。

弥助は霧子が手に入れてきた二種類の大黄を懐に、松林の御馬場に向かった。するとと相良藩では幕府の両番御小姓組を迎えたというので、御馬場の宿営の大座敷を使って歓迎の宴が行われていた。

接待する側の頭は相良藩の城代家老是牟田《これむた》力蔵《りきぞう》で、田沼意次の股肱《ここう》の臣だ。主の出世に伴い、是牟田も一城の城代家老に昇りつめて、いささか舞い上がっていた。

接待される側の陣内城吉は、若年寄支配下御小姓組組頭で、菊之間南御襖際詰、千石高、布衣《ほい》以上の役職である。

元来家柄は城代家老の是牟田より、いや田沼意次よりも上位の家系であった。

それが今では田沼どころかその家臣より身分が下位となっていた。

「陣内どの、酒はいかがか。料理は駿河の海で採れた魚の潮汁《うしお》が美味にござる。そなたが率いる御小姓組は剣術の達人ばかり、酒も食も太かろう。わが田沼家には、大食大飲は出世の早道と申す家訓がござってな、江戸の殿も常々大いに食し、大いに飲むものが偉大なる戦を制すると奨励なされておる。江戸とは違い、相良は田舎《いなか》料理にござるが、酒も料理も吟味してござる」

「是牟田様、いや、なかなかの酒に潮汁。これはなんともよい組み合わせかな」

陣内は御小姓組組頭からさらに上の番頭への出世を虎視《こし》眈々《たんたん》と狙っていた。ゆえに田沼意次と接触してこたびの特命を受けていた。むろん御小姓組を監督するのは若年寄だ。だが、幕閣に絶大な権力を振るう田沼意次の命を拒みきれる若年寄はいない。

田沼と陣内の野望と野心が一致した結果、御小姓組一の武闘集団が相良城下に姿を見せたのだ。

段々と座が乱れてきた。

弥助と霧子は宿営の天井と床下に潜り込んで、宴の場に聞き耳を立て、節穴から覗き見していた。

天井に身を潜めるのは師匠の弥助だ。

「磯辺虎之助、そなたら、相良家の馳走になって、なんの芸も披露せぬのか。江戸の花畑番はなんと芸なしかと城代家老様が蔑んでおられるぞ」

と菊村新八郎が若手の磯辺に叫んだ。

花畑番は御小姓組の異名だ。詰所の前の庭が花畑だったことから、幕府最高の武闘集団は雅《みやび》にも花畑番と呼ばれた。

「おや、菊村様はそれがしに幇間《ほうかん》芸者の真似をせよと申されますか」

「たれが幇間だの、芸者の真似をしろと命じた。芸を披露せよと命じただけだ。武芸も芸と思わぬか、虎之助」

「いかにもさようでした」

虎之助ら若手三人が次の間に下がった。次に出てきたときには下帯一本に刀を差した姿で、

「若年寄支配下花畑番磯辺虎之助」

「同じく玉村《たまむら》兵衛」

「同じく北村《きたむら》板太夫《ばんだゆう》」

「つたない武芸を披露します」

とぎらりと本身を抜き放った。

「われら、征夷大将軍足下花畑番の斬り込みたーい戦とあらばどこへなりとも駆け付けますーる」

と虎之助が蛮声を張り上げると、玉村兵衛と北村板太夫が、

「ヨッサヨッサヨッサッサ」

と相の手を入れながら抜き身を振り回した。すると仲間がやんやの喝采《かっさい》を送り、

「やんややれやれ、派手にやれ」

と囃《はや》し立てた。

「こたびの御用はどこじゃいな、われらがおん敵どこじゃいな遠州《えんしゅう》相良の城下にてわれらのおん敵どこじゃいな」

「ヨッサヨッサヨッサッサ」

「虎之助、おまえの背中にいてござる。おん敵、背中にいてござる」

と囃し立てると、御小姓組の面々が用意していた大根を虎之助らに向かって投げ始めた。すると下帯一丁の三人が刃《やいば》を煌めかせて、投げられた大根を、

すぱりすぱり

と斬り分けていった。

三人の足元に大根がどさりどさりと落ちて、座敷が大根畑と化した。

「花畑番が、いの一番の槍をつけ、刃を振るって
おん敵をばったばったと薙《な》ぎ倒す」

「ヨッサヨッサヨッサヨッサッサ」

と囃していた面々も虎之助らも奇妙な顔をして立ち竦み、身を捩《よじ》らせると、

「なんだか、下腹が」

と言い出すと、

「厠《かわや》はどこじゃ」

と宿営の座敷を飛び出していった。

「さすがは公方様の親衛隊、たれが真の敵か承知してござるわ」

と呟いた弥助が天井から這い出して廊下の上に出た。すると厠の前で大勢の人間が行列を作っている様子で、

「おい、虎之助、早う出ぬか。戸を蹴り破るぞ」

「菊村様、出るに出られませぬ。周りは松林に海にございます。どこなりとお好きなところで願います」

「な、なんと遠州相良くんだりまで遠出して、野糞《のぐそ》をするとはどういうことか」

廊下の行列の気配が消えて、宿営から全員が飛び出していった。

弥助が御馬場外で霧子を待っていると、霧子が闇の中から姿を見せた。

「弥助様、松林はどこも御小姓組の面々がしゃがんで野糞を垂れておりますよ」

「霧子、そなたはかりにも弥助の娘じゃぞ。なんだ、野糞などと言いおって」

と叱ったとき、弥助と霧子の前にふわりと立ち塞がった者がいた。

黒衣の形は、陣内城吉の一行に下忍が従っていたことを意味した。

「何者か」

と相手が誰何《すいか》した。

弥助は幕府の御用を務めてきた密偵だ。仲間かと一瞬考えたが、二人の体から漂う殺気は、幕府の影仕事を務める者とは異なることを示していた。

「迂闊であったな」

弥助の呟きに、二人が腰から忍び刀と大苦無《おおくない》を抜き出した。

忍び刀は直剣が多く、刃はおよそ一尺六、七寸余。苦無は忍びの必携の道具で、塀の下の土を掘ったり、石垣を上るときに石と石の間に打ち込んだり、また縄を結んで登り下りに使われた。むろん武器としても有効だった。

弥助は懐に忍ばせた匕首《あいくち》に手をかけたが、得物がなにか相手に悟られないよう手はそのままにして間合いを計った。

霧子は腰の脇差を抜いた。

二対二の影の者同士の戦いになった。

星明かりが両者の間合いが三間であることと、地面が砂であることを照らし出していた。

「霧子、どこの忍びか分かるか」

と弥助が訊いた。

「師匠、甲賀《こうが》崩れかと存じます」

二人の会話を聞いた相手の一人が、

「兄者《あにじゃ》、女忍びだぜ」

「陣内様に差し出せば喜ばれような」

「腹下しの面々を横目に娘も抱けまい」

と話しながら間を詰めてきた。

弥助は相手が二人であることを周りの様子から確かめていた。

不意に恐怖に襲われたように、霧子が脇差を構えながら後退《あとずさ》りした。

「霧子、逃げるでない。踏み留まるのだ」

と弥助が叫んだ。だが、その叫びは霧子に命じたものではなく相手を誘いだす声だった。

不用意に二人が最後の間合いを詰めようとした。

霧子が脇差を無闇やたらに振り回しながら、刃の動きに注意を引き付けた。

相手の二人は霧子が動揺したと思い、大苦無を翳して霧子に飛びかかってきた。

霧子の足が地面の砂を蹴り出して、網を打つように散らした。踏み込んできた二人の眼に砂が入り込み、目潰《めつぶ》しになった。

一瞬、立ち止まった相手に弥助の懐から抜き出された匕首が飛び、霧子が踏み込むと脇差で喉元を撫で斬った。

勝負はあっけなく決まった。

「さて、どこぞにこやつらの墓場を造るぜ」

「師匠、大苦無は役に立ちますよ」

「おうさ」

師弟は御馬場の砂地に穴を掘り始めた。

二

江戸日本橋から数えて三十番目の宿である舞坂は、古くは舞沢あるいは舞沢松原と称した。新居《あらい》宿への渡し場を前に、本陣、脇本陣それぞれ二軒、旅籠も二十八軒ほどあり、今切の渡し船が着くたびに船着場は賑わいを取り戻した。

磐音とおこんが舞坂宿の船着場に接した旅籠三州屋に草鞋を脱いで二日が過ぎようとしていた。

むろん通行手形は、箱根宿で小清水屋右七が用意してくれた小田原藩大久保家の陪臣清水平四郎といね夫婦のものだ。宿帳にもそう磐音が記した。

磐音はおこんを伴い、足慣らしにと南側の松林に続く砂浜に出かけるのが日課となった。

二人の前には荒海が広がっていた。三州から豆州下田まで海里七十五里、この大海原を遠江灘と呼ぶ。

磐音とおこんは、この海を豊後関前藩の雇船正徳丸《しょうとくまる》で渡ったことがあった。それがずっと昔々の出来事のような気がした。

「おこん、そろそろ旅籠に戻ろうか。女衆《おんなし》が案じられよう」

と声をかけた磐音は、松林の中に懐かしい人の姿を認めた。背に風呂敷包み、頭に手拭いを被ったのは弥助だった。

「おこん、待ち人が来られたぞ」

と磐音が未だ海に視線を預けたおこんに教えた。

「えっ」

と振り返ったおこんが、

「弥助さん」

と手を振った。

おこんはもう何年も会わない人のように懐かしく、砂地を走った。

「おこん様、ご新造様、お腹のやや子に障《さわ》りますよ。もうどのようなことがあっても、弥助は佐々木様とおこん様の旅にご一緒しますでな。逃げも隠れもしませんよ」

と弥助が笑いながら、それでもおこんのもとへ走り寄った。

「弥助さん、よう参られました。江戸のことを教えてください。それに霧子さんはどちらにおられます」

「これ、おこん。そう矢継ぎ早では弥助どのも答えられまい」

「まあ、そうでした」

おこんが恥ずかしそうに笑った。

「おこん様、霧子から聞きましたぞ。ご懐妊祝着至極にございます」

弥助がただの密偵ではないことを窺わせる武家言葉で祝いを述べた。

「弥助さん、今年の終わり頃には、おこんは母親になります」

「きっと元気な男のお子様がお生まれですよ」

「男と決まったわけではございません」

「いえ、玉のような男のお子様がお生まれでございます」

弥助が満面の笑みで言い切った。そしておこんを、砂地に半ば幹を埋《うず》めて横に這う松の幹に座らせた。

「霧子はしばらく相良の様子を見た上で舞坂に参る手筈《てはず》なんで」

「弥助どの、霧子と会うたのじゃな」

「島田宿で会いました」

「相良と言われたが、田沼様のご城下に霧子は逗留しているのか」

「へえ、それには理由《わけ》がございまして。まあ、佐々木様もおこん様の隣に座ってくださいまし。そのほうが話し易うございます」

磐音は松の幹に腰を下ろした。

「わっしの形《なり》は印肉の仕替え屋の格好なんで。佐々木様から霧子が預かってきた金子のうち二両二分を使って、旅の商人から鑑札ごと譲り受けたものなんでございます」

「ほう、珍しい商い人に化けられたな」

「それが偶々《たまたま》役に立ったというわけでして」

弥助がいささか自慢げに、島田宿で出会って以来の経緯《いきさつ》を語った。

「印肉の顔料の朱色は、銀朱とひまし油を混ぜ合わせると出る色にございますが、このひまし油の使い道を教えて、御小姓組のお二人、藤田覚之助様と菊村新八郎様に渡したところ、こたびの御用を訝しく思われていたのか、潮汁にたっぷりと入れられたようです。組頭の陣内城吉様ら幹部連は別の土鍋《どなべ》のため腹下しはしていませんが、御小姓組の方々は、御馬場近くの砂浜を厠がわりに一晩を過ごされました」

「それはまた気の毒な」

「へえ、確かに災難ですが、藤田様方は幕府の中でも武官にございますゆえ、尚武館に稽古に来られた方もおられ、武名高い佐々木玲圓大先生を敬愛しておられるのです。それでわっしの唆《そその》かしに乗られたのでございましょう」

「弥助さん、命に関わるようなことはないのですね」

「へえ、金谷宿から藪《やぶ》医者が呼ばれましたが、腹下しとは診立《みた》てたものの、なにが原因の腹下しかも分からず、下痢止めを飲むように渡して早々に金谷に戻りました。それくらいでございますから、命に関わるようなことはございません」

「安心しました。それにしても、なんともお気の毒に」

「それはそうでございますが、公方様直属の親衛隊が、田沼風情の命で佐々木様と剣を交えることはございませんので」

「弥助どの、腹下しならば一時的なものであろう」

「いいえ、腹下しをしますと下腹に力が入らず、いくら名人上手といえども刀を振り回す元気は当分出ませんよ」

「でも、お医者様がお薬を」

「おこん様、藤田様方はその薬も飲む振りをして飲んでおられません」

「ひまし油を入れたのはお二人ですね」

「いかにもさようです。ですが、藤田様は腹下しの後、皆さんに事情を説明されましたので、知らぬは組頭の陣内様方数人だけでございます」

「となると、御小姓組はしばらく相良城下に滞在治療なさるのですか」

「いいえ、それがそうもいきません。相良城に到着した本隊から系図屋の雹田平と御小姓組の若手が二人、東海道を西に向かって先行しておりますので。相良の陣内様に今朝方連絡が入ったようで、陣内様は急ぎ佐々木様の行方を追いたいと考えておられます。そこで御小姓組の面々になんとかならぬかとせっついておられます」

磐音は不安になった。

雹田平なる系図屋は磐音らを、この舞坂で追い越したことになる。そのことを弥助に告げた。

「島田宿から舞坂まではおよそ十五里半。雹がどこを目指しているか知りませんが、昨日のうちに舞坂は通過して、今切の渡しで新居に上陸しておりましょう。佐々木様方に気付いたのであればこの舞坂に雹らも滞在していることになりますが、まず先を急いでいると思えます」

「昨日は三州屋に籠りっきりで、たれにも会うておらぬでな」

「ならばまず雹らに見つかった気遣いはございません」

磐音も、雹田平なる異形の系図屋に見張られていればその気配は感じ取ることができると思った。

「となると御小姓組の動静じゃな」

「藤田様方にはこの御用が迷惑なのです」

「されど組頭に命じられれば、両番の面々なら理由の如何《いかん》に拘《かかわ》らず剣を抜かれよう」

「ですが、腹下しのせいで体から力が抜けた状態なのでございますよ。陣内様方がその辺をどう判断なさるか、霧子がこの夜半までには知らせて参りましょう」

頷いた磐音が話を変えた。

「弥助どの、そなた方がわれらの旅に同道してくれるのはなんとも心強い。おこんが江戸の話を聞きたそうな顔をしているし、旅籠に参ろうか」

「佐々木様、ただ今のところ、わっしが佐々木様とおこん様に同道していることを敵方に悟られたくはございません。わっしはしばらく別行動をいたしとうございます。この儀、いかがで」

「弥助さん、どちらに行かれるのですか」

おこんがそれを案じた。

「霧子が舞坂入りするのを待って、佐々木様の旅籠三州屋に行かせます。なあにわっしも近くに潜んでおりますから、おこん様、ご安心ください」

弥助が答えておこんの不安を除いた。

「弥助どの、われら三州屋に、大久保家陪臣清水平四郎、いねの名で投宿しておる」

承知にございますよ、と答えた弥助が、

「佐々木様、お預かりいたしました文、言い付けどおりにおよそ届けました。ただ金兵衛さんには、宮戸川の親方に願い、幸吉さんがわっしの代わりに文使いをすることになりました。わっしが金兵衛さんを訪ねると必ずや田沼の眼に怪しまれますでな」

「幸吉なら弥助どのの代役を見事に果たしていよう」

「お父っつぁんが元気なら、私はなにも言うことはございません」

「佐々木様、おこん様、三州屋が案じておりましょう。旅籠にお戻りください」

薄暗くなった舞坂の松林で三人は別れた。

深夜、舞坂宿三州屋の座敷外の廊下に、気配もなく忍び込んだ影があった。

「霧子、ご苦労であった」

磐音とおこんの部屋は今切の渡しを望む二階の端部屋で、他人に聞かれる心配はなかった。

有明行灯《ありあけあんどん》の灯りに、大きな籠を負った霧子が姿を見せた。

「形を変えたか」

「こちらのほうが私には似合いです」

と大籠を下ろした霧子が笑った。

「ご苦労でしたね」

おこんも霧子を労《ねぎら》った。

「今夕、弥助どのから相良城下の惨状は聞いた。御小姓組は体調を回復したか」

「腹下しは止まったようですが、食べるとまた吐いたり下したりと、なかなか元には戻らぬ様子です。おそらく藤田様方が、師匠の渡したひまし油をその後も体調に合わせて使われているのやもしれませぬ」

「困ったな」

「困られたのは組頭陣内様にございます」

「なんぞ決断をなされたか」

「腹下しの御小姓組の様子を明日いっぱい窺い、それでも体調が回復せぬときは、明後日、相良藩の鉄砲組と御番衆を御小姓組の代わりに率いて、雹田平のもとに向かわせるそうな」

「雹田平なる系図屋、先行しておるそうだが、連絡《つなぎ》を陣内様に付けてきたか」

「はい。早飛脚が参り、陣内様に書状を。ただ書状の内容までは調べがついておりませぬ」

「早飛脚はどこから参ったか」

「東海道知立《ちりゅう》宿の飛脚屋にございました」

磐音の背筋に悪寒《おかん》が走った。

磐音が向かう刈谷《かりや》城下は、東海道知立宿を外れてわずか二里の地だ。

雹田平なる系図屋、佐々木家の過去を辿って佐々木家の先祖を、そして、磐音の訪れる先を悟ったのだ。

「陣内様はいかがなさる気か」

「おそらくは御小姓組を相良に残し、体調が回復し次第あとを追わせる心づもりと見ました。なぜなら田沼家の御番衆《ごばんしゅう》十数人と鉄砲組が今朝方から御馬場で訓練を始めましたゆえ。その様子を、青い顔の御小姓組がぼおっと見物しておられます」

「御小姓組と、急ぎ刺客団を編制なされた田沼家の御番衆では比較にもなるまい」

「御小姓組の方々は御番衆の動きを見て、内心では呆《あき》れておられる様子です」

「さもあろう」

「陣内様方幹部の三人は、苦虫を嚙み潰したような顔で訓練を見ておられます」

「御小姓組の面々と立ち合いとうはなかったゆえ、まずはひと安心いたした」

「若先生、いささか懸念がございます」

「なんじゃな」

「田沼家の鉄砲組にございます。蓮池仁斎《はすいけじんさい》なる大筒の名人が相良藩の鉄砲組を指導してきたのですが、鉄砲もこなせば火薬も自在に扱えます。この者たちは侮れません」

「江戸から運ばれてきた荷は鉄砲であったな」

「荷が相良城下御馬場で解かれたのを初めて見ましたが、火縄銃ではございません。琉球《りゅうきゅう》口で渡来した異国の銃にございました」

「田沼様のお力を以《もっ》てすれば、異国の銃を江戸に運び込むくらい造作もなきことであろう」

「銃身が三尺二、三寸ございまして、その先に直剣が装着されます。英吉利《イギリス》とかいう国のマスケット銃なるものだそうです」

「撃つところを見たか」

「はい。相良藩の鉄砲組は精々十数人にございますが、これを三手に分け、最初の四人に片膝をつけて狙いを定めさせ、引き金を引きますと、一丁以上も先の的が粉々に吹っ飛びました」

「ほう」

「若先生、私が恐ろしいと思ったのは射撃法です。最初に撃ち終えた四人が、待機していた三番手の四人の背後に回り、新たに銃口から弾丸を装塡《そうてん》いたします。さらに二番手が片膝つきで鉄砲を放ちます。そして、三番手の射撃に替わります。三番手が撃ち終わる頃には一番手の四人の装塡が済んでおります。このようにして三組が順繰りに交替し、射撃装塡を繰り返すことで、間をおくことなく銃を連続して撃つことができます」

「脅威じゃな」

磐音は霧子の説明を聞いてその光景が完全に把握できたわけではなかったが、それにしても空恐ろしい一斉射撃かと恐怖に落ちた。それまでにして田沼意次は、佐々木家の殲滅を図るのか。

「若先生、火薬をどう扱うか、蓮池仁斎は手の内を見せておりませぬ」

雹田平は、刈谷宿の称名寺《しょうみょうじ》が佐々木の先祖の檀那寺《だんなでら》と突きとめたのであろうか。連絡は知立宿の飛脚屋からだった。

雹はすでに佐々木の先祖の墓を見付けたと思うたほうがいい。とすれば陣内ら本隊を刈谷城下に呼び寄せ、称名寺ごと磐音やおこん、そしておこんの腹に宿った子の殲滅を図る気であろう、と磐音は考えた。

「このこと、弥助どのは承知じゃな」

「はい。師は、陣内様方本隊がこの舞坂に到着するのは明後日、今切の渡しを船で渡るのは三日後、それまでになんぞ思案を固めねば、と洩らされておりました」

相分かった、と磐音は返事をすると、

「霧子、よう頑張った。今宵は、窮屈かもしれぬがわれらと一緒に休むとよい」

「いえ、私は野宿になれておりますれば」

「そう申すな。戦はこれからじゃ。多勢に無勢のわれら、一人ひとりがそのときに力を残しておくことが肝心じゃ」

と言うと磐音は布団を二つ付け、真ん中におこんを横たえさせ、左右に磐音と霧子が眠りに就くことになった。

翌朝、三州屋の女衆が、

「おや、お連れの方はいつ訪ねてきただ」

と霧子を見て驚きの表情を見せた。

「今朝方、男衆《おとこし》が表戸を開けたとき訪ねて参ったが、気がつかなかったか。声をかけずに悪いことをいたしたな」

今切の渡しの一番船に乗る客で、明け六つ（午前六時）前はどこの旅籠も混雑を極めた。その間に霧子が訪ねてきたと磐音は霧子の行動を隠した。

「連れが来られたんで、船に乗られるかね」

「いや、それがしも女房もこの舞坂宿をいたく気に入ったでな、ついでに二、三日泊まって参る」

「清水様、それはまたのんびり道中だ」

「打ち明けると女房にはやや子が宿っておるでな、このところ気分がすぐれぬのじゃ。そこで景色が気に入ったこの地で静養していこうと考えたのだ」

「それはおめでたいことだ。なんぞ願かけの旅かね」

「われら、稲荷《いなり》社に子を願ったで豊川稲荷にお礼参りの旅。御用旅ではないゆえ、かようにのんびりできるのじゃ」

「お好きなだけうちに逗留していってくださいよ」

「女衆、朝餉の膳を一つ増やしてもらえぬか。その後、女房を残して出て参る」

と磐音が願った。

朝餉の後、磐音は霧子を伴い、三州屋を出た。

昨夕、弥助と出会った松林で磐音、霧子、弥助が会合を持った。

「弥助どの、霧子、改めて申す。そなたらがわれら夫婦に従う謂れはない。弥助どのは密偵や町人に身を窶《やつ》しておられるが幕臣であろう。霧子は尚武館佐々木道場の住み込み門弟であったが、わが養父玲圓が身罷ったとき、主従の縁は切れた。ゆえに霧子がわれらに義理立てすることはない」

「佐々木様、いかにもそれがしは幕臣の身を秘して密偵を務めて参りました。それは偏《ひとえ》に、徳川家と幕藩体制の護持のためにござる。一臣の専横に従うは不忠の誹《そし》りを免れませぬ」

「若先生、私は弥助様の業に敗《やぶ》れ、雑賀衆を抜けた女。尚武館に拾われたとき、終生佐々木道場の門弟をわが心に誓いました。己に背くわけには参りませぬ」

と二人が言い切った。

「果てしない旅になるやもしれぬ」

「構いませぬ」

と弥助が言い切り、霧子が頷いた。

かくて遠江舞坂の松林に三人の黙契がなった。

三

三人は砂浜に車座になって向き合った。

「われらが江戸を離れての最初の戦いとなる。合戦場はいずこを」

と磐音が問うた。

「陣内城吉様と雹田平を再会させぬことが肝心。となればここ」

と弥助が猪鼻《いのはな》湖を差した。

「江戸から荷馬五頭で運んできたマスケット銃、火薬類を、今切の渡しで沈める
と言われるか、弥助どの」

「いかにもさよう。沈めてしまえばマスケット銃も火薬も役立たず。遠州灘から
の荒波が湖底で揉《も》んで、引き揚げたところで使い物にはなりません」

「よかろう。弥助どのには相良藩の雇い船を沈める工夫がなんぞありそうな」

弥助が砂地に棒切れで猪鼻湖の絵を描《か》き、舞坂と新居の船着場に棒切れを立てた。

「今切の渡しの差配は舞坂にはございません。すべて新居の関所で監督しております。また一人何文という渡し賃の決まりはございません。船はすべて一艘《そう》借りにて、およそ三百五十文から七十文です。渡し船も大小がございますので一艘一艘の値がいくらか異なります」

「師匠、一人では乗合客になれぬのですか」

「霧子、そなた、この渡しに乗ったことはないか」

「いつも裏街道を抜けますゆえ、今切の渡し船に乗った記憶がございません」

「霧子一人で乗れぬことはない。その場合、乗合客の人数で一艘分の借上げ賃を割り合わせる。もし五人ならおよそ七十文を払わねばならない。十人なら三十数文で済む。増水の場合はまた格別な船賃がつく」

磐音にも東海道を往来して覚えがあった。

「陣内様方は必ずや数艘を借り上げられましょう。船渡しの折りは、馬から荷が下ろされて荷駄を船積みすることになろうかと思います。この荷船を湖底に沈めればよいのです」

「仕掛けをするにしても、マスケット銃や火薬を積む船を特定せねばならぬ。なんぞ知恵がござるか」

「わっしはこれから新居の船着場に渡り、幕府か相良藩による借上げ船の申し込みがあるかないか調べます」

「師匠、私も同道しますか」

「霧子、ご苦労だが、そなたは今一度相良に戻れ」

「御小姓組の面々が同道するか相良に残るか、いつ出立《しゅったつ》していつ舞坂に到着するかを確かめるのですね」

「そうだ」

「弥助どの、それがしはいかがいたそうか」

「御大将はどっしりと、舞坂宿に控えてくださいまし。霧子の探りが確かなら、今切の渡しを渡るのは明後日の朝ということになります。それまでわっしがなんとか工夫をして参ります」

「願おう。路銀はいかがか」

「五両のうち半金が残っております。旅の印肉の仕替え屋にございますから、金がなくなれば商いをするだけですよ」

と弥助が笑った。

「弥助どの、二人を働かせてばかりでは相すまぬで、なんぞ思案をいたそう」

松林からまず霧子が姿を消し、遠州灘沿いの海道を相良へと向かった。続いて弥助が出立し、間をおいて磐音が舞坂宿の船着場に戻ると、弥助を乗せた乗合船が猪鼻湖へと漕《こ》ぎ出されたところだった。

磐音は改めて猪鼻湖を眺めた。

一名遠湖と呼ばれ、後年定着する浜名湖とも称されるが、こちらは郡名をあてたものだ。

磐音の左手には、今切口が細い口を開けて遠州灘と結んでいた。

元々湖は海とは隔絶された淡水湖であったが、後土御門院御宇明応《ごつちみかどいんぎようめいおう》七年（一四九八）六月十日の大地震で湖と海の間が切れて海水が入り込み、入海に変じた。この決壊辺りを今切、あるいは今切口と呼ぶようになった。

この大地震の難を逃れた人々が東の松原に居を定めて、舞坂宿の基礎を築いたという。

湖は今切を壺の口にして北へ向かって丸く広がっていた。

弥助の乗った乗合船は小さく霞んでいた。そして、一里半先に新居宿が見えた。

(なんぞ手伝うことはないか)

磐音はどうしたものかと船着場を振り返った。

なにか揉め事が生じているのか、人が集まっていた。

「これ、船頭、そなた、それがしの申すことが分からぬか」

「お侍様、おまえ様も遠州のお人ならば、今切の渡しが一艘借り切りだって分かろうじゃないか。それをおまえ様と供の二人で三十文ばかりで向こう岸に渡れってのは、無理難題だ」

「老中田沼意次様の城代家老是牟田様の用人糸旗弦兵衛《いとはたげんべえ》である。主の命で急遽《きゆうきよ》新居の船会所に参るところ。最前から申し聞かせておるが、老中田沼様の御用に等しいのが分からぬか」

「だからね、お侍様は老中田沼様の威光を振り翳しておられるが、この渡しは尾張衆、紀伊衆でさえ、船頭が割り出した船賃を素直に納めて乗っていただくんですぜ。確かに田沼様は江戸で偉かろう。だが、その家来のそのまた家来が、田沼様の威光で旅をするのは了見違いですぜ。主の田沼意次様の名に傷がつこうってものですぜ」

と船頭に言い負かされ、諍《いさか》いを眺めていた乗合客も、

「そうだそうだ、船頭が正しい」

「田沼の家来は、ただの家来だ。おれっちの後ろに並べ並べ。あとから割り込んで、三十文ぽっちで借り切ろうなんてふてえや」

「成り上がりの殿様の家来のそのまた家来はその昔、なにをやってたんだ。肥桶《こえおけ》でも担いでいたか。急に用人なんて役職がついてよ、おかしくなったんじゃねえか」

と伊勢参りの講中の衆が船頭に加勢して、

「おのれ、数を頼んでの悪口雑言、許せぬ」

と糸旗が刀の柄《つか》に手をかけた。

「おや、刀の柄に手をかけやがったな。そのへっぴり腰の様子じゃあ、中身は竹光じゃねえか。抜きたきゃ抜きやがれ。見物してやらあ」

と囃し立てた。

「ささ、船が出るぞ」

と船頭の声がして乗合客が次々に乗船した。

旗色が悪くなった糸旗は真っ赤な顔をしていたが、次の船に乗るつもりか、船

着場に残った。

「ひい、ふう、みい、よ」

　と客の頭数を数えた水子《かこ》が、

「一人頭三十一文ですよ、客人」

　と呼ばわった。すると船から伊勢参りの衆が、

「ほおれ、黙っていりゃ、三十一文で名代の今切が渡れたものを。今から船頭に詫びて船に乗るか、田舎用人さんよ」

　とさらに言い立て、糸旗を悔しがらせた。そして、小者を従え、こそこそと船着場を離れようとした。するとそこへおこんが磬音に目配せしながら姿を見せて糸旗に近付き、

「ご用人様、えらい目に遭《あ》われましたね。在所の者は江戸の事情を知らなすぎますよ。老中田沼様の御用がどれほど大切かなんて考えもしませんからね」

　と話しかけた。

「おお、女衆、そなたは身共の悔しさを察してくれるか」

「はいはい。ご用人様、下賤《げせん》の者の言うことなどさらりと忘れて、次の乗合で新居宿へ参られませ。私もご一緒させてもらいますよ」

「そなた、旅の者か」

「いえ、浜松城下の者ですが、ちょいと新居の先の白須賀《しらすか》宿まで用足しに参るところでございます」

と笑みを浮かべたおこんに言われて、糸旗はたちまち機嫌を直した。

船着場での諍いの声を三州屋の二階部屋で聞いたおこんは、糸旗が新居の船会所に使いに出るのはこたびの一件と関わりがあると察したらしく、糸旗用人に近付いたようだ。

「それがし、なにも金子をけちっているのではないぞ。急用ゆえ渡せと申したことを船頭め、あのような言いがかりをつけおって」

「でございましょうね。ささっ、次の船までしばしの間がございます。あれなる茶店でお待ちいたしませんか」

「そなたも一緒じゃな」

「はい。その前に知り合いの船頭に、私ら三人の予約を入れてきますので、どうか先に茶店に行かれてくださいい」

目尻を下げた糸旗と小者が茶店に向かった。

船着場に残ったおこんに素知らぬ様子で磐音が近付いたが、おこんには背を向けたままだ。

「おこん、大事ないか」

「今津屋で数多《あまた》のお武家様を相手にしてきたおこん様です。ご用人様を丸め込むくらい朝飯前ですよ」

「無理をするでないぞ。新居宿には弥助どのがおられる。帰りは必ずや同じ船で戻ってくるのだ」

「分かりました」

と答えたおこんが次の船の船頭に話す体《てい》の後、茶店に向かった。

「一番働かなくてはならぬそれがしだけが、舞坂宿で無聊《ぶりよう》を託《かこ》っておるか」

と磐音は嘆いたが、出番がないときはどうしようもない。

糸旗らとともにおこんが乗合船に乗り込み、姿を消した後、三州屋に戻った磐音は、二階部屋から船着場を眺めておこんの帰りを待った。

遠湖の上に青空がおだやかに広がり、雲片が散ってゆっくりと動いていた。

七つ（午後四時）前、新居宿から最後の渡し船が着いて弥助とおこんが共に降りてきた。

糸旗と小者の姿がないところを見ると、新居宿に滞在したか。

「ただ今戻りました」

三州屋の表口におこんの声がして、

「お内儀様、お一人でどちらに行かれておられました。旦那様が寂しそうにしておられましたよ」

と女衆に声をかけられていた。

「退屈しのぎに向こう岸まで渡ってきました。偶然にも印肉屋さんと知り合いましたので、三州屋を勧めてこのように連れてきましたよ」

おこんが弥助を旅の商人として三州屋に泊める手筈までつけた。

「お内儀様、恐縮のいったりきたりで。わっしのような旅商人に親切にしてもらい、有難うございます。今聞けば旦那様がお待ちとか。ご挨拶させてくださいましな」

「ならあとで二階の角部屋を訪ねてください」

その後、階段をとんとんと上がってくる音がして、磐音の待つ部屋に上気したおこんが姿を見せた。

「おこん、大事なかったか」

「磐音様、渡し船で向こう岸まで往来しただけですよ」

おこんはぽんぽんと手を叩いて、

「お茶の用意を願います」

と長逗留ならではの声を張り上げた。

「磐音様はどうしておられました」

「家で待つ女衆の気持ちがよう分かった。そなたの身が心配でな」

「でございましょう。このひと月余り、今津屋の御寮に籠りっきりでした。その上、旅に出たら出たで、磐音様がすべて私の用事までやってくださいます。上げ膳据え膳も偶にはいいでしょうが、私も時には磐音様のお役に立ちたくて」

とおこんが言うところに盆に茶の道具が届き、

「清水様、おいね様のような美形のお内儀様の帰りを待つ身はどうかね」

「心配で居ても立っても居られなかったぞ」

「清水様はなんとも正直なお武家様だね」

と感心した女衆が下がっていき、そこへ、

「こちらにお武家様とお内儀様がご逗留にございますか」

と弥助が姿を見せた。

「おお、船で一緒になったという印肉屋はそなたか」

「お内儀様と知り合いになりまして、旅籠まで口添えしていただきましたよ」

「まあ、こちらに入れ」

と磐音が弥助を部屋に入れた。

「佐々木様、驚いたり、冷や汗をかいたりと、今日一日はおこん様に首根っこを持って引き摺《ず》り回された感じでございますよ」

「おこんが世話をかけて相すまぬ。弥助どのの探索に支障が出たのではないか」

「それがまるで反対なんで。わっしも長年この稼業を務めてきましたが、本日ばかりはおこん様のお手並みに感心するばかりでございました」

と弥助が懐から四つに畳んだ紙片を出し、磐音の前に広げた。

紙片には五艘の渡し船が描かれ、船の名まで書き込まれていた。

「相良藩城代家老の用人は、主の主が急に偉くなって、てめえまで舞い上がってしまいましてね、船会所で威張るばかりで話が進みません。困った用人に助け船を出されたのがおこん様で、すべての手筈を付けてしまわれたんで。わっしがすることなんぞ、これっぽっちもございませんでした」

「呆れたな」

「全くでございますよ」

と男同士が顔を見合わせるところへ、澄まし顔のおこんが、

「お茶が入りましたよ」

と磐音と弥助の前に茶を供した。

「頂戴します」

と弥助が旨《うま》そうに啜り、ふうっと吐息を洩らした。

「佐々木様、一艘目には陣内様方幹部と御小姓組の一部が乗り込みます。二艘目には残りの御小姓組と相良藩鉄砲組」

「弥助どの、御小姓組は体調が戻ったのであろうか」

「それはなんとも」

と弥助がおこんを見た。

「磐音様、用人の糸旗は城代家老に命じられたとおりに動いているだけで、仔細はなにも存じていません」

「霧子の帰りを待つしかないか」

頷いた弥助が、

「三艘目がマスケット銃に火薬類だけです。おこん様が巧みに荷の中身まで喋る

ように仕向けましたので、火薬、鉄砲に大筒とべらべら白状いたしました。新居の船会所では、この荷だけは格別に五倍増しの運び賃と決まりました。用人は、同じ一艘ではないかと渋っておりましたが、おこん様に説得されて致し方なく五倍で話がつきました」

「なんとのう」

「蜘蛛《くも》の糸にかかった蚊同然、手も足も出ない仕儀にございましたよ」

と苦笑いした弥助が、

「四、五艘目が、陣内様方三頭の馬と五頭の荷馬という順で、明後日一番で舞坂の船着場を出ます」

「それら五艘は、いつこちらに参るのであろうな」

「そこが肝心なところです。おこん様が、大事な御用ゆえ前日から舞坂の船着場に回送したほうがよいと用人に知恵を付けられたそうで、船会所も明日の七つ(午後四時)前にはこちらに船を回します」

「弥助どのの細工がし易いな」

「いかにもさようです」

と笑った弥助が、

「三番目に出る新居宿の荷船、今切丸だけを狙えばよいことにございますよ」

「弥助どの、おこん、ご苦労であった」

「どういたしまして」

とおこんが艶然《えんぜん》と微笑んだ。

「佐々木様、御小姓組が同道なされるなら、新居宿の先でなんぞ知恵を働かせ、江戸に戻っていただく手立てを講じましょう」

うーむ、と磐音が頷いた。

磐音と弥助が一緒に湯に入り、二階座敷に戻ったとき、霧子がおこんと話していた。

「霧子、早かったな」

「御小姓組は相良に残られます」

「よし」

と磐音が安堵した。

「相良藩の御番組が御小姓組の代わりに随行するのだな」

「はい。鉄砲組と合わせて二十七人ほどです。御番組の中で腕が立つのはせいぜい二人か三人と思われます」

「相分かった」

「明朝七つ発ちで海沿いの街道を、舞坂を目指すそうな。こちらへの到着は夕暮れ前かと存じます」

「舞坂出立は明後日じゃな」

「そちらは相良藩の者が手配のため先行しているようでございます」

「霧子、そちらの相良藩の者は女郎蜘蛛に絡め取られて丸裸じゃぞ」

「えっ、どういうことで」

「おこん、霧子を伴い、湯に入って参れ。湯の中でな、そなたの働きをとくと語り聞かせよ」

と磐音に言われた霧子が小首を傾《かし》げ、

「ささっ、霧子さん、湯に参りますよ」

とおこんが誘った。

四

次の日の夕刻、幕府御小姓組組頭陣内城吉宗世に相良藩御番衆、鉄砲隊が舞坂の脇本陣に到着した。

すでにこの日の渡しは終わっており、陣内家の家臣春田祥兵衛《はるたしょうべえ》と相良藩鉄砲方教授蓮池仁斎らが、明朝乗り込む雇い船を確かめに船着場まで行った。

春田らが船着場に到着したとき、対岸の新居宿から雇い船が五艘、空荷《からに》で到着した。だが、一人糸旗弦兵衛だけが先頭の船に乗って、

「おお、春田どの、蓮池どの。それがし、万々遺漏なきよう船を吟味して雇いましたぞ。この五艘にて、一気に向こう岸まで行列を運んでいけますぞ」

と胸を張った。

五艘にはそれぞれ木札が立てられ、乗り込む陣内城吉以下の名前等が麗々しく書かれていた。三艘目の船にはなんと、

「老中田沼家所蔵大筒二門、鉄砲二十五挺、火薬三樽、他装備品」

とあった。

「糸旗どの、その立て札はいささか剣呑ではないか」

と蓮池が注文を付けた。

「いやいや、主田沼意次様の威勢を天下に知らしめるためにも大事な立て札ですぞ」

と糸旗が言い張ったが、春田が、

「用人どの、無用な細工はせんでもらいたい」

と苦虫を嚙み潰した顔で一喝し、糸旗はしぶしぶその立て札を下ろした。

風下で釣り糸を垂れる弥助がその会話を聞いて、にやりと笑った。

舞坂の船着場から人影が消えた。

釣り糸を垂れていた弥助も一旦湖岸から離れた。

舞坂宿が寝静まった四つ半（午後十一時）の頃合い、二つの影が船着場に姿を見せた。

弥助と霧子だ。

二人の手にはそれぞれ坪錐《つぼきり》があった。

坪錐とは、先端が馬蹄形《ばていけい》をした鋼鉄製のもので、その二股《ふたまた》の先が鋭い刃になっていた。握り手は同じく鋼鉄製で、四、五寸の握り手の端には穴が開いており、その穴に木製の取っ手をつけてぐるぐる回すと、二股刃が円形の切り込みをつけて穴を開ける仕組みだ。この坪錐は忍びの者が戸板や土塀などに穴を開けるときに用いた。

素朴な道具だが、使い方次第では恐ろしい道具になった。

二人が持つ中坪錐ではおよそ一寸三分余の穴が開けられる。

「さてと、桜の季節に素潜りをやってのけようか」

弥助はするすると黒衣を脱ぐと、明朝、鉄砲などを積み込む船の底へ潜っていった。その腰には綱が巻かれ、霧子が端を保持して今切の外海に流されないようにしていた。弥助が息継ぎをしながら最初の穴を開けた。そして、用意した木栓を開けた穴に差し込み、すぐには船底から浸水がないように留めた。

二つ目の穴は弥助に代わって霧子が開けた。およそ一刻（二時間）を要して四つの穴を船底に開け、木栓をした。

最後の五つ目の穴を弥助が開けようと水に身を入れたとき、舞坂宿の方角から提灯の灯りが近付いてきた。

「師匠、見廻りのようです」

「宿の夜廻りか。それとも相良藩の連中か」

遠目が利く霧子が、

「相良藩の見廻りです」

「よし、霧子、この場を離れるぞ」

弥助と霧子は湖岸伝いに別の船の陰に身を潜めた。二人とも長時間水に浸かっていたので、五体ががたがたと震えた。

「酒に酔うてよい気持ちで寝込んだところを蓮池の旦那に叩き起こされて、船を見廻ってこいだと。空船をだれがどうしようというものか」

「早う用を済ませて、脇本陣の台所で盗み酒をいたそうぞ。体が冷え切っては眠れぬわ」

二人は酒の匂いをぷんぷん漂わせながら船着場に姿を見せた。

「おい、明日のわれらが船はどれじゃ」

「さあてのう。おお、立て札が立っておるこの四艘と、おお、これかのう」

二人の小者は提灯の灯りで五艘を照らしていたが、

「なんだ、この船底の水は」

と一人が言い出した。

灯りが船底に近づけられた。

「この木栓はいささか妙ではないか」

穴を開けた後に埋め込まれた木栓を見付けた別の見廻りが言った。

弥助と霧子は細工の途中で、木栓を船底と同じ色に塗る間はまだなかった。

「おかしいぞ」

と二人が湖岸に立ち上がったとき、ふわりと人影が近付き、見廻りが振り返ろうとする前に手刀が次々に首筋に打ち込まれて、ずるずると崩れ落ちた。そのとき、一人が手にしていた提灯が湖面に落ちて消えた。

「佐々木様、助かりました」

と弥助が磬音の出現に感謝したが、

「さて、こやつらの始末、どうつけたものか」

と思案した。

「弥助どのと霧子は細工を続けてくれぬか。この二人の始末、それがしがつけよう」

「なんぞお知恵が」

「脇本陣の台所に酔い潰して放置しておくしかあるまい。出立の忙しさに、この者たちの詮議《せんぎ》が行われぬことを祈るばかりじゃ」

と言った磐音が二人の体を重ねて、よいしょと肩に担いだ。

「あとはお任せ申す」

磐音は舞坂の脇本陣に向かった。

「よし、霧子、新たな邪魔が入らぬうちに細工をしのけるぞ」

と弥助が震える体を湖水に沈めた。

「遠江相良藩田沼家御宿泊」

と書かれた脇本陣の裏口に回った磐音は、戸口の前に二人の体を下ろすと、手拭いで盗人被りをした。

「まるで夜盗の心境じゃな」

と呟いた磐音は天水桶《てんすいおけ》を足場にして板塀を乗り越え、裏口の閂《かんぬき》を開いて一人ずつ中に入れた。

磐音には舞坂の脇本陣に泊まった記憶がなかった。だが、本陣は本陣、脇本陣は脇本陣とどこも普請は似ていたため、なんなく勝手口を探しあてることができた。戸を押し開いてみると戸締りがしてなかったらしく、するすると開いた。

台所の板の間に有明行灯が置かれて、ぼおっとした灯りを投げていた。

板の間の隅に四斗樽《しとだる》が置かれているのを見て、磐音は裏口から見廻りの二人を担いでくると、丼《どんぶり》二つになみなみと酒を注いだ。

そうしておいて二人に活を入れて、意識を蘇《よみがえ》らせた。

きょろきょろする二人に磐音が包平《かねひら》の大帽子《きっさき》を突き付け、

「丼に灘の銘酒が入っておる。飲め」

と命じた。

「えっ」

ぶるっと身を震わせた二人は、

「酒はほんものか」

と訊き返した。

「試してみよ」

二人は顔を見合わせていたが、丼に手を差し伸べてくんくんと酒の香を嗅《か》ぎ、

「確かに上酒じゃ」

とにんまりするや、ごくりごくりと飲み始めた。

一杯目はたちまち干された。二杯目も磐音の包平に強制されて丼の酒を飲む格好だったが、三杯目からは自ら四斗樽の栓を抜いた。

七つ半（午前五時）、舞坂の脇本陣の台所で、船の見廻りに出たはずの小者二人が酔い潰れているのが発見された。すぐに主の蓮池が呼ばれたが、

「この抜け作どもが、酒に酔い食ろうてこのざまじゃ。裏庭に放り出して酔いを醒《さ》まさせよ」

と命じただけで、出立の準備に追われる蓮池は、二人の小者がなぜ酔い潰れたか糾明することを怠った。

明け六つに出る船に荷積みが待ち受けていた。

五頭の荷馬に筵包みのマスケット銃、銃弾類、火薬類、大筒などを積み込まねばならなかった。蓮池は陣内らに先行して舞坂の船着場に向かい、予定していた三艘目に荷駄の到着を待って荷積みをした。

この船の船底にだけ筵が敷きつめられていたが、蓮池は船頭衆が気を利かせたものと思い、船頭衆は鉄砲などを積み込む相良藩が用意したものと考え、筵の下をめくることを怠った。

荷の均衡を考えて胴の間に船積みされた鉄砲類は、波が被っても濡れぬように油紙で覆われ、縄が掛けられた。

この作業と並行して、三頭の騎馬と五頭の荷馬を同じ船に乗り込ませようとし

たが、騎馬と荷馬のそりが合わず、蹄《ひづめ》で船底を蹴って暴れた。そこで騎馬三頭は急遽、鉄砲を積み込んだ船に乗せることにした。

陣内城吉に率いられた本隊が船着場に到着し、それぞれ所定の船に座乗した。

糸旗弦兵衛は、一昨日騒ぎを起こした船着場できょろきょろと人を探していた。新居宿の船会所で五艘の雇い船の手続きを鮮やかに手助けしてくれた絶世の美形が、

「糸旗様、荷積みの折りには見送りに参ります」

と言い残して新居宿で別れたのだ。

「糸旗どの、どなたか待ち人か」

と蓮池に問われた糸旗が、

「いえいえ、そのようなことではござらぬ。それがし、船が無事に陸《おか》を離れるのを待って最後の船に乗る所存にござってな」

「さすがは用人どの。手配りを心得てござる」

陣内らが乗る一番船がまず舞坂の湖岸を離れ、続いて鉄砲隊が乗る二番船が今切の渡しに乗り出していった。三番船の鉄砲、火薬などを積んだ船は騎馬が落ち着かず出船が遅れた。

この間に、荷馬五頭を乗せた四番船、さらに小者連が乗った五番船が先行して岸辺を離れ、ようやく三番船の騎馬三頭が落ち着いて岸辺を離れようとしたため、糸旗が慌てて船に乗り込んだ。ためにまた騎馬三頭が苛立ち、蹄で船底を蹴った。

「どうどうどう、静かにせぬか」

糸旗は必死で宥《なだ》めた。

湖岸を離れて七、八間したところで騎馬が落ち着き、糸旗も油紙が掛かった筵包みの上に腰を下ろした。

この三番船の下の水中では、坪錐で開けられた穴を塞いだ木栓の尻に麻糸が結ばれ、するすると伸びていたが、船上の船頭も糸旗も知る由もなかった。

船着場によろよろと現れた蓮池の小者二人が、

「主どの、われらが酔い潰れたには理由《わけ》がござる！」

「それは理由もあろうな。程度も弁《わきま》えずに大酒をなしたのじゃ」

と蓮池に代わり糸旗が答えていた。もはや蓮池の乗る船は今切の渡しの中ほどに差し掛かろうとしていた。

「違います。鉄砲を積み込んだ船の底に穴が開けられておりますぞ！」

「世迷《よま》い言をぬかすでないぞ」

「真《まこと》のことにございます！」

最初に異変を感じたのは船頭だ。二丁櫓を操りながら、船底を見た。するとひたひたと船底に水が溜《た》まっているのが見えた。

「大変だ、浸水じゃぞ！」

と悲鳴を上げた。

そのとき、木栓に結ばれた麻糸が水中でぴーんと張り、次々に木栓を抜いていった。

ごぼごぼごぼ
と音を立てて海水が三番船に流れ込んできた。

「た、大変じゃ」

と立ち上がった糸旗が、

「おーい、蓮池どの、鉄砲方。水が船に入ってきましたぞ！」

と呼びかけたが、蓮池が乗る一番船はすでに、外海からの波を防ぐために無数に打ち込まれた杭《くい》のところに差しかかっていた。

この膨大な杭群は逆流を防ぐ役目も果たしていた。

「なんと申したな」

「火薬が、鉄砲が海水に浸かっておりますのじゃあ！」

「しゃあっ」

　と奇妙な声を上げた蓮池が、

「船を返せ、三番船に戻ってくれ」

　と船頭に命じた。

「お侍様、外海の見えるこの界隈で船を回すなんて芸当ができるものか。こちらも波を被って沈んでしまいますぜ」

　と拒んだ。

「おうおう、馬の足首まで水が入ってきた。船頭、なんとかしてくれ！」

　糸旗が騒いだ。

「お客人、大声を上げないでくだせえ。馬が暴れたら転覆だ」

「それがし、泳げぬ」

　船頭は重くなった船をなんとか舞坂に戻すべく、方向を転じさせようと試みた。

　だが、水が入った船は重く、方向が転じないばかりか、杭が打ち込まれたところに段々と引き寄せられていった。

「た、助けてくれ！」

と糸旗が、恥も外聞もかなぐり捨てて叫んだ。その声に馬が興奮して暴れだし、いよいよ船が傾いた。

「なんとか鉄砲だけでも救えぬか」

鉄砲隊を乗せた二番船が必死の思いで引き返してきた。

だが、馬が暴れて一頭が湖面に飛び込んだため、さらに傾いた船が杭に船体をぶつけると、残った二頭の馬が船から湖水に落ちて、岸辺を目指して泳ぎ出した。

傾いた船に波が襲いかかり、積み荷が次々に湖底へと落下した。

糸旗は沈みかけた船からなんとか落下を免れた。だが、もはや全身ずぶ濡れだ。

「た、助けてくれ」

と力なく叫ぶ三番船にようやく二番船が近付き、船頭二人と糸旗を移らせた。

二番船も杭にあたらぬように必死で離れた。

湖面に飛び込んだ馬が次々に舞坂の湖岸に泳ぎ着き、岸辺によろめき上がると、興奮した馬は船着場で走り回った。

その様子を磐音とおこんは、三州屋の二階から見物していた。

「あら、あの用人さん、腰を抜かしておられますよ」

「湖底に沈んだマスケット銃に、遠湖の魚も驚いておることであろうな」

「魚には無用の長物ですよ」

「馬には気の毒なことをしたな」

「でも、助かってようございました」

「おお、馬方や旅のお方が、暴れ馬になる前になんとか手綱を摑んで止められたようじゃ」

「あの方々、戦道具を失うてどうなさるおつもりでしょう」

「おこん、相手の都合まで斟酌《しんしゃく》することはあるまい」

「そうですね。鉄砲や火薬など物騒なものが今切の渡しに沈んだのを見て、久しぶりに胸の中がすっきりいたしました」

「おこん、いかさま晴れやかな顔をしておるぞ」

「磐音様はそうは思われませぬか」

「それがしは、御小姓組の面々と戦わずに済んだことが、なにより嬉《うれ》しい」

「ふっふっふ」

　とおこんが笑った。

「花畑番のお歴々が下帯一丁で踊られるところを見とうございました。霧子さんが嬉しそうに話してくれました」

「気の毒なことをした。その後、腹下しに祟《たた》られたのだからな」

「ふっふっふ」

とまたおこんが含み笑いをした。

そのとき、弥助は三州屋の湯に肩まで浸かって朝風呂を楽しんでいた。

「世はこともなしか」

と呟く弥助の耳は、脱衣場に風のように侵入した気配を悟った。

「霧子か」

「はい」

「船着場で騒いでおるようだが、なにがあったな」

「鉄砲だの大筒だのを乗せた相良藩の雇い船に水が入って、積み荷が今切の底に沈んだのだそうです」

「おやおや、遠湖は今切口で外海とつながっておろう。潮水に揉まれて役立たずになったか」

「鉄砲ばかりか、相良藩城代家老の用人様がずぶ濡れにおなりになりました」

「それは気の毒をしたな」

「おこん様が用人様の慌てぶりを見て、笑っておいででした」

「おこん様が笑い声をな。少しはお元気になられた証《あかし》か」

「きっとそうです」

と答えた霧子が、

「若先生とおこん様は再び旅を始められますね」

「明日にも出立よ」

「どちらにでしょうか」

「佐々木様の胸三寸、われらは黙って従うだけよ」

と答えた弥助が湯を掬《すく》って顔を洗った様子があった。

「極楽極楽」

と呟いた弥助の口からなにやら俗謡が洩れてきた。

第五章　弥助走り

一

磐音、おこん、弥助、そして霧子は昼前の渡しで舞坂から新居宿へと渡った。

船中は今朝方の騒ぎの話で持ち切りだった。

相良藩田沼家が雇った渡し船が浸水し、積んであった荷が湖底に沈み、渡し船もまた引き潮に今切口から外海に流されたのだ。

明応七年の大地震以来の大騒ぎと舞坂宿では評判になった。

「田沼様は鉄砲だ、大筒だと用意して戦でも始めるつもりか」

男ばかりの旅人一行の一人が、土地の年寄りに訊いた。

「さあてね、江戸は家基様が亡くなられ、田沼の殿様のご機嫌麗しいという話でございましょ。ひょっとしたら相良の殿様、鉄砲を持って天下でも取る気じゃないかね」

「鉄砲持って向かう先なら江戸だろうが」

「おまえさん、しっかりおしよ。公方様に対抗するなら、京におられる帝《みかど》のお墨付きが要ろうというもんじゃないか」

「だけどよ、渡し船一艘に載せた飛び道具で帝を脅かそうというのか。なんだか、険難《けんのん》な話じゃねえか」

「それもそうだね。だけどさ、私も大騒ぎを見物したが、相良藩の用人さんの情けないことといったら、ありゃしなかったよ。舞坂じゅうの噂の種で、主《あるじ》の田沼様は急に成り上がられたで、家来もあんなものだと、えらく評判を落としたよ」

「その用人さんはどうなったえ」

「どうもこうも、遠湖の水を飲んだというんで、船着場に引き上げられて、げえげえ吐いておられたが、その後、医者だ薬だと、もう死ぬほど大騒ぎして旅籠《はたご》に運び込まれたよ。熱を出して寝込まれてるということだが、その後は知らないね」

「仲間がいたそうじゃないか」

「五艘の船に分乗していた仲間は、相良に戻る組、さらには東海道を上る組と二手に分かれたって、新居宿から伝わってきたよ。よほど急ぐ用事かね。なんにしても田沼様の評判を落としたことだけは確かだな。船頭衆はもう二度と田沼様の荷運びはご免と言っているそうな」

「この渡し船はしばしば水を被るのか」

「お客人、今切じゃあ水が入るくらい毎度のことだ。荒海の遠州灘に接しているからね。だが、あの用人さえ騒がなきゃあ、渡し船は傾くもんじゃないよ。それに馬を乗せたことも不運だったな」

と船頭が浸水の理由をそう理解したか、言った。

「船頭の十兵衛《じゅうべえ》は船底から水が入ってきたと言っているが、船は外海に流されただ。おれの考えじゃあ、用人さんと馬のせいだな」

と結論付けた。

渡し船が遠州灘に流されたという今切口に差しかかり、波戸《はと》と波戸の間から荒波が見えた。

乗合客が恐ろしげに身を竦めて外海を見た。

「用人さんも、外海に流されなかっただけよかったな」

　と旅の一人が言った。

「ああ、腰から大小が抜け落ちて、ざんばら髪で船着場に這い上がったというから、沖合に流されたらちょんになってたな」

　無責任な話が磐音らの耳に聞こえてきた。

「的外れな話あり、真《まこと》の話あり、なかなか面白いものですね」

　と弥助が笑った。

「的外れの話とはなんですね」

「用人の糸旗は、舞坂は嫌だ、今切は怖いと旅籠にも入らず、早々に相良城下に引き上げられましたんで」

「相良に戻る元気が残っておいででしたか」

　とおこんが訊いた。

「おこん様、人足を雇い、戸板に布団を敷いて寝ながらの道中ですよ。その後を、無用になった相良藩鉄砲組と、鉄砲を湖水に沈められてかんかんに怒った蓮池仁斎が憮然と従う図は、なかなかの見物でした。ありゃ、用人がおこん様に懸想なんぞした祟りですかね」

　と弥助が破顔した。

「あら、祟りだなんて、私、なにもしておりませんよ」

磐音ら夫婦に弥助と霧子が加わり、まずは江戸から送り込まれた田沼一派の刺客団を瓦解させた興奮も手伝って、四人の気持ちはなんとなく高揚していた。

「陣内様方はどうなされたのでしょう」

「おこん様、霧子を見定めに行かせましたよ」

湯殿で騒ぎの顚末《てんまつ》を報告する霧子に、俗謡を唸るのをやめた弥助が、

「陣内様方は新居宿から舞坂に戻ってくる気配か」

「さてそれは」

「調べてみねえ」

と弥助が命じ、霧子が次の渡し船で新居に渡ったのだった。すると船着場で、蓮池仁斎ら鉄砲組が舞坂行きの渡し船に乗り込むところだった。

「おこん様、陣内様はなにがなんでも先に進み、雹田平と合流するつもりのようで、あの騒ぎの顚末を確かめようともせず、早々に相良藩の御番衆を率いて西向して行かれたそうです」

「御小姓組の番士を相良から呼び寄せる言伝を蓮池様に託されたそうだな、霧子」

と弥助が霧子に念を押した。

「はい」

「御小姓組は未だ元気を取り戻してはおられますまい」

とおこんが眉《まゆ》を寄せた。

「まあ、ひと月でも無理でしょうな。それでも陣内様は、相良藩の御番衆より頼りになると考えておられます」

「弥助どの、家治様直属の御小姓組ゆえ、腹下しくらいでは参るまい。西向の間に体調を取り戻されるやもしれぬ」

磐音が憂慮の表情で言い出した。

「それはありうることです。ですが、陣内様の命は、花畑番の面々には届きますまい」

と弥助が応じて、霧子が訝しげな顔で師匠を見返した。

「なんぞ仕掛けられたか」

と磐音も問うた。

「江戸を出て一行と道中をする間、しばしば陣内様の日誌や書きかけの文を盗み見することがございましてね。およそ筆跡を頭に刻み込んでおりますんで」

「弥助どの、陣内様の名を借りた偽書を相良城下の御小姓組に送られたか」

「へえ、佐々木様」

「さすがは弥助どの、やることが手早い」

「相良藩御番衆でお役に立つ目処《めど》がついたゆえ、役立たずのそのほうらは即刻相良を引き上げて江戸に戻れと、陣内様の筆跡を真似ておきました。そうでなくとも御小姓組ご一行は、江戸への帰心矢の如しでございましょう。腹下しもなんのその、今頃は藤枝宿か岡部宿を江戸に向かわれておられましょうな」

渡し船が新居宿の船着場に着いた。

「おこん様、あれを」

と霧子がおこんに教えた。

陣内一行が江戸から引いてきた荷馬五頭が、舞坂行きの渡し船に乗せられて江戸へと引き返すところだった。

「お馬様も空荷のほうが楽ですね」

とおこんが笑った。

「担ぎたくとも、マスケット銃なる鉄砲も大筒も火薬もすべて、遠州灘の海底をごろごろしておりましょうな」

「いかにもさようです」

弥助と霧子が旅に加わっておこんは明るさを取り戻し、しばしば笑みを見せるようになっていた。

「おこん、宿場で駕籠《かご》を雇うか」

「いえ、駕籠も馬ももう十分です。私はこの足で歩いて参ります」

と一行の先頭に立った。そのかたわらを霧子が籠を負い、半歩下がった体《てい》でおこんを警護した。

磐音は弥助と肩を並べて二人の後から従った。

「佐々木様、今日中に御油《ごゆ》辺りまでのすと、明日にも知立宿に到着できるのですがね」

「陣内様が先を急がれたのは、知立宿に向かわれたと推測されたのじゃな、弥助どの」

「違いますので」

「東海道知立宿から街道を外れて二里、土井様の刈谷城下に立ち寄るのも旅の一興かもしれぬ」

「へえ」

と磐音の言葉を弥助が素直に受けた。

「わっしだけ、刈谷宿に先行しとうございます」

「雹田平が気になられるか」

「和人とは思えぬ風貌と形《なり》でしてね、なにを考えてやがるか、見当もつきませんので。刈谷にあやつが先行したには、それなりの理由がなければなりますまい」

「それを弥助どのも調べられるか」

「いけませんか」

と弥助が念を押した。

「弥助どの、刈谷は旅の始まり、旅の目的地ではござらぬ。そのことを心に留めて探索してくだされ」

「承知しました」

と応じた弥助が磐音のかたわらから気配を消した。

新居から白須賀へ一里二十四丁の途中でおこんが後ろを振り返り、

「あれ、弥助さんが」

「今頃は二川《ふたがわ》か吉田宿辺りを旋風《つむじかぜ》のように駆け抜けておられよう」

「急ぎの御用にございますか」

「大方、おこん様の御宿の手配であろう」

「私はご大家の奥方様ではございません」

おこんがぷんぷん怒る真似をした。

「弥助どのも霧子も常人では思いもつかぬ人間じゃ。好きにさせるのがよかろう」

「弥助さんも霧子さんも、私どもの旅に同道なさるのですね」

「おこん様、主は若先生、おこん様はそのお内儀様、弥助様と霧子はお供にございます」

「佐々木こん、いえ、清水いね、供連れに出世いたしましたよ」

「賑やかでよいな」

三人旅はいつしか白須賀宿を過ぎ、一里十七丁先の二川を目指す。境川を前にして松林が広がり、なんとも景色がよい。

猿馬場《さるがばんば》だ。

「おこん様、この地の名物は柏餅《かしわもち》にございますよ」

と霧子がおこんに教えた。

「名物というからには美味《おい》しいのですね」

「いえ、その昔、雑賀衆と通り抜けただけで、食したことはございません」

「おこん、喉が渇いた。少し休んでいこうか」

「弥助さんだけに働かせてよいのでしょうか」

「弥助どのには相すまぬが、昨日の今日、霧子とおこんに柏餅くらい馳走せぬと、主の体面が保てぬわ」

磐音は猿馬場の茶店におこんと霧子を案内して、茶と柏餅を頼んだ。

「こたびの道中でこのようにのんびりするのは初めてですね」

とおこんは嬉しそうだ。

「お客人、今朝搗《つ》き立ての柏餅だぞ」

とお婆《ばば》が盆に名物と渋茶を運んできた。

茶碗を見た霧子があっ、と小さな声を上げた。

「いかがした、霧子」

「このひと月余り忙しさに取り紛れて忘れておりましたが、あることを思い出しました。若先生、迂闊でした」

「何事じゃ」

「家基様が東海寺でお倒れになった日のことです」

うーむ、と磐音が応じた。

「私は玲圓大先生に従い、東海寺から速水左近様のお屋敷に伺いました。大先生と速水様だけの会談の後、速水様が急ぎ登城なされて、速水邸に大先生が残られました。私は速水家の玄関脇の小部屋に控えておりましたが、五つ（午後八時）過ぎでしょうか、大先生が私を呼ばれて、今宵お帰りはなかろう。一旦尚武館に戻る、と命じられました」

「養父《ちち》が戻られたのは、あの夜の五つ半（午後九時）のことであったな」

「はい。そして、家基様が身罷られる前夜のことです。私は大先生に呼ばれ、手拭いに包まれた茶碗を差し出され、これを桂川甫周先生に届けよと命じられました」

「池原雲伯医師が調合した薬を家基様が飲まれた茶碗だな。それがし、養父が速水様に託されたものとばかり思うておったが、桂川さんの手に渡っていたか」

「はい。桂川先生はすでに家基様ご容態芳しからずの知らせを承知で、私が茶碗を差し出して事情を告げますと、暗いお顔で、玲圓先生に確かにお預かりしたとお伝えくださいと言われました」

東海寺の騒ぎの現場に入った玲圓が拾い上げたのは、家基が使った茶碗であった。ということは、班猫《はんみょう》の毒が付着して残っている可能性があった。

玲圓は後日のためと手拭いに包み、速水邸まで持参したが、迷いに迷って自らが保持し続け、最後に霧子を通して桂川国瑞に届けさせたことになる。

だが、玲圓が茶碗を桂川国瑞に届けるよう霧子に命じた翌日に家基が亡くなり、遂には玲圓も殉死するように自裁した。

霧子がそのことを失念していたとしても致し方のない、田沼一派の素早い反撃であり、急変であった。

桂川国瑞の手にあると思える茶碗が、後々なんぞ役に立つか。

今の磐音には予想もつかなかった。

「霧子、よう思い出してくれたな。桂川さんの手に届いたのであれば、それでよい」

霧子は旅の空で思い出した記憶を磐音に告げ、どこかほっと安堵した様子が見てとれた。

名物の柏餅を食した三人は再び街道に戻った。

猿馬場から境宿《さかい》を経て、境川にかかる。

長さ八間の板橋が架かる橋だが、遠江と三河の国境だ。

三河に入った途端、磐音は久しぶりに白昼の街道に殺気を感じた。

おこんと談笑していく霧子が磐音を振り向いたが、その顔に緊張があった。すでに霧子も気付いているのだ。

「どうじゃ、おこん、二川宿で泊まらずともよいか。次なる吉田宿まで一里半はあるぞ」

「二川まで、あとどれほどにございますか」

「半里か」

「まだ陽も高うございます。これよりおよそ二里先の吉田宿まで参りましょう」

「無理は禁物じゃぞ」

「私は大丈夫にございます。それより大籠を負った霧子さんに問うてくださいませ」

「おこん様、私はかような旅に慣れております。この程度の荷など平気の平左にございます」

「なら吉田宿まで参りましょうか」

三人の会話を殺気の主が聞いていることを磐音は察していた。

磐音らは吉田宿には七つ（午後四時）前に到着した。霧子が宿場外れの地蔵堂で弥助からの連絡《つなぎ》の黒布の帯を回収し、磐音に相談した。

「弥助様は一刻半《いっときはん》(三時間)ほど前に通過しておられます」

「霧子、どうしたものか」

磐音の言葉に霧子が答えた。

「旅籠では襲うことはございますまい」

「道中を続けて誘《おび》き出せというか」

磐音はおこんの足を気にした。

二人の会話を聞いていたおこんが初めて尾行者のあることを知り、

「私はこのままずっと歩いていたい感じですよ、磐音様」

と元気な声を張り上げた。

「御油まで二里半は十分ある。辿りつくのは深夜になろう」

「途中に間《あい》の宿はございませんので」

「間の宿はないが、東海道ゆえ願えば泊めてくれる町屋や百姓家はあろう」

「なら先を急ぎましょう。見知らぬお宅に泊めていただくのも旅の醍醐味にございましょう」

おこんは言い放つと杖を振り振り、歩き出した。

二

徳川幕藩体制の基礎を作った戦乱の時代があった。それは東西の勢力が拮抗《きっこう》した地、三河、尾張国で展開された。

まず駿河、遠江、三河三国を地盤に勢力を伸ばした今川義元と、織田信長が桶《おけ》狭間《はざま》で雌雄《しゆう》を決し、この乾坤一擲《けんこんいってき》の戦いを制した信長が天下取りへ一歩近づいた。永禄《えいろく》三年（一五六〇）のことだ。

さらに二十四年後、尾張名古屋の東三里の長久手《ながくて》で豊臣秀吉と、徳川家康、織田信雄《のぶかつ》の連合軍が対決した。

信長、秀吉、家康の三英傑の中から勝ち残り、生き抜いた家康が徳川幕府長期政権の礎を築いた。

三河、尾張は戦国時代の三英傑を生んだ地であった。

天下を制した家康が江戸に幕府を定めるに先立ち行った事業が、東海道の建設だ。江戸と京の間に全長百二十六里、五十三の宿駅を定めた。

これで上方の物資が途切れることなく江戸に下り、江戸の情報が京、大坂に迅速に伝えられた。

磐音とおこん、霧子は三英傑のお膝元《ひざもと》の地に踏み込み、譜代松平伊豆守信明《のぶあきら》が支配する七万石吉田城下から二里半先の御油を目指した。

吉田城下を通過したのがおよそ七つ前後だ。

「女連れのお武家さん、うちに泊まっていかんかね。この先、御油まで宿はねえぞ。きれいなお内儀さんと若衆か娘か見分けがつかねえ、奉公人連れで夜道を急ぐと、ろくなことはねえぞ。野盗、野伏《のぶせり》に身ぐるみ剝がれて、お侍の骸《むくろ》が路傍に曝《さら》されるだよ」

と旅籠の女衆が脅かして、三人を引き止めようとした。

「骸はそれがしだけか。女房どのらはどうなる」

「それが知りたいか。そうじゃな、熱田《あつた》辺りの妓楼《ぎろう》に叩き売られて、わちきの旦那は吉田外れで死にやんした、わが身を買うてくだしゃんせ、なんぞと、旅人の袖を引くことになるよ」

「それは困った」

と磐音が立ち止まると、女衆が、

「それがいいだ。うちに泊まっていくがいいだ」

と喜んだ。

「霧子、そろそろ提灯の灯りを入れて参ろうか」

「若先生、まだ街道は明るうございます。しばらく進んで行き当たった百姓家で火を借ります」

と旅慣れた霧子がそう答えた。

「いかにもまだ西の空に陽が残っておるな。女衆、さらばじゃ」

と再び進み始めた一行に、

「山賊でも野盗にでもとって喰《く》われろ！」

と女衆が悪態をついた。

三人が百二十間の吉田大橋を渡り、対岸に着いた頃から、陽の傾きが早くなった。

霧子は吉田大橋の橋詰の船着場で火を貰い、提灯に灯りを入れた。

この橋詰の船着場から伊勢の白子《しろこ》に渡る船が出るせいで、船町の様相を見せていた。

磐音らは古い家並みを抜けて松並木に出た。

最前まで感じなかった尾行者の気配が再びし始めた。三人に危害を加えるような尾行ではなく、後になり先になり誘導でもしていくような尾行ぶりだ。

吉田城下と御油のほぼ中間と思える辺りで街道は闇に包まれ、霧子が持つ提灯の灯りが頼りになった。

「御油に到着するのは四つ（午後十時）を過ぎような。いかがしたものか」

と磐音はおこんと霧子に相談した。

「磐音様、旅に出てこれほど清々したこともございません。桜の花びらが風に舞う夜道を進むのは一興です」

「おこん、張りきっておるが、足は大丈夫か」

「深川育ちは堀端を駆け回り、娘だてらに川遊びして大きくなりましたから、体は丈夫です。箱根の女転ばし坂を過ぎた石畳ではつい張り切って足首を挫《くじ》きましたが、もう治りました。これからの旅を考えると、足腰を鍛えるために夜道を行くのも修行です」

「霧子、いかがしたものか」

「ともあれ御油までは参りませぬか、若先生」

二人が口を揃えたため、磐音も闇に浮かぶ人家に一夜の宿を願うことを諦《あきら》めてさらに進んだ。

「それにしても退屈です」

と霧子が磐音に許しを求めるように嘯《うそぶ》き、

「われらが供を誘き出そうというのか」

「いけませぬか」

「敵を知るのも戦いの常道ゆえな。荷を貸すがよい」

霧子の背から下ろされた大籠を磐音が負い、提灯をおこんが受け取った。

ふわり
と闇に溶け込んで霧子が消えた。

二人だけになったおこんが磐音に寄り添った。

「こうやっていれば怖くはありません」

「強がりを言うていたが、内心怯《おび》えていたか」

「いえ、怖くはありません。ただこうしていたいだけです」

二人の後ろで無言の対決があったか、松林の外を旋風が吹き抜けた。それは自然がもたらした風ではなく、人間の対峙《たいじ》と緊迫が生み出した旋風だった。

対決は磐音らの前方に移動していた。

闇の中の探り合いは半刻（一時間）ほど続き、その間にも磐音とおこんは御油に向かって進んだ。

吉田城下から二刻（四時間）が過ぎた頃、磐音には松林の向こうに人家の気配が感じられるようになった。

二里半の道程に二刻、一里余進むのに一刻（二時間）余を要していた。

「おこん、そろそろ御油宿に辿りつこう。本日は舞坂宿から今切の渡しを越え、豊川の吉田大橋を渡ってよう歩いた」

「どれほどにございましょうか」

「新居から数えておよそ七里半か。なかなかのものだぞ」

と磐音が応じたとき、街道の松林から三つの影が飛び出してきた。

一人は霧子だ。残る二人は長衣を着た異人と思えた。

「霧子、誘き出したか」

歩み寄った磐音が霧子に問うた。

三人が飛び出してきたのは、松林に囲まれた三河国府の国府大明神の境内からだった。

「系図屋の雹田平が江戸から密かに伴った手下と推測いたしました」

おこんが持つ灯りに、後頭部に辮髪《べんぱつ》を垂らした大兵《だいひょう》が浮かび上がった。腰に青《せい》龍刀《りゅうとう》を吊《つ》るした二人に怯えた気配は全くない。一人は矛を携えていた。

だが、江戸神田橋の田沼屋敷を出た一行に、このような同行者がいたとは聞いていない。雹だけが駕籠で随行したのだ。となると、

「いつ、どこから雹と同道しているのか」

島田宿で二手に別れた雹は、二人の御小姓組を同道して三河刈谷城下に先行していたはずだ。御小姓組の二人は陣内のもとに戻ったのか。

「いつ、どこですり替わったか」

謎《なぞ》めいていた。

磬音は二人の体から海の匂いを感じ取った。長年、船で大海原を航海しながら暮らしてきた唐人の匂いであろうか。ということは、東海道のかたわらに広がる大海原から徳川幕府が支配する地に上陸したか。

「そなたら、われらが喋る言葉が分かるか」

磬音の問いに二人が顔を見合わせた。

「そなたらの主、雹田平どのがなにを考えて江戸から出向いてきたか、知らぬ。幕府の政争なんぞに関わるのはあまり感心せぬな」

磬音の語調はあくまで長閑《のどか》であった。

大兵の一人が、小鳥の囀《さえず》りのような甲高い声でもう一人に告げた。

二人の前に磐音とおこんがいて、その背後に霧子が控えていた。一人が前後の間合いを確認するためか、視線を巡らせた。

大籠を負った磐音には全く戦う意思がなかった。

霧子の退屈を紛らわすためと、雹田平なる人物を知るために霧子の策を許しただけだ。

矛を持つ一人が布飾りの矛先を霧子に向けた。

霧子は江戸から携えてきた一尺七寸余の忍び刀を抜いて応じた。

「霧子、無理はせずともよい。今宵は互いに挨拶をなすだけじゃ」

磐音の言葉が終わるか終わらないうちに、矛を持った大兵の動きが豹変《ひょうへん》した。

半身の構えで後ろ飛びに霧子との間合いを詰め、矛の柄《つか》を回転させた。その動きはおこんの提灯の灯りに照らし出されたが、目にも見えぬほどに俊敏だった。

霧子は空中に飛んで後方に宙返りして、間合いを外した。それを逃がさじと、矛がするすると迫った。

磐音はもう一人の異人と向き合いながら、夜の東海道御油外れの国府大明神前で繰り広げられる戦いに見入っていた。

唐人の矛が突かれ、払われる度に、

ひゅっひゅっ

という風切り音がした。

その間合いが段々と早くなり、霧子を国府大明神の大柱の鳥居へと追い詰めていった。

「ひゃあっ」

という気合いが長衣の唐人から洩れた。

霧子は忍び刀を逆手に構えたまま、相手の動きを見詰めていた。

磐音は霧子が雑賀衆の忍びの術に尚武館佐々木道場での厳しい稽古が加わり、何段も技量を上げていることを承知していた。

霧子は実戦で磐音にそのことを告げていた。

唐人の矛先が霧子の胸にぴたりと付けられた。

間合いは一間一、二尺か。

刃渡りが短い忍び刀より六尺五、六寸余の矛が断然有利だった。

辮髪が揺れて大兵が霧子を押し潰すように踏み込み、矛先が迅速に突き出された。

霧子の体が低く沈んだ。

今まで霧子がいた空間を矛が疾《はし》って大柱の鳥居に突き立った。

霧子は忍び刀を啌《くわ》えると、ぶるぶると震える矛の柄を両手で握り、くるりと体を回転させて鳥居の桁上に飛び上がっていた。

矛の唐人が罵《のの》り声でも吐き捨てた気配で矛を抜き取り、磐音とおこんの前の仲間とともに闇に姿を没した。

ふわり

と霧子が気配もなく磐音とおこんの前に下り立った。

「霧子、ご苦労であった、ひと汗かかせたな。お蔭でおよその腕前は知れた。残るは雹田平の正体じゃな」

と磐音が霧子を労《ねぎら》った。

磐音らは翌朝六つ（午前六時）の刻限、御油橋を渡ったところに軒を連ねる旅籠の一軒、番々屋なる奇妙な名の宿で目を覚ました。

「お客人、遅いお着きゆえ七つ（午前四時）には起こしませんでしたが、それでよかったかのう」

と廊下から男衆《おとこし》が声をかけた。

「長い旅ゆえ、かような日もある。男衆、朝湯は沸いておるまいな」

「お武家様は旅慣れておられますな。わっしらが客を送り出して湯に入ることを承知だ。ただ今女衆が入っておりますよ。こちらのお内儀様とお供の姉さんも湯に入らんかね。昨夜《ゆうべ》遅く着いたときには、姉さんなんぞ汗みどろじゃったからな」

と男衆に言われてまずおこんと霧子が朝湯に行き、その後、交替して磐音が宿の男衆とのんびり湯に浸かった。

「お武家様はどちらに行かれるだね」

「今宵は岡崎泊まりかな」

「おうおう、陽が出ての出立、贅沢旅だ」

「いささか女房の体が弱いでな、各地の神社仏閣に参拝して体調回復を願う、遍路旅のようなものじゃ」

「願かけ旅かね。じゃが、見目麗《みめうるわ》しいお内儀様を連れての夜旅は剣呑だ。旅は早《はや》発《だ》ち早泊まりが昔からの仕来りだよ。先人の知恵は馬鹿にしたものではないからね」

「いかにもそなたが言われるとおりかな。明日からの旅は七つ発ち七つ泊まりにいたそう」

それがいいだ、という男衆に礼を述べて磐音は湯を上がった。囲炉裏端に行くと、すでに朝餉の膳は出ていたが、味噌汁も飯も冷え切っていた。

「若先生、せめて汁を温め直してもらいましょうか」

と霧子が気遣ったが、

「女衆も湯に入ってのんびりしている刻限であろう。遅発ちのわれらが悪いのだ。早々に食して出立しようか」

「本日はどちらまで参られますか」

「岡崎城下に辿りつければ上々か」

「なら四里少々にございます。七つ前には着きます」

と霧子が保証した。

雑賀衆に育った霧子にとって一日、四里や五里の旅は旅とはいえない。移動するときは水だけで十五、六里を歩き通すことがあった。だが、このようなのんびり旅には目的があることを、

(若先生には考えがあってこのような旅を続けておられる)

と霧子は察していた。だから、そのときまで黙って従うのが従者の務めと自らに言い聞かせていた。

江戸深川六間堀町の金兵衛長屋の木戸が明け六つちょうどに、

ぎいっ

と開かれた。

「ほれほれ、職人がいつまで井戸端で油を売っているんだね。常次、早く稼ぎに出ないと大事なお店賃《たなちん》が払えないよ。亀吉、青物売りがなんですね、この刻限まで長屋でふらふらしているってどういうこったね。早く市場に仕入れに行かねえと、いい品は残ってませんよ」

「金兵衛さん、たった今、市場から戻って来たとこだよ。これから荷を仕分けして振り売りに出るところだ」

「いいかえ、青菜なんてのはお天道様《てんと》にあたるとしなっとなって、一束五文のものが三文にしか売れないよ。朝の間が稼ぎどき、さっさと出かけないと払うものも払えないよ」

とどてらの金兵衛が怒鳴り返した。

「金兵衛さん、急に元気を取り戻してどうしたんだい」

付け木売りのおくま婆さんが金兵衛の額に手を当てて、

「熱はないようだ」

と呟いた。

「いいかい、この金兵衛も、いつまでもうじうじしているわけにはいかないんだよ。ここらで元気を取り戻して、おこんが赤子を抱えてこの六間堀に戻るのを待つんだよ」

「おや、おこんちゃんにやや子ができたのかえ」

「おたねさん、私の土手っ腹を千枚通しでぐりぐり抉《えぐ》るようなことは言わないでおくれ。そうなったらいいなと、思ったことを口にしたんだからよ」

「なんだい、そんなことか。それにしても金兵衛さんが元気になってよかったよ。なんたってさ、どてらの金兵衛さんなくちゃこの長屋は成り立たないからね」

「おたねさん、無理無理。そんなおべんちゃら言ったってよ、店賃は待ってくれないよ」

と植木職人の徳三が言い、

「うるさい、男どもはさっさと仕事に出ていったらどうだ。銭を稼いでくるんだよ！」

と金兵衛長屋名物、大家の怒鳴り声が響いて、

「はいはい、普請場に出かけるよ」

と常次が道具箱を肩に担いだ。

三

この日、八つ半（午後三時）前に、磐音ら三人は家康に所縁《ゆかり》の岡崎城下に到着し、一軒の旅籠に投宿した。

（いよいよ明日は刈谷城下だ）

と心を新たにしながら草鞋の紐を解《ほど》いた。

霧子は弥助からの連絡を調べるために、いったん投宿した東海道筋六地蔵町の芝居家なる旅籠を出ると、城下外れに行った。

部屋に入っても他に客の姿はなく、春の陽は空高くにあった。

「おこん、徳川幕府の基を築いた城下を見物に行かぬか」

と磐音が旅装を解いたおこんに誘いかけると、

「参ります」

と元気な返事が返ってきた。

東海道の要衝である岡崎は矢作《やはぎ》川の舟運によって栄えた町だ。この矢作川一円を手中に収めて三河を平定したのが、松平郷を支配した松平氏だ。

徳川幕府が始まるおよそ百年前のことだ。

松平氏は確実に勢力を伸ばしていったが、松平氏八代広忠の長男、のちの徳川家康は、一族が生き残るためにこの地方の有力大名今川義元に人質に差し出された。戦国時代とは嫡男《ちゃくなん》の命を敵方に差し出しても生き残りを図る非情残酷な時代をいう。

永禄三年（一五六〇）に桶狭間の合戦で義元が織田信長に討たれると、家康は岡崎城に戻った。

家康十九歳の折りだ。

再起した家康の野望の出発点こそ岡崎であった。

家康は権謀術数と武力を駆使して勢力範囲を拡大した。さらに関東に移封され、江戸幕府が成立して以来、岡崎は本多氏ら徳川譜代の臣の居城地として栄えてき

た。古書に曰く、

〈まこと岡崎城は本多中務大輔《なかつかさたいふ》の城にして、その賑わい駿府に次ぐべし〉

と繁栄ぶりが謳《うた》われた。

芝居家のある六地蔵町の名は六地蔵尊があったことに由来し、城下を抜ける東海道のほぼ真ん中に位置していた。

磐音とおこんは、芝居家から岡崎十九町の賑わいをぶらぶらと見物しながら、いつしか町屋連尺町《れんじゃくちょう》と接する武家屋敷に出ていた。すると磐音にもおこんにも馴染《なじ》みの音が響いてきた。

「本多様のご家臣方が稽古の最中か」

いつしか二人は、長屋門の中に堂々豪壮な道場の破風《はふ》を眺めていた。岡崎城本多家の藩道場だった。

「なかなか立派な道場じゃな」

「尚武館の比ではございませんね」

「おこん、尚武館は一介の町道場ゆえ、本多家の藩道場とは比べようもない」

「あら、そうなのですか」

おこんが悔しそうに呟いたのを、今しも道場を訪れた稽古着姿の家臣が、

「稽古に関心がおありなら、道場に入って見物なさいませぬか」

と声をかけてくれた。

「旅の者にございますが、そのようなことが許されますか」

「うちは来る者拒まず去る者追わずの藩風です」

磐音と同じ年格好の人物は、磐音とおこんを道場に案内していった。旅籠で借り受けた草履と下駄を脱ぐと、二人は内玄関から廊下に上がり、道場に入るところで、百数十人が夕稽古に打ち込む道場に向かって一礼した。それを見ていた案内の侍が、

「なかなかの挙動、よほど剣術がお好きと見ゆる。それがしの相手をしてくれませぬか」

と言い出した。相手の人物も技量も分からぬうちから鷹揚な申し出であった。

「道場主や師範方にお断りせずともよろしいのですか」

「うちにはいろんな武芸者が参られますゆえ、そのような気遣い無用に願います。だが、そちら様がお気になさるのなら、それがしが断ってきます」

と気軽に見所《けんぞ》に向かった。

遠く見所近くにいた道場の幹部連が、女連れの訪問者を眺める体《てい》で見ていたが、

許しを乞いに行った侍が走り戻ってきた。

「許しが出ました。それがし、本多家近習衆中司忠音《なかつかさただね》です。そなた様は」

「清水平四郎、相模小田原藩大久保家の陪臣にございます」

「稽古着に着替えられますか」

「いえ、旅着ゆえこのままにて」

磐音は大小を抜くとおこんに渡し、中司が選んだ竹刀を受け取った。

「よしなに」

「お手柔らかに」

二人は相正眼《あいせいがん》に構えた。

その瞬間、中司が、うむ、と訝しげな声を洩らした。磐音はいつものように、

「春先の縁側で日向ぼっこをしている年寄り猫」

と評される構えで静かに立っていた。

「ふうっ」

と息を吐いた中司が、参る、と声をかけ、電撃の面打ちから連続技を仕掛けた。

だが、磐音は動いた様子もなく、そよりそよりと中司の攻めを柔らかく躱《かわ》したた
め、中司が一方的に攻め疲れしてきた。

と自ら下がった中司が、おかしいと首を捻《ひね》った。

「忠音、代われ」

と二人の稽古の様子を見ていた年配の家臣が中司に命じ、

「それがし、岡崎藩御徒頭薄井伝五兵衛《おかちがしらうすいでんごべえ》にござる。中司では物足りのうござった
な。失礼をいたした」

薄井の登場に、道場が出入口近くの対戦を注視した。

見所のお偉い方も訪問者との稽古に注目した。だが、薄井の老練な業も春風駘
蕩《しゅんぷうたいとう》たる磐音の業に躱されて、

「おかしい」

と呟き、間合いをとった。

「そなた、なんぞ手妻《てづま》を使われるか」

「いえ、格別には」

「ござろうな」

と応じた薄井が願った。

「すまぬが、そなたから仕掛けてはくれぬか」

「ご免」

「畏まりました」

と磐音が竹刀を構え直したところに見所から、

「その稽古、こちらにて行いなされ」

と薄井と磐音が呼ばれた。

「ありゃ、これはいかん。お偉い方の前でそうそう恥をかくこともならぬ。それがしも攻めるでな、最初から打ち合いじゃぞ」

と薄井が断った。

奇妙な稽古があったもので、見所前に場を移した磐音はその場に座し、道場の神棚に古式に則《のっと》った拝礼をなした後、改めて、

「お願い申す」

と薄井相手に竹刀を正眼にとった。

薄井は上段が得意か、片手上段に竹刀を構えた。上役の前だ、一気に磐音の構えを崩そうとしていた。その意気込みが磐音にも伝わってきた。

「おりゃ」

「えいっ」

の気合いを掛け合った後、両者は間合いに踏み込んで打ち合いに入った。

だが、ここでも常に先制をとったのは薄井で、磬音がそれを躱すかたちで対戦が進んだ。にも拘《かかわ》らず、攻める薄井がいつしか羽目板を背負っていた。

「薄井どの、あとがない。羽目板にござる」

と家臣が思わず教えた。

「なにくそっ」

とその声が耳に入ったのかどうか、必死の形相《ぎょうそう》で踏み込み、面打ちに出た薄井は、磬音に巻き込まれるように竹刀を搦《から》め捕られて、五体を強《したた》か羽目板にぶつけ、その場に両膝を屈した。

磬音が竹刀を引いて下がった。

「ううーん」

と唸った薄井が胡坐《あぐら》をかき、

「訝しい」

と叫んだ。すると見所の中央に座す恰幅《かっぷく》のいい武家が、

「伝五、なにが訝しい」

「本多様、それがしの攻め、悉《ことごと》く届いている筈《はず》にございます。それがお相手の身に触れもせず、それがしが羽目板に体を打ち付けてのこの醜態、おかしゅうござ

る」

「伝五、その謎、この本多隼人《はやと》が解き明かしてくれようか」

「分家の目には、このお方の詐術が留まりましたか」

「愚か者が」

「それがし、愚か者にござるか」

「このひと月ほど前身罷られた大納言家基様の剣術指南に対して、そなた、手妻遣いだの、詐術だの申すか」

本多の言葉に道場じゅうが森閑として驚愕《きょうがく》した。しばしの沈黙のあと、薄井伝五兵衛がようやく口を開いた。

「な、なんと、尚武館佐々木道場の後継、佐々木磐音様にござったか」

「伝五、それでもそなた、潔く負けを認めぬか」

「はあっ」

畏まった薄井伝五兵衛と中司忠音が磐音に平伏して、

「失礼をばいたしました」

「ご両者、それがし、清水平四郎にござる」

と磐音はあくまで偽名で応じた。本多家が迷惑を蒙《こうむ》ってはならぬと思ったから

だ。頷いた見所の主が、

「佐々木どの、神保小路を襲った不条理、それがしも承知にござる。旅の空で鬱々となされてわが道場の門を潜《くぐ》られたのなら、たっぷりと汗をかいていかれぬか」

「有難きお言葉、清水平四郎、痛み入ります」

と磐音も片膝ついて謝した。

磐音とおこんが紅潮した顔で六地蔵町の旅籠芝居家に戻ってきたのは、六つ半（午後七時）の刻限だった。そこには弥助と霧子が四つの膳の前に不安げな顔で待っていた。

「待たせてしもうた。帳場で酒を注文してきたで、弥助どの、徳川家のお膝元に参った祝いをいたそうか」

と笑いかけた。

「繁華な岡崎ゆえ、見物の場所はいくらもございますな」

「弥助どの、稽古をして参った」

と経緯《いきさつ》を語った。

「なんと、藩道場に招かれて汗を流されましたか。道理で佐々木様の顔が上気しておられる」

と弥助が得心の笑みを浮かべたところに燗徳利が二本届いた。

猪口四つは霧子が膳に配った。

「徳川ご一族への挨拶旅、無事三河まで到着した祝いをいたそう」

磐音の言葉に、おこんと霧子が磐音と弥助にそれぞれ酌をし、二人も互いに注ぎ合った。

「弥助どの、霧子、ご苦労であった」

と二人の供を労い、四人はしみじみと猪口の酒を飲んだ。

弥助が空の猪口を手に語り出した。

「わっしが岡崎の城下の江戸口を入ったところから尾行が二人つきましたんで。そいつらを岡崎名物の二十七曲がりを利して撒《ま》き、今度はわっしが奴らの背後についたところまでは上出来にございました。どうやら陣内城吉様の小者のようで、密偵の真似事くらいはできる手合いにございました。二人はわっしが見ているとも知らず、半刻余り必死でわっしを見つけ出そうとしておりました。が、わっしは常に奴らの背についているので、前ばかりを見ている二人には見つかりっこありませんや」

弥助の猪口に磐音が酒を注ぎ、燗徳利を受け取ったおこんが磐音のそれを満たした。

弥助が舌なめずりすると苦笑いを顔に浮かべ、話を再開した。

「この城下から足助《あすけ》街道が走っているのをご存じにございますな」

「たしか、名古屋城下から信濃に向かう伊奈《いな》街道に出る街道ではなかったか」

「いかにもさようです。古来、三河の塩を山の国信濃に運ぶ『塩の道』として知られておりますので。佐々木様が言われたように、伊奈街道と七里余りで結ぶので、足助街道は七里街道とも呼ばれております」

と前置きした弥助は残った猪口の酒を飲み干し、膳の上に伏せて置いた。

「奴ら二人、この足助街道を必死の形相で北上し始めたのでございますよ。その様子はどう見ても主にご注進という姿にございます」

磐音は考えもしなかった展開にいささか驚きを禁じ得なかった。

「わっしも二人の後を追い、七里を二刻足らずで走り抜いたとお思いくださいまし。息もつかせず必死の形相で七里を走った二人は、息も絶え絶えに足助陣屋に駆け込みましたんで。へい、実に風光明媚《ふうこうめいび》な山里で、遅咲きの桜が風に舞う景色はまるで桃源郷、いえ、桜源郷の趣でございました」

と弥助は足助の里を短く語った。

「二人が会うた人物は陣内どのか」

「いえね、とぼけたことにその二人、弾む息が鎮まりますと、のんびり足助陣屋の見物を始めやがったんですよ」

「どういうことでしょう」

とおこんが不思議そうな表情を見せた。しばらく考えていた磐音が笑った。

「上手《じょうず》の手から水が漏れた、ということか」

「へい、おっしゃるとおりにございますよ。密偵もどきと高を括《くく》った相手にこちらが引き回され、足助街道を北に、山中七里も走らされたのでございますからね」

「おこん、今切の一件が故意に仕掛けられた細工と知った陣内様が、いや、今や軍師格の雹田平の入れ知恵で、われらが弥助どのを足助まで走らせ、戦線を離脱させる策に出たのではないか」

「面目次第もございません。足助陣屋で何度も考えた末に、佐々木様が言われた弥助、足助街道引き回しの策がとられたと判断いたしました。そこでわっしは己の愚かさと迂闊さを呪いながら再び足助街道を岡崎に駆け戻り、一気に知立城下を経由して、今朝方ようよう刈谷宿に到着いたしました」

「ご苦労でしたな」

「徒労の突っ走り、霧子にあれこれ言えませんや」

おこんが酒を止めた弥助に茶を淹《い》れて差し出した。

「刈谷城下本町筋の旅籠にしれっとした顔で陣内様、雹田平が陣取りまして、何事か起こるのを待っている様子にございました。宿の者に訊くと陣内様に筒抜けになりそうで、遠目に眺めるだけにしておきました」

「それでよかろうと存ずる」

「あとで訊けば刈谷に到着した一行はこの数日、旅籠の外には出ていないそうです。少なくとも宿の眼が利く日中にはないそうで、なにかを待ち受けているというのが、わっしの正直な感想にございます」

「弥助どの、遠回りになったが刈谷を前以《まえもっ》て訪ねられてよかった」

「なんの働きもしておりませんよ」

「いや、陣内様方が旅籠から動かぬことがすべてを物語っており申す。一統はわれらの刈谷到着を待ち受けているのでござろう」

「あの人数で佐々木磐音様を斃し、佐々木一族を根絶やしにする企てと言われますか。いささか無謀に思いますがな」

雹田平を田沼一派の軍師に命じたのは、間違いなく神田橋のお部屋様であろう。彼らは田沼意次の城下相良をも巻き込みながら、東海道筋で磐音らの殲滅を図ろうと企てた。

その先手を打って阻止したのは、磐音の意を汲んだ弥助の創意による御小姓組離脱であった。

弥助のひまし油の策がまんまと当たった。

さらに大筒二門、マスケット銃二十五挺、数樽の火薬類を今切の渡しで湖底に沈める企てが見事に効を奏して、陣内らは初期の計画を放棄せざるを得なくなっていた。

それでも少人数で刈谷に待ち受けていた。

系図屋の雹田平は、佐々木家の過去を手繰って磐音の行く先を刈谷宿と割り出していた。だが、その先の旅は磐音自身すら分からない。磐音の心にないものは、雹田平でも探り得なかった。となると刈谷にて事を決するしか、陣内らに残された道はなかった。

「陣内様方がなにを考えておられるか、おぼろに推察がつく。ともあれ、この岡崎から五里少々、明日の昼過ぎにはわれらも刈谷に入る。弥助どの、今宵はゆっくりと体を休めてくだされ」

「へえっ、無益な東奔西走、この借りは刈谷で返すしかございますまい」

「いかにもさよう。われら刈谷を生きて出るしか、これからの未来世はござらぬ」

磐音の言葉をおこん、弥助、霧子は重く聞いた。

四

東海道知立宿から二里ほど海側に離れた刈谷藩は、この界隈を領有した譜代小名だ。元々刈谷の地は三河の国人水野《みずの》氏の支配するところであった。

徳川幕藩体制の中で刈谷の初代城主は水野勝成《かつなり》であった。以来、水野、松平(深溝《ふこうず》)、松平(久松《ひさまつ》)、稲垣《いながき》、阿部、本多、三浦と代替わりして、三河西尾から土井利信《どいとしのぶ》が入封し、二代目の土井山城守利徳《やましろのかみとしなり》の時代を迎えていた。

家康の生母於大《おだい》は岡崎城主の松平広忠に嫁ぎ、のち離縁されて刈谷に戻った。

徳川家の譜代の臣であったと伝えられる佐々木家は、この刈谷の出で、家康の足下に早くして加わっていた。

亀城《きじょう》と異名される刈谷城は平城で、城下としてのかたちが整い始めるのは、慶《けい》安《あん》五年（一六五二）の頃のことだと伝えられる。

城下の規模は町口門から新町端まで三百二十八間（六百米弱）、市原町まで四百八十間（八百七十米余）、石高《こくだか》二万三千石の小名であった。

磐音一行は昼の刻限に刈谷宿に到着し、本町の札《ふだ》の辻《つじ》近くの旅籠酒屋に泊まった。刈谷は一時酒造で栄え、下り酒として江戸積みされたが、衰退の憂き目にあって旅籠屋に商いを変え、酒屋の屋号だけが残った。

磐音は格別に銭を払い、早風呂を立てさせた。

湯に入ったのは磐音とおこんだけだ。

二人は旅の汚れを払った衣服を身に着けると、弥助と霧子に、

「出て参る」

と言い残して旅籠を出た。

おこんは磐音の顔に、決意を秘めた者が漂わせる格別の表情を見ていた。だが、

「どこに参られます」

とは口にしなかった。磬音を信じて従っていくだけのことだ、とおこんは考えていた。

磬音はすでに旅籠で訪ね先の場所を調べているのか、歩みに迷いはなかった。

刻限は八つ半（午後三時）か。

訪ねた先は旅籠からさほど遠くない場所だった。

山門の額に、

「浄土宗鎮西派《ちんぜいは》称名寺」

とあった。

「こちらにございますか」

「どうやらそのようじゃ」

さほど大きくはない境内に八重桜の花が満開で風に散り、その下に木瓜《ぼけ》が鮮やかな濃紅色の花を咲かせていた。桜の下で小僧がせっせと掃き掃除をしていた。

「小僧さん、住持はおられるか」

「はい。書院で文を書いておられます」

「旅の者ですが、本堂でお目にかかりたい、と伝えてくれぬか」

「お客様のお名前を聞いてよろしいですか」

「小田原藩大久保家陪臣清水平四郎」

を磐音は名乗った。

小僧が消えた。

城下町の真ん中にある寺は深い静寂に包まれていた。桜花が舞っておこんの江戸小紋の肩に止まった。おこんが一枚だけ旅に持参した晴れ着だった。その襟元にはおえいの形見の懐剣が、武家の女房を現して差し込まれてあった。

磐音の腰には備前包平《かねひら》と家基が磐音に下賜《かし》した小さ刀があった。長いこと待たされた後、本堂の扉が開かれて最前の小僧が姿を見せ、

「こちらにお上がりください」

と招いた。

「造作をかけた」

磐音とおこんは本堂に通じる階《きざはし》の端に履物を脱いで回廊に上がり、一段高い本堂の板の間に、失礼いたす、と言葉をかけて入室した。

本堂の扉が再び閉じられて、行灯の灯りに白髭《しらひげ》の老僧が磐音とおこんの挙動を見詰めていた。老僧が板の間に置かれた座布団を差し、二人は座に就いた。

「突然の訪《おとな》い、お許しください」

「旅のお方と小僧は言うておったが。大久保家の陪臣とか」

「お許しくだされ。偽名を名乗り申した」

「なにっ、偽名とな。して、ご本名は」

「江戸神保小路佐々木磐音、女房のこんにございます」

「はて、江戸の佐々木様」

老僧は沈思しつつ磐音の様子を窺った。

「愚僧は涼念《りょうねん》にございます。いえ、江戸の佐々木氏を知らぬわけではございませぬ。そのお方の血筋が、何用あって当寺を訪ねられたか」

「こちらに佐々木累代の墓があることを聞かされております」

「どなたからかな」

「亡き養父《ちち》佐々木玲圓からにございます」

「玲圓どのが身罷られた」

涼念は玲圓の名を承知のように呟いた。

「養父は、刈谷を訪ねたことがないと申しておりました」

「いかにもさよう。そなたが玲圓どのの後継磐音どのとな」

涼念はしばし瞑想に落ちた。

磐音もおこんもただ涼念が口を開くのを待っていた。長い時が経過して涼念が両眼をくわっと見開いた。

「そなたが玲圓どのの後継という証《あかし》がござるか」

「証と申されても」

磐音は涼念の問いに戸惑った。そして、玲圓との師弟の、いや、短かった親子の付き合いを思い出した。

「天上に彩雲あり、地に蓮《はす》の台《うてな》あり。東西南北広大無辺にしてその果てを人は知らず」

という言葉が思わず脳裏を過《よぎ》り、磐音は呟いた。玲圓の亡父宋達《そうたつ》が死の直前にうわごとのように呟いた言葉だ。

「笹の葉は千代田の嵐に耐え抜き常しえの松の朝を待って散るべし」

その途中から涼念が下の句の読み手に代わった。

玲圓が寛永寺境内寒松院に磐音を誘《いざな》った日、玲圓が磐音に確かめた言葉だった。

その折り、宋達の意識は混濁しており、世迷い言かも知れぬと玲圓は言ったが、磐音と玲圓の間で佐々木家の先祖の言葉が二度にわたり、話題に上ったのはこれだけだった。

「佐々木磐音どの、よう参られた」

涼念師が磐音を佐々木家の血筋と認めて改めて声をかけた。

磐音は頷くと、懐から奉書紙に包んだ二筋の遺髪を涼念の前に置いた。

おこんが小さな悲鳴を上げた。

「養父上と養母上の御髪《おぐし》にございますか、磐音様」

「いかにもさよう。お二人の遺骸をどこに葬ったかはそなたにも言えぬ。じゃがあの朝、それがしが自ら養父上と養母上から大納言家基様の形見の小さ刀で切り取ったは確か」

「お労《いたわ》しや、養父上、養母上」

おこんは洩らすと、遺髪に付着した泥を見て思わず遺髪を両手で捧げ持ち、自らの胸に抱き締めていた。

「磐音様、いつの日か、私を養父上、養母上の墓前に導くと約束なされたこと、真実《まこと》であったのですね」

「当称名寺は佐々木家の先祖の墓所じゃそうな。養父と養母は江戸と刈谷にありて、われらが行動を見ておられる」

「御坊、磐音様、この遺髪は土に汚れております。私に髪を梳《す》かせてくださいませ」

涼念と磐音が同時に頷いた。

おこんは座を立って扉を少し開き、回廊に座すと、養父玲圓と養母おえいの遺髪を、髷《まげ》に差していた飾り櫛《くし》で丁寧に梳き始めた。

「何事か江戸で起こったな」

「申し上げます」

磐音は佐々木玲圓がおえいを道連れに自裁した、長い長い物語を語り聞かせた。

その間にもおこんは一本一本の髪を慈しむように梳き続けた。

話を聞き終えた涼念が、

「当寺にも、佐々木家と同じように伝えられし一事がござった。まさか私の代に江戸から佐々木家の後継を迎えようとは」

と嘆いて続けた。

「田沼意次様の噂は刈谷においても聞かぬわけではない。じゃが、それほどまでに、家康様が築かれた徳川幕府を専断しておるとは、考えもせぬことであった」

おこんが新しい懐紙に包んだ二筋の遺髪を二人のところに持ってきた。

「おお、見違えるようにきれいになった」

「御坊、養父と養母の追善供養を願います」

御仏の前に遺髪が捧げられ、威儀を正した涼念の読経が始まった。

たゆたうような厳粛な時が流れ、磐音とおこんの心の中に玲圓とおえいの面影が蘇り、楽しかった思い出だけが胸に刻み直された。

遺髪二束は涼念自らが用意した壺に納められた。あとは佐々木家の墓所に埋葬するだけだ。

「磐音どの、弔いが終わった後、どちらに参られるな」

「未だわれらの足の向かう先は決めておりませぬ」

「この地は広大無辺、どちらになりともお行きなされ。そなたにとってそれがどこであれ、後々のためになろう」

「涼念様」

とおこんが名を呼んだ。

「佐々木家の再興はなりましょうか」

「おこん様、難しい問いかな。いや、田沼意次様の力が絶大で、佐々木磐音様お一人だけで対抗するには無理と申しておるのではない。そもそも徳川宗家は佐々木氏になにを託したのか。おそらく、かような緊急の折りに出動せよと命じられたのであろう。じゃが、その黙契からすでに二百年近い時が流れ申した」

「佐々木家の再興は要らぬと仰せですか」

「そうは考えておりませぬよ、磐音どの。もし老中田沼意次様が佐々木氏に拘《こだわ》るなら、佐々木の姓など捨てなされ」

「それでは、養父がそれがしに刈谷を訪ねよと命じたことに違約いたしませぬか」

「佐々木氏は姓に過ぎぬ。田沼様がそれを剝ぎ取らんと、次々に刺客をそなたらのもとに向けてくるのであれば、佐々木姓など血に飢えた者どもにあっさりとくれてやりなされ」

「それがし、いかがいたせばよいので」

磐音が戸惑いの声を上げた。

「別の姓を名乗り、野に伏し時を待つ。今を生き抜くことが肝要にござろう。反攻の秋《とき》来たらば、徳川幕藩体制の根幹を揺るがす者どもを成敗する」

「名を捨てて実を取れと」

「そういう言い方もできようか」

「涼念様のお言葉、胸に刻んで生きて参ります」

「言葉に拘ると、ものの本質を見失うでな」

「はい」

磬音とおこんが立ち上がり、本堂の扉を開くと、称名寺に夜の帳《とばり》が下りていた。

そして、境内を闇の勢力が支配していた。

涼念は履物を履くために庫裏《くり》へと回った。

本堂の階を下りたのは磬音とおこんだけだった。

「佐々木磬音、そなたらの命、刈谷宿称名寺に果てる」

と闇から声がした。

「なんぞ勘違いをなされているような」

「御小姓組二ノ組組頭陣内城吉宗世は騙《だま》せぬ」

「マスケット銃、大筒、火薬などを携帯し、東海道を上ってこられたは、この称名寺にてそれがしとおこんを滅するため」

「今切の渡しの騒ぎ、そなたが仕掛けたか」

「それがしの仲間がな」

「佐々木氏の末裔《まつえい》まで切り刻んで消滅させる」

「無益なことを。三河以来の譜代佐々木一族はすでにこの世になし。一介の剣術家坂崎磐音に立ち戻った。生あらば田沼意次様に伝えよ」

磐音の声が凜然《りんぜん》と響き渡った。

闇から生じたように、鎖を縫い込んだ帷子《かたびら》、手甲脚絆《てっこうきゃはん》を身に着けた陣内城吉が姿を見せた。そして、その背後に、霧子が戦った長衣、辮髪の唐人剣客二人が従っており、さらに後ろに雹田平の姿があった。

まず二人の異人剣客が動こうとした。

その横手から新たな二つの影が現れた。

「お前さん方の相手はこの弥助と霧子だぜ」

弥助が言い放った。

先陣を切るはずの二人が弥助と霧子に相対した。

「これで、御小姓組一の猛者《もさ》、柳生新陰流陣内城吉どのの戦う舞台が整いました」

「おう」

と陣内が応じて、腰の一剣を抜き、構えた。

落ち着き払った挙動で、重厚なる構えだった。それに対して磐音は、いつもの、

「春先の縁側で日向ぼっこをしている年寄り猫」

の風情の春風駘蕩たる構えであった。

履物を履いた涼念が庭から姿を見せて立ち竦んだ。そのかたわらにおこんが武家の女房の気概で寄り添った。

戦いを玲圓とおえいの遺髪が見守っていた。

陣内城吉は厚みのある刀身の峰を、額にあてるように立てて構えた。

一撃必殺、御小姓組が将軍家に仇《あだ》なす刺客を斬り捨てるときの構えだった。だが、この場合、家治の命《めい》があってこその行動だ。ただ今の陣内は、家治の一家臣に過ぎぬ田沼意次の命で動いていた。

時が停止していた。

六人三組の対戦は、不動のまま膠着《こうちゃく》したかに見えた。

だが、戦いは不動に見えてお互いが相手の考えを読み、動きを推測しての丁々発止が行われていた。

五人の思考の埒外《らちがい》にいたのが磐音一人だった。

「無」

磐音の胸中には相手の動きの予見も駆け引きもなかった。ただ時がくるのを待っていた。

「参る」

陣内城吉は叫ぶと、
ずずずずっ
と武者草鞋《むしゃわらじ》を引きずるように間合いを詰め、磐音の眉間《みけん》に重い刀身を迷いなく振り下ろした。力強い一撃だった。

後《ご》の先《せん》。

磐音は相手の刃風を耳に聞き、正眼の包平を引き付けもせずただ伸ばした。その大帽子《きつさき》が躍り、鎖帷子で守られた胸部の上、喉元を深々と抉って、後ろ向きに飛ばしていた。

「ぎええっ」

雹田平が異国の言葉でなにか罵り声のようなものを吐いた。

磐音は弥助と霧子の戦いに視線を移した。

霧子は相手の巨体の胸に抱え込まれているように思えた。

弥助と青龍刀の唐人の戦いは目まぐるしいほどに飛び、走り、回り、転じ、滑った。

二人の体がくるりと廻って背中を付け合って停止した。

反《そ》りの強い青龍刀が巨軀《きょく》の肩越しに大きく回され、切っ先が弥助の心臓を狙った。

弥助は短い得物の匕首《あいくち》を相手の背に突き立てていた。

生死を分けたのは攻撃線の長短だった。

弥助の匕首がずぶりと背から心臓に抜けると、相手の動きが停止し、惰性で攻撃を続ける青龍刀を避《よ》けた弥助がその場に自ら転んだ。

青龍刀の切っ先が唐人剣客の、自らの背に突き立ち、甲高い絶叫が響いてその場に崩れ落ちた。

大木に止まる蟬《せみ》のように巨体にしがみついていた霧子が、
ひょい
と後ろ向きに飛び下りた。すると忍び刀が相手の胸を串刺しにしているのが分かった。

どさり
と後ろ向きに三人目の刺客が斃れたとき、戦いは終わっていた。

磐音は雹田平の姿を求めた。だが、雹は闇の中に没したか、すでに姿はなかった。

　このとき、磐音は雹田平と長い戦いが続くことを予感した。

「江戸の戦いが刈谷に波及したか」

　涼念老師が呟く声がして、弥助が地べたから立ち上がった。


　翌日の夕暮れ前、磐音ら一行は宮の船着場にいた。

　宮は熱田神宮を省略した呼び名で、この宮の船着場より七里の渡しで桑名に出ることになる。

「坂崎様、どうなさいますな」

　と布で左腕を吊った弥助が問うた。

　昨夜の戦いで大兵の唐人剣客の足に打たれた打擲だった。熱を引かすために馬肉が巻かれていた。

「渡しが終わったのであれば、よい機会じゃ。熱田神宮に参っていかぬか」

　と磐音が言い出し、四人は草薙剣《くさなぎのつるぎ》をご神体に祀《まつ》る熱田神宮に参拝した。

　おこんが御神籤《おみくじ》を引き、一人で見ていたが、

「あら、旅を続けるは悪《わ》ろし、とのお告げですよ」

と磐音に見せた。

「熱田神宮のお告げならば、名古屋に泊まるしかないであろうな」

と磐音が呟き、北五十丁のところに開けた御三家尾張徳川家の城下町を目指し、四人は歩き出した。

磐音らの旅は始まったばかり、果てしない世界が行く手に待ち受けていた。

巻末付録

江戸よもやま話

旅——庶民の観光事情

文春文庫・磐音編集班 編

尚武館道場を退去し、小梅村に逼塞した磐音ですが、依然として田沼一派の厳しい監視は続きます。養父玲圓の遺志を継ぐ覚悟を新たにした磐音は、ついに江戸を離れます。東海道を一路、西へ——。暗雲立ち込める逃避行が始まりました……。

磐音が旅に出るときはいつも危険が迫っており、物見遊山なお気楽なものでは決してありませんが、一方で、庶民が旅行を楽しむようになったのもちょうどこの時期です。とくに、文化《ぶんか》・文政《ぶんせい》年間（一八〇四〜三〇）は一大旅行ブームが巻き起こりました。大山や成田山新勝寺、江の島など江戸から往復三泊四日ほどの近郊はすでに定番スポットでしたが、箱根や熱海の温泉、善光寺や富士山、さらには一生に一度は行きたいとされたお伊勢参りなど、帰着まで数か月に及ぶような遠方へと旅に出るようになります。弥《や》次郎兵衛《じろべえ》と喜多八《きたはち》のお伊勢参りを描く『東海道中膝栗毛《とうかいどうちゅうひざくりげ》』（十返舎一九《じっぺんしゃいっく》、一八〇二〜〇九刊。『続膝栗毛』は一八一〇〜二二刊）が大ベストセラーになったのも、旅程から宿場の宿賃、名物、馬の傭《やと》い方までを網羅した〝ガイドブック〟だったからに他なりません。今回は、同書から、弥次さん、喜多さんの珍道中をぶらりと辿ってみましょう。

まずはお二人のご紹介から。弥次さんは数えで五十歳。駿河国府中の裕福な商家の生まれ。色黒にあばた面、鼻がひらいていて、小太りの中年という容姿ながら、古典籍に造詣があり、狂歌や漢詩を当意即妙にひねり出す教養もある。放蕩《ほうとう》生活でこさえた借金を踏み倒し喜多さんと〝駆け落ち〟、江戸へ出ます。定職を得て、妻を迎え落ち着きますが、十年連れ添った挙句、「飽きた」と別れ、若い後妻をもらいます。しかしこれが実は喜多さんの仕組んだ茶番で、二人で言い争っているうちに、俄かに産気づいた後妻はあっけなく死んでしまう。弔う気もさらさらないばかりか、厄払いだとお伊勢参りを思い立ちます。付き合う喜多さんは、数えで三十歳。元役者とされますが、どんぐり眼《まなこ》に獅子《しし》っ鼻《ぱな》と、こちらもどう見ても三枚目。本人は自分を色男と思い込み、色気も旺盛。ご存知の読者諸兄もおられますでしょう、弥次さんと喜多さん、この〝色気〟にまつわる騒動が多いのなんの。

江戸を出立して間もなく、弥次さん、こんな提案をします。宿場では飯盛女《めしもりおんな》（客への

図1　旅人の荷物を力ずくで引っ張るのは「留女《とめおんな》」と呼ばれる客引き。「あら大変ね」と笑みを浮かべて通り過ぎる女性が、場面の現実味を増している。歌川《うたがわ》広重《ひろしげ》『東海道五拾三次』（保永堂版）より「御油《ごゆ》 旅人留女」（国立国会図書館蔵）。

給仕も行う私娼。食売女とも）をすすめる客引きが多く迷惑なので、自分を父親、喜多さんを息子ということにしよう、まさか親子で飯盛女を呼ぶとは思わないだろう、と。その夜、戸塚《とつか》宿の旅籠《はたご》。酒に酔った弥次さん、舌の根も乾かぬうちに飯盛女を口説き始めます。初っ端からこの軽薄さ！　しかし自らの目論見通り、〝親子〟では相手にされず、めいめい独り寝をするのでした。ここで一首。「一筋に親子とおもふおんなより　只二すじの銭まうけせり」――女たちは親子だと信じたので、二筋の銭（銭緡《ぜにさし》一筋が百文なので、二百文の意）を（枕代として）無駄遣いせずにすんだ。……ただの強がりであることはすぐにわかります。

翌日、小田原に投宿した二人。宿の五右衛門風呂《ごえもんぶろ》の入り方がわかりません。言わずもがなですが、五右衛門風呂は鋳物の釜の底を直火で温めるため、底が熱くなります。浮かべた蓋を足で沈めながら入らねばならないのですが、弥次さんは蓋を取ってしまい、便所の下駄を履いて風呂に浸ることに。話のネタになるほど、東と西の文化には違いがあったのでしょう。

ついで喜多さんも下駄で入浴。湯は相当熱くなっており、思わず足踏みしたはずみで釜の底を踏み破ってしまい、風呂は崩壊。宿の主人から大目玉を食らい、南鐐二朱銀《なんりようにしゆぎん》一枚を払って詫びます。

一方、喜多さんの入浴中にちゃっかり飯盛女に二百文を前払いして話をつけた弥次さんでしたが、喜多さんは八つ当たりとばかりに、あの男は腋臭《わきが》だ、口が臭い、手に負えない腫物《しゆもつ》持ちだなどと嘘八百を吹聴。飯盛女は逃げてしまいました。

二人の下世話で大人げないいたずらにもうしばしお付き合いを。翌日、十吉という旅人と意気投合した二人は、今宵は同じ宿に泊まろうと彼を誘います。途中、子供が遊んでいたすっぽんを宿で料理してもらおうと買い取り、三島宿の旅籠に上がります。すぐに出てきた夕食を平らげ、酒も飲んで上機嫌な二人。今宵は飯盛女と懇《ねんご》ろになれそうだ。行燈の油がなくなり真っ暗闇になったころ、もぞもぞと動くは……昼間のすっぽん。なんと藁の袋を食い破って逃げ出した。喜多さんが狼狽して放り投げたすっぽんは、弥次

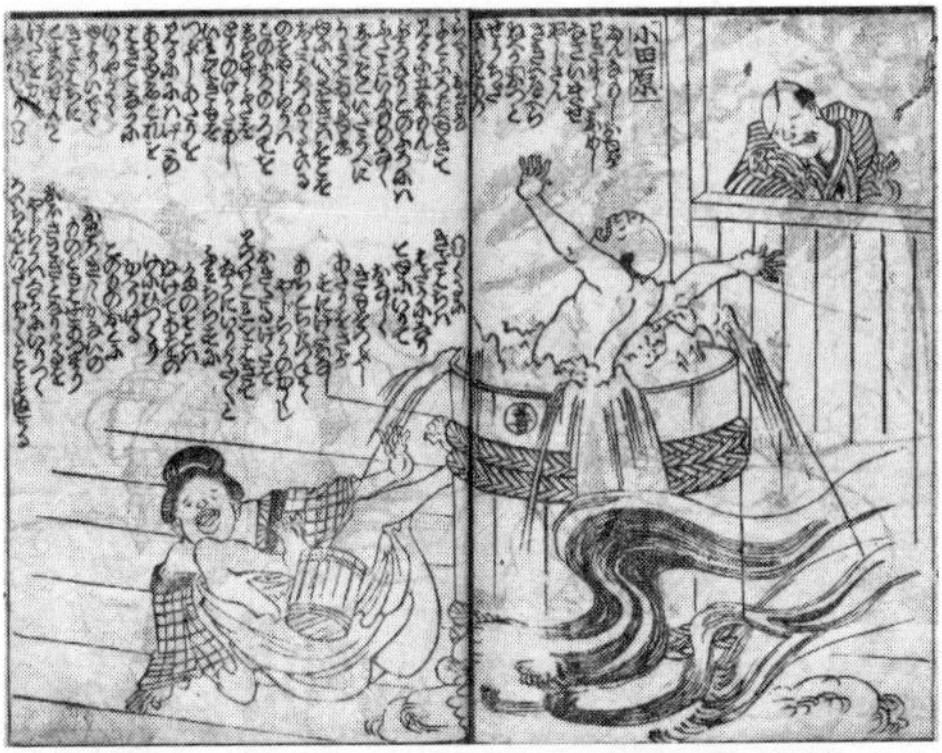

図２　『東海道中膝栗毛』をモチーフに、エピソードを増補した作品は数多く作られた。『栗毛弥次馬』（1861 年刊、歌川芳幾《よしいく》画。国立国会図書館蔵）より、喜多さんが風呂を壊した場面。屋内は水浸しになり女中もずっこける。

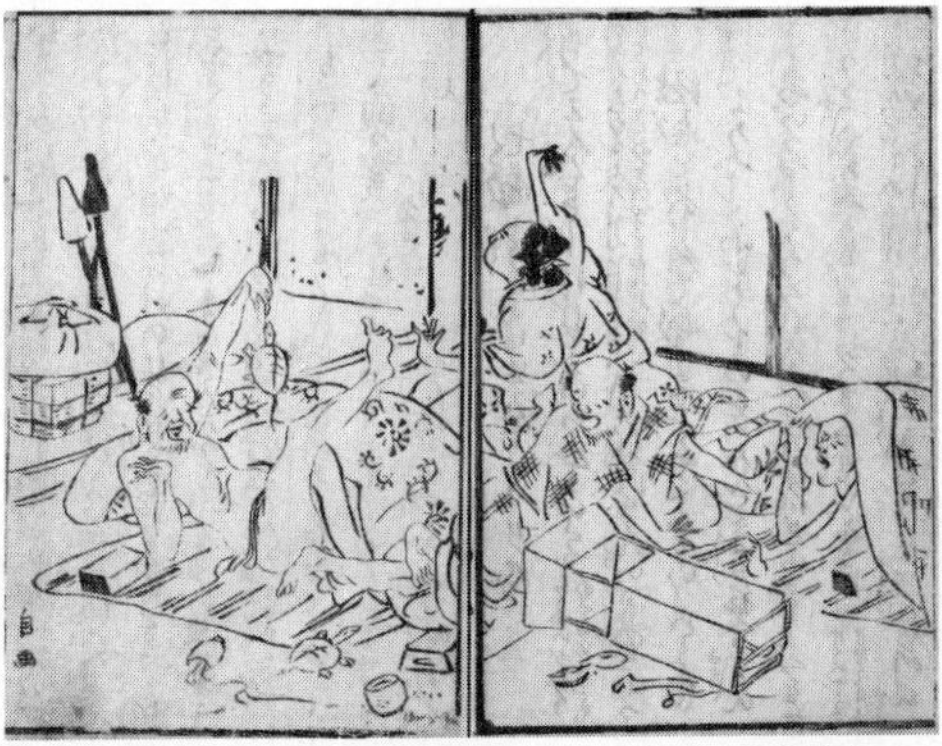

図３　指をすっぽんに噛まれる弥次さん（左）を見て笑う喜多さん（右から２人目）。２人は同じ部屋に泊まる。十吉はすでにいない。左角に「自画」とあり、一九自ら描いたユーモラスな挿絵。『東海道中膝栗毛』（国立国会図書館蔵）。

さんの顔にべったり。慌てて摑もうとした指先に食いつく。飯盛女も起きて、一同大騒ぎのなか、手水鉢《ちょうずばち》の水に指をつけると、なんとかすっぽんは指を離してくれた。しばしまどろむうちに明け方となり、ふと見ると、十吉がいない。慌てて胴巻きの中に隠してあった財布を振ると、お金ではなく石ころがぽとり。やられた……。「護摩《ごま》の灰」（旅人を騙して金品を掠め取る盗人、の意）に痛い目に遭わされたのでした。

旅行のハウ・ツーをまとめた『旅行用心集』には、「人を見たら盗人と思え」と力説されています。「『旅は道づれ世は情け』は、盗人側のセリフだ」とは名言です。また、古今東西、旅の鉄則ですが、全財産を一か所にまとめてはいけません。着物の衿《えり》や帯に縫い込んだり、脇差《わきざし》に偽装した小銭入れを使ったり、様々な工夫がされていました。

さて、懐が寂しくなった二人は、あちこちで猫ババと値切りを繰り返します。

大井川の渡しでのこと。川留《かわど》めが解除されたばかりで、川の水位が高く、値段の安い肩車での渡河は危険なので、輦台《れんだい》に乗った方がよいと川越人足に言われます。しかし二人で八百文とは高すぎる。そこで、弥次さん、人足の賃銭を定める問屋に直接交渉しようとします。武士の方が有利だろうと、脇差を大小の刀に見せかけて侍に変装しますが、欲張って値切ったり、辻褄が合わなかったりで素性を疑われ、最後は中身のない鞘《さや》が途中で折れてしまって万事休す。これは失敗に終わりました。二人の名誉（？）のために言えば、少額の値切りは首尾上々、三文のうずら焼きを二文に値引きさせ、十六文の藁《わら》

図4　安倍川を対岸に向かうグループは、輦台に駕籠ごと乗った女性、板に直接座る女性、人足に肩車される男女の計4人。種類と人足の数によって川渡し銭が異なる。『東海道五拾三次』より「府中 安倍川」（国立国会図書館蔵）。

草履《ぞうり》を十四文で買うことに成功しています。無茶苦茶な言い分を押し通す口八丁手八丁はさすがの一言ですが、一文をめぐってあまりにけち臭い。もはや値切ることを楽しんでいるかのようです。

　東海道を往く旅人にとって、ご当地の名物に舌鼓を打つことも楽しみのひとつでした。鶴見の米饅頭、府中の安倍川餅、鞠子（丸子）のとろろ汁、荒井（新居）の鰻の蒲焼、桑名の焼き蛤……二人のグルメには、つい涎《よだれ》が出てきます。山も川も海もあり、適度な距離に宿場が置かれた東海道は、景色はもちろんのこと、食べ物にも楽しみの尽きない旅路だったのでしょう。

　迷コンビの珍道中は万事この調子で、

無事に伊勢神宮に到達、さらに京都や大坂を見物しているのですが、お金を盗られても意にも介さず旅を続けていきます。実際のところ、江戸から伊勢神宮に参詣するためには、どれほどのお金が必要だったのでしょうか。

武蔵国多摩郡喜多見（現在の東京都世田谷区）の農民、田中国三郎が書いた「伊勢参宮覚」には旅程と一緒に旅の収支が記録されています。弘化二年（一八四五）一月、国三郎は、村人三十三人から金一両二朱と銭五貫六百文を餞別としてもらい、江戸を出立。東海道を進み、伊勢神宮参詣を果たします。さらに、奈良や大坂を経て、讃岐国の金毘《こんぴ》羅宮《らぐう》まで足を延ばし、安芸国の宮島経由で大坂に戻り、京都の諸寺を巡り、最後は中山道で善光寺まで参詣して、三月に江戸に帰りました。締めて八十六泊、かかった費用は五両五貫七百七十一文。比較のため、文政年間（一八一八〜三〇）の棟梁ではない大工の年収を見ると金約二十六両で、支出を差し引くと金約一両程度が残るかどうかといったところでした（『文政年間漫録』による）。餞別があったとはいえ、なかなか豪勢な周遊旅行です。一生に一度というのも頷けます。

それにしても江戸から中国・四国まで周遊するのにかかった日数がわずか三か月弱。当然ながら、徒歩です。その健脚ぶりには驚かされます。途中でお金がなくなったり、行き倒れてしまう人はいなかったのでしょうか。そうした緊急事態では、旅行者必携の「往来手形《おうらいてがた》」が威力を発揮するのですが、それはまた別の機会に。

【参考文献】

金森敦子『伊勢詣と江戸の旅 道中日記に見る旅の値段』(文春新書、二〇〇四年)
『古地図・道中図で辿る東海道中膝栗毛の旅』(人文社、二〇〇六年)
谷釜尋徳『歩く江戸の旅人たち　スポーツ史から見た「お伊勢参り」』(晃洋書房、二〇二〇年)

文春文庫

孤《こ》愁《しゅう》ノ春《はる》

居眠《いねむ》り磐音《いわね》（三十三）決定版《けつていばん》

定価はカバーに表示してあります

2020年7月10日　第1刷

著　者　佐《さ》伯《えき》泰《やす》英《ひで》

発行者　花田朋子

発行所　株式会社　文藝春秋

東京都千代田区紀尾井町 3-23　〒102-8008
TEL　03・3265・1211㈹
文藝春秋ホームページ　http://www.bunshun.co.jp

落丁、乱丁本は、お手数ですが小社製作部宛お送り下さい。送料小社負担でお取替致します。

印刷製本・凸版印刷

Printed in Japan
ISBN978-4-16-791528-5

「居眠り磐音」

主な登場人物

佐々木《ささき》磐音《いわね》

元豊後関前藩士の浪人。直心影流の達人。旧姓は坂崎。師である佐々木玲圓の養子となり、江戸・神保小路の尚武館佐々木道場の後継となった。

おこん

磐音の妻。磐音が暮らした長屋の大家・金兵衛の娘。今津屋の奥向き女中だった。

今津屋吉右衛門《いまづやきちえもん》

両国西広小路の両替商の主人。お佐紀《さき》と再婚、一太郎が生まれた。

由蔵《よしぞう》

今津屋の老分番頭。

佐々木玲圓《ささきれいえん》

直心影流の剣術道場・尚武館佐々木道場を構える。内儀はおえい。

速水左近《はやみさこん》

将軍近侍の御側御用取次。佐々木玲圓の剣友。おこんの養父。

依田鐘四郎《よだかねしろう》

佐々木道場の元師範。西の丸御近習衆。

目次

文春文庫

更衣《きさらぎ》ノ鷹《たか》

上

居眠り磐音（三十一）決定版

佐伯泰英

松平辰平《まつだいらたつへい》
佐々木道場の住み込み門弟。父は旗本・松平喜内《きない》。廻国武者修行中。

重富利次郎《しげとみとしじろう》
佐々木道場の住み込み門弟。土佐高知藩山内家の家臣。

霧子《きりこ》
雑賀衆の女忍び。佐々木道場に身を寄せる。

小田平助《おだへいすけ》
槍折れの達人。佐々木道場の客分として長屋に住む。

品川柳次郎《しながわりゅうじろう》
北割下水の拝領屋敷に住む貧乏御家人。母は幾代《いくよ》。

竹村武左衛門《たけむらぶざえもん》
陸奥磐城平藩下屋敷の門番。早苗など四人の子がいる。

弥助《やすけ》
「越中富山の薬売り」と称する密偵。

笹塚孫一《ささづかまごいち》
南町奉行所の年番方与力。

木下一郎太《きのしたいちろうた》
南町奉行所の定廻り同心。

徳川家基《とくがわいえもと》
将軍家の世嗣。西の丸の主。

小林奈緒《こばやしなお》
磐音の幼馴染みで許婚《いいなずけ》だった。小林家廃絶後、江戸・吉原で花魁《おいらん》・白鶴《はっかく》となる。前田屋内蔵助に落籍され、山形へと旅立った。

坂崎正睦《さかざきまさよし》
磐音の実父。豊後関前藩の藩主福坂実高《ふくさかさねたか》のもと、国家老を務める。

『居眠り磐音』江戸地図

新吉原
東叡山 寛永寺
山谷堀
待乳山聖天社
今戸橋
向島
上野
下谷車坂町
浅草
浅草寺
聖天町
竹屋ノ渡し
不忍池
下谷広小路
新寺町通り
新堀川
花川戸町
常泉寺
源森川
業平橋
吾妻橋
品川家
小梅村
十間川
首尾の松
北割下水
今津屋
石原橋
本所
吉岡町
天神橋
法恩寺橋
新シ橋
浅草御門
柳原土手
南割下水
両国橋
金的銀的
横川
入江町
長崎屋
回向院
松井橋
竪川
薬研堀
浮世小路
若狭屋
大川
鰻処宮戸川
六間堀
魚河岸
猿子橋
新高橋
日本橋川
新大橋
小名木川
日本橋
鎧ノ渡し
万年橋
霊巌寺
深川
亀島橋
金兵衛長屋
砂村新田
八丁堀
霊岸島
永代橋
仙台堀
永代寺
鉄砲洲
富岡八幡宮
越中島
堺橋
佃島

護国寺
中山道
日光御成街道
面影橋
小石川
伝通院
本郷
石切橋
豊後関前藩
上屋敷
湯島天神
牛込
神田川
神田明神
牛込御門
水道橋
表猿楽町
尚武館佐々木道場
駒井小路
駿河台
筋違橋御門
昌平橋
田安御門
市谷八幡宮
神保小路
九段坂
俎橋
雉子橋
内藤新宿
四谷大木戸
市谷御門
一橋御門
千鳥ヶ淵
鎌倉河岸
四谷
善国寺谷通
麹町
江戸城
本丸
竜閑橋
四谷御門
大手御門
半蔵御門
西の丸
一石橋
道灌堀
平川天満宮
和田倉御門
呉服町
馬場先御門
鍛冶橋御門
南町奉行所
比丘尼橋
清水谷
溜池
数寄屋橋御門
三十間堀川
氷川明神
木挽橋
原宿
木挽町
愛宕権現
長谷寺
増上寺
宝泉寺
麻布広尾町
芝
麻布村

本書は『居眠り磐音　江戸双紙　更衣ノ鷹（上）』（二〇一〇年一月　双葉文庫刊）に著者が加筆修正した「決定版」です。

編集協力　澤島優子
地図制作　木村弥世

更衣ノ鷹（上）

居眠り磐音（三十一）決定版

第一章　お告げ

一

昼下がりの大川が春の陽射《ひざ》しにきらきらと煌《きら》めくなか、注連縄《しめなわ》がゆらゆらと、本所の岸から深川へといくつも流れていく。

小正月、京も大坂も江戸も門松や注連縄を外した。左義長《さぎちょう》の行事だが、悪魔を祓《はら》う意が込められていたとか。

上方では俗にとんどと呼び、河原や空き地に門松や注連縄を積み上げて盛大に燃やし、左義長を行った。

一方、江戸では名物の火事を警戒して左義長を禁じたので、注連縄を家の庭でひっそりと燃やしたり、川に流したりしたのだ。

初めて両国橋を渡る小田平助《おだへいすけ》は、川を流れる注連縄や行き交う大小の舟に目をやるどころではなかった。橋を渡る老若男女の数に驚いて口も利《き》けない様子だった。両眼を見開き、

「こりゃ、祭じゃろうか。どえらい日に若先生の供ば申し付こうたたいね」

と口まであんぐりと開け、足早に先を急ぐ江戸の人々を見送った。

「平助どの、いかがなされた」

数間先から、刀袋に入れた備前包平《びぜんかねひら》を手にした佐々木磐音《ささきいわね》が平助に声をかけた。

槍折《やりお》れの達人小田平助が神保小路《じんぼうこうじ》の尚武館《しょうぶかん》道場の長屋に住み始めておよそ二十日が過ぎようとしていた。

朝稽古《あさげいこ》の後、朝と昼を兼ねた食事を終えた磐音は、おこんに外出することを告げた。

「本所に鵜飼百助《うかいももすけ》様を訪ねる」

「鵜飼様になんぞお持たせ物があったかしら」

おこんはそのことを案じた。

「包平を研ぎに出そうと思うてな。手土産《てみやげ》の要はあるまい」

「どなたかお供をお連れですか」

「小田平助どのに同行願おうと思う」

「それはよい考えにございます。鵜飼様と小田様なら、きっと話が合いましょう」

「おこん、小田どのにそう願うてくれぬか。書状を何通か認《したた》めた後、尚武館を出る」

　磐音がさらにそう告げると、

「私から若先生にくれぐれも願うてくれ、と小田様から頼まれていることがございます」

「なにかな」

「小田どのと呼ぶのをなんとしてもやめさせてほしいとのことです。主《あるじ》が家来を敬称で呼ぶのはおかしいと、ほとほと困ったようなお顔をなさって相談なさいました」

「小田どのではおかしいかな」

　おこんが笑い、

「ただの主従でも師弟でもございません。長屋にはお住まいですが、小田様は尚武館の客分でもございます。平助どの、と名で呼ばれるのはいかがですか」

「小田どのより親しみが湧《わ》くかな」

磐音はおこんの前で何度か、

「平助どの、平助どの」

と名で呼ぶ練習をした。

二人が尚武館を出たのは八つ（午後二時）過ぎになった。予想外に返書が溜《た》まっていたからだ。ゆえに両国橋に差しかかったときは、すでに八つ半（午後三時）に近かった。

「若先生、なんぞ変事でもあったとやろか。途方もなか人間がくさ、ちぢくれもうて橋ば渡りよるたい」

「格別変事があったわけでも、また祭礼の日にあたったわけでもございません。江戸城下と本所深川を分かつ大川に架《か》かる両国橋、いつでもこのような賑《にぎ》わいでございます」

「なんちな、これが常態《ふつう》と言わるるな。江戸はやっぱ日本一の都たいね。それにしてんたい、江戸の人は足が速かばい」

平助に言われて、磐音は明和《めいわ》六年（一七六九）、藩主福坂実高《ふくさかさねたか》の参勤に伴い、初めて江戸に来た頃の記憶を蘇《よみがえ》らせた。

江戸の人々は万事が性急だった。そのことに戸惑った思い出があった。

「いつしかそれがしも、江戸の人々の早口早足に慣れてしまったようです」

「わしゃ、慣れきらん」

平助が呟《つぶや》き、それでもなんとか両国橋を渡り切った。だが、そこでまた足が止まった。

「こりゃ大事《おおごと》たい。人波を突っ切るだけでん大仕事ばい」

「平助どの、それがしの背に従うてくだされ。迷子になってもいかぬでな」

「こん歳《とし》で迷子はちと恥ずかしかろ。若先生の尻《しり》っぺたにひっついて歩こ」

小田平助が磐音の背に回った。その小田平助がほっと安堵《あんど》の吐息を洩《も》らしたのは、回向院《えこういん》北側の通りに入った辺りだ。

回向院と武家地に挟《はさ》まれた通りは東広小路のざわめきが嘘《うそ》のように消えて、人影もまばらだった。ただ静かに昼下がりの陽射しが降っていた。

「江戸は広かね。こげんとこで暮らしきろうか」

「平助どの、人というものは慣れていくものです」

「若先生はくさ、若いけん慣れなさったたろ。ばってん小田平助、いささか不安たいね」

平助は正直な感想を洩らした。

本所吉岡町の町屋から北に入った武家地の一角に、御家人鵜飼百助の屋敷はあったが、傾きかけた冠木門《かぶきもん》は変わらず閉じられていた。

磐音がいつものように、砂を入れた貧乏徳利が内側にぶら下げられた通用口から敷地に入り、平助を呼んだ。

「こちらはどなたのお屋敷やろか」

平助が辺りを見回すと、その問いに答えるように、刃《やいば》が長閑《のどか》にも砥石《といし》を滑る音が響いてきた。

「うん、だいか刀研ぎばやってござる」

「鵜飼百助様と申されて、身分は御家人なれど、刀の研ぎと鑑定にかけては当代一の腕前のお方です」

「御家人さんが刀研ぎな。江戸らしか話たいね」

天神鬚《てんじんひげ》の百助の研ぎ場の前には石榴《ざくろ》の木があり、冬を過ごした実がいくつも赤茶けて残っていた。

「ご免くだされ」

磐音が訪《おとな》いを告げて研ぎ場に入ると、中砥《なかと》を使っていた百助が顔を上げて会釈《えしやく》をし合った。次いで磐音が研ぎ場の神棚に向かって拝礼すると、磐音に従ってきた平助もそれに倣《なら》った。

改めて百助に向き直った磐音が、

「いささか時節を失しましたが」

と断って年賀の挨拶《あいさつ》をなした。

「佐々木若先生、ご丁重なる年賀のご挨拶、痛み入ります」

と笑った百助が、磐音の腰の一剣と手にした刀袋を見た。

「備前包平の手入れに来られたか」

作業を中断して百助が立ち上がった。

「注文が立て込んでおりましょうか」

「包平は格別にござるぞ。噂《うわさ》によれば、西の丸に剣術指南に行かれるとか。さすれば日頃より使い慣れた刀がのうてはいかぬでな」

「かたじけのうございます」

磐音が包平を差し出すと、百助は両手で恭《うやうや》しく受け取り、神棚に向かって捧げた後、研ぎ場に造られた板の間にひと先《ま》ず丁重に置いた。

「鵜飼様にご紹介いたします」

「お連れの方じゃな」

研ぎ場の佇まいを興味深げに見回していた小田平助が、百助を見てぺこりと頭を下げた。

歳は天神鬚のほうが十ほど上か。だが、小柄な体付きといい、雰囲気といい、二人は兄弟のように似ていた。

「小田平助どのと申され、さる西国の大名家に仕えておられましたが、ゆえあって辞され、以来諸国武者修行の旅を続けてこられました。富田天信正流《とだてんしんしょう》槍折れ術の達人にて、尚武館では客分を願うたところです」

「槍折れとは、珍しい武術を修行なされたもので」

「奉公ち言うてんたい、国境《くにざかい》に近い湊《みなと》番屋の小者《こもの》扱いの下士たいね。剣術の相手などおりまっせん、できそこない番士の腰はただの飾りもんやもん。折れ槍を振りまわすくらいが関の山やったと」

「このご時世とは申せ、槍折れ一つで世間を渡ってこられたとは、なかなかの腕前にござろうな」

百助が磬音に言いかけ、それでも研ぎ師の癖か平助の腰の一剣を見て、

「ふむ」

と洩らした。

「いけんいけん。わしの刀はおまえ様のような名人上手の目を汚すだけたいね。十年以上も前、因幡《いなば》領内で、因縁あって得たがたぴし丸。かっこばかりの刀たい。大根を斬《き》るのが関の山やろ」

薄暗い研ぎ場の明かりではただ塗りの剝《は》げた鞘《さや》と地味な柄巻《つかまき》だった。

「因州《いんしゅう》で手に入れなさったたか。拝見いたそう」

気に食わぬ客なら、何十両何百両の研ぎ代を積まれても見向きもしない名人気質の百助が自ら望んだ。

平助が困惑の体《てい》で磐音を見た。

「鵜飼様が自ら請われるなど滅多になきこと。平助どの、差し支えなくば鑑定を願うてはいかがか」

磐音に命じられた平助は、

「恥ばかきに来たばい」

とぶつぶつ言いながらも、

「錆《さび》くれ刀ばい。あとで、なんでこげん刀ば見せたと怒ってん知らんばい」

と念を押した。

かった。

「構わぬ」

百助にさらに言われた平助が、腰からそろりと一剣を抜いて差し出した。

磐音も初めて小田平助の刀に注意を払った。外見からは格別な拵《こしら》えとも思えなかった。

百助が柄《つか》から鐺《こじり》までをじっくりと眺めた。

「柄巻は布着漆塗片手巻か、鞘の拵えは青貝磯草笛巻塗と見た。古びてはおるが、いずれ京近くの名人の手にかかったものであろうか」

と呟いた百助が、外から光が射《さ》し込む戸口に鐺を向けて、

すいっ

と刀を抜いた。

平助は錆くれ丸と称したが、刃渡り二尺一寸二分余、優美な打刀《うちがたな》であった。

「そなたが手に入れて十年余、手入れがなされたふうはござらぬな」

「鵜飼様、研ぎに出す余裕など、こん小田平助にはございまっせんもん」

「おそらくそなたが手に入れられる以前から二十年三十年と、研ぎはなされておるまい」

「ほれ、みらんね。わしが言うたやろが、錆くれ丸ち」

百助の厳しい眼差《まなざ》しが刃区《はまち》から刃先を伝い、ふくらまで丹念に検証し、さらに平地、鎬地《しのぎじ》、棟を眺め戻って、

「うーん」

と唸《うな》った。

「錆くれ刀ばいくら眺めてん、名のある刀には化けんたい」

困った顔の平助が百助に手を差し出した。取り戻すつもりのようだ。

「研いでみたい」

と百助が言い、

「ひえっ」

と驚きの奇声を平助が上げた。

「名のある刀鍛冶《かたなかじ》のお作ですか」

磐音が口を挟んだ。

「因幡小鍛冶《こかじ》景長《かげなが》か、その流れと見た」

「因幡の刀鍛冶てな、わしゃ、知らんたい」

と応じた平助が、

「困ったばい」

と呟いた。

「差し障《さわ》りがおありですか。代わりの差料《さしりょう》なら養父《ちち》に願うてみます。この腰の藤《ふじ》原忠広《わらただひろ》も養父からの借りものです」

「大先生の刀を、小田平助がどげんして差せまっしょうか。わしの刀は腰の飾り、のうてん構わんたい」

「ならば、なにが」

「若先生、内緒で訊きますばい。こん鵜飼様の研ぎ代は高かろうな。わしは光りものの金子《きんす》はなんも持っとらん」

平助の悩みを聞いた百助老が笑い出した。

「おもしろき御仁じゃな。気に入った」

と磐音に言った百助老人が、

「研ぎ代など斟酌《しんしゃく》無用。この天神鬚の我儘《わがまま》にござる」

「なんちな、ただでくさ、錆くれ丸ば研ぐちな。若先生の知り合いは変わりもんが多かたいね」

「お預かりしてよろしいか」

「構わん構わん」

平助はあっさりと差料を鵜飼百助に預けた。

「こいでくさ、腰のあたりがすかすかしてくさ、軽うなったばい」

「いくら軽くなったとは申せ、尚武館の客分が無腰ではいかぬ。しばし待ちなされ」

百助老が、磐音の包平と平助の刀を持って研ぎ場から母屋に姿を消した。

「わしゃ、無腰でん構わんが、尚武館の体面に関《かか》わろうか」

「尚武館うんぬんは別にして、平助どのほどの槍折れの名人がやはり無腰では寂しかろう。ここは鵜飼様にお任せなされ」

「刀研ぎの名人には立派な山羊鬚が生えてござるな」

平助がぼそぼそ呟いていると百助老が、

「銘はないが相州鎌倉一文字派《そうしゅうかまくらいちもんじ》の刀鍛冶が律儀に仕事したものでな、いつの頃から か、うちの刀簞笥《かたなだんす》の肥やしになっておった。刃渡り二尺七分、使うてみなされ」

と平助に渡した。

鞘は渋い黒塗大小拵えか。

「拝見してようござるか」

刀を渡された平助の言葉遣いが変わり、そろりと抜いた。箪笥の肥やしになっていたと説明された刀だが、研ぎ師の持ち物、手入れがしっかりとなされていた。

平助が片手に立てて障子を透かす光に翳《かざ》した。

直刃《すぐは》足入《あしい》り、互《ぐ》の目《め》乱れと相州派の特徴を持つ二尺七分が鈍い光を受けて、静かに光った。

「ううーん」

平助が唸った。

「どうなされた」

「わしゃ、よう持ちきらん」

「なあに、無銘の剣じゃ。随意に使いなされ」

「天神鬚の百助様の研ぎがまた凄《すご》か。こりゃ、人が研いだと思えんたい」

「人が研がねばたれが研いだな」

と百助が笑い顔で訊いた。

「神様が研ぎなさったと違うやろか。刃に一点の邪心ものうて、研ぎ師の無心が見えるごたる」

「うわっはっは」

百助老が破顔した。

「平助どの、使うてみなされ」

磐音の言葉に、平助は腰帯に相州鎌倉一文字派の流れと見られる剣を差すと、研ぎ場の天井から壁へと空間の間合いを確かめた。

「鵜飼百助様、使わせてくだされ」

改めて願った平助は百助と磐音に一礼すると、虚空の一点に視線を定めた。じりじりと左右の足が研ぎ場の土間に動いて腰が沈んだ。

「はっ」

と無音の気合いが発せられたかと思うと、二尺七分の剣が光になって研ぎ場の薄暗い空気を両断して引き付けられ、さらに上段に差し上げられた刃が流れるように八の字に斬り分けた。

小田平助は、槍折れの名人だけではなかった。磐音が想像したよりも一段も二段も上の剣の遣い手であった。

「さすがは尚武館、天下の人士が集まりおるわ」

と呟いた百助老が、

「小田どの、そなたの手にある以上はどのような使い方をしようと構わぬ。研ぎが要《い》るようならばいつでも持参なされ」

と平助に貸し与えた。

二

本所吉岡町の鵜飼家を辞した磐音と平助は、北割下水の品川柳次郎《しながわりゅうじろう》の屋敷に足を向けた。平助が尚武館に居つくならば、本所深川の知り合いを紹介しておいたほうがよかろうと思ったからだ。

近頃小まめに手入れがなされる品川家の門外に胴間声《どうまごえ》が響いてきた。

「幾代《いくよ》様、それがしなにも柳次郎を悪所に誘うたつもりはござらぬ。これは男同士の冗談にござるぞ。それを真に受けて薙刀《なぎなた》などを持ち出されるとは、いささか大袈裟《おおげさ》にござろう」

武左衛門《ぶざえもん》の言い訳とも訴えともつかぬ言葉に、

「その言いようがすでにおかしい。そなたは安藤《あんどう》家の門番に就かれたことをお忘れか。それがしなどと、まだ侍気分を残しておられる。未練たっぷりのその根性があさましや」

と幾代の怒りを含んだ声が応じた。

「こちらはどちら様の屋敷やろか。日中から派手な夫婦喧嘩《げんか》をしてござる」

平助は品川屋敷の名物、幾代と竹村《たけむら》武左衛門の掛け合いを夫婦喧嘩と勘違いしたようだった。

「平助どの、夫婦喧嘩ではございませぬ」

「なんてな。ありゃ、夫婦喧嘩と違うてな」

新春の陽射しが降りそそぐ品川家の縁側の前に、武左衛門が腰が引けた格好で立ち、小脇《こわき》に薙刀を掻《か》い込んだ幾代が柳眉《りゅうび》を逆立てて仁王立ちになっていた。

「口が滑っただけで、それがし、いや、武左衛門、二本差しに未練など残しておりませんぞ」

「柳次郎は近々椎葉《しいば》有《ゆう》様を嫁に迎えるところ。その柳次郎に、深川櫓下《やぐらした》にいい遊女がおるとは、なんという言い草ですか」

幾代の激昂《げっこう》するかたわらでは、柳次郎が平然と内職の材料の竹を割っていた。

その顔が磬音と平助に気付いて、にっこりと笑った。

「おや、こちらは品川様のお屋敷たいね。若先生は夫婦喧嘩ではなかち言いなはるし、宮地《みやち》芝居の稽古《けいこ》やろうか」

「芝居の稽古ですと」

幾代の視線がぎらりと訪問者を見て、慌《あわ》てた。

「おや、これは尚武館の若先生とお供の方でしたか。お見苦しいところをお目に

かけましたが、私どもは決して夫婦などではございませんぞ。そのようなお言葉

はなはだ心外にございます」

幾代が平助に言い訳し、慌てて薙刀を下ろすのを見た武左衛門が、大きな手を

顔の前でひらひらとさせ、

「幾代様が女房などとは滅相もない」

と大声を出したのを、

ぎらり

と幾代がまた睨《にら》み据えた。すると武左衛門が大きな体を縮めた。

「母上、いつまで武左衛門の旦那《だんな》を相手に遊んでおられるのです。小田平助様が

驚いておられますぞ」

柳次郎が注意した。

「小田平助様。どなたです、柳次郎」

「いつぞや、尚武館に槍折れの名人が客分として住み込みなされたとお話しした

はずです。母上の薙刀と違い、小田様の槍折れは名人達人の域に到達しておられます。ささっ、薙刀など早く奥に仕舞ってください」

幾代が慌てて薙刀を奥へと持っていった。すると武左衛門が幾代に代わって、
小田平助の小さな体を見下ろし、

「おお、早苗《さなえ》から聞いた聞いた。柳次郎は名人達人と買い被《かぶ》ったような言い草じゃが、案外小さいのう」

と平然とのたまったが、なぜかお仕着せの半纏《はんてん》の腰帯に白梅の一枝が差されていた。

「旦那、そのようなことを言うておると、小田様の槍折れの業前で叩《たた》きのめされるぞ」

「この顔がそれほど強いか」

武左衛門が平助を見た。

「若先生、分かったばい。こんとぼけた大男どのは、早苗さんの親父ばいね」

「いかにもさようです」

「こりゃ、身内が苦労をしなさるわけたい」

平助が自ら得心したように呟いたところに、縁側に戻ってきた幾代が、

れているのです」

「小田様、ようお察しなさいました。身内どころか周りの者までが迷惑をかけら

「ほうほう」

「なにがほうほうじゃ。早苗が世話になると思えば我慢もしようが、他人なれば

刀の錆にしてくれん」

武左衛門が吐き捨てた。

「旦那、母上がまた立腹なさるぞ。もはや旦那は二本差しの武士ではない。安藤

家の門番じゃ。それを選んだのは旦那自身」

「分かっておるわ、柳次郎」

武左衛門が肩を落とした。

「竹村さん、本日はお屋敷のご奉公はよいのですか」

「このところ働き詰めゆえ半日の休みをとれ、と用人どのから許しを得たのだ。

そこで屋敷に咲いた早咲きの梅の一枝を風流にも届けんと貧しき御家人の品川家

を訪れたところ、幾代様の逆鱗《げきりん》に触れたというわけだ。なんだか損をしたような

気がする。おれは去《い》ぬぞ」

と武左衛門が門へと歩みかけ、

「いつまでいても、この家では渋茶一つ出ぬでな」

と捨て台詞《ぜりふ》まで吐いた。

「わが家とて相手が相手なれば、宇治であろうと灘《なだ》であろうとお出しいたします」

と幾代が受けるのへ、

「母上、旦那を相手に見栄など張る要もございますまい」

と注意をした柳次郎が、

「佐々木さん、内職のきりが付きました。偶《たま》には地蔵《じぞう》の親分のところで一献いかがですか」

「内職の邪魔をしたのではありませんか」

「偶には母上の怒鳴り声が聞こえぬところで、倅《せがれ》も羽を伸ばしたいのです。それに小田様を驚かせてばかりでは、北割下水の御家人はなんと情なしかと謗《そし》られましょう」

「そろそろ夕暮れ、ご酒《しゅ》を飲むにはよい刻限です」

と磐音が笑ったとき、そおっと武左衛門が戻ってきた。

「おや、旦那、去んだのではなかったのか」

「話がそう展開するのであれば、竹村武左衛門、万難を排してお付き合いいたそう」

「たれも頼んではおらぬが」

と柳次郎が呟き、幾代が、

「柳次郎、いつも若先生に馳走《ちそう》していただくばかりでは相すみませんぞ」

と財布から小粒をつまんで差し出した。

「母上、それがし、近々嫁を貰《もら》う身にございます。七つ八つの子ではございませんぞ」

「酒代はお持ちか。竹蔵《たけぞう》親分に借りるなど、みっともない真似《まね》をしてはなりませんぞ」

はいはい、と返事をした柳次郎が前掛けを外して竹ひごの削りかすを裾《すそ》から叩《はた》き落とすと腰に脇差《わきざし》を差し、手に大刀を持って縁側から下りた。

「そなたら、気の毒じゃのう。人斬り包丁を腰に差して重かろう。わしのようにいっそ綺麗《きれい》さっぱり捨てる気にならぬか」

「旦那、わずかな扶持《ふち》でも先祖代々守ってきたのは、公方《くぼう》様の家来という矜持《きょうじ》だ。そう易々と武士の魂を捨てられるものか」

ふーん、と武左衛門が鼻で返事をして、小田平助の一本差しの腰を見た。

「槍折れの旦那、なかなかいい刀を差しておるではないか。その手入れ具合なら、質屋に持ち込めば二分三分は黙って貸してくれような」

と言うと、拝見いたそうと柄に手を伸ばした。

小田平助の片手が躍り、武左衛門の無骨な手をぱちりと叩いて動きを止めると、その手が柄にかかり、一気に抜き上げた。

磐音は、武左衛門と平助の間が半間とない空間で抜き打たれた迅速さに驚いた。平助は居合い術もなかなかの腕前だった。

くるり
と刃が回り、柄と切っ先の棟を両手に捧げた平助が、

「わしの差料ではございまっせんたい。若先生と天神鬚の鵜飼百助様の研ぎ場にくさ、立ち寄ったと思いなっせ。わしの腰の刀の手入れの悪さにくさ、驚かれた百助様が、手入れをする間、これば持てち言うてたい、貸してくれたとですもん」

と言った。

武左衛門は未だ自分の腹前で遣われた居合いの技に顔を強張《こわば》らせ、立ち竦《すく》んで

いたが、ふうっ、と大きな息を吐き、

「この剽軽者《ひょうきん》、剣呑《けんのん》な男だぞ。若先生、尚武館を乗っ取られはせぬか」

ととんでもないことを案じてみせた。

「旦那、たれもそなたに小田平助様の人柄を見てくれとは頼んでおらぬ。佐々木玲圓《れいえん》大先生と若先生が見込まれたお人柄だ、間違いがあろうか」

「そうか、そうよのう」

と応じた武左衛門が、

「なかなかの逸品、眼福にござった」

と自らが所望した刀の鑑定をしようともせず馬鹿丁寧《ていねい》に礼を述べた。

「よう見とらんごとあるが、よかな」

「よかよか」

頷《うなず》いた平助の柄を握った右手首がくるりと返され、武左衛門の大きな体の前で翻《ひるがえ》ると鞘に納まった。

「うわわわっ」

と武左衛門が叫び、

「わしの腹を掠《かす》めて人斬り包丁が通ったぞ。危ないではないか」

磬音がしゃがんで武左衛門の足元からなにやら拾い上げ、武左衛門に見せた。

「なんだ、北割下水名物の藪蚊《やぶか》ではないか」

「竹村さん、とくとご覧なされ。白梅に止まっていた蚊はきれいに二つに斬り裂かれております」

「うーむ」

と磬音の掌《てのひら》の蚊を覗《のぞ》き込んだ武左衛門が、

「あわあわっ。この槍折れの旦那、わしの梅に止まる蚊を両断して鞘に納めたか」

「旦那、小田平助様の妙技を見たか。そなたが悪口雑言を吐くで、立腹なされたのだぞ」

柳次郎が磬音の手の蚊を見ながら言い、

「なんとも見事に胴が真っ二つにされていますよ、佐々木さん」

と感嘆した。

「小田平助どののこと、いまだよう知らぬようじゃ」

磬音も正直に呟いた。

「若先生、こげんことは座興たい。剣術とは関わりなか小技ばい」

当の平助は恥ずかしそうに答えたものだ。

地蔵の竹蔵親分の二階座敷で磐音、平助、柳次郎、武左衛門は、頂戴《ちょうだい》ものの鱲子《からすみ》と蒲鉾《かまぼこ》などを菜に酒を酌み交わした。その四人に途中から竹蔵親分も加わったところをみると、小正月の江戸は平穏無事のようであった。

「佐々木様、よい話はございませんので」

と竹蔵が言い出したのは、五人ですでに一升は飲み干した頃だ。

「よい話とはなんでござろうな」

「いえ、尚武館の跡取りの話ですよ」

「おこんが懐妊したふうはござらぬ。これればかりは天の授かりものゆえ、吉報を待つしか手はござらぬ」

「若先生、わしが子を授かるこつを伝授いたそうか」

すでにろれつの回らなくなった武左衛門が言い出し、柳次郎に、

「旦那、余計なお節介をいたさず、酒を飲んでおれ」

と注意されると、

「ならば、大きな器で」

と猪口《ちょこ》を茶碗《ちゃわん》に替えた。

磐音が見ていると、平助は猪口の酒を嘗《な》めるように飲みながら、腹蔵のない友同士の会話を、にこにこと楽しそうな表情で聞いていた。十をいくつか過ぎてよりの旅暮らし、このような付き合いは滅多になかったのかもしれない。

いつものように武左衛門が酔い潰《つぶ》れたところで、竹蔵親分自慢の地蔵蕎麦《そば》が供された。

「江戸の蕎麦はかようにしゃきしゃきしちょるな。喉《のど》ごしがようて、なんぼでん食えるごたる。こりゃ、美味《うま》か。初めてこげん美味か蕎麦を食うた」

平助は愛敬のある顔を満足げに崩した。

「小田様、お代わりをお持ちしましょうか」

「親分どの、もう十分に馳走になった。これ以上食うと、あん橋ば渡りきらん」

「蕎麦が食いたくなったら、いつでもうちにおいでなせえ」

「本気にしてよかろうか」

「よかよか」

と地蔵の親分も平助の言葉を真似て返した。

五つ半（午後九時）の頃合い、磐音と地蔵蕎麦で借り受けた弓張り提灯《ぢょうちん》を手にした平助は両国橋に差しかかっていた。

酔い潰れた武左衛門の世話を柳次郎と親分の手下《てか》に任せた二人は、足早に法恩寺橋から本所の武家地を斜めに突っ切り、ひっそりとした両国東広小路を抜けて橋の中ほどに出たところだった。

磐音と平助の足が止まった。

「異なことが」

「どげんしたな、若先生」

「人の姿が急に掻き消えたような」

弓張り提灯を突き出しながら平助が前後を見回し、

「たしかに、人ひとりおらんたい。ばってんこの刻限、ふらふらと橋を渡りよる酔狂者はそうおらんやろ」

「いえ、この橋が無人になるのは夜半から二刻（四時間）ほど」

前後から濃い靄《もや》とともに妖気《ようき》が押し寄せてきた。磐音にとって馴染《なじ》みの妖気と思えた。

「若先生、たしかに怪しげばい」

「油断めさるな、平助どの」

磐音の言葉に平助が畏《かしこ》まり、西広小路側の靄が渦を巻いて虚空に漂った。

こつこつこつ
と橋板を突く音が響いた。その音は間隔をおいて規則正しく突かれ、磐音らが足を止めた両国橋の中央に近付いてきた。

流れから風が吹き上がってきた。

そのせいで、杖《つえ》を突いた盲《めしい》の娘が顔を斜めに突き上げた格好で歩んでくるのが確かめられた。その背になにか負われていた。

剣客丸目喜左衛門高継《まるめきざえもんたかつぐ》の孫娘歌女《うため》と知れたが、なぜか盲の姿に変わっていた。

タイ捨《しゃ》流丸目高継は伝説の剣術家であった。

幼い日の磐音が初めてこの名に接したのは、豊後関前《ぶんごせきまえ》であった。

丸目は、人吉《ひとよし》街道加久藤《かくとう》峠で、武者修行の剣術家、富田《とだ》勢源《せいげん》直系の早乙女《さおとめ》治部《じぶ》左衛門《ざえもん》ら八人を一人で斬り伏せ、神格化された剣客だった。

数々の噂から推測するに齢《よわい》すでに百歳を超えたはずの剣術家丸目高継が、盲目の剣客として歌女と竹杖《たけづえ》に助けられて尚武館道場に姿を見せたのだ。

立ち合った磐音がまず歌女の薙刀と対決して破った。

そして、その後、表猿楽町《おもてさるがくちょう》の速水《はやみ》左近《さこん》邸に押し入り、主に危害を加えんとした丸目を、磐音は激闘の末にその左肘《ひじ》を斬り落としていた。

丸目喜左衛門と歌女は、いかなる理由から速水左近を殺害しようとしたのか。

推測するに、西の丸家基が十一代将軍位に就くことを阻止せんと、家基派の速水を取り除こうとしたとしか思えなかった。

聡明《そうめい》にして英邁《えいまい》な家基が西の丸を出て将軍の座に就くことは、屋台骨が大きくぐらついた幕藩体制を立て直す好機であり、望みであった。

一方、安永《あんえい》の政治を恣《ほしいまま》にする田沼意次《おきつぐ》、意知《おきとも》親子とその一派にとり、家基が十一代将軍に上がることは、

「田沼腐敗政治」

の一掃を意味していた。

田沼派は家基が西の丸を出て本丸入りすることをなんとしても阻止せんと、これまでもあらゆる手段を弄《ろう》してきた。それを速水左近らに阻まれてきたのだ。

伝説の剣術家は盲目の剣客として、磐音らの前に姿を見せた。それは家基を暗殺する切札としてか。

「あの娘はたれやろか」

「丸目喜左衛門高継どのの孫娘、歌女どのにござる」

「タイ捨流の丸目様なら何十年も前に死んどろうもん」

「いや、生きておられる」

「若先生、なんち言われるな。生きとりゃ、とうに百は超えとろうが、そりゃなかろ」

平助の返事には驚き以上の緊迫があった。そして、磐音と丸目らに因縁があることを即座に察した。

磐音は背後を振り返った。

本所側には渦巻く靄と妖気が漂うばかりで、人影はなかった。

磐音は歌女に歩み寄った。

三

磐音は歌女から七、八間のところで足を止めた。

平助もその背後に従っていた。

提灯の灯《あか》りに旅姿の盲の娘が浮かんだ。

「江戸に戻ってこられたか」

「爺様《じい》の恨《うら》み、晴らさでおくものか」

両眼をかあっと見開いた歌女が背に負った包みの紐《ひも》を片手でほどくと、茶色に皺《しわ》が寄ったものを磐音の足元に投げた。

ごろり
と橋の床に転がったものを平助の手の灯りが照らすと、木乃伊《ミイラ》化した片腕が浮かんだ。

磐音が表猿楽町の速水左近邸門前の戦いで斬り落とした、丸目喜左衛門高継の腕か。となれば、丸目と歌女との磐音への再戦の布告か。

「爺様は身罷《みまか》った」

歌女は磐音が予想もかけないことを口にした。

「なんと、丸目様が身罷られたとな。それがしのせいと言われるか」

「知れたこと」

と吐き捨てた歌女が、

「佐々木磐音、向後そなたの首を討つ役は、この丸目歌女に替わった」

「それを知らせに参られたか」

歌女は得意の薙刀を持参していなかった。無言裡《り》に磐音の前から引きさがる様子を見せた。

「歌女どの、丸目高継様が死、謹んでお悔やみ申す」

「言うな、佐々木磐音。そなたに、そのような言葉をかけられとうはない」

厳しい返答が戻ってきて歌女の目尻が吊《つ》り上がり、不意に哀《かな》しみにくれたような表情に変わった。

「そなたも承知であろう。そなたらが速水左近様に危害を加えんとした理由は別にして、それがしと丸目様との勝負、武人として尋常な戦いであった」

「爺様がこの世にいない哀しみが分かってたまるか」

五臓六腑《ごぞうろっぷ》を口から一気に摑《つか》み出すような激した哀しみが磐音にぶつけられた。

「いつの日か、そなたと戦うことになろうか」

「必ずや」

「丸目歌女どの、武芸者同士の勝負をしとうござる」

「佐々木磐音は一介の武芸者ではない。西の丸が背後におろうが」

と歌女は自らの立場をはっきりと告げた。

「そなたの後ろには田沼意次様が控えておられるか」

「もはや武芸者が武芸者として生きていける御世は遠くへ過ぎ去った、と爺様は常々言うておられた。この次、相見《あいまみ》えるときが佐々木磐音の死のときぞ」

総力戦になる、と言外に告げていた。

盲の真似に戻った歌女の姿が、
ふうっ
と虚空に浮かび、渦巻く靄の中に掻き消えた。するとそれに代わって無数の足音が、両国橋の前後からひたひたと押し寄せてきた。

「平助どの、橋の東側を願おう」

「心得申した」

平助は弓張り提灯を橋の欄干《らんかん》の下に置いた。

「若先生、鵜飼百助様から借りた刀ば使わせてもらいますばい」

そのとき磐音の脳裏に、

「剣は使う人ありて生きるものよ。慣れてみよ」

という言葉が浮かんだ。

藤原忠広を養父玲圓が磐音に貸し与えた際の言葉だ。そのことを思い出しながら、

「そなたの腰にあるとき、剣と遣う身は一心同体。自在に遣われよ」

「畏まって候《そうろう》」

平助が橋の真ん中に戻り、両国東広小路側から渦巻き押し寄せる靄を睨んだ。

磐音も両国西広小路に視線を戻し、戦いの構えをとった。

「若先生、丸目喜左衛門様が生きておったと聞かされてくさ、こん平助、魂消《たまげ》ました」

背から平助の声がした。その声音には諸国を長年行脚して武者修行を積んできた者ならではの、

「平静」

が感じられた。

剣術界の奥義《おうぎ》に達したものの中には往々にして、丸目喜左衛門高継のように現世の考えでは理解もつかぬ生き方をなすものがいた。そのことを、平助は体験を通して承知していた。

「参ります」

「承知」

短い言葉が交わされ、二人は眼前の敵に集中した。

磐音は見ていた。

濃い靄を突き破り、足利将軍家の時代の具足、胴丸《どうまる》に身を包んだ軍勢がひたひたと靄の中から姿を見せると、先陣を切る一人が刃渡り三尺を超えていると思われる野太刀《のだち》を抜き上げ、鞘を捨てた。この人物だけ、赤柄巻の野太刀に紫の房が飾られてあった。

後ろに従う軍勢もまた同じ胴丸に三十二間筋兜《すじかぶと》をかぶり、面頬《めんぼお》で顔を覆っていた。

磐音は軍勢の前に立つ紫房の武者が大将と見た。その者が野太刀を構えたまま、すいっ

と後退し、その左右から鎧《よろい》武者が押し寄せてきた。

磐音は藤原忠広を抜くと脇構えに流し、具足に覆われていない両腿《りようもも》の内側を狙《ねら》った。

ざくざくと武者草鞋《むしやわらじ》が両国橋の床板に音を立て、磐音を包み込むように襲いきた。

軍勢の中に飛び込んだ磐音と戦国武者の一団との乱戦になった。

磐音は下段から相手の内腿を斬り上げ、斬り上げ、一人また一人と斃《たお》していった。

磐音は手応《てごた》えから推測して、現《うつつ》の武芸者ではないことを悟っていた。

磐音は乱戦の向こうに控えた紫房赤柄巻の武者に目を留めると、右から襲いくる胴丸武者を蹴《け》り倒し、左の武者の内腿を斬り上げると、正面の武者に体当たりを食らわして、紫房赤柄巻の武者の前に出た。

「ござんなれ」

面頬の口からこの言葉が洩れた。

磐音は感じていた。

橋を埋め尽くす軍勢の中で実体を持つのは眼前の武者だけだと。

磐音は藤原忠広の棟を下に切っ先に左手を添えて、筋兜の下の面頬の口を狙った。

相手は三尺余の野太刀を上段に構えると、磐音の踏み込みに合わせて振り下ろした。

磐音も大胆に踏み込んで、突進してくる武者の面頬の口に藤原忠広の切っ先を突っ込んだ。

「ぐえええっ」

胴丸武者が立ち竦み、磐音が切っ先を見事に突っ込んだ面頬の口から死臭が漂ってきた。ために磬音の両手に相手の重みがのしかかってきた。

「南無妙法蓮華経《なむみようほうれんげきよう》、成仏得脱《とくだつ》なされ」

磬音の手から重みが消えた。

両国橋から靄が消え、戦国武者の軍勢が姿を消した。

「ふうっ」

磬音の背から小田平助が大きな息を吐いた音が伝わってきた。

「平助どの、怪我《けが》はござらぬか」

「なかなか。それにしてんたい、なかなかの道具立てたいね。こりゃなんの真似やろか」

「造作をかけました」

答えながら磬音は弓張り提灯に藤原忠広の刃を翳した。だが、刃こぼれ一つ、血の一滴も残っていなかった。

現の戦いではなかったのか。

磬音は忠広を鞘に納め、歌女が磬音に投げてよこした丸目喜左衛門の左腕を探した。だが、その腕はどこにもなかった。

「さてさて大騒ぎであったことよ」

平助が弓張り提灯を持ち上げて磐音の前を照らすように差し出すと、両国橋の西詰から職人風の男たちが酒に酔った様子でふらふらと歩いてきて、その後ろからはお店者《たなもの》と思える男が腹の前を片手で押さえて足早に姿を見せた。

懐《ふところ》にはかけとりの金子が納められているのだろう。

いつしか、いつもの両国橋の夜の風景に戻っていた。

「平助どの、戻りましょうか」

「小田平助、夢ば見たとやろか」

「夢と言えば夢、現と言えば現」

「若先生とおると退屈はしまっせんな」

「平助どの、両国橋上でのこと、腹に仕舞うておいてもらえませんか」

磐音は歌女が西の丸に言及し、磐音が田沼意次の名を出したことを聞き流すように注意すると、

「心得とります。なんやら小田平助、この世がおもしろうなったばい」

と平助が呟いた。

翌朝、磐音が道場に出るとすでに小田平助がいた。道場の四隅に行灯《あんどん》の灯りが

灯《とも》され、磐音が姿を見せるのを待ち受けていた様子があった。

「おはようござる」

「若先生も早いたいね」

「昨日の汗を稽古の汗で洗い流したい気持ちで道場に参りました」

「わしも同じ気持ちたいね」

武者集団との乱戦で、磐音も平助もぬめっとした汗に五体が塗《まみ》れていた。磐音は尚武館に戻り、湯殿で水を被ったがすっきりとはしなかった。どうやら平助も同じ気分のようだった。

「平助どの、お相手願えますか」

「お願い申します」

平助は槍折れを手にした。

「平助どの、今朝は竹刀《しない》稽古をいたしましょうか」

磐音は平助の秘めた業を知りたくて願った。

「なんち言われるな。竹刀ばこん平助に振り回せと言わるるな。こりゃ、魂消た、困ったばい」

と言いつつも平助は槍折れの棒を下げて、壁から竹刀を持ってきた。

「竹村さんとの、狭い間合いで遣われた抜刀術、感服いたしました。あの業、いずこで習得なされましたな」

「ああ、あん小細工な、見よう見真似と答えたかばってん、手本がなかことはなか。摂津《せっつ》におったときたい、伯耆《ほうき》流の居合いをようする爺様侍に出合うて教えられましたたい」

「片山《かたやま》伯耆守どのが流祖の伯耆流居合いでしたか」

「ばってん、その爺様侍の稲荷屋《いなりや》甚六《じんろく》様がくさ、ほんもんの伯耆流ばくさ、修行したかどうか、わしにはわからんたい」

「いえ、あの業は生半可な業の修行者ではございますまい。もっとも、平助どのが長年業に工夫を加えられて完成をみたようです」

「若先生、居合いはたい、そん技を使うぞと相手に悟られたらたい、もはや勝負は決したも同然、勝負になりまっせん」

とあっさり答えた平助が、

「竹刀稽古、宜《よろ》しゅう願いますたい」

二人は相正眼《あいせいがん》に構えた。

小田平助は五尺少々の小柄ながら大きな構えで、一尺余り大きな背丈の磐音に堂々と向き合った。

（これは）

磐音は、小田平助の剣術家としての力を見抜けなかった己の不明を恥じた。

槍折れの業に目がいき、小田平助の真の力を見ていなかったのだ。

「参ります」

二人は仕太刀《しだち》、打太刀《うちだち》の役を忘れて勝負形式の稽古に入った。

磐音が小田平助を攻めに攻めた。

これに対して平助は敏捷《びんしょう》に動いて磐音の間合いを避けようとした。そして、打ち込まれた磐音の竹刀を必死で弾《はじ》き返そうと試みた。

だが、力と若さと業の勝る磐音に押し込まれて、ついには道場の隅に追い込まれ、
ぱあっ
と飛び下がった平助が、

「参りましたばい、若先生。こんくらいで勘弁してつかあさい」

と詫《わ》びた。

稽古を始めて四半刻《しはんとき》（三十分）が過ぎていた。

磐音もその前に座すと、

「平助どの、お相手有難うございました」

と深々と頭を下げた。

「ふーうっ」

と一つ息を吐いた平助が、

「門弟衆が待っとられるばってん、いつもんように動けるやろか」

と自問するように言って、道具を竹刀から槍折れに替えた。

磐音と平助の勝負形式の稽古を見せられた住み込み門弟の田丸輝信《たまるてるのぶ》らが、茫然《ぼうぜん》自失《じしつ》として二人の様子を眺めていた。

「いかがなされた。他人の稽古を見たところで稽古にはなりませぬぞ」

磐音の注意に慌てた田丸らが、準備運動を兼ねた槍折れの振り回しの稽古を始め、それに指導者の平助が加わると、全体の動きに間と律動が生じた。

磐音は見所下《けんぞ》に立つ養父玲圓のもとに朝の挨拶に行った。

「驚いたな。槍折れの平助、あれこれと業を秘めておるようじゃな。そなたの本気の攻めを四半刻も持ち堪《こた》えられる門弟は五人とはおるまい」

「昨日、小田平助どのの才に気付かされまして、今朝稽古相手を所望したところにございます」

「尚武館の門番ではいささか役不足であったな」

「平助どのは、そのようなことは考えてもおられません」

「あの欲のなさが当節貴重ではあるが」

と応じた玲圓が、

「昨夜《ゆうべ》、なんぞあったか」

と磐音の顔を見て問うた。

二人の激しい稽古を見せられた玲圓は、

「異変」

を感じとっていたのだろう。

「養父上、いささか危惧《きぐ》することが」

と前置きした磐音は両国橋の怪を語った。

「なにっ、丸目喜左衛門高継が身罷ったとな」

と磐音の話を聞いた玲圓が応じて、長い沈思の時間を持った。

その間、続々と増えてくる門弟衆の挨拶を受けながら、磐音は玲圓が口を開くのを待った。そんな大先生と若先生にだれも近付こうとはしなかった。それほど重い緊張が二人の周りにあったからだ。

「そなたの放った一撃、左肘を斬られたが因《もと》で身罷ったか。不世出の剣客が世を去ったとは、どう考えればよいか」

「養父上、歌女どのが恨みを抱いて江戸に戻ったことは、いささか案じられる事態にございます」

「このところ速水様のおいでがないのも気にかかるところであった。磐音、それがし、これより表猿楽町に参り、速水様にその一件を告げておきたい。この刻限ならば、登城前に半刻《はんとき》（一時間）ほど、話をする時間をもうけていただけよう」

「分かっていたこととは申せ、われらが西の丸様をお守りしていることを歌女どのが口にし、自らの立場を明白にした以上、先方も覚悟を決めたかと思います。後々悔いることが起こってもなりませぬ。打つべき手はこの際、すべて早めに打っておくべきかと」

「よし、あとは任せた」

玲圓は稽古に体を動かすこともなく道場をあとにした。

磐音はその姿を見送ると、初心組のところに向かった。このところ、西の丸に出仕する依田《よだ》鐘四郎《かねしろう》もなかなか御用繁多とみえて、朝稽古に姿を見せることはなかった。

今朝も初心組は、依田元師範の指導を受けようと待っていたが、なかなか現れそうになかった。

そのような折り、初心組の面倒を見るのは磐音か玲圓その人であった。

玲圓も磐音も、剣術修行においては初心時代こそ一番大事な基礎形成と考えるため、初心組の指導を重要視した。

「兄上、本日のご指導は大先生か、若先生のどちらかですね」

と速水左近の次男右近《うこん》が見所下の二人の先生を見ながら、嫡男《ちゃくなん》の杢之助《もくのすけ》に言った。

「私は大先生より若先生のほうがいいな」

と杢之助が答えて、玲圓と磐音の話が終わるのを待った。だが、なかなか話は終わらないばかりか、玲圓はそそくさと道場から姿を消した。

「これで若先生がご指導方だぞ、右近」

と囁《ささや》くところに磐音が歩み寄ってきて、

「杢之助どの、父上は堅固にござるか」

と問うた。

「元気ではございますが、最近はお城下がりが遅くなり、まま深夜に至ることもございます」

磐音はやはり御用繁多かと思いながら、初心組を見回した。

さすがに籐子慈助《とうごじすけ》、磯村海蔵《いそむらかいぞう》、田神紋次郎《たがみもんじろう》ら、初心組でも大人たちは稽古に励んでいた。

「よし、初心組の稽古を始めましょうか。籐子慈助どの、前へ」

と磐音が厳しい声で命じ、豊後関前城下中戸信継《なかとのぶつぐ》道場の弟弟子が緊張の体《てい》で磐音の前に立った。

四

朝稽古が終わる刻限、神原辰之助《かんばらたつのすけ》が磐音の下にやってきて、

「若先生、玄関先に羽根村《はねむら》様と申される武芸者が面会を求めておられます」

と知らせに来た。

「立ち合いをご所望かな」

「いえ、そうは思えませせぬ。なんでも三十余年前、そのお方の父御が佐々木道場

で修行をなされていたとかで、その倅どのです」

「ほう、父御が佐々木道場の門弟であったか。ならば全く見ず知らずのお方とは申せまい。お通ししてくれ」

と磐音は辰之助に命じた。

そのとき、磐音は井筒遼次郎《いづつりょうじろう》の相手をしていた。

「若先生、本日はここまでにいたしますか」

と遼次郎が訪問者を気にした。

「いや、稽古が途中じゃ。最後までいま少し続けよう」

と打ち込み稽古を再開した。

遼次郎は、磐音が跡継ぎを断念した坂崎《さかざき》家に養子に入り、いったんは断絶も覚悟した坂崎家を継承してくれることになっていた。ために磐音には、義弟の遼次郎を豊後関前藩国家老職の後継者としてふさわしい人物に育てる責任の一端があった。

そのことは、豊後関前藩の藩主福坂実高も坂崎家も望んでいた。

江戸に出てきた当初、遼次郎は富士見坂の藩邸から尚武館に稽古に通ってきていたが、江戸の暮らしにも慣れ、直心影《じきしんかげ》流の基礎を学び、体付きもしっかりとしてきたので、磐音がその昔なしたと同じ住み込み門弟として厳しい一年を過ごし始めたばかりだった。

近頃では、朝稽古の最後に遼次郎を相手に稽古を付けるのが磐音の日課になっていた。

遼次郎への指導は日々厳しさを増していた。

この日も、訪問者があるといって稽古を中断することを磐音は許さなかった。遼次郎もまた訪問者を理由に稽古を少しでも早くやめてもらおうと考えてのことではなかった。そのことを承知ゆえに磐音も稽古を続けた。

再び始まった稽古の中身は今までに増して濃かった。

磐音が攻めに攻め、遼次郎が必死に防戦し、それでも反撃の機を窺《うかが》ってなんとか活路を見出そうとするかたちに終始した。むろん磐音は全力を出しきっているわけではない。といって手を抜いているわけでもない。

それでも遼次郎には全く気持ちの余裕などなかった。ひたすら体が動くままに磐音の攻めを防ぎ、耐えた。

このような実戦形式の稽古を始めた当初、遼次郎は稽古を始めてすぐに床に這《は》い、それでも立ち上がったが、二度三度と竹刀で打たれて意識を失い、時に気を失ったまま、仲間の手によって井戸端まで下げられるという状態が続いた。

だが、数か月過ぎた頃から遼次郎は、磐音が、

「本日はここまでにいたそう」

と終わりを告げる声を道場の床に這うことなく聞いた。

今、磐音は遼次郎を道場の壁際に追い込んでいた。

遼次郎は、無限とも思える一連の攻めに耐え、それでも羽目板を背にしていた。

その瞬間、磐音が攻めの手を休めて一拍おいた。その隙《すき》を狙った遼次郎は、敢然と小手から胴打ちへと反撃に転じた。

だが、引き付けるだけ引き付けられた磐音に小手を外され、反対に面を打たれて、その場に足を縺《もつ》れさせて倒れ込んだ。だが、必死の形相《ぎようそう》で飛び上がり、竹刀を構えた。

その様子を見た磐音がにっこり笑い、

「遼次郎どの、本日はこれまでにいたそう」

と声をかけた。

「ご指導ありがとうございました」

弾む息で礼を述べた遼次郎の腰が崩れ落ちそうになったが、

「よう耐えられるようになられた。最後の反撃は絶妙の間でしたぞ」

と褒《ほ》めた。

「磐音様から、いえ、若先生から初めて褒められました」

遼次郎は心底からの笑みを顔に浮かべた。

「一年の仕上げの住み込み稽古は、長いようで短い。今のまま、手を抜かず真摯《しんし》に稽古に努めなされ。そなた、それがしが当初考えたより遥《はる》かに武芸に適応する力を持っておられる。それが、ゆっくりとかたちになりつつある」

「若先生、真《まこと》にございますか」

「そなたに虚言を弄したところでなんになろう。そなたは恥を耐えて初心組に加わり、直心影流の基本から修行し直したことが今、実を結ぼうとしているのじゃ」

「よかった」

しみじみとした声で応じた遼次郎に安堵の笑みが浮かんだ。

豊後関前藩御旗奉行の次男坊から国家老の養子に入る、このことが若い遼次郎にどれほどの心理的な負担をかけていたか。

坂崎家を出た磐音とこれから入る遼次郎の火の出るような稽古を、籐子慈助、

磯村海蔵、田神紋次郎の三人が見つめていたが、

「遼次郎様、そのように若先生の相手ができるには、どれほどの日数を要するのでございますか」

と籐子が思わず訊いていた。

「籐子どの、初心組の稽古では物足りぬか」

遼次郎に代わって磐音が応じた。

「とんでもない。われら、このところいささか自信を失い、それで遼次郎様の稽古を見ておったところです」

と正直に己の心境を吐露した。

「それがしが耐えられたのです。そなたらが辛抱できぬわけがない。豊後関前は江戸に比べて小さな城下、剣術にしても尚武館のように異能異才が雲集するわけではありません。われら、関前では一人前でも、尚武館では話にもなりません。そなたらが初心組に加えてもろうたのは僥倖《ぎょうこう》です。無心に続けてください。その道に間違いはございません」

と遼次郎に諭されるように言われて、三人は大きく頷いた。

「若先生、羽根村金次郎《きんじろう》様がお待ちです」

辰之助の声に磬音は、

「おお、迂闊《うかつ》にも客人があることを忘れておった」

と辰之助の声のほうを振り向いた。するとそこに、道中羽織を塗りの剝げた笠《かさ》に畳んで入れて小脇に抱えた武士が、磬音の指導ぶりを見物していたか、突っ立っていた。

年齢は磬音と同じくらいか。陽《ひ》に焼けた顔と古びた着衣は、長い浪々の暮らしを物語っているように思えた。身丈は五尺七寸余、がっちりと鍛え上げられた体付きをしていた。

「お待たせいたしました。それがし、佐々木磬音にございます」

磬音が言葉をかけると相手が頷き、

「玲圓先生から代がわりなされたのですか」

と相手が問い返してきた。

「いえ、未だ養父は壮健にございます。ただ今朝はいささか用事がございまして道場には出ておりませぬ。それがしでは用が足りませぬか」

磬音が笑いかけた。

「そのようなことはございません」

「母屋に参りますか」

と磐音が誘《いざな》うと、

「いえ、道場で結構です。それがし、父の遺言に従い、佐々木道場に入門を願おうと参上した者です」

「入門をお望みでございましたか」

「玲圓先生が留守の様子、明朝出直して参ります」

「亡き御父上はわが養父を承知なのですね」

「そう聞いております」

「ならばなんの遠慮が要りましょう。養父の帰りをお待ちになりませぬか」

磐音は、江戸に到着した足で佐々木道場を訪ねてきた様子の羽根村金次郎に言った。

昔、門弟であった者の後継者の入門を玲圓が断るとは思えなかった。となると、長屋を用意せねばなるまいなどと磐音は考えた。

「羽根村どの、稽古をなさいませぬか」

尚武館の朝稽古の盛りの刻限は過ぎていたが、道場の半分を使って若手組が恒例の定期戦を行っていたし、広い道場に五、六十人は残っていた。

「早速のお許し有難うございます。昨夜、江戸に着いたはよいのですが、どこに行けばなにがあるのやら、大きな川に架かる橋下で一夜を過ごし、佐々木道場を訪ねたところでございます。体の中がもやもやとした気分、体を苛《いじ》めて汗を流しとうございます」

頷いた磐音が、

「流儀はいかに」

「物心ついた折りから佐々木道場の直心影流を教え込まれました。父がいささか仔細《しさい》ありて奉公を辞し、その直後に身罷った後、それがし、諸国行脚の旅に出て、父の教えに拙《つたな》いながら自らの創意を加えて参りました。ために直心影流と呼ぶにはおこがましゅうございます」

羽根村はあくまで丁重な言葉遣いだ。

磐音は道場の中を見回し、未知の腕前の同門の士と対戦する門弟を探した。すると小田平助と目が合った。

「平助どの、羽根村どのの稽古相手になってくれませぬか」

「畏まって候」

と平助が受けた。

「羽根村どの、小田平助どのは尚武館佐々木道場の客分にござってな、得意は槍折れにございます」

「槍折れとはまた、どのような武術でございますか」

羽根村が小田平助の矮軀《わいく》と愛敬のある風貌《ふうぼう》を見て、どことなく軽んじたふうで問い返した。

「槍折れな、棒術と似た芸たいね。戦国時代の小者下士の芸やったげな。今やだいも知りまっせん」

西国訛《なま》り丸出しで平助が答えた。

「羽根村どの、竹刀でようござるか」

磐音が道具を訊いた。

「結構でございます」

若手の定期戦が終わった様子で、田丸輝信らが新しい入門希望者と小田平助の立ち合い稽古に関心を示したか、寄ってきた。

「平助どんはくさ、槍折れは一人前やが剣術はどげんやろか」

田丸が平助の訛りを真似て、傍らにいた霧子《きりこ》に言った。

「田丸様、一芸に秀でたお方は、万事に通じておられます」

注意された田丸が、
弟子に厳しくは言うが、中には例外もあろうが」

「いえ、若先生が指名なされたのです。きっと相手になると思われての指名です」

「そうかのう。なにやら、平助どん、上気しているように見えぬか」

田丸が訝《いぶか》しげな顔をした。

亡父に習ったという佐々木道場の直心影流の羽根村金次郎と、十いくつの折りから旅の空の下で身に着けた小田平助の対決は、相正眼で始まった。

構え合った途端、羽根村の顔に、

（これは容易ならざる相手）

といった表情が浮かび、険しくなった。

稽古のつもりが、相手の力を見抜く勝負へと変わっていた。

一方、平助のほうはいつもの飄々《ひょうひょう》とした風貌で、竹刀の先端を相手の目の高さに合わせるように付けると微動だにしなかった。

お互いが力を探り合うように相正眼を崩さなかったが、羽根村は自ら仕掛けるつもりか、正眼の竹刀をゆっくりと八双《はっそう》へ移動させ、構えもそれに合わせた。

両者には五、六寸の身長差があった。

羽根村が八双に構えを変えたことで、見物する初心の者には、平助が蛇に睨まれた蛙《かえる》のように感じられたかもしれなかった。

仕掛けて出るつもりで構えを八双に変えた羽根村は、すぐに攻めに移れなかった。

それは平助の飄々とした正眼の構えに秘められた、

「怖さ」

を感じ取ったからだろう。ということは、羽根村金次郎もなかなかの武芸者ということになる。

勝負が動いたのは、神保小路に響く油売りの声がきっかけだった。

「あぶらよろしゅう、油でござい—」

八双の羽根村が小柄な平助を押し潰すように飛び込み、雷電のごとき素早さで平助の面を襲った。

（やられた）

と平助の不動の竹刀が動いて羽根村の八双からの重い振り下ろしを弾き、弾かれた羽根村が未だ不動の立ち位置の平助の左へと流れて回り込み、胴へと変化させたがそれも弾かれ、間合いを一旦《いったん》開けた。

わずか二合の攻めと防御でお互いの力を承知したらしい。

羽根村は一気に攻め崩しにかかった。

正眼の構えのまま、体の向きだけを羽根村に合わせて常に攻撃を正面から受けるよう心掛けた平助に、羽根村もまた正面から連続した攻めを間断なく送り込んだ。

磐音は羽根村金次郎の業の中に、佐々木道場の直心影流とは違った流儀を見ていた。物心ついた折りから亡父に教え込まれた直心影流を流浪の旅で創意工夫した、と当人が述べるように、

「創意工夫」

が羽根村金次郎流の剣術を作り上げていた。

実戦剣法の歳月なら、小田平助が羽根村金次郎の何倍もあった。その歳月の違いが徐々に現れて、四半刻の打ち合いのあと、攻め疲れた羽根村が最後の力を振り絞るように踏み込んでくるところに、小田平助の腰が入った、

「胴打ち」

が鮮やかに決まって、羽根村が派手に尚武館の床に転がった。

羽根村の肩が大きく弾み、ゆっくり床から立ち上がると平助を見て、

「ご指導ありがとうございました」

と丁寧に礼を述べた。

「羽根村さん、あんた、昨夜一睡もしとられんやろ。反対にわしはのうのうとくさ、長屋で体を休めたもん。そん違いが打ち合いの勢いに出たごたる」

と平助が自ら講評し、磐音を見た。

「ご苦労にございました、平助どの」

「尚武館の直心影流の看板ば汚さんやったろか」

と平助が照れたように笑った。頷いた磐音が、

「田丸どの、分かったかな」

「分かったかとは、はてなんでございますか、若先生」

「小田平助どのの剣術にござる」

「いえ、それがし、決して軽んじたわけではございません。のう、霧子」

「あれ、そうでございましたか。たしか田丸様は、槍折れは一人前やが剣術はど

げんやろか、とおっしゃいませんでしたか」

その言葉を聞いて、当の小田平助がかっかっかと笑い声を上げげた。

「田丸さん、よう言うてくれた。ばってん、よかところを突いておるたい。よかよか、小田平助の剣術は先が知れとる」

一同の会話を聞いていた羽根村金次郎が、

「ご一統様、それがし、穴があったら入りとうござる。さりながら、小田様の剣術、先が知れるどころか無限にございます。さすがは佐々木道場、客分まで凄腕の人士がおられる」

と感服した。

「田丸どの、羽根村どののお世話掛りを願いたい。寝場所をどこか長屋に見つけてくれぬか」

「若先生、利次郎《としじろう》が寝泊まりしていた長屋に一人くらい住めます。そこではどうでしょう」

「差し当たり、利次郎どのの長屋に羽根村どのを案内《あない》してくれ。尚武館の仕来《しきた》りなども教えてくれぬか」

と磐音に命じられた田丸が名誉挽回《ばんかい》とばかり、羽根村の旅の道具を抱えて、

「羽根村どの、長屋はこちらにございます」

と案内していった。

磐音は平助の顔を見た。

他の門弟も自らの稽古に戻り、その場には磐音と平助だけが残った。

「若先生、もはや分かっとられようが」

「やはりあの御仁、力は六、七分に留《とど》めておられるか」

「まあ、あん人が真剣になればたい、こん小田平助とよか勝負か、相手が上と見ましたばい」

「隠された才を確かめられた小田平助どのに、感服いたしました」

と二人は言い合い、笑い合った。

第二章　辰平、福岡入り

一

松平辰平《まつだいらたつぺい》は、潮風に吹かれながら便船玄海丸《げんかいまる》の揚げ蓋《ぶた》甲板に佇み、近付く島影と岬を、その背後に控える大きな町並みを見ていた。

海に浮かぶ島影は玄界島《げんかいじま》だ。その左手には志賀島《しかのしま》が大きく突き出し、右手には玄界島から飛び石のように小島が点在してさらに大きな半島が控えていた。

時折り、荒戸山《あらとやま》の松林越しに城の甍《いらか》が見えた。

玄海丸は玄界島の東側を抜けて内海に入ろうと難儀していた。名にしおう荒海の玄界灘である。その玄界灘の内海口を残島《のこしま》（能古島《のこのしま》）が塞《ふさ》ぐ形で位置するためか、福岡の内海は外海と違って穏やかに見えた。

荒戸山下から突き出た護岸の先端に灯台があり、その内側に無数の船が停泊していた。福岡藩の荒戸湊と御船入《おふないり》の光景だ。

辰平は師走《しわす》から正月を過ごした対馬府中《つしまふちゅう》藩の厳原《いづはら》湊を発《た》ち、福岡領を眼前にする海にようやく到着しようとしていた。

玄界灘の空はすっきりと晴れ上がっていたが、海は荒れていた。

それでも玄海丸の船頭水夫《かこ》らは、前後左右に大きく傾《かし》ぐ船上で平然と操船作業に従事していたが、内海に入る頃にはさすがに船上に緊迫が走り、船頭の短い指図が飛んだ。

舳先《へさき》から陸影が消え、空が一杯に広がったかと思うと、どすんと舳先を波頭に打ち付けながら、玄海丸は残島と志賀島の間を抜けた。すると静かな内海が広がり、筑前《ちくぜん》福岡藩黒田家五十二万石の福岡城の美麗な城と城下町、そして城下町の東に広がる商業地域の博多の家並みが見えてきた。

「松平様よ、そろそろ碇《いかり》を下ろしますばい！」

艫櫓《ともやぐら》で一息ついた船頭が、潮風に鍛えられた渋《しぶ》い声で教えてくれた。

「造作をかけました」

「松平様は、なんの手間もいらん荷やったもんな」

船頭は、辰平が船酔いに見舞われることなく対馬府中から荒海の船旅をしてきたことを褒めてくれた。

異郷の朝鮮国が望める対馬に、思いがけなくもひと月半余も滞在し、便船を待って福岡を目指してきたところだ。

肥後熊本《ひごくまもと》の横田傳兵衛《よこたでんべえ》から、福岡藩黒田家の指南役にして藩道場を任される新陰流《しんかげ》の有地内蔵助《ゆうちくらのすけ》への添え状を持参していた。

荒戸の湊と博多の湊が並んで見えた。

「松平様よ、わっしらは博多湊沖に帆を休めますたい。博多から城下はすぐですもん。おまえ様の足ならひとっ飛びたい」

「船中でのお心遣い有難うございました」

「なんのことがあろうか。城下くさ、退屈しなさったら、博多湊の廻船《かいせん》問屋ば訪ねてこんね。酒ばご馳走するけんね」

厳原の船問屋から、くれぐれも船中頼むと世話を託された船頭は、よほど松平辰平が気に入ったか、別れの挨拶がわりに言った。

「福岡城下滞在がひと月になるか半年になるか分かりません。海と船頭どの方が恋しゅうなったら、廻船問屋を訪ねます」

「そうしなっせ」

帆が下ろされると、続いて碇が海に投げ込まれ、船着場から伝馬船《てんま》や荷船が漕《こ》ぎ寄せてきた。

辰平は玄海丸の船腹に寄せられた伝馬船に真っ先に乗り換え、博多湊に上陸した。

安永八年（一七七九）正月も残り少なくなった下旬のことだった。

博多には春の陽射しが長閑《のどか》に落ちていた。

辰平はお天道《てんと》様の位置を確かめ、八つ（午後二時）前後かと推測した。

背に道中嚢《どうちゅうのう》、手に木刀を下げた格好で塗りの剝げた笠を被っていた。

熊本城下を出るときに新調した笠だが、潮風と雨でなかなかの風合いで古色が付いていた。

辰平は博多の湊から町へと一歩を踏み出した。

西国は大大名が領地と城下を競い合っていた。

一は薩摩《さつま》島津家七十七万余石、二は肥後熊本細川家の五十四万石、そして三番目の大藩が筑前福岡黒田家五十二万余石だ。

この福岡藩は、古くから商人《あきんど》の町として栄えた博多と、那珂《なか》川以西の海際に四

十八もの櫓を構えた福岡城、別名舞鶴《まいづる》城を中心とした武家地の、

「両市中《りようしちゆう》」

によって成り立ち、車の両輪の如《ごと》く力を発揮して成長を遂げてきた地であった。

とはいえ、松平辰平に、福岡藩についての格別な知識があったわけではない。

武者修行の旅だ。稽古する場があり、寝泊まりする長屋があれば、ただ今の辰平になんの不足もなかった。

まず城下の藩道場を訪ねてみるか、と呑気《のんき》にも歩き出した。その眼の前で、

「わあっ！」

という叫び声が起こり、

「なんばすっとな。他人の店の銭函《ぜにばこ》に手ば突っ込んで、泥棒じゃなかな」

その声に続いて、一軒の廻船問屋から血相を変えた男たちが飛び出してきた。

玄海丸が対馬から到着したため、廻船問屋の男衆《おとこし》は店を出て荷降ろし作業をしていた。その手薄を衝《つ》いて、店の金子を狙おうとした不埒者《ふらちもの》か。

辰平の眼前に飛び出してきたのは浪人者二人と、道中合羽の渡世人だった。浪人者は抜き身を振り回し、渡世人は手にしっかりと銭袋を提げていた。

「どけどけどけ！」

なんの考えもなく立つ辰平を邪魔者とみたか、先頭の浪人者が走りながら抜き身を突き出して脅《おど》した。

辰平は口が裂けたように凄《すさ》まじい形相の浪人に向かって、手にしていた木刀を片手に構え、

「盗人は人の道に反しておるぞ」

と叫んだ。

三人は辰平の数間手前に迫っていた。湊に舟を待たせて海に逃げようとでも考えたか、それを遮るように辰平が立っていたのだ。

「笠目《かさめ》、叩っ斬れ！」

二人目の浪人者が東国訛りで叫んでいた。

「邪魔をいたすな。どかぬか！」

先頭の浪人者が片手殴りに抜き身を叩き付けてきた。

その瞬間、辰平が豹変《ひょうへん》した。

木刀を両手で保持すると、斬り込んできた浪人者の喉元《のどもと》に迷いもなく突っ込んだ。気配を感じさせない、流れるような動きで喉を襲った。

「げええっ！」

と叫んだ相手が両足を高々と上げて後ろへぶっ飛んだ。

「やりおったな！」

二人目が抜き身を両手で握り締めると突っ込んできた。

辰平は、腰高で突っ込んできた相手の肩口に迅速の袈裟懸《けさが》けを叩き込んでいた。

ぐちゃ
肩の骨が折れる不気味な音がして、横倒しに転がった。

「畜生、どきやがれ！」

一人残った渡世人が長脇差《ながわきざし》を抜いて振り回し、辰平を威嚇《いかく》した。

「他人《ひと》様の持ち物に手を出すとは、人の道に外れておるぞ」

突然降りかかった騒ぎにも辰平の声はあくまで平静だ。

「待て、盗人、待て！」

廻船問屋から男衆が天秤棒《てんびんぼう》などを片手に飛び出してきた。そちらをちらりと見た渡世人が、

「わあああっ！」

と喚《わめ》きながら辰平に突進してきた。

三度辰平の木刀が振るわれて、喉を片手突きにされた渡世人は、最初にぶっ飛

ばされた浪人者のかたわらに、
どさり
と落ちて悶絶《もんぜつ》し、その手から銭袋が飛んだ。

三人のうち意識がはっきりしているのは、二番目に肩の骨を折られた浪人者だけだ。片手で肩下の腕を抱えて苦悶していた。

「天網恢恢《てんもうかいかい》疎にして漏らさずたいね。どなた様か存じませぬが、有難うございましたばい」

廻船問屋の番頭と思《おぼ》しい男が辰平に言い、銭袋を拾い上げると、

「早う、こん馬鹿たれを縛らんね。たれか番屋に走りない」

と男衆に命じた。

「お武家様、怪我はなかですか」

「それがしか。怪我はござらぬ」

と応じた辰平は、

「福岡城下へはどう参ればよいかな」

と番頭に長閑な口調で訊いた。

「お侍様は、お城下のどちらに行かれますと」

「藩道場の有地内蔵助様をお訪ねするところだ。この地は初めてで、およその見当しかつかぬ」

辰平は海上から見た福岡城の天守台の位置を思い出していた。

「有地先生の道場なれば、よう分かりますたい。まずはうちに来て、茶なと飲んで行かれませぬな」

「いや、今日中にご挨拶を申し上げたいのだ。それがし、これにて失礼いたす」

辰平はおよその推量をつけた方角に向かい、歩き出した。

役人にあれこれ尋ねられると、また一刻《いっとき》（二時間）や一刻半（三時間）の手間がかかりそうと危惧したからだ。

「お侍様、それではうちの面目《めんぼく》が立ちまっせんもん。名前なりともくさ、教えてくださらんね。あとで主《あるじ》にどやされますもん」

「松平辰平と申す。江戸の者にござる」

そう言い残すと、辰平は湊町から博多の町へ繫《つな》がると思える路地に向かった。

四半刻（三十分）後、辰平は那珂川の流れに浮かぶ中島橋に佇み、西の方角に見える福岡城の天守台を眺めていた。熊本城と大きく違うのは、福岡城は天守閣を持たず、天守台と称する高さ七間半の建物がその代わりをしていることだ。

それにしてもなかなかの威容だ。

藩道場もきっと立派な建物であり、そこに集う家臣方も黒田家の威武を伝えてなかなかの腕前であろう、と辰平は期待もし、緊張もした。

「お侍様」

後ろからまだ幼い声がして、辰平は振り返った。するとそこに前髪立ちの小僧が息を切らせて立っていた。体が小さいことから判断しても十二、三歳か。

「そなたは」

「博多湊の廻船問屋玄海屋の小僧です」

「おお、最前のお店の小僧さんか。なにか用かな」

「お侍さん、足が早か。番頭さんにその辺におろうがと言われたばってん、よう見付けきれんやった。まるで天狗《てんぐ》さんのごつ、空でん飛ばれたとやろか」

「初めての町ゆえ何度か迷うたようだ」

「番頭さんが藩道場まで案内《あない》してこいち、命じなさったもん。文太郎《ぶんたろう》が案内申しますもん」

「なに、そなたが有地内蔵助様の藩道場まで連れていってくれるか。造作をかけるな」

「なんのことがあろうか。お侍さんは店の恩人たいね。あん銭袋にはたい、支払いの銭が七十両も入っておったとです」

「なに、七十両もな。あの者たち、あと一息で分限者《ぶげんしゃ》になるところ、残念なことであったな」

「お侍さん、どっちん味方な」

「これは失言した。盗人はいかん。相応の裁きを受けんとな」

「他人事たいね。お侍さんが捕まえたとやろが」

「そうなるかな」

松平辰平はそのとき、これも真剣勝負の中に入れるべきかどうか考えた。

(松平辰平の勝負にしてはいささか冴《さ》えぬぞ)

と自嘲《じちょう》した辰平は、博多湊の騒ぎを武芸勝負の数には加えないと心に決めた。

松平辰平の戦いだ、やはり華々しい勝負であらねばならない、と思った。

文太郎は初めての福岡訪問という若侍に説明を始めた。

「舞鶴城はたい、慶長《けいちょう》六年（一六〇一）から六年の歳月ばかけてくさ、黒田孝高《よしたか》様と長政《ながまさ》様の殿さん父子によって築城された城ですもん。荒戸の浜の後ろにあった小高い岡ば利用してですたい、西に大池、東にこん那珂川の流れ、北にくさ、玄界灘の荒海を自然の守りとしてくさ、そん周囲は水路で行き来ができるようになっておりますたい。見てんとおり、岡の真ん中にくさ、本丸がありまっしょ。東に東の丸、二の丸、水の手を、南に南の丸に天守台、西に三の丸を設けてくさ、周りに外郭が備えられておりますもん。そん周りはくさ、東西二十丁、南北十丁におよび、城壁二千六百五十間、広さはくさ、八万坪でございます。そんで城壁の各所に四十八の櫓が構えられております」

辰平は文太郎の滑らかな説明に感心した。

「へっへっへ」

と笑った文太郎が、

「うまかろ、話がたい。これにはわけがありますもん。うちん店に大勢のお客様が参られますたい。そんご案内を手代さんがやんなはり、小僧が従いますもん。そんでいつしか耳に胼胝《たこ》、門前の小僧習わぬ経を読むでくさ、覚えたとです」

「いや、見事な説明にござった。松平辰平、黒田様のことをなにも知らんで参ったが、文太郎どのに説明を受けて勉強になり申した」

「勉強になったてな。こげんことなんかの役に立とうか」

文太郎は首を捻《ひね》りつつも、

「藩道場はほれ、あっちの大手門の傍《そば》ですたい」

と福岡城下のことなどをあれこれ説明しつづけた。

いつしか二人は福岡藩黒田家の藩道場の前に立っていた。両番所付きの長屋門の向こうに堂々たる破風《はふ》屋根の建物が見えた。

「文太郎どの、助かったぞ」

門番が、辰平と前髪立ちの小僧の組み合わせを不思議そうに見ていた。

「門番さん、私は博多の廻船問屋玄海屋の小僧にございますたい。こん客人を案内して参りました。話ば奥に通してくれんじゃろか」

文太郎が経緯《いきさつ》まで述べた。

「なに、このお方が藩道場を訪ねてこられたとな」

門番が辰平を見た。

「それがし、江戸神保小路直心影流尚武館佐々木玲圓の門弟松平辰平にござる。本日は、肥後熊本藩指南の新陰流横田傳兵衛先生の添え状を持参しており申す。有地内蔵助先生にお目にかかりたく、かく参上いたしました」

「江戸の佐々木道場の門弟とな」

「いかにもさようでござる」

「ならばそなた様は坂崎磐音様を承知か」

辰平は福岡で懐《なつ》かしい名を聞いて感激した。

「坂崎磐音様はただ今佐々木道場の後継として佐々木磐音様と改名されておりますが、それがしの師にございます」

「二年前、坂崎磐音様がこの藩道場の門に立たれましたぞ」

「なんと申されましたな。それがし、坂崎様が豊後関前に戻られたとき、同道していた者にございます」

「それで事情が分かりました。ささっ、こちらへ」

門番が案内する体《てい》を見せると、なぜか小僧の文太郎まで藩道場の玄関先まで従ってきた。

「門弟衆、江戸の佐々木道場の門弟がな、肥後熊本の新陰流横田傳兵衛先生の添え状持参で、有地先生にお目通りを願うておられますばい。たれぞお取次ぎを願いまっしょ」

門番が叫ぶと若い門弟が出て来て、

「暫時《ざんじ》これにてお待ちを」

と応じると道場の中へ姿を消した。

「お侍さん、福岡に長逗留《ながとうりゅう》すっとね」

「文太郎どの、それもこれも有地先生のお許しを得ての話でな」

「ふーん」

と鼻で返事をした文太郎に、

「そなた、廻船問屋玄海屋の小僧さんと名乗ったが、すると本日、対馬の厳原から到着した玄海丸はそなたの店の持ち船じゃな」

「そげんことも知らんかったと。玄海丸はうちの船たい。そげんこつ承知で、あん盗人ば捕まえたと違うとな」

「湊に上がったばかりの出会い頭《がしら》、事情など分かるものか。ただそれがしの前に走ってきた三人を叩き伏せただけだ」

「呆《あき》れたと。番頭さんは、うちのお客さんに助けられた、と旦那様に話しとったばい。知らぬはお侍さんばかりたいね」

と呑気な問答を交わすところに、

「辰平」

と叫んで飛び出してきた人物がいた。

二

「あれ、小埜江六《おのこうろく》さん、なぜこのような所におられるのです」

辰平は、佐々木道場の若手仲間の一人、稽古着姿の江六が突然飛び出してきたので驚いた。江六は辰平や利次郎より三つ上だが、辰平らと気の置けない剣術仲間として共に過ごした時期があった。

「世迷《よま》い言《ごと》をぬかすでない。それがし、黒田家の家臣だぞ」

「あれっ、小埜さんは黒田様のご家来でございましたか。とにかく佐々木道場にはいろんな家中から稽古に見えられますからね」

「二年前、磐音様とおこん様が当地に立ち寄られた」

「門番どのにお聞きし、感激していたところです」

「辰平、そなたを感激させることが待っておるぞ。だが、まずは道場に上がって有地先生にご挨拶いたせ」

「すぐにお目通りが叶《かな》いますか」

辰平は式台の隅を借りると塗笠《ぬりがさ》の紐を解《ほど》き、道中羽織を脱いで畳んだ上に置いた。さらに腰の大刀を抜いて笠のかたわらに置き、草鞋《わらじ》の紐を解いた。

「おや、小僧さん、まだおられたか」

辰平は文太郎が未だ一緒にいることに気付かされた。

「よし、有地先生にご挨拶申し上げたら、そなたをお店《たな》まで送っていこう」

「見送りなんて要らん要らん。そげんことよりたい、こげんときじゃなかと道場が見られれんもの、見物していかんやろか」

文太郎は剣術好きか、そう言い出した。

「辰平、どこの小僧を道案内に雇うた」

「いえ、博多の湊でいささか騒ぎがございまして、玄海屋の番頭どのが道案内にと、この小僧さんをつけてくれたのです」

「騒ぎとはなんだ、辰平」

「門弟さん、こんお侍が手柄ば立てなさったとたい」

玄海屋に白昼押し入った三人組を辰平が手捕りにした話を、文太郎が上手に語り聞かせた。

「それは手柄であった。あとで有地先生にご披露《ひろう》しよう」

「小埜さん、やめてください」

「とにかく上がれ」

江六が辰平を招き上げると、小僧の文太郎も一緒に従った。

辰平は夕暮れ前の、春の陽射しが入り込む黒田家の藩道場の豪壮な佇まいに圧倒されてか、道場の入口で立ち止まり、それでも気を取り直してその場に座すと、神棚に向かって拝礼した。

「痩《や》せ軍鶏《しやも》の辰平も、他人の家の飯を食うてあれこれ礼儀など覚えたか」

かたわらから、昔の剣術仲間にして遊び仲間の江六が笑った。

「江戸からの船旅で、磐音先生に礼儀作法を教えられました。肥後熊本の横田傳兵衛先生のもとにあるとき、磐音先生に言葉遣いから箸《はし》の上げ下ろしまでご注意受けていたことが、どれほど役に立ったか」

「ふーん、痩せ軍鶏も苦労をしたとみゆるな」

と言いながら江六は、持ち物と刀を抱えて立ち上がった辰平を見所下まで案内した。

見所は熊本藩細川家の藩道場と甲乙付けがたいほど広く、立派なものだった。その見所に藩の重臣か、三人が座して辰平の挙動を見ていた。そのかたわらに稽古着姿の壮年の武芸者がいた。

「有地先生、それがしの佐々木道場時代の剣友、松平辰平にございます」

「坂崎磐音、いや、佐々木磐音どのであったな。佐々木どのとともに豊後関前に参られた若武者であったな」

有地内蔵助はすでに事情を承知のように辰平に頷きかけた。

「有地先生、それがし、松平辰平にございます。本日は横田傳兵衛先生の添え状を持参いたしました」

辰平はすでに懐に用意していた添え状を差し出した。

「横田先生のもとで修行をなされたか。添え状、拝読いたそう」

有地は受け取ると神棚に向かい、捧げるように奉じて見所に腰を下ろし、封を披《ひら》くと目読し始めた。

その間、辰平は緊張したまま有地が添え状を読み終わるのを待った。そのかたわらで小僧の文太郎がもじもじと体を動かしていた。板の間に正座して、膝《ひざ》が痛くなったらしい。

「文太郎どの、膝が痛ければ崩されよ」

「よかろか。不届きもんちゅうて、刀で斬られんやろか」

「商家の小僧さんの不作法を咎《とが》めて刀を振りまわす武士がいるものか」

「ほんなら足ば伸ばさせてもらお」

と文太郎が両足を伸ばしたとき、有地が、

「横田先生のもとで目録を得られたそうな。よう頑張りなされたな」

と添え状を畳み直しながら、

「当道場になんぞ望みがおありか、松平どの」

「肥後熊本での修行で、おのれの未熟を存分に悟らされました。できることならば福岡城下にしばし逗留いたし、黒田家藩道場にて有地先生をはじめ、諸先生方の指導を仰ぎとうございます。お許し願えましょうか」

「われら、佐々木磐音どのによる尚武館の指導と稽古を目の当たりにして驚かされた。そなたが当道場で修行に励みたいと望まれるならば、なんら差し障りがあろうか。許す」

「有地先生、有難うございます」

辰平は平伏した。するとその眼の端に、文太郎の投げ出された足がもぞもぞしていた。

「小埜、そなた、尚武館の同門であったな」

「はい」

「ならばあれこれと当家の事情を教えてつかわせ」

はっ、と畏まった江六が、

「先生。辰平の、いえ、松平の住まいはどういたしましょうか」

「道場の長屋でどうじゃ」

江六が辰平を見た。

「ぜひお願い申します」

「在所の家臣の子弟が福岡城下に出てきて泊まり込むのがこの長屋だ。まあ、佐々木道場の長屋と同じようなものだ」

と説明した江六が、

「先生、賄《まかな》いは住み込みの連中と同じく、おくめ婆《ばば》の飯でようございますか」

「そのほうに任せる」

と有地から託された江六が、

「承知いたしました」

と受けた。

「松平どの、本日はどちらから参られた」

「対馬厳原から博多湊に着いたところです」

「ならば体を動かされぬか」

「稽古をお許しくださいますか」

辰平の念押しに有地が頷き、江六を見た。

「そのほう、佐々木道場では朋輩《ほうばい》であったな。その当時、どちらの力が上であったな」

「われら、佐々木道場では初心組に毛の生えた程度の力でございました。松平辰平とそれがしでは、兄なり難く弟なり難し、といった程度のものにございました。ですが、辰平、志を抱いて武者修行に出た身ゆえ、それなりに力を付けたものと思えます」

と数年前の佐々木道場時代を江六が振り返った。

「そのほうが相手を務めよ」

と有地に命じられた江六が、

「黒田家中を代表して、同門の松平辰平と試合をなすとは、いささか心境複雑じゃな」

と言いながらも、

「痩せ軍鶏、そなたがどの程度の武者修行をしてきたか、見てつかわす」

と張り切った。

「小埜さんと竹刀を合わせるのは何年ぶりでしょうか」

「三年ぶりか」

三年前だとすると、お互いに剣術の初歩さえ分かっていなかった。ただ、がむしゃらに木刀の素振《すぶ》りをしては竹刀で力任せに打ち合っていた、そんな頃の剣友だった。

小埜江六は勤番を終えて三年前に福岡に戻り、大組頭《おおくみがしら》支配下の奉公に精を出していた。大組頭は御番衆《ごばんしゆう》、一旦事が起これば前線に立つ武官だ。長崎警備も経験していた。それなりの腕だと推測された。

竹刀を構え合った瞬間、江六が、
うむ
といった訝しげな表情を見せた。幾たびとなく稽古を積んできた相手といささか感じが異なっていたからだ。

(辰平、はて、とらえどころがなかったか)

おかしい、と思いつつも江六は、自分から仕掛けた。飛び込みざまに面を振っておいて、相手の反応次第でひた押しに攻めまくるか、相手の反撃を弾き返しておいて、胴へと攻めるか。

だが、面は軽く外されて、先手先手と押し込まれ、年長の意地にかけて一本目をと勝ちに拘《こだわ》るところを、
ばしり
と反対に面に巻き込むような打撃を食らった。

小埜江六は不覚にも気絶しかけ、それでもなんとか二本足で立っていたが、

「小埜さん、大丈夫でしたか」

と辰平に声をかけられた。

「油断した。もう一本、こい」

「少し休まれたほうがいい」

「いや、大丈夫だ」

と江六は足を踏ん張ろうとしたが腰に力が入らず、頭がゆらりゆらりと動いた。

「江六、無理をいたすな」

と見所の武家が止めた。

大組頭の瀧内正五兵衛《たきうちしょうごべえ》だ。小埜江六の上役である。

「ご隠居、さすがに佐々木磐音どのの門弟ですな。また肥後熊本の横田傳兵衛様

が授けられた目録、伊達《だて》ではございませんな」

「小埜江六、かたなしよのう」

と隠居と呼ばれた老人が笑った。

吉田久兵衛《よしだきゅうべえ》は中老の家系で、当職と独特な職名で呼ばれる家老職を務め、財政破綻《はたん》を来《きた》していた福岡藩五十二万石の再興の礎を築いた人物だ。

その手法は櫨《はぜ》の育成に努め、鶏を育て、燃える石である石炭《いしずみ》の採掘に力を入れ、さらに筑前米を大坂に持ち込んで、堂島の米相場に建《た》て米《まい》として認めさせたりと、多彩を極めていた。同時に出費を抑えて急速に藩財政を回復させた功労者だった。

中興の祖と呼ばれる吉田久兵衛は藩政の第一線から引いて、道楽の剣術好きを謳歌《おうか》する日々であった。

毎日のように藩道場に姿を見せて稽古見物する風景は福岡藩の名物になっていたし、自らの隠居所にも剣道場を持っていた。

磐音もまた二年前、この地を訪ねたとき、吉田老人の隠居所を訪ねて久兵衛やその剣友と交流を深めていた。

「有地、明日からまた楽しみが増えたな」

「ご老人、どの辺りが松平辰平と互角の勝負をなしましょうかな」

「そうよのう。平林豹助《ひらばやしひょうすけ》より上、上巻兵衛《あげまきひょうえ》より下、その辺りか」

久兵衛は、磐音が以前対戦した一番手の平林豹助と三番目に戦った上巻兵衛の中間あたりと見積もったようだ。

「よい線かと存じます」

と有地が受けて、

「江六、頭のふらつきは治ったか」

「治りました。それにしても同門の年長者をつかまえて、松平辰平め、遠慮がございません。福岡にいる間に礼儀をたっぷりと教え込みます」

とうっかりとした言葉を吐いて、

「馬鹿たれが。御番衆は、いったん戦になれば最前線に出動する武士《もののふ》ぞ。剣道場に立ち、竹刀を構え合えば、上役も下士もなか。江戸の同門とて、ただ今の力を存分に発揮するのが武士の礼儀である。それを小埜江六、黒田家の武士としてなんと情ない言葉を吐きおるか」

と瀧内に怒鳴られ、

「はっ」

と江六が道場の床に這いつくばった。

「辰平、そなたのお蔭《かげ》でおれはえらい目に遭《お》うたぞ。瀧内様はあれでなかなか物覚えがいいでな、それがしの出世はもはやない」

と言い出したのは藩道場の長屋に辰平を案内した小埜江六だ。

「江六、そなた、未だ出世の道があると思うておったか。そなたのように剣術下手《べた》で口が軽いときては、当家では昇進などどまかり間違うてもないわ」

と口を挟んだのは平林豹助だ。

松平辰平の世話を自ら買って出たのは、二年前坂崎磐音とおこんを見知った若手の面々だ。

長屋には夜具が座敷の片隅に積まれており、これで暮らしに不足はなくなった。

辰平は未だ玄海屋の小僧の文太郎が行動を共にしていることに気付いていたが、これが土地柄かと見ていた。

「磐音先生はなんの手もかからなかったが、吉田の隠居をはじめ、重臣の方々が口を挟まれるで、われら若手は気を遣うた。まあ、辰平、そなたのことで吉田様方がなんぞ口を挟まれることはあるまい」

「小埜さん、気など遣われては、それがし敵《かな》いません。稽古の場があり、かような立派なお長屋に泊めていただくのです。これ以上のなにを望みましょうか」

「三度三度の飯は飯炊きのおくめ婆が作るゆえ心配いらぬ。まあ、いささか味付けが濃くてな、それがしの舌には合わぬが、それも辛抱だ」

と江六が言ったとき、おくめ婆が、

「小埜のぼっちゃん、なんち今言いなはったな。こんおくめの味付けが濃いち言いなさるな。ああたほど、刺身に醤油《しょうゆ》ばたっぷりぶりかけて食べなはる人はおりまっせんばい。第一たい、ああたは住み込みじゃなかろうが。そのわりには道場の台所で三度三度飯ば搔き食ろうてせからしか。夕餉《ゆうげ》から屋敷に帰りない。それがよかろ」

「おくめ、口が滑った。江戸の友が参ったでな、ついいいところを見せようとしたのだ」

「小埜のぼっちゃん、ああたはどこにもいいところはございまっせん。地のままが一番よかたい。飾っちゃいけん、ぼろが出るたいね」

「おくめにまでぼろくそだ。もはや小埜江六、福岡で立つ道はなかたいね」

「なかなか」

とおくめが言ったとき、女衆《おんなし》が二人、大皿に握り飯やら漬物を盛って運んできた。

「江戸の客人は若いけん、腹ば空《す》かしちょろ。夕刻まで待ちきらんやろうと思うてたい、握りめしば拵えました。

「お婆どの、造作をおかけいたしました。食いなっせ」

ってておったところです。馳走になります」

「江戸のお方は挨拶も心得ておられるたい。小埜のぼっちゃんはぺらぺらと鉋屑《かんなくず》のごと口が軽いわりには、挨拶一つできんもんね。どげんしたもんやろか」

「言うな、おくめ」

と婆に叫んだ江六が、

「おくめはわが屋敷にも出入りするでな、おれが襁褓《むつき》をしておったときから承知なのだ。どうにも頭が上がらぬ」

と言いながら最初に握り飯に手を出した。

「ほれ、礼儀知らずが。お客人がまず先やろが」

と言ったおくめと女衆が大笑いしながら長屋から姿を消した。

「腹拵えをいたせ。その後、城下を案内いたす」

「その折り、小僧の文太郎どのを博多湊まで送っていきたい」

「おまえ、まだいたか」

と言った江六が、

「腹が減っておろう、握り飯を食え」

と文太郎に言った。

「小埜さんは、それがしがこちらに参ることを察しておられた様子。それに、会うたとき、なんぞ感激させることが待っておる、と言われませんでしたか」

「おお、忘れておったわ」

ちょっと待て、と指に付いた飯粒を嘗めるように食うと、長屋から飛び出していった。

「江六は年々落ち着きがなくなるな」

と平林豹助が苦笑いした。

「落ち着きがないとはたれのことだ、豹助」

と言いながら長屋に戻ってきた江六の手には一通の書状があった。

「辰平、磐音先生からそなた宛ての書状じゃぞ。磐音様が、それがしの屋敷宛てに江戸から書き送られたものだ」

「なんと、磐音先生から」

感激した体の辰平が江六から両手で受け取ると、江戸と思しい方角に向かって拝礼した。そして、封を披くと、懐かしい文字が飛び込んできた。

「いつの日にこの書状が辰平どのの手に届くか、考えもつきませぬが、一筆認《したた》め候。

辰平どのにはご壮健にて武者修行の旅を続けておられることと拝察致しおり候。尚武館は変わりなく、養父《ちち》も養母《はは》もおこんも、さらには門弟衆も息災にて日々の修行に励んでおり候」

辰平は不覚にも文字が霞《かす》んで見えなくなった。瞼《まぶた》が熱くなり、涙が零《こぼ》れそうになった。

「小埜さん、後ほどゆっくりと読ませてもらう」

涙を江六らに見せまいと必死で堪《こら》えた辰平は、一旦披いた書状を折り戻した。

三

江戸の神保小路の尚武館では、いつもの日課の稽古が淡々と続いていた。

昨年末以来、槍折れの達人小田平助と新年になって羽根村金次郎が尚武館の長屋に住んで稽古に加わるようになり、一段と賑やかになっていた。

羽根村が尚武館に現れた日の昼下がり、速水邸より帰宅した玲圓に羽根村金次郎の父のことを訊いてみると、

「なに、羽根村とな。三十年余も前となると、羽根村彦右衛門《ひこえもん》どのではなかろうか。たしか因州あたりの大名家に勤めておられたはず。その当時はわが父が堅固で道場を仕切っておられたゆえ、それがしも門弟も一緒になって鍛え上げられた。そのような中のお一人が羽根村彦右衛門どのではなかったか。名は覚えておるが、風采《ふうさい》はどうであったかのう」

と首を傾げた。どうやら玲圓の記憶は曖昧模糊《あいまいもこ》としたものらしい。

「業前も覚えておられませぬか」

磐音は重ねて訊いた。

速水左近邸から重苦しい表情で戻ってきた玲圓に、羽根村の訪《おとな》いと願いを報告したのは、格別理由があったわけではない。玲圓の暗い気分をほぐそうとしてのことだった。

その日、玲圓は朝稽古に立っただけで速水邸を訪ねていた。

前夜、両国橋上に丸目歌女が姿を現し、祖父丸目高継が磐音との勝負が因《もと》で身

罷ったと磐音が告げ知らせた結果だった。

盲目の高継と歌女の二人は田沼意次の意を酌み、西の丸様家基の暗殺を企てる刺客だった。

その前に玲圓と磐音の父子、速水左近らが立ち塞がったのは、明晰《めいせき》な家基を十一代将軍にと願う者たちにとって当然の行動であった。

磐音は、強敵の丸目高継の左肘を斬り放ち、一旦は避《よ》けた。だが、再び磐音の前に姿を見せた歌女が祖父の死を告げ、改めて磐音への復讐《ふくしゅう》と家基暗殺の意思を明白に告げたのだ。

大納言家基の身が再び危険に晒《さら》されていた。

それを知らされた玲圓は速水左近と相談するために速水邸を訪ね、神保小路に戻ったのは昼過ぎのことだった。

そこで待ち受けていた磐音から羽根村金次郎のことを報告された。

「業前がどれほどであったか、よう覚えておらぬ。他人様に心を配る余裕がなかったのかのう。だが羽根村という名にはたしかに覚えがある」

玲圓の三十年ほど前の記憶は不確かなものだった。

「倅どのの顔を見れば思い出すやもしれぬ」

「養父上のお戻りを待つべきでしたが、徹宵《てつしょう》して江戸に入られた様子ゆえ、長屋に寝泊まり場所を用意させました。ただ今は、江戸暮らしの品々を誂《あつら》えに田丸どのらが柳原土手《やなぎわらどて》に案内しております」

「父子二代でわが佐々木道場での稽古を願うとは、奇特の至り。長屋に住まわせ、尚武館で修行を積ませることは、われらにとっても誇りじゃ。全てそなたの判断でよい」

玲圓は磐音の処置を認めると瞼を指で揉《も》んだ。速水との間で真剣な話が交わされたと推測された。

「速水様はなんぞ仰《おお》せられましたか」

磐音は丸目歌女の再びの江戸入りに速水がどのような反応を示したか、問うてみた。

「速水様は、丸目高継が死んだとの知らせにほっと安堵の様子を見せられた。されど盲《めしい》の真似をした孫娘の歌女が再び江戸に姿を見せたのもいささか気にかかること、さらには田沼意次様の手が段々と西の丸様周辺に伸び、いささかの安心もできぬことを告げられた」

「近頃、速水様のお越しも滅多にございませぬ。また師範も姿を見せられませぬ。

それがしも案じておりました」

「田沼様はあれこれと策を講じるお方ゆえ、西の丸様ご身辺の警護、くれぐれも怠りなきよう願うてきた」

「それはようございました」

と応じた磐音が、

「近頃、大納言家基様にはご壮健にあられましょうか」

と訊いた。

「速水様からは、心身ともに健やかであられるご様子を聞かされた。家基様は正月、紅葉山の御廟《ごびょう》への拝礼などあってなかなか多忙だそうな。そなたを招いて稽古の時がとれぬことを悔やんでおられる由《よし》。近々、二の江にて放鷹《ほうよう》を催すゆえ、その場にそなたを呼ぶと仰せられたとか」

「鷹《たか》狩りにそれがしを」

ただの遊びへの随行ではない。磐音は改めて気を引き締めた。

「いつなんどきなりと随行できるよう仕度だけは整えておきます」

磐音は答えながら、一度弥助《やすけ》に会っておくべきだと考えていた。

玲圓が羽根村金次郎に会ったのはその翌朝の道場であった。

磐音が羽根村を呼び、玲圓に引き合わせると、玲圓はしばし羽根村の面《おもて》を見ていたが、

「なんとのう、父御の彦右衛門どのの若き日の風貌と似ておられるようにも見ゆる」

と玲圓の記憶は未だおぼろだった。だが、羽根村金次郎の顔には、ぱあっと明るさが広がり、

「父を覚えておられましたか。江戸に参り、これ以上の幸せはございません」

とこちらは感動しきりだった。

「昨日、磐音にそなたのことを告げられ、三十年以上も前のことを思い出した。だがこちらも若うてな、その上、父に厳しい稽古をつけられる日々であった。そなたの親父様方門弟とともに道場の床を這い廻《まわ》っていた覚えしかないのじゃ」

と苦笑いした玲圓が、

「父御は身罷られたとな」

と問うた。

「はい、八年前の春のことにございました。藩の中でなんぞ揉め事があったらし

く、父は屋敷に戻ると職を辞してきたと宣告し、その夜のうちに一家を伴い、国《くに》許《もと》を離れました。馴《な》れぬ道中の後の大坂の裏長屋暮らしに、母、父と相次いで病にて身罷り、妹が長屋の住人と所帯を持ったを機に、それがし諸国行脚の旅に出ましてございます。独り旅の折り折りに、亡き父がよう佐々木道場の厳しい修行時代を懐かしく話していたことなど思い出し、こたび江戸に到着したのを機に、真っ先に佐々木道場を訪ねて参りました。昨日、若先生にはお許しを得ましたが、玲圓先生、なにとぞ尚武館での入門修行お許しください」

と改めて玲圓に願った。

「この道場の経営はすでに磐音に任せてある。磐音が許しを与えたのだ、父上同様遠慮のう修行にお励みなされ」

玲圓からも許しを得て、羽根村金次郎の尚武館入門と長屋住まいが正式に決まった。

小正月が過ぎて数日後、朝稽古が終わった刻限に、御典医 桂川甫周国瑞《かつらがわほしゅうくにあきら》が尚武館を訪ねてきた。

そのことを霧子に知らされた磐音は、

「霧子、桂川さんを離れ屋にお通しするゆえ、おこんにその旨告げてくれ」

と命じると、その朝、珍しく最後まで道場に残って古い門弟を指導していた玲圓に国瑞の来訪を告げ、

「この場、養父上にお願いして宜しゅうございますか」

「相分かった」

と玲圓も即答した。

磐音自ら尚武館の玄関前に向かうと、乗り物を下りた桂川家四代目の甫周国瑞は門下の飼い犬の白山《はくさん》をかまっていた。その周りに、薬箱を提げた見習い医師や陸尺《ろくしゃく》たちが屯《たむろ》していた。

「桂川さん、お珍しい」

その声に立ち上がった国瑞の顔に憂いがあった。

「若先生、旧年中はいろいろとお世話になりました。本年もどうぞよろしくお願いいたします」

と年頭の挨拶を受けた磐音も、いささか遅い年賀の辞を返した。

「おこんさんは、変わりございませんか」

「壮健にしております。桜子《さくらこ》様はいかがですか」

「変わりといえば、ないこともない」

と笑みで応《こた》えた国瑞が、見習い医師や陸尺らを駒井《こまい》小路《こうじ》の屋敷に戻した。なにか火急な用向きを抱えているようで、それが国瑞の憂い顔の原因と思えた。

「離れ屋に参りませんか」

屋敷に戻る前、見習い医師が腰に差していた煙管《きせる》入れを国瑞に渡していた。

国瑞は無類の煙草《たばこ》好きだが、さすがに城中では憚《はばか》られた。そこで城中に入るときは見習い医師に預けていたのだ。

「桜子様にお変わりとは、お祝いごとですね」

「えっ、まあ」

国瑞のどこか鬱々《うつうつ》とした顔の表情がいくぶん和んだ。

「ご懐妊なさいましたか」

枝折戸《しおりど》を抜けて離れ屋に向かう道、磐音が問うと、

「秋にはこの国瑞、親になります」

「それはめでたい」

磐音の声を縁側のおこんが聞いて、

「桂川家にはなんぞおめでたいことがございましたか」

と笑いかけた。

霧子から桂川国瑞来訪を知らされたおこんは、陽射しが射し込む縁側に座布団を二つ敷き、煙草盆を用意したところだった。

「おこん、桜子様がご懐妊じゃそうな」

まあ、とおこんが満面の笑みで応じると、

「桂川家五代目の誕生はいつですか」

「おこんさん、男子とは決まっておりませんよ」

「いえ、桂川先生と桜子様の最初のお子は、間違いなく男子にございますよ」

「おこんさんに請《う》け合われたか。ならばきっと男子出生にございましょう」

「おめでとうございます」

「この一件は、なにはともあれめでたいが」

と国瑞の顔色がまた憂いを漂わせるものに変わった。

「おこん、茶を淹《い》れてくれぬか」

磐音の頼みにおこんが頷き、台所に下がった。

おこんが敷いた座布団に腰を下ろすと、国瑞は煙草盆を引き寄せ、煙管を出して刻みを詰め、一服吸うと、

「ふうっ」

と紫煙を吐いた。

「御典医をやってなにが不満かと言えば、思うままに煙草が吸えぬことです。若先生は煙草を吸われないので、この苦しみはお分かりにならないでしょう」

国瑞は苦笑いした。

「桂川さん、なにやら悩みをお持ちのようですが、その前に、それがしのほうから報告したい儀がございます」

「なんでしょう」

と煙管を手にした国瑞が磐音に半身を向けた。

「過日、西の丸様のお眠りを、タイ捨流の老剣客丸目喜左衛門高継と孫娘の歌女の二人がお騒がせした異な出来事がございました」

「家基様の夢にその二人が姿を見せて、お気を煩《わずら》わす騒ぎでしたね。あのときは若先生が剣技にて妖気を退散させ、以来悪い夢を見られることはなくなりました」

「なんとも重畳《ちょうじょう》でした」

「ところがあの二人、次いで家基様のご信頼厚い速水左近様に矛先を向けて危害を加えんとしたところを若先生に見つかり、壮絶にして不可思議な戦いを繰り広げた後、若先生が丸目の左肘を切断し、追い払ったそうですね」

「よう承知ですね」

「おこんさんがうちに見え、桜子に話していかれました」

「そうでしたか」

領いた磐音は、新たに出来《しゅったい》した両国橋での丸目歌女の待ち伏せの経緯と戦いを語った。

「丸目高継は若先生から受けた傷が因で死にましたか」

「歌女の言によればそのようです。その仇《あだ》を討ち、ひいては大納言家基様に危害を加えるために江戸に戻ってきた、と推察いたします」

「なんと、あちらこちらで嫌なことが起こっているものよ」

と再び憂いを湛《たた》えた国瑞が呟いた。

「桂川さんの周りでもなんぞよからぬことがございましたか」

「本日西の丸へ家基様のご診察に出向き、西の丸から辞そうと玄関先に戻ってきたところ、御側用人《おそばようにん》成瀬主水《なるせもんど》匠《のしょう》様が姿を見せられ、耳打ちなさいました」

「ほう、なんと耳打ちなされましたな」

「桂川甫周どの、本丸御典医職にご専念なされよ、となﾞ」

「なんと、御側用人の言葉とも思えぬ。たれぞ背後で糸を引く者が言わしめたのでしょう」

「私、なんぞ落ち度がございましたか、と問い直しました。すると成瀬様は、私の代わりに法眼千賀道隆《ほうげんせんがどうりゅう》様が西の丸御医師の一員に加えられしゆえ、と答えられました」

「千賀道隆様とは、どのようなお方にございますか」

「町医者から幕府御医師に異例な登用をされ、また医師にとっては名誉な法眼に叙せられた方です」

「それだけお医師としての腕がよいお方なのですね」

「ふうっ」

と息を一つ吐いた国瑞が、

「町医者から幕府御医師に昇られるほどです、間違いなく腕は確かでしょう。若先生、千賀様にはいささか気になることがあるのです。この異例の出世は、千賀道隆様が、田沼意次様の愛妾《あいしょう》、神田橋のお部屋様の仮親だったゆえと噂されているのです」

「なんということが」

磐音は、大納言家基近くに田沼意次の手が伸びてきたことを悟った。

「それだけではありません」

「まだ危惧することがあるのですか」

「この千賀家、家基様の生母お知保《ちほ》様と関わりがございます」

「なんですと」

さすがに磐音も驚いた。

家基の生母は旗本津田《つだ》信成《のぶしげ》の娘蔦《つた》、のちに千穂《ちほ》と称した女性であった。

津田家は蔵米《くらまい》三百俵という旗本でも下級の身分であった。その千穂と家治とがねんごろになり、宝暦《ほうれき》十二年（一七六二）に家基を産み、

「お知保の方」

と称されるようになった。

ために津田家では家治のそば近くに仕え、小姓組組頭を務めるようになり、何度もの加増の後、六千石の上級旗本に出世する。

だが、それはしばらく後のことだ。

お知保の弟津田信之《のぶゆき》の六男に広朝《ひろとも》という男子がいたが、広朝は旗本蒔田《まきた》広憲《ひろのり》に、

末期養子として迎えられた。

蒔田家の系図を繰ると、広朝は津田信之の三男で、母の出は、

「千賀氏」

とある。

つまり信之の妾《めかけ》に千賀の娘がいて、千賀道隆と繋がっていると国瑞が磐音に説明した。

「若先生、いささか複雑怪奇ですが、当代家治様の側室は津田信之様の姉のお知保様で、その弟の信之様の妾が千賀氏の娘。神田橋のお部屋様と言われる意次様の妾の仮親が千賀氏という関係にございます。これを田沼意次様からみていくと、千賀氏、津田信之様、津田氏、家治様と、大奥につながる密なる関係が生じているのです」

磐音はしばし瞑目《めいもく》して考え込んだ。

おこんが茶を運んできたが、二人とも険しい顔で沈思していたので、おこんは茶を供すると黙って下がった。

「桂川さん、こたび、西の丸への出入りを断られた理由の背後には、田沼意次様の企てがあってのことと考えてよいのですね」

「御城から下がる道中、乗り物の中で考えを整理いたしました。田沼様の深慮遠謀なのか、はたまた偶然なのか」

「いえ、これには明白な意図が感じられます」

「若先生もそうお考えになりますか」

「考えざるをえません」

「どうすればよいでしょう」

磐音は、西の丸の深い信頼を得ていた桂川国瑞が明白な意図を持って避けられた以上、早晩磐音が、

「西の丸剣術指南」

という名目で出入りを許されていた事実が取り消されることを覚悟した。

だがそれは、国瑞や磐音が西の丸出入りという名誉を取り消されたことだけを意味するのではない。

田沼意次ら家基十一代将軍就位反対派と、家治の後継として動いてきた家基擁立派の暗闘が新たな局面に向かい、大きく動いたことにならないか。そして、それは若い家基の、

「生死」

に関わる事態へと繋がらないか。

磐音と国瑞は尚武館離れ屋の縁側に座り込み、ただ黙っていつまでも考え込んでいた。

四

その夕暮れ前、弥助からの連絡が入ったことを霧子に告げられた。そこで磐音は離れ屋に戻り、おこんに外出の仕度を命じると、その旨を言い残して尚武館を出た。外出は、弥助が尚武館に姿を見せず、霧子を通しての、

「面会」

を求めてきたことを考えてのことだ。

「白山、門番を務めるのだぞ」

磐音がいつものように門前を左に曲がらず、右手に進み始めたので、白山が訝しげに見送った。

磐音に従うつもりの霧子が間をおいてあとを追った。

神保小路と雉子橋《きじばし》通小川町の辻《つじ》をなおも真っ直ぐに進んでいくと、武家地の間

を行く小路は西北へと、くの字に曲がった。

磐音は道に従った。半丁ほど離れて霧子もついてきた。

二人が行く道は今川小路だ。

小路の左右には、五千石級の大身《たいしん》旗本から、二百石取りの御鷹匠支配《おたかじようしはい》内山七兵衛《うちやましちべえ》などの大小の屋敷が混在していた。

長い今川小路の中ほどで霧子が肩を並べてきた。

「偶には外がよかろうと思うてな」

磐音はそう言いながら、霧子が従ってきたことで、決めかねていた行き先を決めた。

「霧子、弥助どのが驚かれるやもしれぬが、小肥前屋《こひぜんや》に参ろうか」

「あそこのひりょうずは絶品にございます。師匠もきっと気に入られます」

磐音は弥助と酒を酌み交わしたことがあっても、甘味を共に食べた記憶がなかった。弥助が甘いもの好きかどうかも知らなかったが、まだ陽も落ちていなかったので酒を飲む気分ではなかった。

今川小路に突き当たると、今度は西へくの字に曲がった。そこを出ると元飯田町御堀に出た。

今川小路が二度もくの字に曲がるのは、御堀の曲がりに武家地が合わせて造成されたからだ。

眼の前に架かる橋を渡ると、南蛮《なんばん》の揚げ菓子ひりょうずが名物の甘味屋、小肥前屋の渋い茅葺《かやぶ》きの門前に出た。

二人が門を潜《くぐ》ろうとしているところに、ふわっと人影が浮き上がり、夕暮れ前の淡い光の中に弥助が姿を見せた。

弥助が磐音に会釈して、霧子が門内へと先に姿を消した。

「偶にはかような場所もよかろうと思うてな」

「おこん様に教えられましたか。評判は耳にしていましたが、機会がございませんでね」

弥助が笑った。

霧子から少し遅れて磐音と弥助が数寄屋《すきや》風の玄関先に立つと、四代目女将《おかみ》のおいりつと霧子が談笑していた。

磐音らが初めてこの小肥前屋を訪ねたのは、千鳥ヶ淵の高家《こうけ》瀬良《せら》播磨守《はりまのかみ》定満《さだみつ》家の冬桜を見物に行った帰りだった。いささか嫌なことがあり、おこんの発案でこの甘味屋を訪ねたのだった。

どうやら霧子はあれ以来、何度かこの店を訪ねているらしく、おりつと親しげに話していた。

「おりつどの、邪魔をする」

「若先生、まだご酒の刻限ではございませんか」

と若い女将が笑いかけた。

「いや、本日は話があってな、こちらを思い出した。おりつどの、養母とおこんにひりょうずを土産《みやげ》にしたい。包んでおいてもらえぬか」

「なら若先生方がお帰りになる前に職人に揚げさせます」

小肥前屋のひりょうずはがんもどきの製法とよく似ていた。

その名も葡萄牙《ポルトガル》のヒルオス（フィリョース）がひりょうずに変わったものとか。油で揚げ砂糖液に浸して甘味菓子に変えたものだった。

三人は庭に面した小座敷に通された。

話があってと磐音が断ったせいか、おりつは案内だけですぐに下がり、小女が茶とひりょうずを運んできた。

弥助が呟いた。

「これがひりょうずでしたか。長崎菓子を江戸で食べられるとは驚きました」

密偵の弥助は御用の都合で諸国を歩いていた。幕府直轄領の長崎も訪れたことがある口ぶりだ。

「弥助どの、この家の先祖は阿蘭陀商館長《カピタン》の江戸参府の折りの宿、長崎屋に奉公しておられたとか。そこで料理人からじかに作り方を習うたそうじゃ」

「道理で本式だ」

と頷いた弥助だったが、手には取ろうとせず茶を喫した。

磐音がまず先に要件に入った。

「弥助どの、本日西の丸に行かれた桂川甫周先生が、下城の途中、尚武館に立ち寄られた」

折敷膳《おしきぜん》に茶碗を戻そうとした弥助の手が止まった。

「西の丸御側用人成瀬主水匠様から、本丸御典医職に専念なさるよう玄関先で耳打ちされたそうな」

弥助が舌打ちして、

「これは失礼をいたしました」

と慌てて詫びた。

「西の丸に大きな動きがあるようだな」

「家基様を敬愛するご家来衆が、次から次へとお側から遠ざけられておられます」

弥助は一年以上も前から西の丸に潜入して家基の身辺を警戒していた。

「どうやらその様子だな」

「すべては田沼意次様の意を酌んだものと考えてよろしゅうございますな」

磐音は国瑞から聞いた、家基の生母お知保を基《もとい》に、家治、津田氏、津田信之、千賀氏、田沼意次と、大奥に密に繋がる人脈のことを告げた。

「なんと、そのような繋がりが田沼様と公方様の間には隠されていましたか。田沼様の強引なやり口に察しがつきますな」

と応じた弥助は、

「西の丸御側用人成瀬様は、一見家基様の忠臣を装っておられますが、どうやら田沼様の倅意知様が西の丸に差し向けた人物、田沼派にございます」

磐音は頷いた。

「まさか依田様が西の丸から遠ざけられたということはあるまいな」

いえ、と弥助が首を振り、

「その代わりと申すのも変ですが、若先生の剣術指南役が近々解かれる手筈《てはず》にございます」

「やはり」

速水左近らが手を打ってきた西の丸家基擁護の人材が、一人また一人と解任されていく。そして、剣術指南を名目に西の丸に繫がりを持った磐音も遠ざけられることになったか。

「若先生、家基様は明後日、二の江村にお鷹狩りに行かれます。その一行に佐々木磐音様を加えることを家基様は御側用人に命じられましたが、西の丸内の田沼派によって、その意向は退けられたそうです」

かねてより覚悟していたことであったが、磐音は動揺を隠し切れなかった。

「弥助どの、お鷹狩りの一行に依田様は同道なされようか」

「今のところ、家基様側近の一人として加わっておられます」

磐音は幾分安心した。

「若先生、御鷹匠組頭の野口三郎助《のぐちさぶろうすけ》様から言伝《ことづて》にございます」

「おお、野口老のことを失念しておった」

日光社参の折り、家基は家治の社参行列とは別に微行して日光に詣《もう》でた。

その折り、家基が帯同した人物こそ野口三郎助老であり、五木忠次郎《いつきただじろう》、三枝《さえぐさ》隆之輔《りゅうのすけ》の近習《きんじゅ》二人であった。そして、さらにその供として佐々木玲圓と坂崎磐音が同行していたのだ。

　野口老は家基の信頼厚い人物と言えた。

「家基様ご一行は、二の江村の船着場に明け六つ（午前六時）には到着なさいます、とのことにございました。またその場から馬にて放鷹場まで向かわれますが、放鷹場ではお鷹を驚かしてもならず、家基様方、少人数になられる由にございます」

　野口三郎助も、家基派が一人また一人と櫛《くし》の歯が欠けたようになるのを恐れて、磐音に連絡を付けてきたものと思えた。

「野口老の言伝、確かに承《うけたまわ》った」

「若先生、二の江村に行かれますな」

「万難を排しても」

　と応じた磐音は、

「弥助どの、こたびのお鷹狩りの最中になんぞ起こりそうか」

　と家基の周りで監視を続ける密偵の弥助に問うてみた。

「田沼一派も家基様派の抵抗に遭《あ》い、未だ完全に西の丸を田沼派で固めたわけではございません。おそらくその陣容がなったときに行動を起こすものと存じます。ただ、いつなにが起こっても不思議ではございません。そのことをわっしも案じております」

弥助の答えに磐音も大きく頷いた。

「弥助どのの推測はあたっていよう。となれば、明後日の御鷹狩りの最中、田沼派が手を出すことはあるまい。未だ家基様の周りにお味方が残っておるでな。弥助どの、そなたも霧子も家基様の道中ぴたりと張り付くであろう」

「若先生、このところ、西の丸には田沼派の下忍《しのび》が入り込んでおりまして、わっしも息がかかった者を三人ほど同道させることにしております。若先生とは未だ対面したこともない連中にございますが、わっしの命に懸けて信頼できる連中とお考えください。こやつらが、わっしや霧子の案内なしに若先生の前に姿を現すやもしれません。その折り、若先生に白山と呼びかけてくれれば、われらが味方。若先生は白桐と応じてくださいまし」

「相分かった」

お鷹狩りの影警護についての話し合いが長々と続いた。

その間におりつが様子を窺《うかが》いに来たが、だれもひりょうずに手をつけず話し込んでいるのを見て、すぐに台所に下がった。

そして、再び姿を見せたときに、おりつは盆に異国の赤い酒を入れたギヤマンの罎《びん》と酒器を抱えていた。

「やはり若先生方にはこちらがお似合いにございます。時に甘味屋で酒を飲むのも悪くはございますまい」

「おりつどの、気遣いをさせて相すまぬ」

「なんのことがございましょう」

「この異国の葡萄酒《ぶどうしゅ》は甘いマデイラ酒にございまして、食前や食後に甘い菓子と一緒に食します」

おりつがギヤマンの器にどろりと赤い酒を注《つ》いで磐音らの手に渡した。

「それがし、甘い異国の酒は初めてにござる。弥助どのはどうじゃ」

「わっしも試したことはございません。甘酒のような味にございましょうかな」

磐音と弥助が口に含んで、

「ほう、これはまた」

「いや、なかなかの風味でございますな」

と男二人が言い合い、磐音が、

「霧子も頂戴してみよ」

と命じた。霧子がおそるおそる口に含み、どろりとした酒精をしばらく口の中で転がしていたが、ゆっくりと喉に落としてにっこり笑った。

「おりつ様、このような飲み物は初めてにございます。なんとも甘さが堪《こた》えられません」

「霧子さん、ひりょうずと一緒に試してご覧なさい」

おりつに命じられた霧子が、ひりょうずを賞味してマデイラ酒を口に含み、

「これは絶品にございます」

「でございましょう。甘い酒ゆえたくさんは召しあがれぬそうな」

とおりつが言うと、マデイラ酒の入ったギヤマンの壜を残して座敷から姿を消した。


磐音と霧子が元飯田町御堀の東岸に差しかかったとき、五つ（午後八時）の刻限だった。いつも人の往来が多い場所ではないが、その日に限って二人の前後に人影一つなかった。

二の江村のお鷹狩りの影警護の打ち合わせであれこれと話が長引き、小肥前屋

にはすでに他の客はいなかった。

おえいとおこんへの土産のひりょうずの包みを霧子が提げて、磐音と弥助は門前で別れた。別れる前、弥助が、

「このようなところを教えていただき、見聞を深めました」

「弥助どの、尚武館では差し障りがあると、それがしを外に誘い出したのではないのか」

「尚武館には、旗本衆から大名家のご家来衆まで出入りなさいます。こう事態が切羽詰まってくると、外のほうがよいかと霧子に言伝を頼んだのでさあ」

「なにか心当たりがおありか」

「いえ、今のところ怪しい人物が門弟におられると考えたわけじゃございません。それに大先生と若先生の目が光っておりますから、そうそう容易に怪しい者が入り込むとも考えられませんや」

「いや、弥助どのに言われて、尚武館のことを考えなさすぎたのではと反省したところじゃ」

弥助との最後の会話を気にしながら、御堀端に差しかかった。

「霧子、考えてみれば田沼派が尚武館に密偵を送り込んできてもなんの不思議も

ない。田沼様方にしたら、尚武館は大納言家基様の牙城《がじょう》といえるところだからな。どうじゃ、そなたの目から見て」

霧子の返答はすぐにはなかった。

「気がかりがあるか」

「いえ、確たる人物に心当たりがあるわけではございません。なれど師の申し分、私も注意すべきかと存じます」

「人を疑うのは哀しむべきことじゃ。まして同好の士の剣術仲間を疑心の目で見ねばならぬとはな。されど家基様が西の丸を出られてご本丸の主になられるまで、われら、心を鬼にしても尚武館に田沼様の密偵を入れてはならぬ」

「いかにもさようと心得ます」

そのとき、磬音と霧子が同時に立ち止まった。

御堀から濃い靄がむくむくと湧き上がり、二人を囲むように大きな渦を巻き始めた。

この死臭を帯びた妖気は馴染みのものだった。

一度目は、西の丸様のご寝所に丸目高継と歌女が姿を見せて家基に高い熱を発せさせる悪戯をなしたときに接していた。そして、二度目は速水左近邸の門前で高継と死闘を演じた折り体験した。

そして、三度目はつい先頃、両国橋上で高継の孫娘の歌女に待ち伏せされた夜、見舞われていた。

「霧子、抜かるでない」

「畏まりました」

霧子は足元に土産のひりょうずの包みを置くと、腰の一剣の柄《つか》に手をかけた。

「歌女どの、姿を見せぬか。話があるならば聞こう」

磐音は渦巻く靄の向こうに呼びかけた。だが、どこからも歌女の声は戻ってこなかった。

「亡き丸目高継どのの仇を討つというなれば、それもまたよし。尋常の勝負をいたそうか」

磐音は呼びかけながら、妖気の向こうに歌女の気配を探った。だが、その気配はない。

ただの脅しか。

渦巻く靄が夜空に龍のように駆け昇り、千代田の御城の甍に巻き付いた。すると、御堀端にふわっと春の夜風が吹き込み、涼気へと変わった。

そのような様子が、九段坂から下ってきた御堀に架かる俎橋《まないた》の常夜灯に見えた。

御堀端に佇んでいるのは磐音と霧子の二人だけだ。

「西の丸様に悪さをなさんとするなら、佐々木磐音、一命に替えてもそなたの所業許さぬ」

磐音の叫びに、千代田の城の甍に巻き付いていた靄が再び夜空に渦を描くと、磐音と霧子を目指して駈け下ってきた。

「ござんなれ」

磐音は近江大掾《おうみだいじょう》藤原忠広を抜くと大上段に振りかざした。

千代田城の甍から一旦天に上昇した妖気を漂わせる靄の渦は、頭を振り立てた龍神のごとく、一気に磐音の身に迫った。

磐音は藤原忠広を天に突き上げた不動の姿勢で待った。

霧子もまた磐音の背後に片膝を突いた構えで天からの襲来に備えた。

磐音の右斜め上から妖気の渦が間合いを詰めてきた。だが、まだ間合いの内に入っていないと、磐音は微動だにしない。

妖気を含んだ靄の龍神の頭が磐音に向かって、得体の知れぬものを吐き出した。

「南無八幡大菩薩《なむはちまんだいぼさつ》」
磐音は胸の中《うち》で唱えると死臭を嗅《か》いだ。頭がくらくらとしたが耐えた。
靄が形作る龍神はいったん磐音の前で地表に下りると、その反動を利して、
ぴょん
と磐音に向かって飛んだ。
磐音は龍神の首を引きつけて大上段に振りかぶった藤原忠広を、
すいっ
と真一文字に振り下ろした。その振り下ろす刃の下に龍神の首が迫りきて、角を振り立てた首をすっぱりと両断した。
「げえぇっ！」
絶叫が轟《とどろ》き渡り、妖気を放つ靄の龍神は一気に霧散した。
そより
とした風が堀端から吹き上げてきた。
そのとき、磐音の目に提灯《ちょうちん》の灯りが映じた。龍神の靄から生じたように、行列の灯りに紋所が見えた。
七曜の紋は老中田沼意次の行列のようであった。田沼家は家治の側用人になっ

た明和四年（一七六七）七月に、神田橋御門内に屋敷を与えられている。譜代《ふだい》大名並みの扱い、家治の寵愛《ちょうあい》のほどが知れた。かような刻限に屋敷に戻る道中か。

「霧子、田沼様のお行列先を騒がしてもなるまい」

磐音と霧子は元飯田町御堀端から今川小路の北側の入口へと後ずさりして、その場から消えた。

第三章　二の江村の放鷹

一

まだ薄暗い神保小路に梅の香りが漂っていた。
尚武館の門番季助《きすけ》の見習いを自称する小田平助は、愛用の槍折れを手にいつものように最初に起きると、尚武館の表門の閂《かんぬき》を外し、
ぎいっ
と開いた。するとそれを待っていたように、門内に与えられた犬小屋からのっそりと白山が尻尾《しっぽ》を振り振り出て来て、平助に愛想を見せた。
「白山、ちいと待っちょらんね。おまえの挨拶は二番目たい」
平助が槍折れを犬小屋に立てかけて話しかけると、白山も言葉が分かったよう

に伸びをしたりして平助の朝の日課が一段落するのを待った。

平助は両開きの表門をしっかりと長屋門に固定してから神保小路の前に立つと、南に向かって遥拝した。

神保小路の尚武館は徳川一族の居城江戸城の北に位置し、北辺から侵入する敵から護《まも》る心構えが、稽古にも佐々木玲圓の言葉の端々にも窺えた。

それは代々佐々木一族に伝えられた教えであろう。

小田平助は、そのことをだれに教えられたわけではない。だが、尚武館に住み込むようになって、佐々木一族が直参《じきさん》旗本を何代も前に辞したにも拘《かかわ》らず江戸城の傍《そば》に拝領屋敷を許され、旗本衆や大名家の子弟に剣術を教えている事実を、

「なんぞ謂《いわ》れがあってのこと」

と察していた。

ために江戸城の主《あるじ》に拝礼したわけではない。平助は幼い頃から、武家の棟梁《とうりよう》は征夷大将軍たる、

「徳川の公方様」

と教え込まれてきた。

流浪の旅を始めたいつの頃からか、徳川一門の健康と繁栄を願い、江戸に向か

って遥拝する習慣になった。それが江戸に出て、思いがけず江戸城近くの神保小路に住むようになったため、平助の一日の最初の日課は一段と熱心さを増しての江戸城拝礼だった。

くるり

と向きを変えた平助の鼻に梅の香りがそこはかとなく漂ってきたのはそのときだ。

「かように屋根の下に寝泊まりし、屋敷から漂う梅の香りを楽しむ暮らしができようとはな。人の世は、そう捨てたもんじゃなかばい」

呟いた平助は、今度は尚武館に向かって深々と拝礼した。

「今朝も小田様に門を開けてもらいましたな。相すまんことです」

門番の季助が目をしょぼつかせながら起きてきた。

「季助さんや、わしは押しかけ門番たい。新参者が働くのが世のならいたいね。気にかけんでよかよか」

「すまんことです。歳を取ると、寝付きは早いくせに夜中に何度も目が覚めて、その度に小便に行きます。すると今度は眠れんようになって、明け方にとろとろしてつい朝寝坊をいたします。歳はとりたくないもんです」

「それが人間の摂理たいね。逆ろうてどぎゃんしなさると」

「失礼ながら小田様とわっしはそう歳が違いません。十と差はありますまい。小田様は見かけこそわっしとおっつかっつの年寄りに見えますが、道場に立たれると、若い衆の田丸様方がひいひい泣き言を言うほど疲れ知らず。やっぱり若い頃から体を鍛えられた方は違いますな」

「まあ、そいが小田平助のたった一つの取り柄たいね」

特徴ある顔を崩した平助が犬小屋に立てかけた槍折れを手にして、

「ほれ、白山、こん界隈《かいわい》ば見回りがてら、小便ばしてくるばい」

ともう一方の手に白山の綱を持ち、神保小路を東に向かって下っていった。

季助はそれを見送ると、長屋に住み込む門弟衆を起こしにかかった。これが季助の朝の日課だ。

平助は薄暗い小路を歩きながら、槍折れをぶるんぶるんと片手で回転させた。もはや白山も槍折れが風を裂く音を気にせず、先に立ってぐいぐいと道を進んだ。

平助は神保小路と小川町一橋通の辻に差しかかり、御城に向かって曲がろうとしたところで、肌に妖気を感じ取った。

「あん姉さんが尚武館を見張ってござる」

と胸の中《うち》で呟いた。だが、驚くふうはない。

両国橋で磐音を待ち受けた丸目歌女にこの妖気を嗅いで以来、度々感じる気配だった。

丸目歌女がなんの目的で佐々木磐音を狙っているのか、小田平助には関心がなかった。

千代田城の次期将軍位を巡って、城中二派に分かれて暗闘が繰り返されていることは、尚武館に住み始めてすぐに気付いた。

尚武館に集う人々は、西の丸様と呼ばれる家治の嫡男家基が十一代将軍に就くことを願っていた。

佐々木家の人々も家治の御側御用取次《おそばごようとりつぎ》の速水左近らも、そのために動いているように思えた。

門弟衆の噂では、老中田沼意次が大納言家基の十一代将軍を阻止せんとする急《きゅう》先鋒《せんぽう》の親玉だという。

「江戸というところはたい、政争が好きなところたいね」

と考えながらも、小田平助は自らの立場を決めかねていた。平助にとって、

「政《まつりごと》」

ほど関心がないものはなかった。

無関心というのではない。徳川家の御世が百七十有余年続いてきた以上、これからもずっと続くだろう、ために嫡男が公方様を継ぐ、それが自然と考えているにすぎない。

辻を南に向かうと、通りの向こう、四番明地越しに、御堀に架かる一橋御門が見えた。明地の角は丹波《たんば》亀山《かめやま》藩五万石の松平佐渡守《さどのかみ》の江戸屋敷だ。この松平屋敷と御城の間に明地と御堀が挟まっていた。

白山の小便場所がこの明地だ。

平助は、白山が片足を上げ、明地を囲んで流れる溝に向かって気持ちよさそうに小便する様子を眺めた。たっぷりと用を足した白山は平助の顔を見上げて満足そうだ。

「小便ばして気持ちがよかか。そうじゃろうたい。生き物はおしなべてくさ、食べる楽しみより出す楽しみが上たいね」

白山に向かって己の快楽を説いた平助は、うむと辺りを見回した。

朝の気配が静かに忍び寄り、江戸城や武家地の景色にわずかながら濃淡が生じていた。だが、まだ濃い闇《やみ》を留《とど》めている武家屋敷もあった。

松平佐渡守の江戸屋敷の鬱蒼《うっそう》とした杉の木立ちに妖気が漂っていた。松平家の北側に神保小路が東西に走り、尚武館があった。

「姉さん、出てこんね」

平助が呼びかけた。すると杉の老木の頂きから、

ふうっ

と生暖かい風が吹き、平助の前に渦巻いて停止した。

「ううっ」

白山が背の毛を逆立てて唸り声を上げた。

「白山、いきり立たんでよか。話ばしとるだけたい」

五、六間先に、花笠《はながさ》を被り、杖を手にした丸目歌女が浮かんだ。

「姉さん、わしゃ、尚武館の食客の小田平助たい。ちいと聞きたいことがあるもん。おまえ様の爺様はタイ捨流の丸目喜左衛門高継様ちな」

「いかにもさよう」

「そりゃ、ちいとおかしかろ。おまえ様の爺様がほんまもんの丸目高継様ならたい、百齢《ももとせ》はとっくに過ぎとろうが。泰平の御世ち言うてん、まあ、人間の寿命は五、六十がよかとこたい。なかには七、八十の翁《おきな》もおらすが、そりゃ、百に一人、

いや、千に一人たいね」

「爺様は格別ぞ」

「そやろそやろ、格別な生きもんやろたい。百歳の長寿を全うするだけでんたい、大苦労たいね。それをあんたの爺様はうちの若先生と戦うてくさ、左肘ば斬りとられたち言いなはるが、そいだけ元気たいね」

「言うな」

と歌女が叫んだ。

「姉さん、丸目高継様はくさ、西国東国を通じてくさ、一番か二番の剣客ばい。そん丸目様が佐々木磐音若先生と尋常の戦いをなさった、そいだけで伝説たいね。勝ち負けはわしら武術家にとって、なんの意も持たん。時の運が勝ち負けを分かつだけたい」

「言うでない、小田平助」

「歌女さん、あんたが悔しがる気持ち、分からんではなか。ばってん、爺様は新しい武勇ば付け加えなさってくさ、あの世に旅立たれたとたい。こいは哀しかこっちゃなか。長寿百年、数多《あまた》の勲《いさおし》を重ねられた丸目高継様の祝いたい」

小田平助の、事を分けた言葉を悔しそうに顔を歪《ゆが》めて聞いていた歌女が、

「小田平助、命が惜しくば尚武館を出よ」

「歌女さん、あんたにも流浪の旅がどげんしんどいか分かろうが。わしが折角見付けた安住の屋根の下ばい。なんちして出んといけんな」

「爺様の敵《かたき》、佐々木磐音、必ずや討ち果たす」

「もうちぃと訊いてよかな。丸目高継様ともあろう剣術家がたい、老中田沼意次様の刺客になったとな。わしゃ、剣を以《もっ》て一派を立てた人がくさ、次の公方様をあれこれ画策する田沼様に加担することが、よう分からんたい」

「爺様がなにゆえ田沼意次様にお味方なされるか、歌女も知らぬ。じゃが西の丸に住む小童《こわっぱ》を本丸には移らせぬ」

「歌女さん、そいは謀反《むほん》ばい。ただ今は戦国の御世じゃなか。当代様の嫡男家基様は、身心も壮健な若様と聞いたばい。多くの人が、家基様が十一代様に就かれ、天下にあまねく繁栄を授けることを望んでおられるとも聞いた。そいを一老中の妄執で、なにかかんか企てちゃいかんたい」

「小田平助、これ以上の問答無用。家基と佐々木磐音の命、貰い受けた」

「ふーん」

と鼻で平助は返事をした。

「姉さん、あんたの話だけでん、この企てには無理があるたい。こいだけ世の理《ことわり》を説いてん、やっぱり邪《よこしま》な考えを押し通すち、言われるならたい、小田平助、微力を尚武館の若先生のためにくさ、貸そうと決めました」

「小田平助、そなたの命、貰い受けた」

「いけんいけん、女子がそげんこつば言うもんじゃなか」

歌女がひょいと虚空に舞い上がった。

それまで平助に綱を引っ張られていた白山が綱を振り解《ほど》いて、虚空に浮かぶ歌女に飛びかかった。だが、すでに歌女の身は数丈余の高みにあった。

「白山、戻りない」

と命じた小田平助は、胴丸武者の軍勢に囲まれているのを見た。

両国橋で会った面々だ。

「おまえ様方、あの世から舞い戻ってきなはったな。若先生が、成仏なされと諭されたやろが。未だ妄念ばこん世に残しちおるちゅうならくさ、こん小田平助が一手槍折れの芸ば披露してくさ、あん世に改めてたい、送り込んでやろうかい」

白山が平助の足元に戻ってきて、牙《きば》を剝《む》き胴丸武者を威嚇《いかく》した。

「亡者どもをわしが槍折れで退散させるたい。白山、よう見ちょれ」

と言うと槍折れを片手でぶるんぶるんと回転させ始めた。
胴丸武者の一団が槍の穂先を揃《そろ》えて、小田平助に迫ってきた。
槍折れの回転速度が早まり、胴丸武者が一間半と間を詰めたとき、小田平助の矮軀が、
ひょい
と胴丸武者の槍の穂先と穂先の間に滑り込み、頭上で回転していた槍折れが傾きを変えて、武者軍勢の頭分《かしら》、三十二間筋兜《すじかぶと》の横面を、
がつん
と音を立てて殴りつけた。すると胴丸武者が横手に吹っ飛んで倒れた。だが、その瞬間、小田平助の姿はその場になく、右に左にひょいひょいと跳ね飛びながら、回転する槍折れを変幻自在に振るって、胴丸軍団を蹴散《けち》らかした。
ふわり
と小田平助の体が白山のかたわらに飛び戻り、
「白山、亡者どもを相手にひと汗かかされたばい」
と言った。
「今朝は挨拶がわりたい。陽が上がらんうちに早う消えない。亡者は宵のうちか

ら夜明け前ち、相場が決まっとろうもん」

平助の言葉にすうっとした妖気が四番明地から消え、朝の光が射し込んできた。


平助が尚武館に戻ったとき、すでに朝稽古は始まっていた。

季助から、小田平助が白山と散歩に出て戻ってこないと聞いていた磐音は、平助が槍折れを手に道場に入ってきたのを見て歩み寄った。

「遅うなりました」

と挨拶する平助の稽古着の袖《そで》に夜露が光っていた。

「遠方まで散歩に出られたか」

「そいがくさ、いつもの四番明地、丹波亀山の松平様の屋敷の道たいね」

「白山がなんぞ迷惑を」

「若先生、こん尚武館、夜通し見張られちょるばい」

ほう、と磐音は平助を見た。

「今話してよかろか」

「話してくだされ」

昨日から西の丸様を巡る状況が急激に変化していた。磐音はそのことを案じて平助に言った。

「両国橋で出会うた丸目歌女が、わしと白山ば待ち受けておりました」

平助が淡々と、歌女との問答と胴丸武者との小競り合いを語った。

「やはり歌女でしたか。尚武館に向けられた監視の目をなんとなく感じてはおりました」

磐音はそう答えると、なぜ平助を待ち受けたか、そのことを沈思した。

「わしは稽古を始めてよかろか」

「小田平助どの、そなたとの出会い、それがし、どれほど心強う思うたことか」

「そげん言葉は要らんばい、若先生」

「そなたも察しられたと思う。佐々木家は直参旗本を辞した後もこの地に拝領屋敷を頂戴し、旗本衆や大名諸家のご家来衆に直心影流を指導して参りました。養子に入ったばかりのそれがしですが、佐々木家が直心影流の指導を通して、未だ徳川家に忠義を尽くしていることの意味を、おぼろに察しております」

「若先生、言わんでよか。ただの町道場の後継がたい、西の丸様の剣術指南ば務めますな。佐々木家はくさ、禄《ろく》は頂戴せんでんたい、徳川家の御番衆と変わりなかろ」

「平助どの、その家基様の剣術指南も近々解かれるはず」

「そりゃ、大事《おおごと》たい。大納言様の命が危なかろ」

磐音は、歌女との問答から小田平助がすべてを悟っていることを知らされた。

「尚武館に留まれば、そなたもこの暗闘に巻き込まれるやもしれません。こたびの家基様を巡る政争は、いずれかの派が壊滅するまでの戦いになり申す。小田平助どのの生死に関わるやも知れぬ。もしそなたがお望みならば、いつなんどきなりとも尚武館からいずこへでも立ち退《の》いてくだされ」

「若先生、そりゃ無下《むげ》な言葉たいね」

「無下であろうか」

「そりゃそうばい。犬でん猫でん、一宿一飯の恩義は持っちょります。白山は道場破りが置いていった犬ち、季助さんに聞いたばい。白山は尚武館に恩義を感じちょるけん、番犬の役を務めておろうもん。小田平助、体小なりといえども、武士の端くれれば自認しちょりますたい。若先生、わしゃ、尚武館を終《つい》の住処《すみか》と思うちょります。居てはいかんかのう」

磐音は平助の告白に返す言葉を持たなかった。ただ、黙って一礼し、

「佐々木家がその言葉に価《あたい》するかどうか、これからの戦いにて決まり申す」

「小田平助、そん戦いに一命を捧げますばい」

平助は明るくも淡々と告げた。

磐音は、見所の前で初心組の稽古を見ながら玲圓が、磐音と平助が話し込む様子を気にしていることを知っていた。

平助が稽古の指導を始めたのを見て、玲圓のもとへと向かった。

「なんぞ起こったようじゃな」

「養父上《ちちうえ》、事態は急速に進展しているようです」

と前置きして、平助が遭遇した出来事を告げた。

「昨夜《ゆうべ》の一件と申し、急展開じゃな」

と答えた玲圓が、

「速水様に昨夜の一件は知らせておいた。すると昨夜のうちに、今日の城下がりに必ずや尚武館に立ち寄るとの返事を貰うた。われらの行動はそれから決めてよかろう」

玲圓の言葉に磐音が頷くと、

「磐音、それにしても小田平助どのを尚武館に迎え入れたは心強いかぎりじゃな」

「いかにも、そう存じます」

と答えた磐音は、辺りを見回し、羽根村金次郎の視線に気づき、

「羽根村どの、稽古をいたしませぬか」

と誘いかけた。すると一瞬羽根村がどぎまぎした様子を見せたが、それでも笑みを浮かべ、

「若先生じきじきのご指導とは恐れ入ります」

と言葉を返して、竹刀を構え合った。

二

朝稽古を終えた磐音は、母屋で養父の玲圓とともに尚武館名物の朝粥《あさがゆ》を摂《と》った。ごまをたっぷりと振りかけた粥には、滋養強壮の枸杞《くこ》の実など数種の漢方薬が炊き込まれてあった。

尚武館の女たちが代々受け継いできた秘伝の粥で、腹持ちもよかった。

「霧子はすでに尚武館を出たか」

「昨夜のうちに弥助どのと合流させております」

うむと答えた玲圓が、

「畏《おそ》れ多いことながら、家治様が今少し田沼意次、意知父子の邪な考えに思いを致してくだされば、世子の家基様をかような危険な目に遭わせるようなことはなかったものを」

と珍しく家治の愚鈍に触れた。

家治の生母は権中納言梅渓通条《うめたにみちなが》の娘お幸《こう》であった。

お幸は京の朝廷比宮《なみのみや》の侍女として仕えていたが、比宮が将軍の世子家重と結婚して西の丸入りしたとき、これに従い、江戸に下った。

その比宮が二十三歳で身罷ったとき、お幸は望まれて家重の側室に迎えられ、元文《げんぶん》二年（一七三七）五月二十二日、竹千代（家治）を産んでいた。

家治は元来柔順にして温厚な人であった。すくすくと幼少期を過ごし、壮健に育ったという。十六歳の折り、疱瘡《ほうそう》を患ったが順調に回復した。

家治は二十四歳で十代将軍位に就き、以来二十年間、朝会を休んだことがないほど壮健であった。一方、久しく廃絶されていた武芸試合や鷹狩りを再開させて見物し、自らも放鷹に興じた。

家治の弱点は政への無関心だった。

家重の小姓から一気に老中まで昇りつめた田沼意次に幕閣のすべてを委ねてしまい、意次が倅の意知ともども江戸城で勢威をふるうことを看過した。将軍がいかなるものなのか、家治にはその考えが欠落していたのだ。

玲圓の苦渋の言葉の意味であった。

むろん徳川家大事に過ごしてきた佐々木一族である。玲圓とて徳川への忠誠心と尊崇の念は先祖のだれよりも厚かった。その玲圓が家治を批判する言葉を洩らしたのは、

一に、徳川の幕藩体制の綱紀が処々方々で緩《ゆる》んでいること、

一に、その機能不全に落ちた幕藩体制の立て直しに明晰聡明な家基の将軍就位が欠かせぬこと、

を承知しているがゆえの吐露であった。

磐音は玲圓の言葉に無言を貫き、ただ胸に仕舞った。

「どのような精鋭を誇った軍団も、強固な政治体制も、歳月とともに緩みが生じ、ついには自滅崩壊にいたる。徳川幕府の御世が二百年、いや三百年と安泰であるためにはこの際、大鉈《おおなた》を振るわれる叡智《えいち》と力の持ち主、若い血の導入が欠かせぬ。家基様の就位は必ず実現せねばならぬのだ」

とさらに呟いた。そして、磐音が無言を貫く様子を見た玲圓が、

「磐音、そなた、尚武館が城の御側近く、直参旗本の武家地にあることの意味を承知じゃな」

と念を押した。

「養父上の言動を間近に見てきております」

と磐音は短く答えた。

「徳川家の浮沈の折り、潔く命を投げ出すために神保小路に屋敷を許されておる」

「はっ」

「なんとしても、われらが一命に替えても家基様をお守りせねばならぬ」

玲圓が自らに言い聞かせるように呟いたとき、父子が朝餉と昼餉《ひるげ》を兼ねた食事を終えたかどうか様子を見にきたおこんが、

「お済みにございますか」

と廊下から問うた。

「おこん、速水様はまだか」

「門前に、遼次郎さんに立ってもらっておりますが、未だ」

と応じたおこんが養父と亭主の膳《ぜん》を片付けようとした。

「おこんがうちに来て早一年か」

としみじみと洩らす玲圓の呟きをおこんが訝しげに聞いて、養父の顔を振り仰いだ。

「いや、歳月が過ぎゆくのが年々早う思えてな」

「恐れながら、養父上はわが実父より随分とお若うございます。まだまだ壮健にて私ども夫婦に範を垂れていただかねばなりません」

「おお、金兵衛《きんべえ》どのより確かにいくつか若かったのう。暮れに風邪《かぜ》を引かれたが、もはや回復なされたか」

「お蔭さまで元気を取り戻しております」

「金兵衛どのの元気を、この玲圓、見習わねばのう」

「そうしてくださいませ。尚武館は養父上あっての尚武館にございます」

「いや、すでにそなたらに実権は譲った。そこでな、考えていることがある」

「どのようなことにございますか」

玲圓と問答を続けながら、おこんは手際よく二つの膳を片付けて座敷から廊下に出した。

「おえいとも話したが、われら、家治様より一足先に西の丸に移ろうかと思う」

西の丸は、将軍の世子か、将軍位を退《ひ》いた者が住む館《やかた》だ。

玲圓はそれになぞらえて、尚武館の母屋から離れ屋に住み替えると言っていたのだ。

「養父上、それはいささか早計にございましょう」

と磐音が会話に加わった。

「いや、そなたらがわが屋敷に入ったとき、われら母屋を明け渡すべきであった」

「いえ、おこんも申しましたが、尚武館は佐々木玲圓あればこその尚武館にございます。われら夫婦は未だその任に堪えず、未熟者にございます」

「人を作るのは使命と地位じゃ。わしが父からこの佐々木道場を受け継いだのは二十数年前、今のそなたより若かったわ。磐音には尚武館を継ぐにふさわしい見識と経験、技量がある」

磐音とおこんは顔を見合わせた。

おこんの胸の中には、養父養母にすまぬと思う気持ちがあった。未だ佐々木を継ぐ子が生まれる様子がないことだ。

「おこん、そなたがなにを思い煩《わずろ》うておるか、察しておる。そなたらの子は佐々木家の跡取りではある。じゃが、それ以上に、磐音とおこん夫婦の子よ。いつ産まねばならぬということはない、周りの声に惑わされず、のんびりとそのときを待て。母屋と離れ屋の住み替え、そのときでもよいかもしれぬな」

「有難いお言葉、痛み入ります」

おこんは玲圓に一礼すると、

「ただ今お茶をお持ちします」

と居間から下がった。

「考えてみれば、尚武館の子は諸国におる。この道場で稽古を積んだ門弟衆が、それぞれの立場でご奉公に励んでおられる」

「いかにもさようです」

「わしとおえいには子はなかったが、そなたとおこんを得た。実子がいたとしても、そなたらほどの子は得られなかったわ。その上、無慮《むりょ》数百、いや、数千人の門弟がおる。思えば佐々木玲圓、後継に恵まれたものよ」

玲圓が感慨深そうに呟いたとき、庭に人の気配があって、

「井筒遼次郎にございます。速水左近様、ただ今到着なされました」

と知らせてきた。

「遼次郎どの、ご苦労であった」

磐音が礼を述べ、玲圓の顔が厳しさを滲《にじ》ませた。

おこんに案内されてきた速水左近の顔は玲圓に増して険しく、そして憔悴《しょうすい》していた。

「ご心労お察しいたします」

玲圓が、心の友であり、幕閣として全幅の信頼を寄せる速水左近を迎えた。

おこんが用意した座布団に頷きながら座した速水が、

「わが力不足をつくづくと感じており申す。盤上から一つまた一つと手駒《てごま》を失うていく光景を、切歯して見ておらねばならぬとは」

と嘆いた。

「田沼様は家治様の後ろ盾で動いておられます。いかに速水様が忠義の士とは申せ、御側御用取次速水左近様お一人の力ではなんとも抗し難いものでございましょう」

と受けた玲圓が、

「磐音の西の丸剣術指南の任、解かれましたか」

と速水に問うた。

「田沼様をはじめ、老中同座の場で、一道場の後継が親しげに西の丸に出入りし、十一代と目される家基様に剣術の指南をしてよいものか。直参旗本の中に武術の達人がおらぬわけではなし、以後、西の丸の出入りを禁ず、と田沼様に釘《くぎ》を刺された。それがし、迂闊に過ぎた。田沼父子を甘く見たのやもしれぬ」

速水は、最後は老中田沼を敬称なしで呼び捨てた。

「桂川甫周先生の西の丸出入り禁止が申し渡されたとき、磐音のことは予測されたことにございます」

「いかにも」

「今は失うた手駒を云々《うんぬん》しても無益なことにございましょう。明日の二の江村放鷹にございますが、速水様は随行なされますか」

いや、と速水が力なく首を横に振った。

「残るは依田鐘四郎か」

「それに五木忠次郎と三枝隆之輔は同道いたす」

「家基様の二の江村放鷹には随員何人で参られますか」

「田沼様は、世子のお鷹狩りゆえ、なにが起こってもならぬと下忍《しのび》を先行させ、家基様の周りを近習衆、御番衆など二百余名で囲む態勢を西の丸老中に命じられたとか」

「大人数であればあるほど、隙が生じましょう」

玲圓も危惧した。

「放鷹に仰々しい供は要らぬ、と家基様は日頃から仰せられている。されどこうも田沼派の介入が厳しいとなれば、家基様の考えが受け入れられるかどうか」

速水が嘆じた。

「速水様、御鷹匠組頭は野口三郎助様で変わりはございませぬな」

「これぱかりは家基様も強くお望みでな、替わることはあるまい」

玲圓が磐音を見た。

「野口三郎助どのの御鷹匠屋敷は駒込千駄木《こまごめせんだぎ》じゃ、磐音」

磐音は速水左近を見た。

「野口三郎助様から、二の江村の船着場でお待ち申しますとの言伝を得ております。ですが、できるかぎり御側近くに控えたほうが宜しかろうと愚考いたします。この件、いかがにございますか」

熟慮した速水が顔を上げて、頼もう、と洩らした。

「じゃが磐音どの、その前に御鷹匠支配の戸田秀安《とだひでやす》どのに書状を認《したた》める。まず戸田どのに面会した後、千駄木の御鷹屋敷を訪ねられよ」

「畏まりました」

磐音は速水左近が書状を認める間、母屋を下がり、離れ屋に戻った。そこにはおこんが待っていた。

「磐音様、養父も速水の養父もお疲れのご様子にございます」

おこんが玲圓を養父と呼ぶのは当然であった。一方、速水左近を養父と呼ぶには理由があった。

町娘のおこんが佐々木家に嫁ぐにあたり、速水家がおこんを一旦養女として迎え、武家の娘として佐々木家に送り出した経緯《いきさつ》があったからだ。

「お二人とも心労が重なってのことじゃ」

と応じた磐音は、

「おこん、外出の仕度を願おう。今宵《こよい》は戻らぬ」

おこんは磐音を見るとしばし無言を守っていたが、

「お役目を無事果たされ、元気にお戻りくださいませ」

と願った。

「養父上もお出張《でば》りになる。こちらが終われば養母上《ははうえ》を手伝い、仕度を願おう」

おこんが頷き、

「その昔、戦場に出る夫や父を、女たちはこのような気持ちで送り出したのでしょうか」

と言うと、涙を磐音に見せぬように顔を伏せて仕度にかかった。


尚武館の門を出たとき、門前に小田平助がいて、白山と何事か会話でも交わすように話しかけていた。

「若先生、お出かけですか」

と婉曲《えんきょく》に同道しなくてよいかと問うた。

「今宵、尚武館には養父もそれがしも不在となり申す。平助どの、若い住み込み門弟とともに留守を願いたい」

「承知しました」

と受けた小田平助が磐音を送り出した。

磐音は神保小路を昨夜と同じように西に向かい、今川小路に入ったところで左折した。表高家《おもてこうけ》の大沢《おおさわ》家と御書院番頭白須《ごしよいんばんがしらしらす》家の間を抜けると御堀端の道に出て、右手に俎橋が見えた。

磐音は俎橋を渡り、九段坂を上った。

幕府の御鷹匠衆を司るのは御鷹匠支配戸田家と内山家であり、布衣《ほい》、千石高で、御役料として二十人扶持《ぶち》が支給され、城中の詰之間は山吹《やまぶき》の間であった。

家治の御側御用取次速水左近が書状を認めた相手は、当代の御鷹匠支配戸田秀安だった。

戸田家の支配下に二百五十俵高の御鷹匠組頭が三名いた。

西の丸の御鷹匠組頭野口三郎助は、戸田家の御鷹匠衆を長年務め、多年にわたり功績ありとして、三郎助一代かぎりの御鷹匠組頭を命ぜられていた。

九段坂を上りきった磐音は田安御門の前で右折し、御薬園の前を抜け、二合半《にごうはん》坂に入っていった。

御鷹匠支配の戸田家はこの坂の中ほどに屋敷を構えていた。

門番に尚武館佐々木道場の佐々木磐音と名乗り、主秀安への面会を願った。

「神保小路の佐々木様ですね」

と念を押した。

頷いた磐音を門前に待たせた門番が玄関番の若侍と話していたが、若侍は磐音を見ながら玄関先に下りて、横手の門から庭へと姿を消した。

長いこと待たされた後、最前の玄関番の若侍が姿を見せ、

「佐々木様、お待たせいたしました。こちらにどうぞ」

と案内に立った。

「造作をかけ申す」

普通千石高の旗本は、およそ九百坪余の拝領屋敷を頂戴した。

だが、御鷹匠支配の戸田家は、拝領地とは別に御鷹小屋として五百坪の預かり地を所有していた。ために千五百坪近い敷地で、その半分が御鷹匠衆の長屋と御鷹小屋であった。

四方を木々に囲まれて、開けた放鷹場があった。

戸田秀安は放鷹場で若い鷹の訓練を見ていたが磐音の姿を目にすると、

「佐々木玲圓様はご壮健ですかな」

と問うてきた。

歳の頃は四十前後か、長年鷹と犬と付き合ってきたせいか、鋭い眼光をして、顔は陽に焼けていた。

「養父は堅固にしております」

「佐々木家が門弟衆の中から後継をとられたと承知していたが、そなたでしたか」

「佐々木磐音にございます」

「本日は、この戸田になんぞ御用があってのことですかな」

「それがし、書状を持参しております」

　磐音が速水左近が認めたばかりの書状を差し出すと、無言で受け取った戸田の眼がぎらりと光った。そして、こちらに、と放鷹場の一角に建つ東屋に磐音を招いた。二人だけになったとき、

「尚武館は御側御用取次の速水様と昵懇《じっこん》のお付き合いでしたか」

　と呟き、封を披いて読み始めた。

　戸田秀安は熟読の途中、何度か書状から視線を上げて磐音を見た。そして、また書状に注意を戻して二度ほど読み返し、書状を折り畳みながら、

「そなた様が、日光社参の折り、野口三郎助とともに日光へ同行なされたお方でしたか」

　と自らを得心させるように言うと、

「速水左近様の文には、そなた様を明日の二の江村放鷹に野口三郎助の供として

従わせる手立てはないかと願うてこられた」

「造作をかけ申す」

「鷹や犬を使う御鷹匠衆に身を窶《やつ》すのは難しゅうございましょう。将軍家のお鷹狩りの折りには、うちから監察を出します。西の丸様に監察を出して悪いということはございますまい。明朝、御船手《おふなて》番所から乗船の砌《みぎり》、それがしが同道して、野口三郎助に監察同道を命じます」

「かたじけのうございます。明朝こちらに参れば宜しゅうございますか」

「いえ、御鷹匠支配監察はそれなりに仕来りなど多き役掌、一晩で覚えきれるかどうか。偶には神保小路を離れて、御鷹や犬の傍で一晩をお過ごしなされ、若先生」

と戸田秀安が言った。

三

鷹狩りは放鷹とか鷹野とも呼ばれ、特別に飼い慣らした鷹を拳《こぶし》に乗せ、鷹狩り場で放して野鳥を捕まえる行事であり、武士の嗜《たしな》みの一つであった。

その歴史は古く、大和朝廷時代からすでに行われていたという。

天正《てんしょう》十八年（一五九〇）、関東に居を定めた徳川家康は生涯に千回以上の鷹狩りを行ったというが、鷹狩りにこと寄せて、未だ不安定な幕藩体制固めとして、
一、大名領の情勢を探り、領地の要所要所に、御殿や茶屋を設置して脆弱《ぜいじゃく》な体制基盤の拠点とし、
二、併せて農民の暮らしを視察し、また同行する家臣の武術の訓練の度合いを把握する狙いも持っていた。
と伝えられる。かように江戸に幕府が定められ、幕藩体制が整う過程で、領内の民情を探り、家臣団の武力を保持する狙いもあったのだ。

ために江戸期を通じて、御鷹匠支配下の御鷹衆はお上の威光を背景にあれこれと庶民に無理難題を言ったりするため、決して評判がよいものではなかった。

また継竿《つぎざお》の黐《もち》竿を携帯してお鷹の餌《えさ》を採取する鳥刺《とりさし》は、将軍家の隠密《おんみつ》と見られていたし、鳥刺も虎《とら》の威を借りて悪さをすることが度々あった。

徳川幕府の体制が固まった三代家光の治世下の寛永《かんえい》期（一六二四〜四四）、江戸から五里四方を将軍家鷹場と指定し、さらに十里の間を御三家の鷹場として、頻繁に鷹狩りが行われた。

だが、それも四代将軍家綱の頃には鷹狩りの回数が急に減り、五代綱吉時代には、悪名高い、「生類憐《しょうるいあわれ》みの令」が布告され、武将の嗜みは廃止に追い込まれた。

さらに時代が下り、八代将軍に紀伊の出の吉宗が就位すると、事情が変わった。享保《きょうほう》元年（一七一六）に鷹場制度と鷹場を復活させ、葛西《かさい》、岩淵《いわぶち》、戸田、中野、六郷《ろくごう》筋が新たに鷹場に加えられた。

特に駒場《こまば》原の十六万坪が将軍家の鷹狩り場として接収され、この界隈は御鷹場、御拳場《おこぶしば》、御留場《おとめば》などと呼ばれて、再び御鷹匠衆は日の目を見ることになる。

また鷹場が増えるにつれ、鷹場付近に小菅《こすげ》御殿、御殿山、青戸御殿、中山御立場（中野）、東金《とうがね》御成街道の御茶屋御殿、中山道の鴻巣《こうのす》御殿、白金《しろがね》御殿などと呼ばれる鷹狩りの折りの休息所が整備されていき、その名を後世に地名として残すこととなる。

この中でも警備の都合や江戸城との往復を考えて、将軍家の鷹場としてよく利用されたのが、

「目黒筋」

であった。

これは目黒村を中心に駒場原、碑文谷原《ひもんや》、広尾原《ひろお》など未開の平地が残る一帯で、多くの野鳥が生息していたからだ。

ために吉宗をはじめとする代々の将軍は、目黒筋を遊猟の地としてしばしば訪れていた。

十代将軍家治の世子がなぜこの日、二の江村を選んだのか、磐音は事情を知らなかった。

一夜を二合半坂の戸田家で過ごした磐音は、その朝、御鷹匠支配戸田秀安配下の監察として二の江村まで舟行するための乗船場、永代橋の西詰御船手番所で家基一行の到着を待っていた。

突然の監察同行ゆえ、主の戸田秀安が口を利くために御船手番所に同道してくれたのだ。

磐音は陣笠《じんがさ》に海老茶《えびちゃ》の羽織を着て下は野袴《のばかま》に武者草鞋、羽織の背には戸田家の家紋が染め出され、

「御鷹匠支配監察」

と一目で分かる姿に扮《ふん》していた。そして、御船手番所の篝火《かがりび》でよく見れば、陣

笠の下に海老茶の頭巾《ずきん》があり、顔が隠されていた。

まだ暗闇《くらやみ》の日本橋川の河岸《かし》道《みち》に、
かっかっか
という馬蹄《ばてい》の音が響き、霊岸島《れいがんじま》新堀界隈に緊張が走った。

大納言家基一行が御番衆に伴われて馬で到着した物音だった。

御船手奉行向井将監《むかいしょうげん》が操船する三十二丁立ての小早《こばや》住吉丸に乗船するのは、家基ら近習の者ばかりだ。大半の御番衆は馬で船を追うかたちで随行するのだ。

日本橋川が大川と交わるところ、最後の橋の豊海橋上を軽やかに馬を走らせてきたのは家基だ。そのかたわらには依田鐘四郎、五木忠次郎、三枝隆之輔ら、磐音と馴染みの面々が供奉《ぐぶ》していた。

「家基様お成り」

御船手番所に凛然《りんぜん》たる声が響いた。

さらに永代橋を、黒い馬影の軍勢が西詰より東詰の深川へと渡っていく。馬で先行する御番衆だ。

御座船小早住吉丸に家基一行が乗り込み、乗り捨てた馬を厩《うまや》番らが手綱を摑んで帰りを待つ態勢をとった。

二の江村には一行のために別の馬が用意されていたのだ。

住吉丸に乗船するのは家基以下総勢二十数人だ。その中には警固陣の依田鐘四郎、五木忠次郎ら側近衆、さらには御鷹匠組頭の野口三郎助老と鷹匠衆が、家基の愛鷹隼《はやぶさ》号らを拳に乗せて乗り込もうとした。

「野口」

御船手番所の片隅でそれまでひっそりと控えていた戸田秀安が、野口三郎助を呼んだ。

「おや、御頭様もお見送りに来ておられましたか。気がつかぬことにございました」

野口三郎助が主の戸田に詫びた。

「なんのことがあろう。思い付いたことがあり、そなたに話をしに出て参った」

と応じた戸田が、かたわらに片膝を突いて控える監察に視線をやった。

「二の江村に監察を同道なされますか」

「異例ではあるが、同道させてくれ」

野口老の視線も監察にいき、

うむ

という体《てい》で形《なり》を見ていたが、

「御頭、急な申し出にございますな」

と異例の監察同行を訝った。

「新参者の監察どの、家基様のお鷹狩りに命じられ、気を遣うたとみえて顔に吹き出物を作りおった。大納言様にご不快を与えてもならず、面体《めんてい》を隠す布を使うておる。見逃がしてくれぬか」

さらなる戸田の異な申し出に野口三郎助は考え込んでいたが、なにか思い当ったようで莞爾《かんじ》と笑った。

「御頭様、ご配慮感じ入りました。監察とてお鷹同様に場数を踏んで、一人前になっていくものでございますよ」

「いかにもさよう」

「名は何と申されますな、この監察どの」

「日光朋之助《にっこうとものすけ》じゃ」

「ほうほう、なんともよき名にございます。監察同道、いかにも野口三郎助承りました」

「頼む」

と戸田秀安は配下の御鷹匠衆十二人を束ねる組頭の中でただ一人、

「師匠」

と呼ばれる野口に願った。

「監察どの、大納言様をお待たせしてもならぬ。われらが最後になり申した。乗船いたしますぞ」

「よしなに」

監察の日光朋之助がくぐもった声で短く応じ、戸田に一礼した。

住吉丸に野口と監察が乗り込み、御船手番所船着場を住吉丸が離れると、ただちに大川へと三十二丁の櫓《ろ》を揃えて漕ぎ出された。

「監察どの、そなたの居場所を舳先に定めなされ」

「畏まりました」

住吉丸の中央に床机《しょうぎ》を置いて腰を下ろした家基を中心に、御近習衆が取り囲んで座り、その周りに野口三郎助支配下の御鷹匠衆が六、七人、革具足を手に嵌《は》めた拳に御鷹を乗せて控えていた。

「たれぞ弁当を持て。御鷹狩りに腹が空いては身動きもつくまい」

家基が朝から食欲を見せ、風に乗って聞こえる大納言家基のさわやかな声に、日光朋之助こと磐音は安堵した。

「家基様、大川はいささか揺れまする。小名木《おなぎ》川に船が入るまでご辛抱お願い申します」

と五木忠次郎の声が応じた。

磐音が舳先に片膝を突いて控えると住吉丸は永代橋の下を潜《くぐ》り、一旦大川上流に向かって漕ぎ上がっていく。

さすがは御船手奉行向井将監の子飼いの水主《かこ》らである。艫櫓《ともやぐら》で打たれる太鼓の音に合わせて三十二丁の櫓が一糸乱れず水を掻くと、

ぐいぐい

と流れに逆らい、進んでいった。

新大橋を手前に、住吉丸は大川の右岸から左岸へと斜めに切り上がり、遠くの流れの上に両国橋を見ながら小名木川へと入ると、住吉丸の揺れが収まった。

舳先に控えた磐音は、水主たちが櫓の動きをゆるやかに変えて小名木川を進む様子を眺める視線の端に、河岸道に待機していた御番衆が馬の鞍《くら》に跨《また》がり、住吉丸の進行に合わせて進み始めたのを確かめた。

住吉丸の胴中では朝餉の仕度が始められていた。

小姓たちによって蒔絵《まきえ》のお重が家基の前に並べられ、お茶が淹れられた。

「そのほうらも食しておけ。二の江村に到着いたさば、一日じゅう走り回ることになるぞ」

家基が御近習衆を気にかけ、まず家基の毒見掛の若宮聡右衛門《わかみやそうえもん》が握り飯を賞味して、しばらく時の経過を待った。

磐音は六間堀との合流部から朝靄がうっすらと押し寄せてくるのを、朝の微光の中で見ていた。

胴中では毒見を終えた若宮が御近習衆に合図を送り、賑やかな朝餉が始まった様子があった。

磐音はこの住吉丸に乗船している家基御近習衆の中にも田沼派の刺客が混じっていることを察していた。それがだれか、西の丸に奉公する依田鐘四郎や五木忠次郎らも割り出せないでいるとの報告を受けていた。

住吉丸はすでに高橋を潜り、横川と交差する新高橋に差しかかっていた。すると川釣りでも楽しむために船を仕立てた様子の隠居然とした武家が、船頭に命じて住吉丸の後ろから従ってきた。

密《ひそ》かに随行する佐々木玲圓の扮した姿だ。

玲圓の他にも弥助や霧子がどこからか住吉丸の進行を見守りながら、二の江村に向かっているはずだ。

不意に舳先に歩いてきた御近習衆がいた。

磐音は顔を背けて行く手を見た。

「監察日光朋之助どの、お役目ご苦労に存ずる」

依田鐘四郎の密やかな声だった。

「心強いお味方が加わり、鐘四郎、勇気百倍にございます」

磐音は背で頷いた。

「監察日光どの、お鷹狩りの休息所として二の江村庄屋六左衛門《ろくざえもん》方、および今井村の西光寺を考えております。なんぞござればそちらに出向いてくだされ」

鐘四郎は日光朋之助こと磐音に知らせると胴中に戻っていった。

二の江村はたんに二ノ江、二野江とも称され、江戸を遠く東に離れた古利根川《ふるとね》の右岸岸辺で、船堀村の東に位置し、北には東一の江村、東に下今井村、南に桑川村に境を接し、近くに浅草と行徳《ぎょうとく》を結ぶ道が通っていた。

成田山新勝寺にお参りする講中の人々は、日本橋川の木更津《きさらづ》河岸から出る行徳船に乗り、大川、小名木川を経て、中川を横切り、さらに古利根川を越えて行徳河岸に到着するのだ。そのあと、行徳河岸から成田街道を徒歩で進むことになる。

江戸の人々には馴染みの風景だ。

ともあれ中川や古利根川の支流が複雑に流れていて、太古から自然が豊かに残り、水鳥野鳥が多く生息していた。

住吉丸は、急に牧歌的な風景を見せ始めた河岸の景色を愛《め》でながら進んだ。

いつしか住吉丸は小名木川の東端、その名も小名木村が見える場所まで到着していた。

「中川の船番所、通過にございますぞ！」

と艫櫓から声がかかった。江戸から房総方面の船の出入りを監視する御番所だが、

「西の丸様ご座乗住吉丸、通過」

との船頭のひと声で、御番所詰めの旗本衆が平伏して迎え、見送った。

中川の流れを横断した住吉丸の右手に西一の江村が見えてきた。

お鷹場が近いことを本能的に悟ったお鷹が、見習い鷹匠の拳の上でばたばたと羽根を広げていたが、不意に飛び立った。

慌てた見習い鷹匠が革紐《かわひも》をうっかりと放したために朝ぼらけの空に舞い上がり、

悠然と住吉丸の上を飛び廻り始めたのだ。

住吉丸に乗船していた御鷹匠衆が慌てた。

お鷹を逃がした見習いは顔面蒼白《そうはく》だ。

磐音は飛び立った鷹が羽の色具合からして、野口三郎助に連れられて日光にいった隼号だと推測した。

賢い隼号は、見習いの腕を見越して飛び立ったのだろう。見習い鷹匠は泣きそうな顔をして、空に向かって必死に隼の名を呼びかけた。

「一松《いちまつ》、騒がずともよい」

師匠の野口三郎助は見習い鷹匠衆を静かに制すると空に向かって、

「ひゅうひゅう」

と指笛を鳴らしてみせた。すると隼号がその笛音に気付いて、住吉丸の上空に二度三度と輪を描くと、羽音を立てて滑空してきた。

それがどういうわけか、見習い鷹匠の拳には戻らず、舳先に立つ監察日光朋之助こと磐音の肩に止まった。

「隼、覚えておったか」

日光社参の折り、隼は若鷹だった。だが、今や堂々たる風貌と鋭い眼光を備え

た、

「お鷹」

に成長していた。

「一松、戸田様監察どのの肩に戻られたぞ。いただいて参れ」

と野口三郎助に命じられた見習い鷹匠が舳先に歩み寄ってきた。

「隼、じっとしておれよ」

と優しく言いかけながら近付く見習い鷹匠を無視した隼に、磐音が、

「たれも見習いの時代はあるものよ。その昔、そなたも若い鷹であったろうが」

と言いながら片手を差し出すと、隼は肩から磐音の素手に優しく移動した。

その足頸《あしくび》から革紐が垂れていた。

「鷹匠どの、まず革紐をお取りなされ」

磐音に命じられた紅顔の鷹匠が、

「監察どの、助かりました」

と革紐を自らの手首に巻いて拳を隼のかたわらに差し出すと、ひょいと戻った。

「そろそろ東船堀と下今井の水路に入りますぞ！」

艫櫓から御船手奉行支配下の船頭がお鷹場到着を告げた。

下船の仕度のために住吉丸の船上が慌ただしさを増した。

そのとき、思いがけないことが起こった。

家基がつかつかと住吉丸の舳先に歩み寄り、

「そのほう、御鷹匠支配戸田秀安の配下の者じゃな。手柄であった。さすがは戸田の監察、お鷹の扱いに慣れておる」

磐音はその場に片膝を突くと面を伏せた。

「恐れ入ります」

「名はなんと申す」

「日光朋之助にございます」

「なにっ、日光とな。面を上げよ」

「顔を患い、醜うございます。それればかりはお許しくださりませ」

三枝隆之輔が歩み寄るのを、家基が止めた。

「下がっておれ」

と命じた家基は、

「日光朋之助とやら、家基、礼を申すぞ」

「見習い鷹匠どのが落ち度、お忘れくださりませ」

「分かっておる」

「有難き幸せにございます」

家基が不意に腰を屈《かが》めて、

「磐音、よう参った」

と囁いた。

「お鷹は賢いのう。日光の道中がこと、忘れておらぬわ」

隼の奇異な行動に思い当たったという様子で告げた。

「家基様、たれに聞かれておるやもしれませぬ。もはやそれがしに構うてはなりませぬ」

「分かっておる」

家基の声が急に弾んで、

「安心いたした」

「われら、佐々木父子、常に家基様のお傍に控えております」

頷いた家基が、すうっと立つと、

「馬の仕度はなっておるか！」

と御近習衆に呼びかけた。

四

江戸の近郊での放鷹、お鷹狩りは、将軍家一族、御三家など特権階級の遊びであった。

各お鷹場は広大な土地をそのために収公されると同時に、お鷹場に指定された村々では、お鷹場の御場拵え、鶉《うずら》あたため人足、餌付《えづ》け用畑の耕作と、様々な負担が申し渡された。

またその他に鷹場法度なる制約も受けていた。たとえば鷹場法度は、
一、道や路傍はお鳥見《とりみ》の指示に従い整備のこと。
二、お鳥見の案内なしに公儀お鷹匠といえどもお鷹を使ってはならない。
三、鳥は脅かしたり追ってはならぬこと。
四、餌差《えさ》しの鑑札《かんさつ》をよく確かめること。
五、お鷹匠、餌差しの他は鳥の狩猟の禁止。
六、鷹場内に怪しい者を見かけたとき、よく身許《みもと》を調べること。
七、鷹場内の新しい家の建築禁止。

と多岐にわたり、鷹場を守るために領民の暮らしを犠牲にした。

また上目黒、中目黒、下目黒村の入会秣場《いりあいまぐさ》であった駒場原が収公されたことで、この三村の農業生産は悪化し、その他の労役、鷹狩りの仕度や後始末の雑役、鷹狩り最中の農作業の休止、馬による田畑の被害、ケラ取りの御用などやるべきことは無数あって、

「御鷹狩御用於相増困窮仕候」

という状態を呈することもままあった。

ケラとはおけらと同じ意で、螻蛄と書く。昔から、

「螻蛄の五能」

と蔑《さげす》み、飛ぶ、登る、潜る、掘る、走る才のどれも大したことはなく、役に立たない譬《たと》えだ。

だが、鷹狩りの獲物である鶉は螻蛄が好物で、餌として繋いでおくと鶉が寄ってくるのだ。そこで鷹場の村人は大量の螻蛄取りを強いられることになった。

若い家基はだれに教えられたわけでもなく、お鷹狩りのために苦労をする領民のことを知っていた。

家基がしばしばの御鷹狩りで被害を受ける目黒筋の鷹場を避けて、二の江村に

鷹狩りの地を選んだのもそのためだ。

そしてこたびの鷹狩りに際しては一切の雑役を地元二の江村に命じることなく、鷹狩りの随員も最小限に留めた。また獲物が少ない折りに、鷹場で綱差《つなさし》に飼育させた鶉などを放鷹の前に放つことを禁じた。

家基はあくまで心身鍛錬のために鷹狩りを行うべく、御近習衆に、

「獲物争い」

を禁じるとともに、

「飼育された鶉」

などを二の江村鷹場に放つことを断った。

勢子《せこ》なし、弓鉄砲不使用、犬も二匹と最小限度の鷹狩りを試みようと考えた。

そこで家基は御番衆の大半を二の江村の庄屋六左衛門屋敷と今井村の西光寺に残して、随員を極力抑え、また乗馬は道を行くときのみとした。また村人には普段どおりの暮らしをするよう六左衛門を通じて徹底させた。

家基は、最終的に御近習衆と御鷹匠組頭野口三郎助ら二十余人の同道を命じた。

むろん随員の御番衆の中には、西の丸様に従わずしては御番衆の御用立たずと強硬に同道を申し入れる者もいたが、家基は許さなかった。

その代わり、必ずや昼餉には六左衛門屋敷に戻ることを約定《やくじょう》した。

二の江村を中心にして古利根川沿いの河原を東一の江村に上がり、江久山蓮光院感應寺《こうきゅうさんれんこういんかんのうじ》や白山神社の前に出た辺りで方向を西に変え、家基は野口老人やお鳥見の鹿造《しかぞう》らの考えを聞きながら、馬を下りてお鷹を放った。

磐音にも監察として馬一頭が与えられ、家基一行から少し距離を置いたところを従った。そのほうが放鷹に惑わされず、家基にもし危害を加える者があれば、その動きを前もって察知できると思ったからだ。

仕掛けなしの御鷹狩りだ。

お鷹らもなかなか獲物を捕まえることができなかった。だが、家基は捕獲に失敗しても、放鷹する場所を変えて気長に遊猟を楽しんでいた。

狩りを始めて一刻半（三時間）が過ぎた頃、犬が草藪《くさやぶ》から鶉を追い出した。家基は鶉が逃げる方向を拳に乗せたお鷹に確かめさせると、大空に放った。

磐音は飛び方を見て、隼号だと分かった。

草藪から飛び立ったものの、鶉は草藪に隠れて飛び続け、距離を置いた場所で大空に上昇しようとしたか、あるいは再び草藪に潜り込もうと考えたか、低い飛翔を続けていた。

隼は一直線に鶉を追い、気付いた鶉が草藪に飛び込もうとする寸前、
さあっ
と両足の鋭い爪で摑むと、獲物を誇示するように上空へと飛び上がり、大きな輪を描いて家基の腕へと戻っていった。

隼の鶉捕獲に他のお鷹も奮い立った。

磐音は仕掛けなしの放鷹が順調に展開され始めた頃より、家基を注視する、

「眼」

を感じていた。

二の江村の広大な地のどこからか、殺意のこもった眼が家基のお鷹狩りを見守っていた。

中川と古利根川の間を並行して何本かの細流が南に向かい、流れていた。

家基一行は流れの岸辺に従い、時に騎乗で時に徒《かち》でお鷹を放ちつつ、二の江村の庄屋六左衛門屋敷に元気に戻っていった。

昼前までに鶉二羽、雉《きじ》三羽、兎《うさぎ》一羽の収穫があった。隼号は鶉、雉、兎の各一羽を獲る活躍であった。

予想していた以上の収穫に家基らの意気は盛んで、井戸端で手足を洗うのも

早々と済ませ、座敷に用意された昼餉の膳に向かった。

この日の膳は家基の望みもあって、二の江村の地の野菜と古利根川で採れた川魚を使い、一汁二菜に麦飯という、質素だが心の籠《こも》ったものだった。

土地の女衆が調理する間、家基に同行してきた西の丸厨《ちゆう》房《ぼう》料理人が素材、調味料、米麦までに気を配り、出来上がった家基の膳の料理を毒見掛が試した後に家基が箸を付けた。

戸田家監察の日光朋之助を名乗った磐音は、六左衛門方の台所に膳を用意してもらい、座敷から聞こえる賑やかな声を耳にしながら、家基と同じ料理を食した。

一汁は里芋、人参《にんじん》など土地の野菜に油揚げ、焼豆腐などの具を入れたもので、二菜のその一は青菜の白和《しらあ》え、その二は鮒《ふな》の甘露煮、それに香の物だった。

磐音にはどれもが美味で素材に甘みが感じられた。

依田鐘四郎ら御近習衆は、一時警護の緊張を忘れて無心に食した。その食事が終わった時分、台所に家基お付き衆が一人姿を見せ、

「茶をくれぬか」

と台所に待機していた女衆に所望した。

依田鐘四郎だ。その鐘四郎が、

「おお、監察どのはこちらで食しておられたか」

と今気付いた体で磐音の膳の前に座し、報告した。

「家基様いたってご健康にて食欲もあらせられます」

「昼食後もお鷹狩りを続けられますな」

「はい。場所を変え、中川と古利根川の下流域の西一之江、小松川、堀江、長島村辺りで放鷹なされるご予定にございます」

承知いたしました、と受けた磐音が、

「依田様、家基様を監視する眼がございます。養父の玲圓も弥助どのらも家基様一行とその眼の間に常に位置して、警護にあたっておりますれば、容易に手出しはさせませぬ。ですが、御近習衆も気を引き締めてくだされ」

「時に嫌な視線を感じておりましたが、やはり」

鐘四郎は改めて緊張で顔を引き締めた。

「依田様、昼からの家基様の供連れ、変わりございませんね」

「それが、この屋敷に留め置かれた御番衆から、このままでは警護役相務まらずと強硬な苦情が出ておりまして、側近衆も苦慮しているところです」

「できることならば、家基様のご身辺は御近習衆でかためてほしいところです」

「なんとしても陣容を変えずに放鷹を続行したいとわれらも考えているところですが、何分」

言葉を濁した依田鐘四郎は、頼んだお茶も待たずに奥へと消えた。

家基のお鷹狩りに加えた田沼派の面々からこのような注文が出るのは想像に難くなかった。

田沼意次の威光は幕閣のみならず大奥、中奥の隅々にまで行きわたっていた。それは家治と密なる関係を保っていることが大きく作用していた。

「あんれ、茶を淹れたちゅうにいなくなっただね」

「それがしが頂戴しよう」

磐音が鐘四郎の注文した茶を貰ったところで、膳を下げようとした女衆が、

「あんれまあ、こんなに綺麗に食しなさるお武家様は滅多にいるもんじゃねえ。おまえ様、よほどお袋様から厳しく躾《しつ》けられただな。天の恵みを疎《おろそ》かにしてはなんねえ。こりゃ、大事なこった」

と褒めてくれた。

鐘四郎も案じていた家基身辺警護の側近衆が昼前とはだいぶ変わり、その分、

御番衆が加わっていた。

その中に依田鐘四郎、三枝隆之輔の姿はあったが、五木忠次郎が加えられていないことを磐音は見てとっていた。

まず家基一行は何本か流れを渡り、古利根川の左岸に面した西一の江村に向かった。

流れを渡るのは土橋で、二の江村の庄屋六左衛門は丸太を並べた橋に新たに土を敷き、馬が渡り易い心配りをしてくれていた。

昼下がり、お鷹の狙う鶉も雉も兎も餌を求める刻限ではないせいか、草陰にひっそりと身を潜《ひそ》め、二匹の犬の追い出しにも姿を見せることはなかった。従ってお鷹も放たれる機会がほとんどなかった。

ために広大な地域を馬で駆けまわる時間が続いた。

磐音は見ていた。

家基に従う御近習衆の隊形が段々と崩れ、昼から加わった御番衆の中には大きく後《おく》れを取る者も出てきたことをだ。

さすがに野口三郎助ら御鷹匠衆は徒歩で従いながら、家基らの位置を確かめては常に先回りして放鷹をする場所を確保していた。

だが、獲物がひっそりとしている以上、いくら名人の野口三郎助も隼も、腕を振るう機会がなかった。

あと半刻（一時間）でお鷹狩りが終わるという七つ（午後四時）の頃合い、犬が一羽目の雉を追い出し、馬上の家基の拳から隼が一気に雉を追って仕留めた。

それをきっかけにお鷹が放たれる回数が増え、獲物の捕獲も増えた。

四半刻（三十分）の間に鶉、雉、兎合わせて五羽の収穫があった。

家基も家来衆もお鷹狩りに夢中になる時間が続いた。

磐音は再び家基の行動を見詰める眼がその包囲を縮め、その後、すうっ
と気配を消したことに気付いた。

（異なことが）

わんわんわん
二匹の犬が吠《ほ》えて、今しも小松川村を流れる細流から鶉を追い出した。すると家基の拳上にいた若い疾風《はやて》号がすかさず鶉の逃走を追った。

お鷹狩りの全員の眼が、疾風と鶉の追跡と逃走に釘付《くぎづ》けになった。

その瞬間、

たんたんたーん
と銃声が何発か響き、その銃声に驚いた家基の馬が疾走を始めた。

不運なことに、依田鐘四郎ら御近習衆はもはやお鷹狩りは終わりの刻限と下馬していた。

磐音は馬腹を蹴ると、家基を乗せて疾走する馬のあとを追った。

依田鐘四郎らが立木に繋いだ手綱を慌てて解く脇《わき》を、

「ご免」

と駆け抜けた。

磐音の一丁半ばかり先を南に、江戸の内海の方角に向かって、家基の馬は狂ったように走り続けていた。

磐音は鞍上《あんじょう》で確実に家基の乗馬との距離を詰めながら、

(たれが鉄砲を放ったか)

を考えていた。

こたびのお鷹狩りには鉄砲も弓も持参せず、放鷹本来の狩猟を行ってきた。

家基がお鷹狩りをなす中、二の江村周辺で猟師や百姓衆が鉄砲を放つわけもない。

家基の乗馬を疾走させようという目的で意図的に発射された鉄砲だった。それも複数の銃声からして、何挺《ちょう》もの鉄砲がこの界隈に持ち込まれていた。

磐音が家基の馬との間をあと半丁ほどに詰めたとき、先行する馬が畔道《あぜみち》を離れて松林に突っ込んでいくのが見えた。

磐音も躊躇《ちゅうちょ》なく後に従った。

この突然の動きに、後ろから従う御近習衆らは家基の姿を見失った。

磐音は枝葉に弾かれる顔をものともせず家基の馬を追い詰めた。あと数間というところで、閉ざされていた視界が開け、明るくなった。

松林の中に一丁四方の砂地が広がっていた。松籟《しょうらい》に混じって潮騒《しおさい》の音が重なっているところをみると、西浮田村か。

松林の向こうは江戸の海と思えた。

磐音は一気に間を詰めて家基の乗馬に並走しかけると、

「どうどうどう」

と言いながら首筋をぽんぽんと軽く叩いた。

家基も必死で手綱を引き絞ったせいで、暴走していた馬が速度を緩め、磐音も自らの馬の馬腹を絞めて歩を合わせた。

二頭の馬は砂地のほぼ真ん中で止まった。

「磐音か、助かった」

と家基がほっと安堵の言葉を洩らし、

「御番衆め、鉄砲を持ち込んだか」

と怒りの様子を見せた。

「家基様、下馬してくださいませ。鉄砲を放ったのは御番衆ではございますまい」

磐音は家基の手綱を押さえて家基を先に下馬させると、自らも鞍から飛び下りた。

「ならばたれが鉄砲を放ったのだ、磐音」

磐音は火縄が燃える臭《にお》いが風に乗って漂ってきたのを感じながら、

「家基様、二頭の馬の間に低い姿勢をおとりください」

と願うと自らも姿勢を低くした。

「何者かが家基様に危害を加えんと企《たくら》んでおります」

「何奴《なにやつ》か」

「日光社参微行の旅を思い出してくださりませ」

おお、と田沼意次派が放った雑賀衆《さいかしゅう》との戦いを思い出したか、家基が声を上げた。

そのとき、砂地を囲む松林のあちらこちらから、鉄砲楯《だて》を銃身に嵌め込んだ火縄を構えた四人が姿を見せた。

鉄砲楯は一尺四方二枚折り蝶番《ちょうつがい》付きで、素材は厚い練革《ねりかわ》でできていた。立ち射ちのときは、鉄砲楯で敵の鉄砲玉から自らの顔を守り、伏射のときは鉄砲楯で銃身を固定して狙いを安定させた。

このような道具を持つものは下忍の鉄砲衆や猟師ではない。

「磐音、鉄砲大将配下の者か」

鉄砲大将は足軽大将とも呼ばれ、鉄砲組の足軽衆の総大将だ。ということは、幕府の鉄砲衆が家基暗殺に加担しているということだ。

「家基様、この場でお身を低くし、動いてはなりませぬぞ」

磐音は願うと二頭の馬の手綱を家基に預け、すっくと立った。

四方から四挺の鉄砲が家基と磐音を狙っていた。

さらに四挺の鉄砲の間から四人の武芸者が姿を見せた。全員が一文字笠に裁《た》っ着《つ》け袴《ばかま》に武者草鞋、鎖帷子《くさりかたびら》を着込んだ者もいた。

鉄砲で家基と磐音の動きを止め、四人の武芸者が止《とど》めを刺す役を負っていた。

「家基様と承知で鉄砲を向けるか」

磐音が問い質《ただ》した。

「そのほう、何者か」

「御鷹匠支配戸田家監察日光朋之助」

磐音の名乗りを聞いた武芸者の一人から笑い声が起こった。その者の左目には、革の眼帯が革紐で付けられていた。

「笑止よな、佐々木磐音」

相手は言って片手を上げた。すると鉄砲を構えた足軽衆が立射姿勢で狙いを定めた。

「どなたかな」

「武州陣甲流《ぶしゅうじんこう》矢木《やぎ》八兵衛《はちべえ》元成《もとなり》」

眼帯の武芸者が上げた手を振り下ろそうとした。

その直前に、矢が弦《つる》を離れる弓音が松林に響き、四挺の鉄砲楯装着の火縄を構えた四人の横手や背後から矢が飛来して、首筋や背を見事に射貫《いぬ》き、その場に転がした。

「うーむ」

と矢木八兵衛が辺りを見回した。

松林の背後から弓を携えた弥助と仲間、それに霧子が姿を見せた。

「矢木八兵衛、おぬしらの好きにはさせぬ。成敗いたす」

磐音が宣告した。

「おのれ」

矢木八兵衛が柄《つか》に白布を巻き付けた野太刀を抜くと、磐音に向かって突進してきた。仲間の三人も矢木に従った。

磐音も姿勢を低くして二歩三歩と踏み込むと、一気に間合いを詰めて雪崩《なだ》れるように振り下ろされる野太刀の下を掻い潜った。同時に近江大掾藤原忠広を一気に抜き上げると、矢木八兵衛の胴を深々と撫《な》で斬っていた。

「げえぇっ！」

と叫んで矢木がもんどり打って砂地に転がった。

磐音は残る三人の刺客の動きを見た。

磐音の背後の刺客を、卒然と姿を見せた塗笠の佐々木玲圓が襲い、腰骨を斬り割った。

右手の一人は太股《ふともも》を弥助の矢で射貫かれ、四番手の刺客は磐音の傍まで走り寄ってきた。

「そなたの仲間は悉《ことごと》く斃された。そなたも死にたいか」

と磐音に一喝された刺客が動きを止めた。

「刀を捨てよ。家基様に慈悲を願うてつかわす」

磐音の言葉に刀を捨てた刺客に向かって、弥助らがゆっくりと迫ってきた。

「ふうっ」

と大きな息を吐いた家基が二頭の馬の間から立ち上がった。

「本日は、お鷹狩り日和《びより》にて収穫もなかなかのもの。祝着至極にございました」

「磐音、そなたと玲圓に、予が捕った鶉を一羽下げ渡すぞ」

「恐縮至極にございます」

磐音は、玲圓が家基に向かって一礼すると松林に姿を消すのを見て、

「家基様、二の江村の庄屋宅に戻りましょう」

と言いかけると、

「磐音、そなたの手綱じゃぞ」

と家基が優しい声で呼びかけ、磐音に馬の手綱を渡してくれた。

第四章　虚々実々

一

松平辰平が福岡城下に滞在して十日余りが過ぎようとしていた。

黒田家藩道場の中で辰平の実力もほぼ知れ渡り、家臣門弟と同じような扱いを受けていた。むろんこの厚遇の背景には、磐音がこの福岡城下を訪れて滞在し、有地内蔵助の藩道場で実力のほどを示したということが考えられた。

以来、黒田家では、

「江戸の尚武館恐るべし」

の噂が定説となり、次に参府した折りは、尚武館に入門するという家臣が数多くいた。

辰平は、武者修行中、この黒田家藩道場の歓迎ぶりに張りきらざるをえなかった。今一つ辰平を興奮させる事実が江戸から伝えられた。

磐音の文に、尚武館で競い合ってきた重富《しげとみ》利次郎が父百太郎《ひゃくたろう》の供で土佐藩に旅して、当分高知城下に滞在していることが記されていたのだ。

利次郎の高知行きは父の命とはいえ、辰平が磐音とおこんの豊後関前訪問に同道し、その後武者修行をしていることに触発されてのことと想像するのは、そう難しいことではなかった。

土佐山内家も武勇を誇る藩風だ。利次郎は初めての高知城下で必死の剣術修行をしているはずだと磐音は認《したた》めてきたが、武者修行の先輩辰平にとって発奮せざるをえない知らせだった。

(でぶ軍鶏《しゃも》に負けてなるものか)

と思いつつも、福岡滞在がいつまで続くか知らぬが四国筋に回り、旅の空で利次郎と再会するのも悪くないな、と辰平は夢想した。そして、再会のためにはなんとしても松平辰平の剣を確立せねばなるまいと、自らを鼓舞した。

この日、有地内蔵助の発案で、中堅若手ら家臣団選抜の東西勝ち抜き戦が行われることになった。

東西双方二十人、その年齢は十八歳から三十一歳までと多彩で、その中に西方十一番手として松平辰平は参加を許された。

見所《けんぞ》には剣術好きの隠居吉田久兵衛に加えて藩の重臣方が居並び、見物するとあって、出場する家臣門弟には重圧になった。

だが、松平辰平は言わば黒田家藩道場の居候だけに、いたって気楽なものだ。

同じ西方には小埜江六が五番手で出ることになっていたが、かたわらにいた辰平に、

「辰平、今日こそおれの働きぶりを見所の重臣年寄方に見せぬと、小埜家の面目が立たぬでな」

と緊張の顔で話しかけた。

「小埜さん、それがいけません」

「いけませんとはなんだ」

「あれをせねばならぬ、これをしくじると厄介《やっかい》だ、などと考えるほど愚かなことはございません」

「辰平は気楽に言うが、武勇を誇る黒田家に奉公する身になってみよ。剣術の上《じょう》手下手《ずへた》で上役の覚えも違うてくるのだぞ」

辰平は江六の言い分が重々分かったが、

「いけません」

と強く否定した。

「無念無想、なにも考えずに無心に立ち合えと申すか」

「いえ、負けるつもりで、せいぜいひと暴れしてごらんなされ」

「なに、最初から負けるつもりでか」

「そのような心積もりならば体が自在に動きますから」

「ほんとうか、辰平」

「負けるつもりなのですから、お気楽お気軽なものです」

審判役の師範清水定信《しみずさだのぶ》が、

「東西、それぞれ出場順に並べ」

と命を下し、

「致し方なか。辰平の無手勝流を試してみるか」

と江六は肚《はら》を括《くく》った。

「よろしいですか。この際、断じて欲を出してはなりません。小埜さんは尚武館で修行なされた方です。力はこの辰平よりずんと上なのですから」

と辰平が励ますと、よしと小埜江六が言い残し、西方五番手の席に向かった。

東西勝ち抜き戦は、東方の上田駿介《うえだしゅんすけ》が西方一番手の能勢《のせ》勝信《かつのぶ》を見事な面打ちで先制すると調子に乗り、立て続けに三人を破って、いきなり五番手の小埜江六を引き出した。

辰平が見ていると江六がちらりと辰平に視線を泳がせ、そなたの戦法を使うぞというふうに顎《あご》をこっくりと上下させ、試合の場に出ていった。

両者は互いに正眼《せいがん》で構え合い、その瞬間、江六が先制攻撃の面打ちのお株を奪うように仕掛けた。いきなりの面打ちは外されたが、江六は体を動かし手を休めず執拗《しつよう》に動きまわりながらの愚直にも見える面打ちを繰り出し、上田が焦《じ》れたところを引き際の小手打ちに仕留めた。

「おおっ！」

と藩道場にどよめきが洩れた。上田駿介は江六より上位と見られていたからだ。

「駿介め、四人を破って慢心したか」

「勝ち疲れのところを江六にしてやられたのだ」

「なんにしても、江六は二番手の杉林《すぎばやし》にしてやられよう」

と見物の門弟衆が噂する中、江六がちらりと辰平を見て笑った。

身を捨てて活路を見出したようで、小埜江六の動きにも気持ちにも余裕が出ていた。

杉林は江六が苦手とする相手だった。だが、今の江六には苦手意識も失《う》せていた。負けることを前提にできるかぎりの力を尽くす、このことしか念頭になかった。

再び正眼に構えをとった江六は、今度も先手をとって持てる力を出しきろうと戦った。その無心が効を奏し、実力が格段に上の杉林が江六の動きに惑わされて、構えを崩すところを胴打ちに敗《やぶ》れた。

最前より大きな歓声が藩道場に起こった。

だが、驚きはこれだけでは済まなかった。なんと小埜江六は四人を破り、五人目に負けて、劣勢の西方を五分に戻す番狂わせを演じてみせたのだ。

西方は俄然《がぜん》勢いがついた。

一進一退、東西ほぼ互格で試合が進み、西方十一番手の松平辰平の番がきた。

相手は東方九番手の岳小六《たけころく》だ。小兵《こひょう》ながら、剣術の巧《うま》さでは黒田家藩道場で十指に入る門弟だ。

辰平と岳は身長差がおよそ一尺あった。

初めて対戦する相手は岳の小さな体に惑わされて、つい甘く見てしまう。そこを敏捷機敏な技に仕留められるのだ。

辰平は旅に出て、剣術は体の大小ではないことを嫌というほど思い知らされていた。それだけに油断なく正眼に構えた。

岳小六は小さな体で上段に竹刀をとった。

お互いが眼の動きを注視して阿吽《あうん》の呼吸で踏み込み、岳小六の上段からの面打ちが決まったかに見えたが、正眼の構えから胴に変化した辰平の技が一瞬早く決まり、岳の体が横手に数間も吹っ飛ばされて勝敗が決した。

初戦の勝利をきっかけに辰平も調子づき、東方七人抜きを演じてみせた。その活躍もあって、西方は三人残しての勝利となった。

試合巧者が多く入った東方の優勢間違いなしの試合前の下馬評を覆しての西方の勝利に、隠居の吉田久兵衛が、

「小埜江六、なにやら尚武館の剣友に勝つ秘策を授かったようじゃな」

と見所から問うた。

「吉田様、松平辰平から負けるつもりでせいぜいひと暴れしてこい、と忠言を授けられました」

「なにっ、負けるつもりでひと暴れか。そなた、近頃動きが悪かったでな、その一言が体の動きの切れをよくしたか」

「ご隠居、小埜は江戸から帰国した当初は伸びやかな剣風でしたが、近頃は小さく纏《まと》まり、ご隠居が言われたように動きが鈍くなったところを狙われ、格下の連中からも一本を取られ続けておりました。負けが重なるとあれこれ考えるものです。その結果、ますます泥沼にはまって動きが悪くなる。松平どのはさすがに尚武館時代の小埜を知る剣友、そのことに気付き、そのような忠言をなしたのでしょう」

審判役の清水師範の感想に、

「人間というもの、時に負ける覚悟を持つことも肝要かもしれぬな。ともかく、東方は、小埜と松平辰平、尚武館にしてやられたぞ」

と吉田久兵衛の言葉で講評が終わった。

このあと、辰平は東西勝ち抜き戦に出た若手組の小埜江六らに誘われて、城下と商人の町の両市中を結ぶ中島橋を渡ろうとしていた。西方勝利の祝勝会を催そうという話が井戸端で決まったのだ。

「おや、供を連れた娘は箱崎屋《はこざきや》のお杏《きょう》さんではないか」

小埜江六が振袖《ふりそで》を着た娘を差した。

ちらりと見えた横顔は歳の頃十七、八歳か。すくすくと育てられた様子が見える美形だった。

「あの艶《あで》やかな後ろ姿は、箱崎屋の三女のお杏さんだぞ。姉娘二人はすでに分限者に嫁いだが、末娘は嫁入り先が決まっておるか」

と一人が江六の言葉に応じた。

どこの藩であれ、若手組の関心は若い娘の動静ということになる。

「おお、そうじゃ。辰平、そなたに紹介しておこうか」

と小埜江六が辰平を振り向いた。

「このような繁華の橋上で若い娘御に声などかけて、はしたなくはありませんか」

「はしたないだと。お杏さんとそなた、満更縁がないこともない」

「それがし、あのような若い娘は知りませんよ」

「まあ、おれに従え。最前吉田のご隠居からお褒めの言葉を頂戴し、この小埜江六、思いがけなくも面目を保てたのは、松平辰平の指導あればこそだ。なんぞそなたにお返しをせぬとな」

と言うと辰平の手を引き、中年の女衆《おんなし》と小僧を供にした娘の前に回り込んだ。

「箱崎屋のお杏さんではござらぬか」

「あら、小埜の若様」

「若様とは名ばかり、御番衆小埜家の六番目、屋敷では中間小者《ちゆうげんこもの》以下の扱いでござるよ。どこぞよい婿《むこ》入り先があればとそれがし、鵜《う》の目鷹《たか》の目で探しておるところです」

と余計なことまで言った江六に娘が、

「ほっほっほ」

と笑った。

「お杏さんに紹介しておこう。黒田家の藩道場の居候になった松平辰平だ」

笑いを消したお杏が辰平を見て会釈した。

「小埜様、やはりご迷惑のご様子ですぞ」

辰平がその場から仲間のもとに江六を引き戻そうとした。

「まだご両者の紹介が終わっておらぬ。お杏さん、この辰平、尚武館の磐音若先生、おこん様とともに豊後関前まで船旅をいたし、関前から独り武者修行に出た者にござる」

「松平辰平様」

と呟いたお杏が、

「佐々木様とおこん様から、そのお名を何度もお聞きしました。そのお方が福岡にご逗留にございますか」

と嬉《うれ》しげな笑みに変わった。

「なんとこちらの娘御は、磐音若先生とおこん様をご存じでしたか」

辰平も驚いて、懐かしさを禁じ得なかった。

「辰平、磐音様とおこん様は、当地におられるとき、お杏さんの家に滞在しておられたのだぞ。われらもそれをいいことにしばしば訪ねて、馳走のおこぼれに与《あずか》った」

「箱崎屋様とはどのような商いをなさっておられますので」

「そなた、福岡におって箱崎屋の名を知らぬか。お杏さんの先祖はこの博多の津を拠点に安南《アンナン》、呂宋《ルソン》などはるばる異国に大船を派遣して交易に従事した博多商人の先駆けでな。徳川幕府以前の話よ。この地に黒田長政様が入封された折りも、城造り、城下造りに箱崎屋はなくてはならぬ商人であったそうな。ゆえに黒田家の礎は箱崎屋の先祖が築いたといってもよかろう。ただ今も両替商やら廻船問屋などを経営し、手広くやっておられる」

辰平は江戸の今津屋《いまづや》のような大商人《おおあきんど》の娘かと、若々しいお杏に会釈をすると、改めて、

「それがし、尚武館の厄介者にございまして、磐音若先生、おこん様に世話のかけっぱなしでした。江戸から遠い地で磐音先生とおこん様のお名を聞くことになるとは、松平辰平、恥ずかしながら涙が零れそうなほどの感激にございます」

と挨拶した。

「松平様、小埜様、どちらに参られますので」

「本日、若手中堅らで勝ち抜き戦が行われ、不肖小埜江六と松平辰平の働きで西方が勝利したでな、ちくと祝杯をあげにいくところです。なあに箱崎屋のある界隈で飲むわけではござらぬ。安直な漁師町に潜り込み、ささやかな祝い酒を酌み交わそうと思うたところです。うーむ、われらが料理茶屋にでも上がれる身分ならば、お杏さんもお招きするのですが、なにしろ、ほれ、むさい連中ばかりが供ではそうも参りませぬ」

と江六が長広舌を振るうところに、待たされていた平林豹助らがやってきて、

「なにがむさい連中だ。そなたが一番むさかろう」

と言い出した。

お杏が辰平の顔を見て、

「うちでは身内や奉公人が顔を合わせると、佐々木様とおこん様の噂ばかりをしております。おこん様は江戸に戻られて佐々木様と祝言《しゅうげん》を挙げられ、尚武館の嫁に入られたそうな。お二人から文がございました。そのこと、松平様はご存じですね」

「承知しております」

「お願いがございます」

「なんでしょう」

「わが家にいらっしゃいませんか。佐々木様とおこん様のお話をしとうございます」

「ま、待ってくれぬか、お杏さん。われら最前も申したとおり、祝い酒を酌み交わしに参るところだ。辰平を招くのは他日にしてくれぬか」

「小埜様、箱崎屋とて皆様にお飲みいただくお酒くらい用意してございます」

「なに、われらも一緒に招くと言われるか」

江六が予想外の展開に仲間を振り返った。

「おい、殿様の面前に出ると同じくらい、箱崎屋の敷居を跨《また》ぐのは畏れ多いぞ」

「われら、黒田家の家臣のほとんどが箱崎屋に首根っこを押さえられているからな、窮屈な酒にならぬか」

「いや、このようなときしか、箱崎屋の奥に入ることは叶うまい」

と次男三男の気軽さでわいわい言い出した。

「お杏さん、突然大勢で押しかけては迷惑にございましょう」

と辰平も気にした。

「なんの迷惑などございましょうか。箱崎屋は、皆様が一緒においでになっても驚く家ではございません」

「異郷に船を走らせた家系じゃそうな。少々のことには驚かれまいが、かように不躾《ぶしつけ》なことでよいのであろうか」

と辰平が江六を振り返った。

「博多でたい、こげんな別嬪《べっぴん》さんに招かれてくさ、断られるもんか。辰平、邪魔ばしようかね」

と江六が土地の言葉で決断した。

中島橋の若侍の一団が急に元気づき、お杏、辰平を先頭に博多津に入っていった。

「みない、あいが箱崎屋たい」

江六が官内町の辻にあって堂々たる店構えの箱崎屋を辰平に教えた。

「辰平、福岡と博多は車の両輪、武と商がお互いに補い合う同士、それを両市中と呼ぶと言うたな」

「何度も聞かされました」

「黒田が支える舞鶴城、博多商い箱崎屋、という言葉もあるくらい、博多の顔が箱崎屋なのだ」

江六が店の前で武家言葉に変えて説明した。そのかたわらから、

「愛蔵《よしぞう》」

とお杏が番頭の名を呼んだ。

「お嬢さん、なんですね、店前で大声を張り上げなされて」

広い板の間の帳場格子《ごうし》の中から、愛蔵が鼻にずり下がった眼鏡《めがね》越しにお杏を睨んだ。

「おや、藩道場の若侍方にひっかかりなされたか。こん愛蔵がくさ、表でそう

易々と嫁入り前の娘に声をかけてはならんち、そん若侍方に文句ば申し上げましょうかね」

と一同を見て、

「なんな、小埜の若様方な、うちのお嬢さんに気安う声ばかけたは」

「番頭どの、お杏さんに誘われたのだ」

「まさか、そげんこつはありますまい」

とずり落ちた眼鏡を手で上げる愛蔵に、

「愛蔵、このお方をご存じかしら」

とお杏が辰平の手を引いて店の中に入ってきた。

「こげん若様が藩道場におったやろか。ははあん、江戸屋敷から戻られた勤番明けのご家来じゃな」

「愛蔵、違うわよ。佐々木様とおこん様に従って豊後関前に来られた松平辰平様よ」

「なんち、言いなはったな。あんときの若侍が博多におられるとな」

「番頭どの、それがし、尚武館門弟松平辰平にござる。十日ほど前より藩道場にお世話になっており申す」

「これは珍客たいね。そいで小埜様方も誘われましたな。よかよか、お嬢さん、離れにこん若侍方ば案内《あない》してくだされ。懐かしい佐々木様やおこん様方の話をいたしましょうかな」

と愛蔵が一同を誘い入れた。

「番頭どの、われら、いささか祝い事があって飲みに行く道中であった。尚武館の若先生夫婦の思い出話だけでは、なんとのう口寂しい」

「みなまで言いなすな。酒は酔い潰れてよかごと用意させますばい」

と愛蔵に言われた小埜江六がにんまりと笑った。

二

二の江村のお鷹狩りから二日が過ぎ、佐々木玲圓、磐音父子は普段どおりの暮らしに戻っていた。

この日、依田鐘四郎が珍しく朝稽古に姿を見せ、初心組の面倒をみた。ために玲圓と磐音は、他の門弟衆の指導にあたることができた。

いつものように井筒遼次郎に稽古をつけた磐音は、その後、羽根村金次郎を呼んで手合わせした。

「連日のご指導、羽根村金次郎感激にございます」

と律儀に応じた羽根村に、

「本日は仕太刀《しだち》、打太刀《うちだち》の役を分かたず、打ち込み試合といたそうか」

と磐音が宣告した。

「えっ」

と驚きの声を洩らした羽根村は、

「いくらなんでも若先生と対等に打ち合うなどできません。これは困った」

と首を傾げた。

「羽根村どの、仕太刀打太刀と役目を変える稽古法は、それはそれで力が付くものです。されど役目があるだけに、予測もつかない太刀筋が戻ってくることはありません。真剣勝負を想定した打ち込み試合こそ、お互いの力の限界まで絞り出せるというものです」

磐音は今ひとつ羽根村金次郎の力を測りかねていた。

このことに最初に気付いたのは、小田平助だ。

最初に稽古をしたとき、羽根村金次郎は、小田平助を攻め続けた末に一撃で打ちのめされた。だが、稽古が終わったあと、平助は、羽根村がなんのためか真の力を見せておらぬようだと磐音に告げていた。

そこで磐音も何度か羽根村金次郎と稽古をしてみた。確かに必死の形相で磐音の竹刀を弾き返し、三度に一度は体に受けた。弱いのか強いのか、

「間」

が見えない、得体の知れない剣術だった。

羽根村金次郎とは四度目の立ち合いだった。竹刀を手にした羽根村にさらに注文を出し、

「本日は木刀を用いましょうか」

と磐音自ら木刀に替えた。

もはや羽根村金次郎はなにも言わなかった。覚悟を決めたように、磐音が命じたことに従った。

磐音は正眼の構え、羽根村は八双に木刀を立てた。

試合に対して構えるとは、身心がその状態になることをいう。身体の構えは身構えと称し、精神の構えは心構えである。

羽根村の構えには身構えはあっても、心構えを秘めて表に出さぬ気配があった。

剣術の流派によって呼称が異なるが、

「上段、中段、下段、陰、陽」

の五つが基本の構えである。

磐音が構えた中段を正眼とか青眼とか呼ぶ。

一方、羽根村が取った構えは、

「陰」

であった。

「陽」とは脇構えのことだ。

磐音は羽根村の顔付きがいつもと違うことを見ていた。

(なぜ自らの力を秘匿しようとするのか)

邪《よこしま》な考えがあって尚武館に入り込んだか。だが、羽根村金次郎の亡父はかつて佐々木道場で修行を積んだ者だった。その子弟がどのような考えで尚武館に潜り込んだか。あるいは磐音の勘ぐりすぎか。

大納言家基の暗殺計画が執拗に繰り返されるだけに、磐音の神経も過敏になっていた。

そこで羽根村金次郎の隠された意図を探るために、木刀勝負を試みようとしたのである。
間合い一間。
対峙《たいじ》した瞬間、磐音が動いた。
一気に踏み込むと正眼の木刀を垂直に傾け、
ぐいっ
と伸ばして喉元を狙った。
磐音が全神経を込めて伸ばした突きだ。
羽根村金次郎の喉を突き破る勢いで迫った。
そのとき、八双の木刀が翻り、磐音が突き出した木刀に、
かーん
と乾いた音を響かせて弾いていた。
磐音の木刀が変転し、羽根村の胴を狙った。
それもすんでのところで弾き返された。これまで見せなかった返しであり、防御だった。だが、余裕があったわけではない。すべてを出しきっての守りであった。
磐音の苛《か》酷《こく》な攻めはなおも続き、羽根村は必死で避け続けた。

羽根村は死力を尽くさねば磐音の木刀の餌食《えじき》になって骨を砕かれ、半身不随の怪我を負うかもしれなかった。

磐音の手を抜かない攻めと羽根村の必死の防御。尚武館の門弟衆が自らの稽古を中断して見物に回ったほどだ。

一手間違えば命とりと、だれもが分かっていた。

羽根村金次郎の両眼が大きく見開かれ、恐怖に彩られていた。

「本日の稽古は厳しいのう」

「いや、羽根村どのも反撃の機を窺《うかご》うておられぬか」

だが、羽根村の防御の姿勢が段々と崩れ始め、それでも必死に抵抗していたが、
磐音が上段から振り下ろした、

「面打ち」

に身を竦ませた羽根村がなぜか横倒しに、
どたり
と床に転がって気絶した。

磐音の木刀は寸止めで羽根村の額のあった場所に止められていた。羽根村は最後の最後まで神経を使い果たして意識を失ったのだ。

すいっ
と木刀を引く磐音の眼に飄々とした小田平助の姿が映り、
「若い衆、ちいと手を貸してくれんな。井戸端にくさ、羽根村様を運んでいくけん」
と願った。

磐音が羽根村に厳しい朝稽古をつけている最中、おこんは駒井小路の桂川国瑞の屋敷から使いを貰った。

門番の季助が、

「駒井小路に行かれますな。たれぞ供は要りますまいか」

と訊いたが、おこんは、

「なにかあれば使いを寄越します」

と独りで尚武館を出た。折りしも磐音と羽根村の打ち込み試合が真剣度を増し、見所も門弟も二人の一挙一動に集中していた刻限だった。

おこんが尚武館を出てしばらくすると木刀を打ち合う音が消え、

「ふうっ」

という吐息が期せずして流れた。

見物の門弟衆が洩らしたものだった。

小田平助の指図で、田丸や遼次郎らが意識を失った羽根村金次郎を井戸端に運び、縁台の上に寝かせると、平助が汲《く》み上げた井戸水に手拭《てぬぐ》いを浸して固く絞り、

「ちいとくさ、持ってくれんね、遼次郎さん」

と近くにいた遼次郎に渡した。

平助は長々と伸びた羽根村の上体をゆっくり起こすと、背に膝頭《ひざがしら》で、

「活」

を入れた。すると、羽根村がう、ううーんと唸りながら意識を取り戻したが、わが身に起こったことがすぐには理解できないようであった。

「羽根村様、気を確かにお持ちください」

遼次郎は持たされていた手拭いを羽根村に手渡した。無意識のうちに手拭いを受け取った羽根村が紅潮した顔にそれをあてて、

「あっ！」

と驚きの声を発した。

「お分かりになりましたか」

遼次郎の問いに、

「それがし、若先生と木刀試合の最中であったが」

と呟くと、体のあちこちを木刀で打たれていないかと片手で触って調べた。

「羽根村さん、若先生の木刀はくさ、そなたの額上で寸止めされたもん。怪我はなかろ」

「す、寸止め。それがし、寸止めで気を失いましたか」

「そいがたい、若先生の攻めの厳しかところたいね。そいにしても羽根村さん、ああたもよう戦われたばい。こん小田平助、感心しました」

「それがし、万座の前で、打たれもせぬのに気を失う醜態を晒しただけですぞ」

と羽根村が怒ったように吐き捨てた。

「そりゃ、違うばい。剣術の稽古はくさ、余裕があるうちゃほんもんじゃなか。厳しか稽古をつけてもろうたらくさ、失神くらい当たり前ばい。恥ずかしかこっちゃなか。一人前の稽古をやり遂げた証《あかし》たい」

と小田平助が言い切った。

羽根村が平助の言葉をなんとも表現できない顔で聞き、手拭いで顔を覆った。混乱した自らの気持ちを鎮めるためだろう。

「羽根村どの、気分はいかがか」

磐音の声が井戸端に響いて、縁台に腰を下ろしていた羽根村が、
がばっ
とその場に立ち上がった。

「急な動きをしてはなりませぬ」

「は、はい」

「平助どのが言われたとおり、われらはぎりぎりの稽古をなした。恐怖心を面に見せることは剣術家の恥ではござらぬ。恐怖は普段以上に両眼を見開かせます。最後の力を絞り、身を防御しようという表れです。かように追い詰められて生じた恐怖心は修行者の想像力を豊かにし、一段と奥行きの深い剣者に育て上げるのです」

「はっ、はい」

と羽根村がその場に土下座すると平伏した。

そんな様子を田丸らが呆然《ぼうぜん》と見ていたが、

「おれは未だ、羽根村さんが体験した恐怖の万分の一もしておらぬ」

と呟いた。

磐音が道場に戻ろうとすると小田平助が付いてきた。

「平助どの、気遣い感謝いたします」

「なんのこともなかろ。ばってん、あん御仁、若先生に小便ばちびるごたる稽古ばつけられたがたい、尻尾《しっぽ》ば見せますやろか」

「はてどうであろうか」


磐音はこの朝、母屋で玲圓と向き合って、朝餉と昼餉を兼ねた粥《かゆ》を食した。給仕はおえい一人だ。

「おお、おこんは台所にございますか」

「おこんは、季助に言われたことをころりと忘れておりました。駒井小路から使いが見えたとかで、おこんが伺うております。最前までそなたに言おうと思うていましたのに、つい失念してしまいました。歳はとりたくないものですね」

「養母上《ははうえ》、なんぞ気がかりがございますので」

「桜子様は今が一番不安定な時期。流産でもなさっていなければよいがと、年寄りの常で案じておりました」

「そのために、桂川家からおこんに声がかかったか」

玲圓が口を挟んだ。

「桂川家は御典医の一家、脈を診《み》るお医師は何人もおられますが、女衆の手はうちと同じで足りませんからね」

「そうか、そうであったか」

「おまえ様、流産は私が勝手に考えたことにございます」

男二人が頷いたとき、廊下に人の気配がして、

「おえい様、茶をお持ちいたしました」

と霧子が新しく淹れた茶を運んできた。

大納言家基の二の江村のお鷹狩りがなんとか無事に終わり、霧子も一旦家基の身辺に気を配る密偵の仕事から尚武館の女門弟の暮らしに戻っていた。

また尚武館に漂う妖気もこのところ消えていた。それがなんとなく尚武館を長閑《のどか》にしていた。

「霧子さん、よう気付かれた」

おえいは、おこんが居ないことを察してお茶を淹れてきた霧子の気遣いを褒めた。この刻限、住み込み門弟衆が台所で朝餉を摂っているため、早苗はそちらの給仕に追われていた。

「いえ、差しでがましゅうございましたか」

と詫びた霧子が淹れ立ての茶をまず玲圓とおえいに、次いで磐音に供した。

「おやまあ、私にまで」

とおえいが感激の体《てい》で破顔し、

「霧子さん、いつでも嫁に行けますよ」

と言いかけた。

「嫁には参りません。生涯尚武館の門弟を続けます」

「いえ、それはなりません。そなたはまだ若い身空ゆえそのようなことも考えられようが、男と女が一つ屋根の下に暮らして初めて、この世に生まれてきた意味が分かるというものです。霧子さん、どなたかの帰りを待って相談するのも、一つの知恵かもしれませんよ」

「待つ人などございません」

霧子はおえいが暗に触れた重富利次郎のことを無視した。

「よいよい。ともかく、霧子さんはこの尚武館から嫁に行くのです。嫁入り仕度も私とおこんでいたしますからね」

霧子はおえいの唐突な発言に困惑の体だ。

「おえい、霧子が有難迷惑という顔をしておるわ」

と玲圓が笑い、茶碗を手にした。

霧子は空の盆を手に座敷を出ていきかけ、迷った風情《ふぜい》を見せたが、

「若先生、羽根村金次郎様が長屋を出られました」

と告げた。

「長屋を出たとは、もはや尚武館を出て戻らぬということか」

玲圓が磐音に代わって念を押した。

「そそくさとした様子からそう思えます」

「磐音に猛稽古を付けられて逃げ出しおったか」

と呟いた玲圓が、

「それにしてもじゃ、羽根村の親父様の彦右衛門どのと金次郎がこと、うまく頭の中で結び付かぬのじゃ。おえいではないが、歳はとりたくないものよ」

と嘆いた。

「養父上《ちちうえ》のそのおぼろな勘が正しいのではございませぬか」

「金次郎は田沼派の密偵と申すか」

「そこが未だ判然としませんが、羽根村どのがわが長屋を出られたことだけは確

かのようです」

「いかにもさよう」

玲圓と磐音は黙したまま茶を喫し合った。

三

おこんは昼の刻限を過ぎても戻ってくる様子がなかった。

磐音は、おえいの洩らした言葉が気になって駒井小路を訪ねてみるかと考えたが、取り込み中なら邪魔になるだけだと、自らの行動を決しかねていた。

庭の外に急ぎ足で入ってきた者がいた。

磐音がふと眼を上げると、霧子の血相が変わっていた。

「どうした、霧子」

「勝手とは思いましたが、駒井小路の桂川先生のお屋敷を訪ねました」

「おう、それがしもどうしたものかと迷うておったところだ。桜子様になんぞ異変があったか」

「いえ、おこん様の身に」

「なんと申したな、霧子」

磐音は片膝を突いた。

「桂川邸では尚武館に使いなど出してはいないそうです」

うむ、どういうことか、と磐音は考えを整理しようとした。

「甫周先生にも桜子様にもお目にかかりましたが、やはり使いなどは出した覚えはないとはっきり答えられました」

「しまった」

田沼派の手がおこんに伸びたと磐音は思った。

二の江村のお鷹狩りがなんとか済み、神保小路から妖気が消えたことで油断が生じたか。

「霧子、母屋に参るぞ」

磐音と霧子は離れ屋から母屋に向かった。

母屋の縁側ではおえいが早苗に袷《あわせ》の繕《つくろ》いを教えていた。そして玲圓は、どこぞに宛てる書状を認《したた》めていた。その膝のかたわらに巻紙があった。

「どうしたな、磐音」

「おこんが勾引《かどわか》されたと思われます」

早苗が目を見開き、おえいが、

「なんですと」

と洩らしたが、玲圓は黙ったまま磐音と霧子を見た。

「霧子、今一度話してくれぬか」

廊下に座した霧子が、桂川邸で国瑞と桜子に会った経緯《いきさつ》を語った。

「西の丸様を慮《おもんぱか》るあまり、いささか身内のことを蔑《ないがし》ろにしたか」

玲圓の洩らした言葉に後悔があった。

「おまえ様、どうしたもので」

「騒ぐでない、おえい。おこんはうちの大事な嫁。わしが一命に替えても必ずや救い出すわ」

これまで吐いたこともない険しい口調で玲圓が言った。

「養父上、田沼派の手に落ちたと見たほうがようございましょうな」

「まず間違いあるまい」

「ならば打つ手もございます」

磐音は自らを鼓舞するように言い切った。

「おこんだけで済むと考えてよいのか。あるいは尚武館の門弟、奉公人に新たな手が伸びるのか。まず内の警備を固めよ。ただし、あからさまに外から分かるような行動を見せてならぬ。いつもどおりの尚武館の日常を続けるのじゃ」

玲圓は、改めて警戒心を喚起せねばならぬが、動揺を田沼派に感じさせる言動を見せてならぬ、と命じていた。

「霧子、このこと弥助どのに告げてくれ」

「承知しました」

霧子が佐々木家の母屋から姿を消した。

「道場の面々にはそなたから話せ。それがしは速水左近様に会う」

もしおこんの勾引しが田沼派の策動となれば、家治の御側御用取次速水左近が政治的な動きをなす場面も生じてくる。いや、必ずやそうなると考えた玲圓は、速水に会おうとしたのだ。

おこんの行方不明は、尚武館の嫁という問題を超えていた。

当然のことながら大納言家基の将軍就位に、いや、生死に関わる問題と直結していた。

玲圓がおえいの手を借りて外出の仕度を始めたのを見た磐音は、道場に向かった。するとそこには小田平助をはじめ、住み込み門弟の田丸輝信、神原辰之助、井筒遼次郎らが顔を揃えていた。どうやら霧子が異変を告げていったらしいと磐音は踏んだ。

「霧子さんがたい、若先生から話があると言い残してそそくさと、外に飛び出していきなはったが、なんぞ大事が起こりましたかな」

「いかにも話がござる」

磐音は二十数人の門弟衆を床に座らせ、自らも相対するように静かに正座した。

「朝稽古の最中に桂川邸より使いを貰い、おこんは駒井小路に出向いたそうだ。だが、どうやら使いは偽者、桂川家ではおこんを呼んではいないそうな」

「あっ！」

若い門弟の何人かが悲鳴を上げた。

「落ち着きなされ。こちらが動揺しては相手方の思う壺《つぼ》にござろう」

「いかにもさようたい」

小田平助が愛敬のある顔に不敵な表情を漂わせ、磐音の言葉に賛意を示した。

「若先生、おこん様がたれぞの手に落ちたちゅうことは確かなことやろか。例えばくさ、おこん様がふと思い立って、どこぞに立ち寄られたとか、なかろうか」

桂川家がどのような家系か、また佐々木家とどのような付き合いか、屋敷がどこにあるのか知らぬ平助が当然の疑問を呈した。

「平助どの、尚武館と桂川家はほんの数丁のところにござってな、そちらに呼ばれたおこんが、思い付きで途中からどこかに出かけるとは思えぬのだ」

「おこん様の普段ば考えますとそうでっしょ」

と小田平助が応じたとき、門番の季助が道場に駆け込んできた。

「おこん様が、おこん様が」

「落ち着くのだ、季助どの」

と磐音の凜然とした声に、はっ、と平静を取り戻した様子の季助が、その場に膝から崩れるように座った。

「おこんが桂川家の使いを受けたのはいつの刻限か」

「四つ半（午前十一時）前にございました」

「口上はいかに」

「使いの方は、桂川家の名入りの長半纏《ながばんてん》を着込んだ三十前後の実直そうな男衆《おとこし》にございましてな。桜子様が至急おこん様の手をお借りしたいと願うておられます、と口上を述べました。それでわっしが離れに知らせますと、すぐにおこん様が門前に出てこられました」

季助がさらに言い足した。

「おこん様が使いの男衆に、桜子様のお加減が悪いのですかと問われると、相手は曖昧《あいまい》に頷き、私はこれより鳥取藩の御屋敷に織田宇多右衛門《おだうたえもん》様を訪ねます、と言い残し、そそくさと門から駆け出していかれました」

因州鳥取藩の織田宇多右衛門とは桜子の実父だ。

「その様子を見られたおこん様が、季助さん、私がまず桂川様のお屋敷をお訪ねして様子をみて参ります。磐音様や養母上に心配かけてもなりません、私が戻るまで黙っていてください、と言い残されて出ていかれました」

季助の説明は終わった。

「様子は分かった」

「あのとき、たれぞ供にと申し上げるべきでした」

季助が後悔の言葉を吐いた。

「供を一人ふたり付けたところで、太刀打ちできなかったであろう」

と答えた磐音が、改まって小田平助らに向き直った。

「お聞きのとおりだ。佐々木家と桂川家が昵懇の付き合いと承知の者が仕掛けた勾引しと思える」

「御城近くの武家地で白昼、武家のおこん様を攫《さら》うことができましょうか」

と遼次郎が疑問を呈した。

「そこだ、なにかの仕掛けがなくてはなるまい」

「若先生、神保小路から駒井小路の間を聞き込みに回ってはなりませぬか」

と田丸輝信が願った。

磐音は二十数人の住み込み門弟の顔を見回し、

「願おう」

と答えた。よし、と立ち上がりかけた田丸らを手で制した磐音は、

「聞き込みは半数をもってなしてくだされ。残りの半数は、小田平助どのを頭に尚武館を守ってくだされ。なにが起こるやもしれませぬ」

「畏まってござる」

と平助が応じて、田丸がてきぱきと聞き込みの面々を指名した。その面々がすぐに道場から姿を消した。

残った門弟の中に遼次郎がいたが、

「若先生、おこん様の親父様には知らせなくてもよいのでしょうか」

と遠慮深げに言い出した。

「それも考えた。じゃが、今少し事情が判明してからでもよかろうと思う。端《はな》から心配をかけてもいかぬでな」

磐音の答えに遼次郎が頷き、平助が、

「ほかに打つ手はなかろうか」

と言い出した。

「事情がはっきりとせぬうちに騒ぎ立てるのは、敵の術中に陥ることになりましょう。今は辛抱のときです」

霧子を弥助のもとに向かわせていた。

必要と思える策は弥助が打ってくれるとも考えていた。

「それがし、離れ屋に戻っておる。そなたらも、いつもの日課をいつものようにこなしてくだされ」

と言い残すと磐音は道場から離れ屋に戻った。

磐音は藤原忠広の手入れを黙々と始めた。

田丸輝信らが聞き込みに出て一刻（二時間）余り後、田丸輝信と神原辰之助が戻ってきた。

「われら、神保小路と駒井小路の間を何度も往復し、各屋敷の門番におこん様の姿を見なかったかと訊いて回りましたが、神保小路の西詰角の井戸《いど》家の門番がおこん様を見かけたのを最後に、雉子橋通では忽然《こつぜん》と姿を消しておられます」

「ご苦労であった」

「この短い距離の間にどこへ姿を消されたか」

と田丸が首を捻《ひね》った。

「若先生、この界隈の屋敷を疑るわけではございませんが、屋敷の中に引き込まれたということはございますまいな」

と辰之助が言い出した。

「尚武館とは親しい付き合いのお屋敷ばかり、そのような不埒《ふらち》な所業をなす屋敷があるとも思えぬが」

と磐音は首を捻った。だが、相手は家治の寵愛をよいことに幕閣を専断する田沼意次とその一派だ。たとえば無役の旗本家に、

「御役」

を餌に働きかけたとしたら、と磐音は夢想したが、

「いくらなんでもそれはあるまい」

と自らの胸に湧き上がる考えを否定した。

二人一組になっての聞き込み組が尚武館に戻ってきて、磐音にその報告をなし、また聞き込みに戻っていった。だが、どの組からもおこんの足取りをしっかりと摑まえた報告はなかった。

時だけが過ぎていった。

道場に控える遼次郎が離れ屋に姿を見せて、

「丹波亀山藩松平家の家臣海野正三郎《うんのしようざぶろう》様が、若先生にお目通りを願うておられます」

丹波亀山藩は尚武館が大規模な増改築をなした折り、一時屋敷内の道場を借り受けて稽古を続けた経緯もあって、尚武館とは親しい交わりの大名家であった。

また海野も、尚武館に稽古に通う門弟の一人であった。とはいえ、屋敷奉公の身、毎日稽古には来られなかった。

「このところ稽古にお見えではなかったな」

「ご奉公繁多ゆえ休みがち、と恐縮されておられます」

「はて、なんの御用かな」

「なんでも、聞き込み組を雉子橋通で見かけられたとか」

「なにっ、聞き込み組を見かけて尚武館に参られたとな。遼次郎どの、こちらに案内してくれぬか」

畏まった遼次郎がすぐに海野正三郎を連れて離れ屋に戻ってきた。

「若先生、近頃稽古を休みがちにて、いささか尚武館の敷居が高うなっております」

と挨拶する海野を座敷に招じ入れた。案内役を果たした遼次郎はすぐに道場に戻っていった。

「松平様ご奉公が専一にございます」

「恐れ入ります」

と答えた海野が、

「若先生、尚武館になんぞございましたか。雉子橋通を、血相を変えた門弟衆が走り回っておられるのを見かけました」

と訊いた。

磐音は海野がなにかを承知で磐音に面会を申し込んだとみて、正直に事情を告げるべきだと覚悟した。

「お話し申し上げます」

と前置きした磐音は、おこんが桂川家の偽の使いに誘《おび》き出され、行方を絶ったことを告げた。

「やはりそのような事態が起きておりましたか」

「なんぞご存じですかな」

磐音の問いに海野が小さく首肯《しゅこう》し、

「今から二刻（四時間）ほど前のことにございましょうか。それがし、上役の命で伊予《いよ》今治《いまばり》藩松平家への御用を仰せつかり、雉子橋から神保小路と小川町の辻に差しかかろうとしておりました。するとそれがしの視界に、おこん様と思《おぼ》しきお姿が眼に留まりました」

「ほう、おこんを見かけられましたか」

「だいぶ遠うございましたから、おこん様とは言い切れませぬ。ですが小豆《あずき》色の小袖《こそで》を召された姿は、それがしが知るおこん様に間違いなかろうと思います」

「確かに小豆地の籠目《かごめ》小紋《こもん》を着ておりましたゆえ、遠目に小豆色に見えても不思議はございますまい」

「やはりおこん様だ」

と海野が得心したように呟いた。

「で、おこんはどういたしました」

「若先生、それがお姿を見失ったのです」

海野が実に訝しげな表情を見せた。

「白昼、姿が忽然と掻き消えたと申されますか」

「いえ、今川小路の方角から行列がすうっとおこん様の前を横切り、それがしが立つ方角へと進んでこられました」

「行列と申されますと、大名家か、それとも旗本衆の行列ですか」

「それがし、御側衆本郷様の築地塀《ついじべい》に下がって行列を見送りましたゆえ、とくと見ました。さる大名家の女乗り物にございました」

「どこの家中の女乗り物かお分かりですか」

「遠江相良《とおとうみさがら》藩藩主にして老中田沼意次様の愛妾、神田橋のお部屋様のお忍び駕籠《かご》にございました」

磐音の背に悪寒が走った。

「なんと、おこんの目の前を田沼様のお部屋様の行列が横切り、その直後に姿が見えなくなったとな」

「春の陽射しの中のこと、遠眼とは申せ、見間違うはずもないと思うのですが、それがしにはそのように見受けられました」

磐音はしばし瞑目し、両眼を見開いた。

海野の目には、怒りを含んでかっと見開かれた磐音の両眼に、普段どおりの平静な光が戻ってくるのが見えた。

「海野どの、助かり申した。佐々木磐音、礼を申し上げます」

磐音はその場に両手を突いて海野に深々と頭を下げた。頭を下げながら、磐音は悔いていた。家基様のお身を護ることを優先し、あまりにも敵方田沼意次という人物を知らなかったのではないか。

「若先生、おやめください。それがし、目の当たりにしたことをお知らせしただけにございます」

「いえ、海野どの、そなた様の知らせがどれほど重大か、佐々木磐音とくと承知しております」

と応じた磐音に海野が、

「若先生、それがし、なんぞ手伝うことがございましたらお申し付けください。それがし、いかにも亀山藩松平家の家臣にございますが、同時に尚武館道場の門弟、若先生とは師弟の間柄にございます」

「そのお言葉、有難く頂戴いたします。されど海野どの、これ以上この一件に亀山藩松平家の家臣が関わるのは危険にすぎます。いささか厚かましい願いですが、本日目にされた光景、海野正三郎どのお一人の胸中にお仕舞い願えませぬか。それが松平家、ひいては海野正三郎どのに迷惑がかからぬただ一つの道にございます」

しばし沈思していた海野が重々しく磐音に頷き返した。

四

おこんが行方を絶った事実を速水左近邸に告げに行った玲圓は、なかなか尚武館に戻ってこなかった。そこで磐音は海野正三郎から知らされた情報を玲圓に宛てて走り書きし、その書状を遼次郎に持たせて表猿楽町の速水邸に向かわせることにした。

「遼次郎どの、養父が速水邸におられなかった場合じゃが、書状は決して残さず、尚武館に引き上げてくだされ」

「書状は大先生に直《じか》にお渡しいたします」

と請け合った遼次郎が離れ屋から姿を消した。

磐音は台所に行くと柄杓《ひしゃく》に水甕《みずがめ》の水を汲み、柄杓に直に口を付けて飲んだ。磐音らしくもない行動だった。

そのとき、磐音の胸中に、

「己は敵を知らずして戦っておった」

という後悔の念が渦巻いて、己の愚かさに怒りを覚えていた。猪《いのしし》武者のように家基の身を守ることばかりを重んじ、身内を危険に晒していたことにようやく気付かされた。

(どうしたものか)

磐音は柄杓を水甕の上に戻した。

まずはわが城を固めて、平静に戻ることだ。

「若先生」

早苗の声がした。

いつの間に離れ屋に姿を見せたか、早苗の案じる顔が磐音を見ていた。

「不作法を見ておったか」

「私がなすべきこと、なんぞございませぬか」

「己の愚かさに呆れておった。身内を危険に晒して顧みなかった己を恥じておる」

「いえ、違います」

早苗が言い切った。

台所に射し込む昼下がりの明かりは薄く、早苗の眼だけがきらきらと光っていた。

「若先生は、いつも周りの人のことまで慮って生きておられます。あまりにも他人に優しすぎるのです」

「大事な人のことを蔑ろにしておった」

「お気持ち、お察しいたします。若先生、早苗がなすべきことはございませぬか」

と早苗が重ねて問うた。

磐音は早苗が繰り返した言葉に、おこんの身に起きた出来事を実父の金兵衛に知らせるときがきたと気付かされた。だが、この事実を金兵衛に告げるのは、磐音自らでなければならなかった。

「早苗どの、悔しいが、おこんを救い出すためになにをなすべきか、思い付かぬ。

今はおこんが行方を絶った事実と経緯を詳しく突き止めねばならぬときだ」

「はい」

「道場に参る」

磐音が台所から離れ屋の玄関に向かおうとすると早苗が言った。

「おこん様を救い出すために早苗の一命が要るならば、いつなんどきなりとも差し出します」

「早苗どの、そなたは」

「うちの一家がどれほど若先生に命を救われ、暮らしを繋いできたか、私はとくと承知しております。私はなんとしてもお返しがしとうございます」

「早苗どの、そなたは賢い娘じゃ。われらが相手をしているお方がどれほどの力を持っておられるお方か、おぼろに承知していよう」

磐音の言葉に早苗がこくりと頷いた。

「おこんを助けるために身を投げ出すのは、この磐音がまず先だ」

「はい」

「そなたの心遣い、この磐音、終生忘れはせぬ」

笑みを早苗に返した磐音は、

「ともにこの苦しみに耐えよう。反撃の秋《とき》は必ず参る」

と己に言い聞かせると道場に向かった。

道場には小田平助の他、田丸輝信ら聞き込み組が戻っていて、暗い顔をしていた。そして、そこに継裃《つぎかみしも》姿の依田鐘四郎の姿があった。西の丸から下城の途中に尚武館に立ち寄ったのだろうか。

「若先生、おこん様の消息がつかめませぬ」

一同を代表して田丸が自分たちの力不足を嘆くように報告した。

「ご苦労であったな」

「ご指示をください。われら、どのようなことでもいたします」

「佐々木磐音、よき門弟衆に恵まれてござる」

と田丸らに頷き返した磐音は、

「おぼろな推量は立った」

「えっ、おこん様のおられるところが分かったのですか。ならば、これから乗り込みましょうぞ」

田丸が俄然張り切った。

「養父が戻ってこられよう。これからどう行動すべきか、養父にご相談申し上げる。そなたらはまず長屋に戻って体を休めよ」

「若先生、そのような呑気なことで」

と言いかけた田丸を鐘四郎が制して、

「若先生は長屋で待機せよと命じられているのだ。輝信、それが分からぬか」

と叱《しか》った。

「されど依田様」

と尚武館元師範を振り返った田丸が、鐘四郎の険しくも憤怒を秘めた顔に気付き、

「申し訳ございません。差しでがましい口を利きました」

と素直に詫びた。

「田丸どの、そなたらの気持ち、重々分かっており申す」

磐音の言葉に田丸ら住み込み門弟が黙然と道場から下がった。その場に残ったのは依田鐘四郎と小田平助の二人だけだ。

「若先生、おこん様の行方が摑めたというのは真《まこと》にございますか」

鐘四郎がまず口を利いた。頷く磐音に平助が、

「若先生、わしも長屋に戻ろうか」

「いえ、この場にいてください、平助どの」

「出過ぎた真似じゃなかろうか」

「小田平助どのはわれらが心強い味方。それがし、そう思うております」

「いつでん、どげんことでも命じてくだされ」

頷いた磐音は二人に、海野正三郎から齎《もたら》された情報を告げた。話を聞いた平助が、

「なんちゅうことが」

と呟いたが、それ以上の言葉は発しなかった。

「神田橋のお部屋様が表に立たれましたか」

「師範、このお方、田沼意次様の愛妾じゃそうな」

「それがしも、それ以上のことは存じませぬ。ですが、田沼家の影仕事は、用人の井上寛司《いのうえかんじ》どのと、この神田橋のお部屋様が中心になって画策されているという噂を、西の丸で小耳に挟みました」

「師範、それがし、敵を知らずして無闇《むやみ》にいきり立っていたようです」

鐘四郎が頷いた。

「それがしも、そのことを考えておりました」

磐音が鐘四郎を見ると、

「尚武館に立ち寄ったのはそのためです」

「どのようなことにございますな」

「それがし、あまりにも迂闊千万にございました」

鐘四郎も、磐音と同じような悔いの言葉を前置きした。

「若先生、田沼意次様の手は城中の表、中奥、大奥のすべてに伸びております。それは偏《ひとえ》に、一族の者と要所要所の家系と縁を結ぶことで勢力を伸ばし、確固たる人脈と情報網を作り上げてきたからです」

磐音が頷き、平助がただ目を丸くした。

「田沼様の底知れぬ野望野心が奈辺《なへん》にあるか、この鐘四郎には想像もつきませぬ。田沼様は将軍家の一族である御三卿《ごさんきょう》のうち、一橋家と深い繫がりを持っておられます」

御三卿の一橋、田安、清水三家を設立したのは、紀伊徳川家の出で八代将軍に昇りつめた吉宗だ。将軍家の直系の嫡子《ちゃくし》がいない場合、御三卿から後継を選ぶという、吉宗がこの世に遺した家系だった。

ために吉宗の子が創設した田安と一橋の両家、徳川家重の子が創設した清水家はともに紀伊藩出身者が多かった。

田沼意次の父意行《おきゆき》も紀伊の出だ。その嫡男が意次であり、二男が意誠《おきのぶ》だ。この意誠が、一橋家をおこした吉宗の子宗尹《むねただ》の小姓から一橋家の家老職に昇進したことを、磐音は漠然と承知していた。

「若先生、意誠様の子、意致《おきむね》様が昨年の七月まで家基様お近くに仕えて、ただ今では一橋家の家老職に就いておられることを、つい最近まで知らずに過ごして参りました。大納言家基様のご身辺の密やかな田沼人脈は、この意致様が築かれたものにございます」

「なんと」

意次は一橋家の家老に実弟を、次いで甥《おい》を配置していたのである。

「師範、われらはあまりにも無知でした」

「敵を知らずして戦いに挑む愚か者にございました」

磐音にも鐘四郎にも同じ後悔が胸中深くにあった。

「若先生、依田師範、もうよか。自分ば責めることはやめなっせ。おこん様が敵の本丸に囚《とら》われたと分かっただけでんたい、まず朝から大きな進歩たい」

小田平助が懐から縞《しま》の財布を二人に見せた。大きく膨らんだ財布にはしっかりと紐が何重にもかけてあった。

「羽根村金次郎さんの長屋で見つけたもんですたい」

「中身は金子《きんす》か」

と鐘四郎が目を丸くした。

「ちょっきり百両が入っとるたい」

「平助どの、なにゆえ羽根村金次郎どのの持ち物を調べられた」

「若先生、あいつが敵方の密偵かどうか、気になってくさ、調べたとです。若先生は嫌な心持ちじゃろうな。地べたを這い回ってきた小田平助は人をよう信用しきらん。あん人が剣術の技と力をくさ、どげんして隠しておるか、そいつを知りたかったとたい」

「そしたらその金子が出てきたのですね」

「師範、そげんことです。そいでくさ、中身を抜いた財布に重さとかたちがよう似た銅板を入れて包み込み、本もんの百両はわしの財布に移したとです。いえ、百両ばちょろまかす気はこん小田平助ございまっせん。ばってん、あやつがほんもんの百両を掏《す》り替えられたと知ったらくさ、どげん態度ばとるかと思うてな、掏り替えたとです」

「よう気付かれた」

と鐘四郎が得心の表情を見せた。

「浪々の武芸者に百両など無縁の大金であろう」

「師範、諸国を回遊する武芸者の懐に一両もあればくさ、お大尽《だいじん》たい。百両なんち小判は、なんぞ悪いことせんと、懐にあるわけもなかろうが」

「いかにもさよう」

「まさか、今朝方、若先生があん羽根村さん相手に付けられた猛稽古のあと、こそこそと逃げ出そうとは、こん平助も考えまっせんでした。あやつ、何を勘づいたか、ちぢくれもうてくさ、尚武館を逃げ出した」

「小田平助どのの手に百両が残った」

「依田師範、あやつ、必ずたい、こん百両を奪い返しに尚武館に戻ってござるたい」

「命を懸けて戻ってこようか」

「間違いなかろ。偽金の百両にくさ、金釘《かなくぎ》流でくさ、小田平助の借用書を入れときましたもん」

「呆れた」

鐘四郎が目を丸くした。

「若先生は嫌われまっしょがたい、小田平助、長年泥水ばくさ、啜《すす》って覚えた手くさ」

黙って鐘四郎と平助の会話を聞いていた磐音が、

「それがし、未だ人を見る目を備えておらぬ。小田平助どのがどれほど心強いお味方か、師範、万分の一も考えてもおらなんだ」

と鐘四郎に言った。

「若先生、こん小田が汚か手ば怒らんな」

「なんじょう怒ることなどできましょうか。平助どのはそれがしの愚かさを補い、一縷《いちる》の望みを繋ぎとめてくだされたのです。羽根村金次郎どのは、必ずや尚武館に舞い戻ってまいりましょう」

「若先生、貧乏たれの根性はたい、貧乏たれがとくと承知たい。今宵にもあやつ、こん小田が長屋に姿を見せますたい。百両はそう易々と諦《あきら》めきれる金子じゃなか」

小田平助が言い切った。

「小田どの、あやつがそなたの長屋に現れたらどうなさるな」

「師範、手捕りにしてくさ、だいに命じられてこん尚武館に潜り込んだか、吐かせてみせますたい」

「願おう」

と磐音が頭を下げた。そのとき、おえいが道場に姿を見せて、

「磐音、亭主どのが速水左近様とともに母屋で待っておられます」

と知らせてきた。

「気が付かぬことでした。すぐに参ります」

とおえいに答えた磐音は、鐘四郎と平助に同道を求めた。

「若先生、わしゃ、えらか人の前は窮屈たい、ご免蒙《こうむ》らせてもらいまっしょ。長屋でくさ、あいつの帰りば待ちますたい」

平助は磐音に断ると道場の玄関に向かった。

母屋の座敷では沈痛な面持ちで玲圓と速水左近が対座していた。

「速水様、ご足労をおかけいたしました」

「われら、いささか身辺に注意を怠っておったな」

「愚かでした」

「磐音どの、まさかおこんが神田橋のお部屋様の行列に勾引《かどわか》されようとは、夢想だにしなかったわ」

速水が顔を歪めた。

「さりながら、相手が田沼意次様の愛妾と分かれば、また手の打ちようもある。まず最前弥助を呼んで、神田橋のお部屋様の行列がどこへ向かったか、調べさせておる。田沼様の用人井上寛司にも数人の見張りをつけてある」

「ただ今、師範から、田沼様の企てを実際に動かすのは神田橋のお部屋様と用人井上寛司と聞かされました」

「まずこの二人が本陣の頭分《かしら》として、田沼様の意向をかたちにしておる。じゃが、まさか神田橋のお部屋様が自ら出てこようとは、敵方もいよいよ本性を現したというべきであろう」

速水は言い切った。

磐音は、小田平助が仕掛けた罠《わな》について二人に告げた。

「なに、そやつ、田沼派の回し者であったか」

「速水様、決まったわけではございません。剣術の腕前を隠していたことといい、所持していた百両といい、この状況を考えればいささか怪しげな人物と思えます」

「いや、田沼派の息がかかった者と考えたほうがよかろう。尚武館を内偵し、なにを企んでおるのか。こたびのおこん勾引しに関わっておらぬとも限らぬぞ」

「おこんが誘き出された折り、それがしと打ち合い稽古の最中にございました」

「いや、そやつ、おこんの日々の暮らしを観察して、たれの使いならば素直に応じるか見ていたのであろう。おこんにとり、なにをおいても呼び出しに応じねばならぬところは、まず深川六間堀の親父どの、さらには今津屋あたりであろう。じゃが今津屋も深川も、武家地ばかりか江戸の繁華な町屋を抜けねばならぬ。おこんもたれぞ供を連れてもいこう。となると、わが表猿楽町か、駒井小路の桂川邸が近間だが、気軽におこんが動くのは数丁しか離れておらぬ桂川邸からの呼び出し。すべてこれらはそやつの内偵の結果ではないか」

と速水が分析した。

「磐音に気を失うほど稽古を付けられた羽根村は、なんぞわれらが気付いたと考えたか、慌てて尚武館を退散して尻尾を出しおった。まさか小田平助にそのような才があるとはな」

と玲圓が応じて、

「あやつの父がわが佐々木道場の古い門弟と名乗ったは、虚言であったか」

と羽根村金次郎の正体を改めて訝しんだ。

「養父上、それがし、金次郎の父御彦右衛門様が佐々木道場の門弟であったことは間違いなかろうと思います」

「彦右衛門どのの若き日の風貌と似ておることは確か。されど二人がどうしても密接に結びつかぬのはどうしたことか」

「真の父子かどうか、判断するには茫々《ぼうぼう》三十余年の歳月は長うござる、玲圓どの」

「尚武館に入れたのは、それがしの判断にござった」

玲圓が悔やんだ。

「養父上、尚武館は佐々木道場の時代から、来る者は拒まず去る者は追わずが訓《おし》えにございます。その結果、小田平助どのや羽根村金次郎どのを受け入れたのです。われらが油断に乗じられたのは悔しゅうございますが、尚武館が、ために門戸を閉ざしてはなりますまい」

磐音の言葉に玲圓が頷いた。

「それがし、西の丸様の身辺をさらに厳しく見守ります」

「師範、願います」

と磬音が答えると速水が、

「おこんがどこに幽閉されているか、判明した暁には、この速水左近、あらゆる手段を尽くして田沼様直々に交渉にあたる。おこんはわが養女じゃによってな、田沼様の好きにはさせぬ」

と覚悟のほどを吐露した。

磬音は沈黙しがちの玲圓を見た。

「養父上、それがし、六間堀の舅《しゅうと》どのにおこんがことを知らせて参ります」

「ふうっ」

と息を吐いた玲圓が、

「金兵衛どのの心中を思うと、断腸の思いにかられるわ」

と力なく呟いた。

第五章　神田橋のお部屋様

一

磐音が尚武館を出たのは七つ半（午後五時）前後のことだった。おえいがだれか供を付けるかと尋ねたが、

「それがしの身は大丈夫にございます。今は尚武館に人を残し、どのようなことにでも対応できるようにしておいたほうが宜しいでしょう」

と断った。そのおえいが門前まで磐音を見送り、

「おこんは今頃どうしておりましょうな」

と呟いたが、その姿は普段より一回り小さく見えた。

「養母上《ははうえ》、われら、どのようなことがあろうと皆で手に手を取り合うて難関を乗

り越えてみせます。あまり案じなされますな」

と笑みを浮かべて言い残した磐音は、足早に神保小路を東に下った。

磐音が最初に立ち寄ったのは、おこんが長年奉公してきた江戸両替商六百軒を束ねる両替屋行司《ぎょうじ》の今津屋だ。

「おや、佐々木様、本日はお一人ですかな」

夕暮れ前の刻限だ。

混雑する店頭をよそに、帳場格子から険しくも静かな眼差しを大勢の客と奉公人の動きに光らせていた老分《ろうぶん》番頭の由蔵《よしぞう》が、磐音の来訪に気付いて声をかけてきた。

「老分どの、多忙な刻限に邪魔をして申し訳ございませんが、しばし時間を拝借できませぬか」

と磐音が声を潜めて言いかけると即座に、

「ならば店座敷に」

と表店《おもてだな》と壁一枚隔てた店座敷に磐音を招いた。

店座敷で対面した由蔵が、

「西の丸様のお鷹狩り、大過なくお済みと聞きましたが」

とこのことを気にした。

「老分どの、おこんが行方を絶ちました」

「なんですと、どういうことにございますな」

と由蔵が身を乗り出した。

朝からの出来事を磐音は順を追って告げた。

「なんということが」

と茫然自失した由蔵が顔をきりきりと歪め、

「おのれ、楊弓場《ようきゆうば》の女風情が」

と磐音には謎《なぞ》の罵《のの》り声を上げた。が、すぐに、

「これは失礼いたしました」

といつもの穏やかな口調に戻した。

「ただ今、楊弓場の女と言われましたが」

「神田橋のお部屋様と称しておる女狐《めぎつね》にございますよ。田沼意次様の子を産んだゆえにお部屋様と呼ばれるようになった女にございますが、元をただせば、この両国広小路界隈の楊弓場の女だったとか。まだ出世前の田沼意次様が見初めて、側室にしたという噂がございましてな。まあ、遊女もどきの出であったそうな。

それにしても、旗本の意次様が妾《めかけ》にするにはしっかりとした身元保証人が要ります。そこで町医者の千賀道隆様が仮親になったのですよ。今や田沼様の金集めは、この神田橋のお部屋様を通さねばにっちもさっちも立ちゆかないそうにございます。仮親の千賀様も、これが縁で幕府御医師に登用なされた。だが、肝心のお部屋様の名すら、巷《ちまた》には知られていないのでございますよ」

と由蔵がたちどころに応えていた。

さすがは江戸を代表する両替商筆頭今津屋の老分番頭だ。両替商いとともに情報も掻き集めていた。

「今をときめく老中田沼様のお部屋様が、矢場女でしたか」

「佐々木様、私どもも総力をあげて田沼意次様の身辺を探ります。しばし時間を貸してくだされ。田沼様が金の力を誇示して無法を押し通すと申されるなれば、旦那様とご相談申し上げて、両替屋行司の力を見せてやります。おこんさんはこの今津屋で長年奉公した者、そう易々と田沼様の意のままにしておくものですか」

由蔵が静かな闘志を燃やした。

「養父《ちち》もそれがしも、西の丸様を巡る暗闘に命を捨てる覚悟をしております。また速水左近様も幕閣筋に全力で働きかけると仰せられました」

大きく頷いた由蔵が、

「私どもも即刻動きます」

と重ねて約束してくれた。


いつしか季節は衣更着《きぬさらぎ》の異名を持つ二月に入っていた。

磐音は両国橋を渡ると、舅の金兵衛の長屋を訪ねる前に、東広小路の賑わいの中、楊弓場「金的銀的《きんてきぎんてき》」の朝次《あさじ》親方を訪ねた。

こちらも夕暮れ時、客が三人ほどいて矢場女たちが応対していた。

「若先生、六間堀ですかえ。北割下水の品川邸を訪ねるには、いささか刻限が妙ですね」

「いや、親方の知恵を借りに来た」

「なんですね。しけた矢場の主《あるじ》には、銭もねえが知恵もねえ」

「いや、親方でなければならぬ。今から二十年余も昔になろうが、楊弓場から直参旗本六百石の妾に上がった女を覚えてはおられぬか」

磐音はいきなり本題にはいった。

「なんですって、二十数年も前に旗本の妾だって」

朝次の眼差しが遠い世界を見るように東広小路の人込みの上に釘付けになり、磐音に戻ってきた。

「若先生、まさか神田橋のお部屋様のことをお尋ねになっているのではございますまいね」

と尋ね返した。

「いかにも」

「ありゃ、禁忌だ。たれも触れてはならねえ話ですぜ」

「分かっておる」

磐音の返事は苛立《いらだ》っていた。

「事情をお話しくださいませんか。いえね、こいつはこちらの素っ首が飛ぼうという話でございましてね」

「相分かった、話す。ただし他言無用に願いたい」

磐音は朝次にすべてを話した。

「おこんさんに、そんな危難が降りかかってましたか」

と呻《うめ》いた朝次が、

「こいつはわっしの首が飛ぼうとも話さなきゃなるまいて」

「恩は生涯忘れぬ」

「坂崎磐音様の時代からわっしらは、喜びも哀しみもともにしてきた仲だ。そんな言葉は要りませんよ」

　と答えた朝次は煙草盆を引き寄せ、慌ただしくも一服煙草をふかしながら記憶を整理する様子があった。そして、ゆっくりとした口調で話し始めた。

「砂村新田の水呑《みずの》み百姓で四五市《しごいち》っていったと思います。そいつが神田橋のお部屋様の親父でね、母親は深川の石場のすべた女郎って話ですが、もはやたれも知りますまい。生まれは享保十七、八年（一七三二、三三）だったと記憶します。この名はおすな、へい、砂村新田に生まれたってんで、おすなですよ。今じゃ、この名も秘しておりましょうな。このおすなが寛延《かんえん》元年（一七四八）の冬、十五、六で売られてきたんですよ。わっしの店ではございませんや。この近くにあった星明かりって奇妙な名の店の矢場女になったんです。一年もいましたかねえ。暗い目付きの娘で愛想もなしだ。そこで困った星六爺《せいろくじい》さんが橋向こうの同業、一の矢に叩き売ったと思いなさい。それがおすなの運の付き始め。わっしが半年ほど後に向こう岸で見たおすなは別人になってましたね」

「別人とは」

「へえ、渋皮が剝けたというか、あのおすながこんな別嬪だったかと驚きましたぜ。そのためか、なんでもおすなに惚《ほ》れて三日に上げず通ってくる旗本がいるって聞きましたっけ」

「それが田沼意次様か」

「へえ、井上庄司《しょうじ》って名乗ってましたがね、こんなことはすぐに知れるもんでしてね。この名もあとで知ったが、ただ今飛ぶ鳥を落とす勢いの田沼様の用人に、水呑み百姓の出と噂される阿漕《あこぎ》な井上寛司と三浦《みうら》庄司ってのがおりましてね、こいつら二人の名をくっつけた偽名でさ。そして、そのうちにおすなの姿が東西の両国広小路から消えた。それから何年も過ぎた頃、田沼様の妾に出世したって噂が流れましたっけ」

「やはり東西両国広小路に縁があった女が、神田橋のお部屋様でしたか」

「おすなって女に間違いございません」

と頷いた朝次が、

「今から十三、四年前でしたかね、この両国東広小路の界隈を縄張りにして、平《ひら》井《い》の権八《ごんぱち》って親分が売り出してきた。この権八には腕の立つ子分がいまして、威勢もあった。だが、売り出したばかりで、金がない。そこでさ、なんとか一気に大金を摑んで一家を構えたいというので、権八親分が、おすなの一件に目をつけたと思ってくだせえ。何人もがその一件だけはやめておけと忠告したらしいんですが、なあに今時分の侍なんて骨がねえ、腸《はらわた》だけの腑《ふ》抜《ぬ》けだと言ってね、おすなの一件を読売にするとかしないとか、田沼屋敷に脅しをかけたらしい。田沼屋敷では用人の井上寛司が応対したらしゅうございますが、交渉事はとんとんとうまくいっているとかで、親分、えらく上機嫌でしたよ。そんな日のことだ。この両国の両岸を震えあがらせる騒ぎが起こった。平井の権八の仮住まいが何者かに襲われて、権八以下、十数人の子分どもが皆殺しになった騒動でございますよ」

「親方、田沼様の手の者がやったと言われるか」

「たれも口に出しては言いませんや。だが、あの仕業は腰に人斬《ひとき》り包丁を二本差した侍、それも腕の立つ者でなければできない仕業ですよ」

「驚いた次第かな」

「それが田沼意次様とおすなの正体でさあ。この界隈の者はそれ以降、たれもおすなの名を口にする者はおりません」

と言った朝次が、

「おすなめ、化けるにことかいて、老中のお部屋様に成りあがりやがった」

と腹立たしげに吐き捨てた。

磐音は東広小路から竪《たて》川に出ると、日が暮れた南岸を黙々と南六間堀に向かって歩いていた。

神田橋のお部屋様は危険な女だった。

そんな女のもとにおこんは囚われの身になっているらしい。なぜおこんの身辺に気を配れなかったか、磐音は己を責めながら、歩き慣れた道を金兵衛長屋に向かっていた。

「若先生」

不意に路地の暗がりから声がかかった。

磐音が声をしたほうをゆっくり振り向くと、深川鰻処宮戸川《うなぎどころみやとがわ》の小僧の幸吉《こうきち》が岡持ちを提げて、立っていた。出前に行った帰りか。

「どうしたんだい。こんな刻限にさ、ぼおっと魂が抜けたみてえに歩いていたぜ。熱でもあるのか、浪人さんよ」

と昔の口調に戻った幸吉が尋ねた。

今や宮戸川の立派な奉公人に育ち、ちゃんとした口を利くこともできる幸吉だが、磐音の訝しげな態度が昔の口調に戻らせていた。

「ただ今、舅どのの家に参るところだ」

「そりゃ、その足の向けようなら金兵衛さんの家だろうよ。だけど、浪人さんが物思いに耽《ふけ》りなさる様子、おれ、初めてみたぜ。尚武館を追い出されたか」

幸吉は乱暴な言い方で磐音の身を案じていた。

「そうではござらぬ」

「そんなこと、冗談に決まってらあ。今晩の浪人さんはおかしいぜ。おこんさんがどうかしたかえ」

「はあ、いや、そうではござらぬ。いたって息災にござる」

いつしか二人は宮戸川の灯りが見える北之橋際に来ていた。

「浪人さん、これから金兵衛さんのところに行くんだね」

と幸吉が念を押した。

「いかにもさよう、おこんのことを、いや、時候の挨拶に立ち寄るところにござる」

「店が済んだら、おいら、親方に断って金兵衛さんの家を訪ねるぜ。こりゃ、熱でもなきゃあ、おかしな話だもんな」

と頓珍漢《とんちんかん》な会話を訝った幸吉が下駄を鳴らして橋を渡っていった。

磐音が金兵衛の家の戸口に立ったとき、金兵衛が戸口の内側から心張棒を支《か》うところだった。

「舅どの、磐音にござる」

と声を潜めると、

「なにっ、婿どのか」

と戸を押しあけながら、

「風邪はすっかりと治ってさ、至って元気だよ。そう度々見舞いにくることもないぜ」

とどてらを着込んだ金兵衛が磐音の前に立った。

玄関脇に置いた行灯《あんどん》の灯りが磐音の顔を浮かばせた。

「いささかお話がございます」

「おまえさん、どうしなさった」

濃い疲労を留《とど》めた磐音の顔に金兵衛が驚いた。

「舅どの、座敷に上がらせてもらいたい」

「ここはおこんの実家だ。婿のおめえさんにも自分ちだ。なんの遠慮がいるものか」

と金兵衛が先になって、玄関から居間に磐音を招じ上げた。

長火鉢に鉄瓶がかかった居間の隣の襖《ふすま》が開けられ、居間の灯りが仏間の畳に零れていた。

磐音の足は仏間に向かい、その前に正座をするといきなり合掌した。

「若先生、様子がおかしいね。なにかおこんの身に起こったか」

と金兵衛が磐音の背に訊いた。

くるり、と金兵衛に体の向きを変えた磐音が額を畳につけて、

「舅どの、おこんが攫われました」

と肺腑を抉《えぐ》るような声を絞り出した。

「へえっ、おこんがね。天狗にでも攫われなすったか」

金兵衛は、普段の様子と違う磐音に冗談で応じようとした。

幸吉にしても金兵衛にしても、いつもとは違う磐音の余裕のなさがそうさせていた。

「天狗ではござらぬ。さる幕閣の一派の者の手に落ち申した」

「婿どの、私にすべてを話してくださらねえか」

磐音は訥々《とつとつ》とした口調で、その日起こったことのすべてを金兵衛に語り聞かせた。長い話が終わったとき、未だ仏壇の前にいる磐音のかたわらに金兵衛が来て、肩を、
ぽーん
と一つ叩いた。

「死んだ婆さんに久しぶりに挨拶の一つもしておきたいんでね、ちょいと場所を代わってもらえますかえ」

と金兵衛が仏壇の前の磐音と場所を代わった。

金兵衛は鈴《りん》を鳴らすと瞑目して頭《こうべ》を垂れ、合掌した。

「婆さんや、川向こうに嫁に出したおこんが、たれぞに勾引《かどわか》されたんだとさ。お武家様に、いやさ、尚武館佐々木道場の嫁として送り出したときから、このことは覚悟の前の金兵衛だ。巷の噂によれば、佐々木様はただの町道場の主ではねえ。なにしろ公方様の御近習衆やら大名家の家来が稽古に来るほどの道場だ。いわば徳川様の御道場だぜ。そんなところに、いやさ磐音様とおっしゃる若先生のもと

に、自ら望んでおこんは嫁にいったんだよ、おのぶ。田沼とやらいう小姓上がりの老中があれこれと、十代様の後釜《あとがま》を画策しているという噂も、この深川界隈の連中がしていねえわけじゃねえ。先の二の江村のお鷹狩りの際にも、西の丸家基様を襲った馬鹿もんがいるとかいないとか、堀伝いに話が流れてきたさ。私はさ、婿どのや佐々木の大先生がついていて、家基様の身になにが起こるものかと、高を括っていたが、まさかその矛先がうちのおこんに向けられようとはな、驚いたぜ」

磐音は、仏壇に向かって独白する金兵衛の言葉に打たれていた。

金兵衛はすべてを承知の上でおこんを川向こうの江戸、武家地の神保小路に嫁に送り出したのだ。

「おのぶ、考えてみりゃよ、おこんは勾引されてはじめて佐々木家の真の嫁になったと言えねえか。おこんの命一つ、差し上げて西の丸様が十一代将軍に昇られる礎になるんなら、おのぶ、本望って言えねえか。おれはそう考えるがねえ」

金兵衛の独白を聞いているうちに、磐音の昂《たかぶ》った気持ちが段々と平静を取り戻してきた。

「舅どの、おこんの身になにが起こっているか、どこに囚われているか、不分明にござる。養父玲圓もそれがしも一命を賭《と》して、おこんを救い出すことに全力を尽くす所存にござる」

「若先生、それでいい」

と金兵衛の背が答えた。

「婆さん、おこんはいい婿どののもとに嫁いだと思わねえか。亭主どのがさ、おこんのために命を懸けると言ってくださってるんだぜ。こんな話がこのご時世にあるものか」

「舅どの」

磐音の顔ががくりと垂れ、その口から忍びやかな嗚咽《おえつ》が洩れ聞こえた。

二

小田平助は、尚武館の長屋に忍び寄る人の気配を感じていた。

土間に筵《むしろ》を敷いて寝ていた白山がむっくりと身を起こした。

「白山、まだ騒ぐでなか」

と平助が注意した。

白山は尚武館の番犬だ。いつもは門内内側、季助が寝泊まりする片番所の前の小屋にいた。だが、この夜、侵入者を敷地の中に呼び込むために、白山は羽根村金次郎が寝泊まりしていた長屋に移されていた。そして板の間に平助が控えていた。

平助と白山が待つ侵入者とは羽根村金次郎自身だ。

「白山、貧乏たれにはたい、百両は命に代えてもほしか金子ばい。ばってん、命は金子じゃ買えん。そげん理屈も分からんたいね。今の金次郎どんはくさ、目が見えんごつなっちょる」

と平助が呟いたとき、人影が長屋の戸口の前に立った。だが、戸を押し開くことを躊躇《ためら》うように動きを止めた。

「早う入らんね」

と平助が呟き、未だ決心のつかない人影を誘うように、有明行灯《ありあけあんどん》の灯心を掻き立てた。するとぼおっと灯りが大きくなり、影が竦んで平助が、

「金次郎さん、入らんね」

と呼びかけた。

戸が押し開けられた。

羽根村金次郎がのそりと立っていたが、顔の表情は険しかった。

「よう戻って来たたいね」

「おのれ、小田平助」

縞の財布を手にした羽根村が顔を歪めて吐き捨て、

「百両を返せ」

と叫ぶと土間に投げた。すると、

「ううう っ」

と白山が背の毛を逆立てて唸った。

「白山、吠えんでよか。知らん者やなかろが」

「それがしの百両を返せ」

「返せちゅうなら返さんこともなか」

「どこにある」

「金次郎さん、あん百両どげんしたと。わっしら、貧乏たれが尋常なことで手に入れられる金子じゃなか」

「おぬしには関わりがない」

「そいがあるたい。尚武館の嫁女おこん様が腹黒の馬鹿たれに勾引されたばい。

あんたがくさ、若先生に死ぬ目に遭うた稽古ばつけられてる最中やった。こりゃ、どげん考えたってくさ、おかしかろ」

「あの稽古、それがしが望んだ稽古ではないぞ」

「そうやったそうやった、偶々《たまたま》重なった話やろ。ばってん、あんたが親父様の名ば出して尚武館に潜り込んできたときからくさ、若先生もこん小田平助も、下心のある奴《やつ》たい、と睨んでおったもん。武芸者はくさ、およそ自分の力より大きゅう見せようちゅう見栄張りたい。そいがあんたは、力を隠して尚武館に住み込んできたもんね」

「小田平助、そなたに関わりなきことじゃ」

「いかにも関わりはございまっせん。ばってん、あんたの足首を狙うちょる白山でん、こん小田平助でんたい、一宿一飯の礼儀は心得ちょりますもん。恩を受けた尚武館のおこん様ば勾引す輩《やから》に手ば貸してよかわけがなか。人の道に反しますたい」

「つべこべぬかすでない。約定《やくじょう》だ。百両を返せ」

「あん百両は道場においてあるもん」

「なにっ、虚言を弄すな」

「羽根村金次郎さん、あんたの根性、だいぶねじ曲ごうとるばい。人の言うことを素直に聞かんね。そげん疑っちゃいかんたい」

羽根村金次郎は小田平助を睨んだ。

「わしの言葉は嘘ではなか」

羽根村が戸口から後ずさりに道場に向かおうとした。

「ばってん、羽根村どん、何百畳もある道場のどこば探すとな。朝までかかるばい」

「申せ」

足を止めた羽根村が言った。

「返せちゅうなら返しもしよう。まず、あん百両、だいから貰《もろ》うたと。関わりがなかとはこん小田平助、言わせんばい」

小田平助の愛敬のある顔が険しい形相に変じて羽根村を睨み据えた。羽根村も睨み返したが貫禄《かんろく》が違った。羽根村の睨み返す眼光が弱々しくなった。

「言えるものか」

「言えんちな。ならばこん小田が当ててみせようかね。大方、老中田沼意次とやらの妾あたりから貰うたと違うな」

「違う」

と羽根村がきっぱりと否定した。

「ありゃ、平助の勘があたらんやったやろか。ならばだいから貰うたと」

羽根村金次郎の顔が迷う風情を見せた。

「百両、必ず返してくれるな」

「返しまっしょ。小田平助、嘘とくさ、坊主の髪はゆうたことがなかもん」

「独創二天一流《どくそうにてんいち》の剣術家、橘右馬介忠世《たちばなうまのすけただよ》どのから頂戴した」

小田平助はこの名に覚えがなかった。

だが、田沼派が磐音暗殺に送り込んできた五人の刺客の一人が橘右馬介であった。のこりの琉球《りゆうきゆう》古武術松村安神《まつむらあんじん》らは悉《ことごと》く磐音に斃されて、橘だけが生き残っていた。

「おこん様ば売り渡す金な」

「おぬしの問いにはもう十分答えた」

羽根村が小田に向かって顔を横に振った。

「よか、道場に参りまっしょ」

小田平助が鵜飼百助から借用した刀を手に土間に気軽に下りた。すると白山が従う気配を見せた。

「白山、おまえは来んでよか。それよりくさ、尚武館にだいが入り込んでくるかしれん。そいば見張らんね」

小田平助の言葉が分かったように白山が尻尾を振った。

月光が尚武館の大屋根を青く光らせていた。

羽根村金次郎は、小田平助から間を十分におきながら、式台前で草履《ぞうり》を脱ぎ捨て、間合いをとるように尚武館道場に先に入った。

深夜の道場に灯りが入っていた。だが、二百八十余畳の板の間にも見所《けんぞ》にも人影はなかった。

「どこにある」

「見所ば見らんね」

小田平助の答えに羽根村が見所に視線を這わせた。神棚の下に三方《さんぼう》があって縞柄の財布が載せてあった。

羽根村金次郎が尚武館の玄関口から見所に走り、三方の財布を摑んで、

「うーむ」

と小田平助を振り返った。

「また騙《だま》しおったな」

「騙したち言いなはるな、人聞きが悪かばい」

羽根村金次郎が小田平助のもとに走り戻りながら、縞の財布を投げた。財布にはぼろ布でも詰められていたか、音も立てずに床に転がった。

「もう一つだけ、答えてくれんね」

「許せぬ」

と羽根村金次郎が刀の柄《つか》に手をかけた。

「ほう、こん小田平助ば斬ると言われるね、おもしろか。ばってん、そげんことしたら百両はあんたの手には戻らんばい」

「最後だぞ、問え」

「おこん様はどこな」

「知らぬ。それがしが橋どのに頼まれたのは、これだ」

と懐から紙包みを出すと小田平助に投げた。

「薬包のごとある」

「附子《ぶし》じゃ」

「なんちな、鳥兜《とりかぶと》の塊根ばどげんしようというとな」

「玲圓、磐音父子の飯に混ぜよと命じられた。それが百両の代償だ」

「ははあん、あんたが台所ばうろちょろしとると女衆《おんなし》に聞いたが、そげんことば考えとったな。佐々木玲圓様と磐音様ば毒殺して、百両な。武芸者のやることっちゃなかばい。値もちぃと安かろうが」

と小田平助が答えたとき、道場の中を夜風が吹き抜けた。

羽根村金次郎が、ちらりと振り向いた。

「玲圓」

「そなたの父は確かに彦右衛門どのか」

刀を手に提げた玲圓が哀しげな口調で訊いた。

「おう、腹を空かせた旅の中で、幾度佐々木道場の猛稽古を聞かされたことか」

「あの彦右衛門どのの子がそなたとは、草葉の陰で泣いておられよう」

「言うな。幕府の走狗《そうく》として拝領道場を許された者になにが分かる」

玲圓は懐から二十五両包金を四つ出すと、羽根村の足元に次々に投げた。

羽根村金次郎が飛び付いた。

その姿を玲圓が寂しげな表情で見た。

「大先生、こやつ、大したことは知らんばい」

平助の言葉に玲圓がゆっくりと頷いた。

玲圓が手にしていた刀を腰に戻そうとした。

「大先生の刀ば、こいつの血で穢《けが》すことはなか」

小田平助の言葉に、四つの包金を懐に突っ込んだ羽根村金次郎がぎらりとした視線を向け、

「下郎、ぬかしおったな。竹刀稽古で勝ちを得たと調子に乗るでない！」

と喚いた。

「羽根村金次郎さん、あんたが百両を持ってこん尚武館から立ち去れる最後の関門が小田平助たい。互いに暑さ寒さに耐えながら鍛えた野剣法ば、試してみまっしょかな」

独創の剣と自認した羽根村金次郎と槍折れの名手の小田平助は、尚武館道場の真ん中で一間を挟んで対峙した。

玲圓が見所に座した。それを待っていたように、田丸輝信ら住み込み門弟らが玄関に近い道場の出入口に顔を並べて、深夜の対決に見入った。

羽根村がすうっと剣を抜いた。

肥後熊本の加藤清正に仕えた同田貫《どうたぬき》一派、清国《きよくに》の鍛えた一剣だった。羽根村が

東海道熱田《あつた》宿の女郎屋の刀架から盗んだ刀だった。

豪壮な刃《やいば》が、陰の構え、八双におかれた。

対する小田平助は、鵜飼百助から借り受けた、無銘ながら相州鎌倉一文字派の刀鍛冶が鍛えた二尺七分を未だ鞘の中に眠らせていた。

息詰まる不動の対決は、四半刻（三十分）に及んだ。

痺《しび》れを切らした見物の門弟の一人が足を踏み替え、

みしり

と廊下の板が鳴った。

羽根村金次郎の体が上体から傾けられ、間合いを一気に詰めてきた。

小田平助も踏み込んだ。踏み込みながら、旅の空で伯耆流居合い術の稲荷屋甚六老人から習った抜き打ちが鞘鳴りもせず光になった。

一間の空間がたちまち消えて二つの体が一つになった。そこで八双の同田貫清国が小田平助の肩に、そして、小田平助の無銘の剣は羽根村金次郎の胴に止まって見えた。

「おおっ」

と出入口の田丸輝信らが思わず声を洩らした。

ゆらり
と体が揺れたのは小田平助だ。

「小田どのが」

と門弟の一人が悲鳴を上げた。

すうっ
いったん羽根村の胴に止まったかに見えた剣が左脇に流れて、直刃《すぐは》足入《あしい》り互《ぐ》の目《め》乱れを灯りに浮かばせた。

ぐらり
と羽根村金次郎の体が揺らぎ、懐の包金が小田平助の一撃に斬り破られたか、小判がばらばらと道場の床に散らばった。

「金が、小判が」

と呟く羽根村の手から同田貫が落ちた。そして、片手が、懐から零れ続ける小判を押さえようと虚空をさ迷ったが、次の瞬間、五尺七寸余の体が傾《かし》いで横倒しに崩れ落ちた。

「小田平助、見事なり」

と玲圓は洩らした。

血振りをした小田平助が見所の玲圓に向かい、一礼した。

磐音は未明の両国橋を渡ろうとしていた。

金兵衛が磐音を引き止め、

「婿どの、こんな夜だ。私と酒を酌み交わしてくれませんかえ」

と磐音に願った。

おこんが勾引されたことにだれよりも後悔し、衝撃を受けていたのは磐音自身だった。だが、尚武館ではそんな感情を見せることはできなかった。

金兵衛の家を訪ねて事情を告げたにも拘《かかわ》らず、金兵衛は磐音を責めようともしなかった。それればかりか亡き女房の位牌《いはい》に向かって、

「婆さん、おこんはいい婿どののもとに嫁いだと思わねえか」

と呟いたのだ。

舅の言葉に磐音の感情は揺れた。

金兵衛はそれを見て、このまま磐音を川向こうに帰してはならないと思った。

舅と婿、男同士の酒盛りはちびちびと夜を徹して続き、

「舅どの、このように二人だけで過ごす夜は初めてにござるな」

「もう二度とこんな夜を過ごすのはご免だ」

「この次は必ずやおこんを交えて飲み明かしましょう」

「頼んだぜ」

金兵衛の短い、だが、万感の想いが込められた言葉を聞いて金兵衛の家を辞去した磐音だった。

両国橋には、春にしては冷たい風が吹いていた。

常夜灯がわずかに零れる橋に、灯りが浮かんだ。

磐音は提灯の灯りが七曜紋であることを認めた。そして、女乗り物を行列の真ん中に、ひたひたと磐音のほうへ向かってきた。

磐音がこの行列を見かけるのは二度目だ。

一度目は俎橋付近だった。

行列は粛々と磐音の前を通り過ぎようとしていた。だが、女乗り物の中からこつこつと叩く音がして、ぴたりと磐音の前で止まった。

乗り物からはすぐに言葉はかからなかった。

磐音もまた声を発しなかった。

お互いに出方を窺った。それは剣術家の真剣勝負の間にも似て、緊迫の時の流れであった。女乗り物を護衛する家臣団も陸尺《ろくしゃく》も小者らも一言も発しない。

長い無言の時が流れて、女乗り物の中から声が響いた。

「佐々木磐音よのう」

﨟《ろう》たけた言葉遣いだったが、装われたものだった。

「おこんの身、何事もなかろうな」

「案じやるか」

「おすな、田沼意次様の妾に上がり、神田橋のお部屋様などと構えておるが、顔を塗りたくっても尻尾は隠しきれぬわ」

磐音は相手を怒らせようと挑発の言葉を投げた。

「ふっふっふ」

と余裕の笑いを洩らした神田橋のお部屋様が、

「そなたら、蟷螂《とうろう》が斧《おの》をとりて隆車《りゅうしゃ》に立ち向かう姿と思わぬか」

「おすな、田沼様も六百石からの成りあがり、いささか隆車に比するは無理があろう」

「さあて、おこんの身どうしたものか」

「おすな、それがしが一命を賭してもおこんは救い出す」

「ほう、それもまた一興かな」

と嘯《うそぶ》いた神田橋のお部屋様がしばし沈黙した後、

「佐々木磐音、おこんを取り戻したくば一人で来やれ」

「いついずこへなりとも」

「そなたの女房想いの心情に免じて、そのこと約定いたす。近々、そなたのもとにわらわの使いを立てる。構えて助勢を頼むでない。その折りはおこんが命、即刻、この世から消え去ると思え」

「承知した」

こつこつと扉の裏を叩く音がして、女乗り物が両国橋を西から東へと渡って消えようとした。

橋の欄干の向こうから影が飛んで、磐音の足元に片膝を突いた。

弥助だ。気配も見せなかったが、一晩じゅう神田橋のお部屋様を見張っていたと思えた。

「女狐の棲《す》み家を突き止めてご覧に入れます」

いつになく緊張の声で弥助が言った。

「頼もう」

磐音が短く願うと弥助は再び欄干を飛び越え、橋桁《はしげた》伝いに両国東広小路へと向かった。

弥助に霧子も従っていることを確信した磐音は、尚武館への道を辿《たど》り始めた。

その背から新しい朝の気配が顔を覗かせ始めていた。

三

磐音が尚武館に戻ったとき、すでに羽根村金次郎の亡骸《なきがら》の始末は終わり、道場もいつものように清められて朝稽古が始まっていた。

磐音は離れ屋に戻るとおこんのいない寂しさを感じつつ稽古着に着替えて、

「よし」

と自らに言い聞かせると道場に出ていった。

道場の中に薄い光があった。

小田平助が指導して、槍折れを片手で振り回しながら前後左右に動きまわる稽古が行われていた。

磐音は見所前に立つ玲圓に帰宅を報告する黙礼をすると、神棚に向かって拝礼した。そして、養父であり、師である玲圓に歩み寄った。

「舅どのの家に泊まりましてございます。ご心配をおかけいたしました」

「金兵衛どのも、さぞ驚かれたであろう」

「いえ、それが」

玲圓の言葉を磐音は否定すると、二人で徹宵して酒を酌み交わした理由を述べた。

「なに、金兵衛どのはそれほどの覚悟を持っておこんをわが尚武館に、嫁として送り出しておられたか」

「恥ずかしながらそれがし、舅どののお心を万分の一も知らずしておこんを嫁にしておりました。舅どのが仏壇に向かって独白なされた言葉を聞き、不覚にも涙を零しましてございます。それを見た舅どのが、時に舅と婿で酒を酌み交わすのもよかろうと、反対にそれがしの気持ちを慮ってくださいました」

「われら、金兵衛どのを知らずしておこんを尚武館の嫁に迎え入れていたか」

「はい」

と答えた磐音は今津屋の由蔵から聞き知った、

「神田橋のお部屋様」

の身許を、そして両国東広小路で楊弓場を開く朝次親方を訪ねて、さらに得た情報を告げた。

「ほう、今をときめく老中田沼意次様のお部屋様が、両国広小路の矢場女であったとは、世の中奇怪なことがあるものよ。おすなが老中のお部屋様と呼ばれるからには、田沼様の子をなしておろう」

「そこまでは調べがついておりませぬ」

「一夜にしては上出来であったわ」

磐音は、両国橋で神田橋のお部屋様の行列に行き合ったことを告げた。

「なにっ、おすなと申す女狐、江戸の闇を夜な夜なさ迷うておるか」

「乗り物の中からの声だけゆえ姿は見ておりませぬ」

「古《いにしえ》より狐狸《こり》妖怪《ようかい》の類《たぐい》は人前には姿を晒さぬものよ。まあ、そのうち、尻尾を出そう」

「おすなの行列を弥助どのと霧子が追うております。女狐の棲み家がいずれ知れることと思います」

「うむ」

と頷いた玲圓は、今度は尚武館に起こった出来事を磐音に語り聞かせた。

「なんと、それがしの留守中にさようなことが起こりましたか。羽根村金次郎どの、百両に執着して命を落とされる羽目になりましたか」

「金次郎め、そなたとわしを毒殺する気であったようだ。草葉の陰でさぞ彦右衛門どのが嘆いておられよう」

と語った玲圓の視線が、鞭《むち》のように振り回しながら、槍折れを鮮やかに回転させる小田平助にいった。

「それにしても得難い人材を尚武館は得たわ」

「世間には、あのような逸材が隠れ潜んでおられるのですね」

「われら、増長してはならぬな」

と肝《きも》に銘ずるように言った玲圓が、

「金次郎の始末じゃが、尚武館出入りの町方を呼び、亡骸と百両と附子を番屋に運んでもろうた。今日にも南町の知恵者どのが大頭を振り振り姿を見せよう」

玲圓は最前より和やかな表情を見せると、

「磐音、吉報を待って稽古をいたそうか」

と誘《いざな》った。

「養父上、御指導のほど願えませぬか」

「わしもそう思うておった」

二人の胸中にはもやもやとした思いが沈潜していた。それが父子の稽古へと導いた。

二人は木刀を構え合い、直心影流の法定《ほうじょう》四本之形伝開の極意の稽古を厳しくも激しく行った。

この朝の玲圓と磐音の火が出るような稽古は、後々尚武館の語り草になるほど、その場に立ち会った門弟衆の間で語り継がれることになる。

半刻（一時間）後、双方が阿吽の呼吸で木刀を引き、礼を交わした。

「養父上、お蔭さまで心の暗雲が取り払われてございます」

「わしも体内から黒い汗を絞り尽くした」

二人の爽《さわ》やかな顔に、

「なんとしてもおこんを無事奪還する」

という強い想いがあった。

磐音はいつもの顔に戻り、門弟衆に稽古を付けた。最後には遼次郎を呼んで、ゆったりとした間合いで稽古をなした。

遼次郎からは、自らの心持ちばかりか、相手する者の心情を慮る余裕が感じられるようになっていた。尚武館で過ごす歳月が遼次郎を成長させていた。

稽古が終わったとき、

「遼次郎どの、心配をかけておるな」

と磐音から声をかけた。

「若先生、ご心中お察し申します」

磐音は坂崎家の跡継ぎになる若者に笑みを返した。

「それがし、お役に立ちとうございます。なんなりとお申し付けください」

「遼次郎どの、そなたの気持ちは忘れはせぬ。そう長いことではあるまい。必ずやこちらが仕掛けるときが参る。それまで互いに辛抱をしようぞ」

「はい」

と頷いた遼次郎が、磐音のかたわらから去っていった。

「若先生、わし、出すぎた真似ばしたやろか」

小田平助は、稽古前に玲圓と磐音が長いこと話し合っていたことや、火の出るような稽古をなしたことを気にしてか、声をかけてきた。

「平助どの、私ども父子がどれほど小田平助どのの尚武館逗留に勇気づけられているか、最前も話し合ったところでした。出すぎた真似どころか、助かっており申す」

「ほんとのこつな」

「虚言を申してなにになりましょう」

「小田平助、ほっと安堵しましたたい」

と愛敬のある顔に笑みが浮かんだ。

磐音はその無心の笑みに自分の気持ちも和むのを感じた。

「平助どの、無欲が一番。欲をかくといずれ引きずりおろされることになる。それは政《まつりごと》を行うお方も、われら剣術家も同じにござろう」

「いかにもさようたい。人間、起きて半畳寝て一畳、あとは余分なものたいね」

「はい、肝に銘じます」

と磐音が正直に答えた。

「ありゃ、若先生からくさ、そげんことを言うてもらおて思うて口にした言葉じゃなか。困ったばい」

と平助が横鬢《よこびん》をごしごしと掻いた。

朝稽古が終わろうとした刻限、神原辰之助が、

「若先生、南町の笹塚《ささづか》様と木下《きのした》様がお見えにございます」
と知らせてきた。磐音は玲圓がすでに道場から下がっていることを承知してい
たため、
「お二人を母屋に案内《あない》してくれぬか」
と願って離れ屋に戻った。
稽古着を普段着に替えた磐音が母屋に行ったとき、笹塚孫一《まごいち》と玲圓が険しい表
情で話し込んでいた。
「笹塚様、造作をかけました」
「若先生、なんのことがあろう。百両付きの仏など、そうそうわれらのもとには
届かぬ。まあ、高札場《こうさつば》に告知はいたすが、申し出る者はおるまい。百両のうち、
なにがしかが南町の探索費に化けるというわけじゃ。お礼は、われらのほうから
述べるべきもの」
といつもの調子で応じた笹塚が、
「若先生、おこん様のこと、玲圓大先生から聞きましたぞ。ご心中お察し申す」
と険しい表情で言いかけた。
「南町にも迷惑をかけます」

「とはいえ、神田橋のお部屋様だけは、われら町方ではいかんともし難い案件でな。われらの首が飛ぶどころか、奉行の首も危のうなる」

と笹塚孫一が気の毒そうな顔をした。

「笹塚様」

と声をかけたのは木下一郎太《いちろうた》だ。

「なんだ、一郎太。そなたがふくれ面したところで、この一件ばかりはどうにもならぬぞ」

「なにも表立っての探索に動くとは申しておりませぬ。ですが、町方にできることもあるはずです」

「なにをいたそうというのだ」

「それは未だ」

「考えておらぬというのか、馬鹿ものが。そのようなことを口にするときは、心中に考えがあっての場合だ」

「とはおっしゃいますが、神田橋内の田沼家の一切を見て見ぬふりをしろ、と命じられております」

「ネタがないと申すか」

主従が言い合った。

「木下どの、昔の騒動を調べていただくことができましょうか」

「若先生、昔の騒動と言われますと」

「人づてに聞いた話です」

と前置きして、神田橋のお部屋様の出自《しゅつじ》を探って、田沼意次を脅そうとした無謀なやくざ者、平井の権八とその一家皆殺し騒動を語った。

「それはな、明和二、三年（一七六五～六六）に起こった騒ぎだ。それがし、ようく覚えておる。あの一件、北町が当番月であったぞ、若先生。お奉行は確か依《よ》田豊前守政次《だぶぜんのかみまさつぐ》様であったと記憶する、あの折り、依田様は非常な心労であったと思う」

と笹塚孫一が即座に反応した。一方、一郎太は、

「私は父の代でございまして、見習いとして出仕すらしていなかったと思います」

と全く初めて聞く様子を見せた。

「そなたが同心になる前とは申せ、未解決の大騒ぎくらい学んでおくものじゃ。もっとも、あの騒ぎは城中からの命で握り潰されたゆえ、奉行所内でも事情を知

る者は一部の者であろうな」

笹塚は、木下一郎太の不勉強にそれ以上言及しなかった。

「若先生、平井の権八一家の惨殺に田沼様が関わっているのですね」

「おそらくは」

「北町でも、皆殺しが田沼様の息がかかった連中によるものと分かったところで、探索の即刻中止を命じられたのだ。このような例は滅多にあるものではない。よほど大きな力が動かぬとできぬ話だ」

「笹塚様、田沼様はすでに老中におなりでしたか」

「一郎太、田沼様が老中格となられたのは明和六年八月十八日のことだ。その当時は家治様の側用人であったか、あるいはその前か。ともかくじゃ、家治様の覚えめでたく、すでに絶大な力を発揮し始めておられた。そうでなければ、あのような大騒動を握り潰せるものか」

と笹塚が一郎太に言い聞かせると、佐々木父子に視線を戻し、

「玲圓大先生、若先生、この一件のあと、田沼意次様が江戸の表ばかりか、闇の世界まで意のままに動かすようになったのでござる」

と言い切った。

「笹塚様、いくらやくざだろうと、十数人の命を無残にも奪ってよいわけもございませぬ。この一件、それがし、非番の折りなどに内偵させていただけませぬか」

「一郎太、相手は飛ぶ鳥を落とす勢いの田沼様、一命を失うかもしれぬぞ」

「それは、町奉行所同心を拝命した折りから覚悟の前にございます」

「よう言うた」

と笹塚が応じると、それでもしばし沈思し、

「一郎太、まず南町の生き字引きに会え」

と命じた。

南町の生き字引きとは、例繰方《れいくりかた》の逸見五郎蔵《いつみごろぞう》だ。

例繰方は町奉行所が扱った騒動の記録すべてを管理整理し、未だ下手人が割り出されない騒動の解決などに役に立てようという部門だ。むろん南北町奉行所の情報交換も一部だが行われていたため、北町が担当した騒動も南町にも知らせが入った。

「笹塚様、お礼を申します」

一郎太は俄然張り切った。

「笹塚様、木下どの、このとおりにございます」

と磐音が二人に向かって頭を下げた。

「若先生、これは町奉行所の仕事でもございます。その上、おこんさんの一命がかかった一件、黙って見逃していては木下一郎太の男が廃《すた》ります」

一郎太が爽やかな表情で言い切った。

「それに、尚武館からは前渡し金の百両も頂戴しておるでな、一郎太、一生懸命働け。そなたが敵方の刃に斃れるようなときは、この笹塚孫一が骨を拾ってつかわすぞ」

と笹塚が胸を張り、木下一郎太が嫌な顔をした。

笹塚と一郎太を見送り、磐音が離れ屋に戻ると、縁側に品川柳次郎が座っていた。そして、早苗からお茶を供されたようでかたわらに茶碗があったが、手を付けたふうはなかった。

「佐々木さん、おこんさんの身になにが起こったのです。おこんさんが尚武館にいないことは、住み込み門弟衆や早苗さんの態度からも窺える。だが、たれに訊いても、そのことは若先生にお尋ねくださいと言うばかりなのです。今も南町の大頭与力《よりき》どのが母屋を訪ねていたようですね。この品川柳次郎になにも話してくれないとは、水臭いではありませんか」

「品川さん、隠したわけではない。われらにはその余裕すらなかったのです」

と前置きして、年来の友にすべてを語った。ただし、両国橋でおすなと交わした密約は告げなかった。話を聞き終えた柳次郎が、

「なんと、そのようなことが佐々木家に降りかかっておりましたか」

と嘆息した。

「佐々木さん、この品川柳次郎にできることはありませんか」

「お気持ちだけいただきます」

「私は、坂崎磐音と名乗られし頃より心を許し合うた友と思うて、これまで過ごして参りました。違いますか」

「勘違いをなされるな、品川さん。相手は老中田沼様、こちらがじっくりと構えぬと捻《ひね》り潰される。神田橋のお部屋様を自認するおすなは、それがしに、隆車に立ち向かう蟷螂と言い放ちました。それはまったく真実です」

「だからといって、おこんさんの命を見捨てていいわけはない」

「見捨てることなどできましょうか。ただ今、弥助どのをはじめ、今津屋、それ

に南町奉行所も密かに動いて、おすなの身辺を探っているところです。ここはとくと腰を据えて構えるほかはないのです。反撃の秋《とき》がきたら、必ずや助勢をお願いします」

「必ずですね」

頷いた磐音は、

「品川さん、田沼様のお力は幕閣においても絶大です。この戦い、そう容易には決着がつかないでしょう。尚武館を賭けた長い消耗戦になります」

磐音の言葉に、柳次郎が緊張の面持ちで大きく首肯した。

磐音はいつもより遅い朝餉と昼餉を兼ねた粥を食したあと、おえいが季助に命じて沸かさせた湯に入り、おえいに勧められるまま仮眠を取った。

これからの戦いに備えてのことと、磐音もおえいの厚意を素直に受けた。

磐音は眠りに落ちた。だが、おこんの夢ばかりを見ていた。夢であることを承知で夢を見ていた。

夢の中のおこんは十一、二歳の少女だった。

磐音が知らない笑みを浮かべ、無邪気にも湿地のような原野で仲間と遊んでいた。

（おこん、いますぐ助けに参るぞ）

（あなたはだあれ）

（そなたの亭主になる男だ）

ほっほっほ、とおこんが笑った。

（私の旦那様だって）

おこんが眩《まぶ》しいほどの光の中に溶け込んでいこうとした。靄の向こうに赤い鳥居が見えた。

（おこん、行くでない。戻ってくるのだ）

磐音は必死に叫んだが、おこんは赤い鳥居を潜《くぐ》り、光に溶けて姿を消した。


「おこん」

魘《うな》される自分の声で磐音は目を覚ました。

夕暮れの橙《だいだい》色の光が障子の向こうに散っていた。

廊下に人の気配がして、早苗の声がした。

「若先生、魘されておいででしたが、大丈夫ですか」

「夢を見ていた。早苗どのを驚かせたか」

「いえ」

「弥助どのか霧子は、まだ姿を見せぬか」

「未だお戻りではございません。なにか用事はございませんか」

磐音の返答は返ってこなかった。代わりに、

「そうか、苦労をしておられるようだ」

と呟く声が障子越しに早苗の耳に届いた。

四

万治《まんじ》二年（一六五九）、相模国三浦郡《ごおり》から江戸に出た砂村新四郎が、幕府に願って原野および寄洲《よりす》を切り開いて新田を造った。そこでその姓をとって、

「砂村新田」

と名付けられた。

広さは東西十五丁、南北およそ七丁であった。

元禄《げんろく》十一年（一六九八）、海際に深川洲崎から長さおよそ千五百間の防潮堤が

築かれ、その内部に越前福井藩松平家《えちぜんふくい》、出雲松江藩松平家《いずもまつえ》、長門萩藩毛利家《ながとはぎ》などの抱え屋敷が造られた。

深夜、磐音は独り砂村新田にある出雲松江藩松平出羽守《でわのかみ》の抱え屋敷の塀の外にいた。

弥助からの使いが尚武館を訪れ、

「砂村新田、出雲松江藩抱え屋敷で待つ」

と知らせてきた。

磐音は即座に、養父の玲圓に一人先行することを告げた。一方、玲圓は速水左近に相談したあと、善後策を講じた上で駆け付ける算段が父子の間になった。

おえいの忠告に従い、仮眠をとったせいで、磐音の心も爽快《そうかい》にして静かな闘志が体に満ちていた。

腰の一剣は、玲圓から借用の近江大掾藤原忠広だ。

神保小路から早足で両国橋をわたり、深川の東、江戸の内海に面した砂村新田に到着したのは夜半九つ（十二時）の頃合いであった。

この界隈は新開地だけに、水路が道以上に四通八達していた。松江藩松平屋敷の北側にも砂村川が流れていた。

磐音は歩いてきただけに夜の闇に瞳孔《どうこう》が慣れていた。それにしても、おすなが生まれたという砂村新田の闇の深さはどうだ。

墨を流した漆黒《しっこく》の闇が磐音を取り巻いていた。

ふわり
と闇を揺らしもせず、人影が磐音の前に現れた。

霧子だ。

「ご苦労であった」

「弥助様がお待ちにございます」

密やかな霧子の声は平静であった。

いずこの里からとも知れず乳飲《ちの》み子《ご》のときに雑賀衆に勾引《かどわか》されて、その一員に加えられ、物心ついたときから厳しい下忍《しのび》の訓練に耐え、さらには幾多の修羅場《しゅらば》を生き抜いた後、大納言家基を暗殺せんと日光社参密行の道中を襲う雑賀衆一統に参画した。

だが、弥助に一対一の勝負を挑まれて囚われの身となり、江戸に帰着する家基一行に従った霧子は、敗北という運命を受け入れて尚武館に住むことになった。

真の出自を知らぬ霧子がついに得た安住の地の尚武館であった。

今や家基を護る磐音らの心強い味方の霧子であった。

霧子に従い、磐音は砂村川沿いに東へと向かった。

松江藩の抱え屋敷は、砂村新田と平井新田にまたがり、九万二千二百六十二坪と広大なもので、敷地には湿地時代、萱原《かやはら》に囲まれた広い池が今も敷地の一部を形成し、その南側では平井新田の萱地、さらには江戸の内海へと接していた。

ひたひたと闇を進むと、ぼおっとした灯りが浮かんだ。松江藩の塀がそこだけ途切れて、赤い鳥居がその場に浮かんでいた。

「松江藩の敷地に食い込むように、大知稲荷《いなり》の境内《けいだい》が鉤《かぎ》の手にございます」

と霧子が磐音に説明し、

「神田橋のお部屋様の密かなお住まいは、自らの生まれ在所の砂村新田、松平出羽守様の広大な敷地の中にございます」

なんと田沼意次の側室、神田橋のお部屋様の隠れ屋敷は、出雲松江藩の敷地の中にあるという。

松江藩は七代目、明敏な治郷《はるさと》の治世下を迎えていた。

田沼と松江藩松平家がどのような関わりがあるのか、磐音は知らなかったが、なんと奇異で巧妙な隠し屋敷であることか。威勢を誇る田沼意次ならではの隠し屋敷だった。

赤い鳥居に一歩ずつ近付くごとに、果てしなき地から無声の訴えをするものがいた。

磐音は一歩、さらに一歩と、おこんへ近付いていることを確信した。

(おこん、しばしの辛抱じゃぞ)

と心の中で言いかけたとき、霧子の足が止まった。

砂村川に木橋が架かり、その向こうの赤い一の鳥居がおぼろに浮かんで、弥助がそよりと鳥居の下に立った。さらに奥へ無限に赤い鳥居が連なって伸びていた。

磐音は橋を渡った。

「お待たせいたしました」

「弥助どの、ご苦労であった」

「両国橋から一昼夜、女狐の棲み家を摑むのに時間がかかりました。見え隠れに尾行するわっしと霧子の前で、忽然と七曜紋の行列が掻き消えやがったんで。いえ、この前ではございません、さらに東に下った美作津山《みまさかつやま》藩の塀に差しかかったところでございました。女狐め、わっしらの尾行を承知していたんでございましょう。見失ったわっしらは霧子と二人、この界隈の抱え屋敷や砂村新田を虱《しらみ》潰しにあたりましたが、女狐の棲み家はございません。再び夜を迎えて、偶然にも赤い鳥居を潜《くぐ》って七曜紋入りの乗り物が中に入るのを見ましたんで」

「苦労をかけました」

磐音は労《ねぎら》いの言葉を重ねるしかなかった。

「まさか、おすなの住まいは大知稲荷の祠《ほこら》というわけではございますまい」

「いえ、祠がどうやら神田橋のお部屋様の屋敷への出入口のようでございまして、わっしらもその先には潜入しておりません」

磐音が闇の中で弥助の顔を見た。

「例の妖気が、赤い鳥居の奥に入るほど濃くなり、侵入者を見張っているのでございますよ。無理をして女狐どもに警戒を抱かせてもならねえと、若先生のお越しを待っておりましたんで」

「お心遣い、かたじけない」

と答えた磐音は、鳥居の奥を覗き込んだ。

どこかで出会った景色だった。

(そうか、夢の中で少女のおこんが消えた風景か)

磐音は鳥居の奥におこんが軟禁されていることをさらに確信した。

「おすなはどうしておりますし

「夜な夜な出かける様子でございまして…」てね、今夜も一刻（二時間）ほど前、乗り物で出かけました。戻りは夜明け前にございましょう」

磐音は咄嗟《とっさ》に考えた。

玲圓らがこの松江藩松平屋敷に到着するまで時間がかかろう。ならば、行動を起こしてみるか。

「今宵も妖気がわれらの前に立ち塞がっておりますか」

「最前から様子を窺っているのですが、昨晩より薄れておりまして、ひょっとしたら妖気の主、丸目歌女は女狐と同道しているのではございませんか」

「潜り込むか」

「罠かもしれません、若先生」

「そのことも十分に考えられる。されど古人が申したように、虎穴《こけつ》に入らずんば虎児《こじ》を得ることもできまい」

しばし沈思した弥助が霧子に命じた。

「霧子、大先生方の到着を待て。わっしが道案内で稲荷社の向こうに忍び込む。なんぞあれば忍び笛で知らせよ」

「畏まりました」

と即座に応じた。

「お待たせしました」

頷き返した弥助は、黒の忍び装束に革底の足袋《たび》を履いて足元を固めた姿で、一の鳥居から奥の鳥居に向かった。

大知稲荷にひたひたと二人の足音だけが微《かす》かに響いた。

確かに、赤い鳥居の連なる参道には磐音の馴染みの妖気が漂っていたが、歌女が近くにいるわりには薄かった。ということは不在か。

「この奥はわっしも初めてでございます」

弥助は妖気を静かに掻き分けて稲荷社の祠前に到達した。

弥助が、さほど大きくもない祠の周りをくまなく探し始めた。むろん松江藩の敷地に入る出入口をだ。

磐音は境内を騒がすことを詫びて、祠の前で頭を垂れ、大鈴を鳴らす撚《よ》り綱に触れた。するとひとりでに、
がらんがらん
と大鈴の音が深夜の砂村新田に響いた。

磬音は柏手《かしわで》を打ち、心の中でおこんになんの罪科《つみとが》もないことを訴えた。

顔に潮風の匂《にお》いが漂った。

磬音の眼前で賽銭《さいせん》箱が奥へと滑っていき、祠の前に大きな口が開いた。祠の裏手に回っていた弥助が物の動く気配に祠前まで戻ってきて、

「なんて仕掛けだ」

と呟いた。

暗く深い口の向こうから湿った潮の香が流れてきて、磬音は迷いなく歩を進めた。弥助が従い、二人の背後で口が閉じられた。

暗黒の隧道《すいどう》の果てなき向こうに小さな灯りが浮かんでいた。

二人は灯りを目当てに静々と進んだ。

一丁半も進んだとき、灯りの周りに数人の警固の侍が立哨《りっしょう》しているのが見えた。

「ここはわっしに」

弥助が音もなく磬音のかたわらをすり抜ける気配がして、磬音の耳に、
しゅっしゅっ
と吹矢筒の風受け音が響くと、警固の侍がばたばたと倒れていった。

弥助が持参した吹矢筒が三人の警固の侍を一瞬にして倒したのは、矢先に塗ら

れた強力な眠り薬のせいだ。

見張りの侍の背後に木戸があり、磐音と弥助はさらに奥へと進んだ。

半丁ほどで隧道の出口に差しかかり、二人は池の中に浮かぶ築山に出ていた。

池の向こうに、灯りが煌々《こうこう》と灯された御殿風の屋敷があった。松江藩の敷地の中でさらに隔絶された神田橋のお部屋様の隠れ屋敷が在った。

御殿屋敷には女主がいないことを示して、どことなく弛緩した空気が漂っていた。

「さて、おこん様はどこに幽閉されておられますか」

と磐音だけに分かる潜み声で弥助が呟いた。

「弥助どの、それがしに従うてはくれぬか。もしこの隠れ屋敷におこんが匿《かくま》われているとするならば、それがし、その場まで導いていくことができるやもしれぬ」

と磐音が言った。

「お願い申します」

弥助の返事にはなんの疑いの気配もなかった。

磐音は懐から手拭いを出すと、閉じた瞼《まぶた》の上に目隠しをした。夜の闇の中でさらに視界を閉ざした磐音は、昼間の夢の続きを見ようと神経を集中した。

弥助は見ていた。

磐音の五体から精気が漂い、盲目となった磐音が迷いなく一歩踏み出したことを。

弥助も両眼を閉じて磐音の背に従うことにした。

二人の夢遊行は、いずこと知れず神田橋のお部屋様の隠れ屋敷をさ迷った。

どれほどの時間が過ぎたか。

磐音は煙草の匂いを感じて、手拭いを取り去り、両の瞼をゆっくりと開いた。

すると身の丈五尺三寸余の老武芸者が、板の間の真ん中に床机を置いて腰掛け、磐音を見据えていた。その背後の板戸はきっちりと閉じられてあった。

「お久しゅうござる。橘右馬介忠世様」

一年前に会ったときと同じく橘はこの夜も羽織はなしで、裁っ着け袴に武者草鞋で足元を固め、頭には古びた陣笠を被っていた。

「やはり参ったな。嫁女を攫われて黙っておるそなたではないからのう」

磐音とおこんが祝言を挙げる前、江戸から遠く離れた遠江相良藩田沼家のご用人竜間《たつま》直澄《なおずみ》と剣術指南伊坂《いさか》秀誠《ひでもと》が知恵を絞り、天下の武芸者五人を集めて、尚武館潰し、つまりは佐々木玲圓と坂崎磐音暗殺を図る計画を立て、実行した。
その五武術家とは、
琉球古武術　松村安神
タイ捨流　河西《かさい》勝助義房《かつすけよしふさ》
平内《へいない》流　久米《くめ》仁王蓬萊《じんのうほうらい》
薩摩《さつま》示現《じげん》流　愛甲《あいこう》次太夫《じだゆう》新輔《しんすけ》
独創二天一流　橘右馬介忠世
だった。
磐音はこのうち、松村安神ら四人を死闘の末に斃していた。残る一人が、祝言を控えた尚武館に潜入してきて磐音と対面した橘右馬介であった。
五人の中でも一番の難敵が、宮本武蔵玄信の二天一流を修行し、奥義を得たのち、因州大山《だいせん》に籠《こも》ってさらに独創の剣を追究した橘右馬介だった。
「おこんは無事にございましょうな」
「息災にしておる」
橘が床机から立ち上がり、板戸を押し開くと座敷牢《ろう》があって、おこんが独りぽつねんと座していた。

と磬音が呼びかけたがその声に反応する様子はなかった。

「おこん」

「神田橋のお部屋様は妖術を使うとみえて、そなたの嫁女は正気を失うておる」

「橘様、それがし、おこんを貰うて参ります」

「正直、牢屋番など務めとうもない。じゃが、世間の義理もあるでな、わしとの決着を付けた後にしてもらおう」

磬音は黙って頷くと、尚武館離れ屋から持参したおこんのしごき紐を懐から出し、手早く襷《たすき》にした。

二人が対決する板の間は二十畳の広さがあり、天井も高かった。

先に剣を抜いたのは橘だ。右手に脇差を、そして左手に大刀を保持すると、切っ先を床に下げて構えた。

二天一流の独特の両刀遣いだ。

磬音は藤原忠広をそろりと抜くと正眼に構えた。

二人の間合いはおよそ一間。

弥助が二人の真横へと移動した。

長い対峙があった。

どれほどの時が経過したか、戦いに集中する二人には時間の感覚など失せていた。

永久と思える睨み合いは弥助の、

「どうやら女狐が戻ってきたようですぜ」

という呟きで終わりを告げた。霧子がそのことを忍び笛で知らせてきたのだ。

橘右馬介がするりと間合いを詰め、左手の大刀で磐音の脛下《すねした》を薙《な》ぐように振った。一見、ゆるりと薙がれた剣捌《さば》きと思われたが、刃渡り二尺二寸余の古今伝授行平《ゆきひら》がぐいっと伸びやかに磐音の脛を襲った。

磐音は横手に身を移して行平の攻めを外した。すると右手の脇差が磐音の肩口にすうっと落ちてきた。

磐音は正眼の剣で弾いた。

間髪を容《い》れず、橘の大刀が磐音の胴を狙って振るわれた。同時に脇差も反対側から迫ってきた。

二本の剣が迅速にかつ巧妙に使われ、対戦する相手の逃げ場を封じていた。

磐音は刃から逃れようとはせず、反対に敢然と踏み込み、橘の二本の刃の間に身を晒した。

同時に藤原忠広の切っ先が橘右馬介の喉元に、
すっく
と伸ばされた。

弥助が息を呑んだ。

磐音の左右から胴を狙った大小の刃と、喉元に伸ばされた一本の剣が、ほぼ同時に相手の胴と喉に到達したかに見えた。だが、万分の一の遅速が生死を分かっていた。

弥助は、両腕を伸ばした磐音の藤原忠広の切っ先が橘右馬介の喉を突き破り、五尺三寸余の体を後方へと吹き飛ばすのを見た。

「わああっ！」

表で騒ぎの声が上がった。

磐音は床に倒れ込んだ橘右馬介の体が痙攣《けいれん》するのを見ていた。その口が何事か訴えたが、言葉にはならなかった。

弥助は座敷牢の扉の外に掛けられていた閂《かんぬき》を外すと、

「おこん様」

と呼びかけた。だが、おこんは弥助の声にも反応を示さなかった。

磐音は橋のかたわらに片膝を突くと、腰から煙草入れを外し煙管《きせる》を出して、刻み煙草を詰めた。そして、行灯《あんどん》の灯りで火を点《つ》けると一服吸い、

「橋様」

と痙攣が治まった橋の口に煙管を咥《くわ》えさせた。

橋は磐音を見ると一瞬満足げな表情を見せて、深々と一服吸った。すると切り裂かれた喉元からごぼごぼと血が零れ出して、再び痙攣が始まった。

だが、橋は煙管を放そうとはせず、磐音も煙管を支え続けた。

ことり

と音を立てるように、一代の剣客橋右馬介忠世が最期の時を迎えた。煙管から、

すうっ

と紫煙が流れて、がくりと橋の顔が落ちた。

磐音は煙管をしっかりと口に咥えさせると、合掌した。

「若先生、おこん様ですぜ」

弥助に言われて目を開けると、かたわらにおこんが立っていたが、夢で見た少女おこんの無邪気な顔だった。

「最前入ってきた隧道を戻るのは難しゅうございましょう。海へ逃れたほうがよ

うございます」

この一昼夜、松江藩抱え屋敷の外を調べていた弥助が言い、

「案内を願おう」

と磐音がおこんの手を引いた。

四半刻後、磐音ら三人は平井新田萱地に追い詰められていた。

神田橋のお部屋様が隠れ屋敷に戻ってきて、隠れ屋敷の家来たちが犬を従えて侵入者を追ってきた。

「あとは海に入るしか犬を躱《かわ》す方策がございません」

弥助が弱音を吐いた。

磐音と弥助の二人ならば海に入り、追跡者や犬を躱すこともできただろう。だが、正気を失ったおこんがいた。

磐音はそのとき、櫓《ろ》の音を聞いたように思えた。

朝靄が漂う海に目を凝らすと、猪牙舟《ちょき》が舳先をこちらに向けて漕ぎ寄せてきた。

胴中に塗笠を被って座すのは、佐々木玲圓その人だった。船頭は柳橋の船宿川清の小吉《こきち》だ。

「九死に一生とはこのことだぜ」

と弥助が舟に向かって手を振った。舳先が三人に向けられ、背後からは犬の吠え声が接近してきた。

弥助が吹矢筒を口に咥えた。

そのとき、どーんと舳先が平井新田の岸辺にぶつかり、磐音はおこんを横抱きにして猪牙舟に乗り込んだ。

「弥助どの」

磐音の声に弥助が、猪牙舟の舳先を海へと押し戻しながら飛び乗った。

その瞬間、獰猛《どうもう》そうな黒犬が三匹姿を見せて海に向かって吠え立てた。

「ふうっ」

と弥助の安堵の声が響き、玲圓が平静な声で、

「弥助、ご苦労であったな」

と労った。

養父の玲圓の声に、おこんが正気を取り戻した様子で辺りをきょろきょろと見ていたが、

「あらまあ、なんで平井新田の萱地の沖合いなんかにいるのかしら。この辺りはお父っつぁんとよく釣りに来たところなの。今津屋に奉公に出る前のことよ」

と呟くと、そこに磬音がいることがごく当たり前の顔で、
「そのこと知っていたの」
と無邪気に訊いた。
磬音はおこんに頷き返すと、
(戦いはこれからが正念場だ)
と気持ちを引き締めた。
その鼻腔《びこう》に煙草の匂いが漂った。
おこんが救出された喜びを静かに噛《か》みしめて吸う玲圓の一服だった。
磬音の脳裏に、三途《さんず》の川を渡りながら煙草を吹かす橘右馬介の満足げな顔が浮かんだ。

巻末付録

江戸よもやま話

鷹狩り——将軍の象徴《シンボル》

文春文庫・磐音編集班 編

いよいよ田沼意次一派の攻勢は露骨となり、西の丸の主・徳川家基の側から徐々に忠臣が遠ざけられていきます。不穏な空気が漂うなか、心身鍛錬のためと、家基は鷹狩りへ。危機迫る最中でも、鷹場周辺の村落の住民に迷惑がかからないように気遣う姿に、この若武者の人徳が偲ばれました。再び影警護に走る磐音。戦いの行方やいかに……。

ところで、武士が嗜《たしな》む武芸は多くあれど、なかでも鷹狩りはさかんに行われました。鷹や獲物となる鳥獣の習性を理解し、双方の動きを予測して鷹を放つ、決して簡単な狩りではないにも関わらず、です。その理由は、鷹狩りが軍事訓練の一環であったからです。鷹を操る技量もさることながら、鷹が狙いを定めやすいように獲物を効率的に追い詰めるチームプレーの調練でもありました。そしてもうひとつの理由は、鷹狩りが将軍を頂点とする武家社会の序列を示していたからなのですが……。今回は、将軍が熱を入れた鷹狩りについて探ってみましょう。

鷹狩りには、何はなくとも鷹が必要です。「鷹」とは、現在の生物学上の「タカ」に限らず、猛禽類《もうきんるい》の鷲鷹目《わしたかもく》に属し、捕鳥能力をもつ種の総称でした。その種類は世界で約二百八十に及ぶとか。日本では、鷹（大鷹《おおたか》・蒼鷹《おおたか》＝翼長三百ミリ、小鷹・鷂《はいたか》＝翼長二百十ミリ、雀鷂《つみ》＝翼長百六十五ミリ）、鷲（熊鷹《くまたか》＝翼長四百ミリ）、隼《はやぶさ》（＝翼長三百ミリ）が鷹として鷹狩りに利用されました。

明治初期に、全国の特産品と作業工程を図案化した子供向けの教材で、文部省博物局が刊行した『教草《おしえぐさ》』には、「鷹狩一覧」という項目があり、「蒼鷹や鶻《はやぶさ》（隼や熊鷹のこと）は、専ら鶴、雁《がん》、鷺《さぎ》、鴨《かも》などに、鷂は鴛鴦《えんおう》、小鴨、水鶏、雲雀《ひばり》などにそれぞれ用いる」（意訳。以下同）とあります。自らよりも体格や体力の劣る獲物を狙うのが生き物にとって普通ですが、鷹狩りの鷹は怖さ知らずに仕込まれ、鶴や鴻《おおとり》（雁の一種）など大物をあえて狙わせます。そうした調教を成せる力、権威をアピールしたのかもしれません。

さて、具体的に鷹を捕まえて調教していく過程をご紹介しましょう。

種によって大小はあれど、猛禽類の鷹をまずどうやって捕まえたのか。方法は二通りありました。野生の鷹を生鳩などでおびき寄せて捕まえる方法（網《あ》掛《がけ》）と、巣立前の幼鳥がいる巣を見つけて、成長の頃合いを見て捕まえる方法（巣鷹《すだか》）です。いずれにしても鷹が生息する山（鷹巣山）を手中に収めることが第一でした。

　次はいよいよ狩りを仕込んでいきます。『教草』の続きを読みます。

【図1】
『教草』（国立国会図書館蔵）所収の「鷹狩一覧」より、鷹狩りに用いる鷹。左から鷂、鶻（隼）、蒼鷹。

　馴養《じゅんよう》する方法は一通りではなく、蒼鷹、鶻、鷂それぞれ異なり、また山野から捕まえた網掛鷹と巣鷹とでは、同じ方法はとれない。網掛の野鷹を馴《な》らす方法を述べる。

　鷹を捕まえたら、すぐにぬるま湯で尾羽や嘴《くちばし》などの汚れを洗う。嘴の縁廻りと爪の尖頭を削り、葦《あし》緡《かわ》と、尾羽には鈴を着け、暗い塒《とや》（鳥屋）の中に入れて繋ぐ。夜、静かに戸を開いて塒の中に入り、据《す》え揚げること。二、三時、毎夜続ければ、徐々に人に馴れてくる。

夜中に行う「据え」とは、鷹を腕ではなく、韘《ゆがけ》と呼ばれるプロテクターを着けた拳の上に乗せる訓練のこと。腕が上がったり、下がったりすると、鷹が安定せず、ストレスを感じてしまうのだとか。一時＝約二時間とすると、なかなかの荒行です。

月明かりのない暗い夜に山野を徘徊しても落ち着いていて、また、かすかに燈火を見せたり、近く寄せても少しも驚かない様子ならば、朝に据えを試みるべし。朝据えは未明より据え出し、次第に日中にも続けていき、飛んでいる鳩や雀などを見せて、よく状況を斟酌してから放ち、鳥に合わせる。次第に野鳥を捕るように仕向けていく。（中略）餌の多寡は一概には言い難い。夜据えの間は飢えさせてから一気に与える。また、狩りに出る前は、鷹の体重に注意する。体重が多すぎると獲物を捕れず、体重が少なすぎると弱々しくて獲物を捕らえても逃げられてしまう。

「鳥に合わせる」とは、獲物を見据えて、空に鷹を送り出すこと。拳の上に乗せた鷹を空に向かって〝投げる〟、その勢いで鷹は獲物に迫れるのです。人鷹一体《じんよういったい》になって可能となるこの技は、「羽合せ《あわ》」と呼ばれ、日本独特のものとされます。

『教草』には記載がありませんが、たとえば、鷹が自由に飛ぶようになり、拳に戻らず、

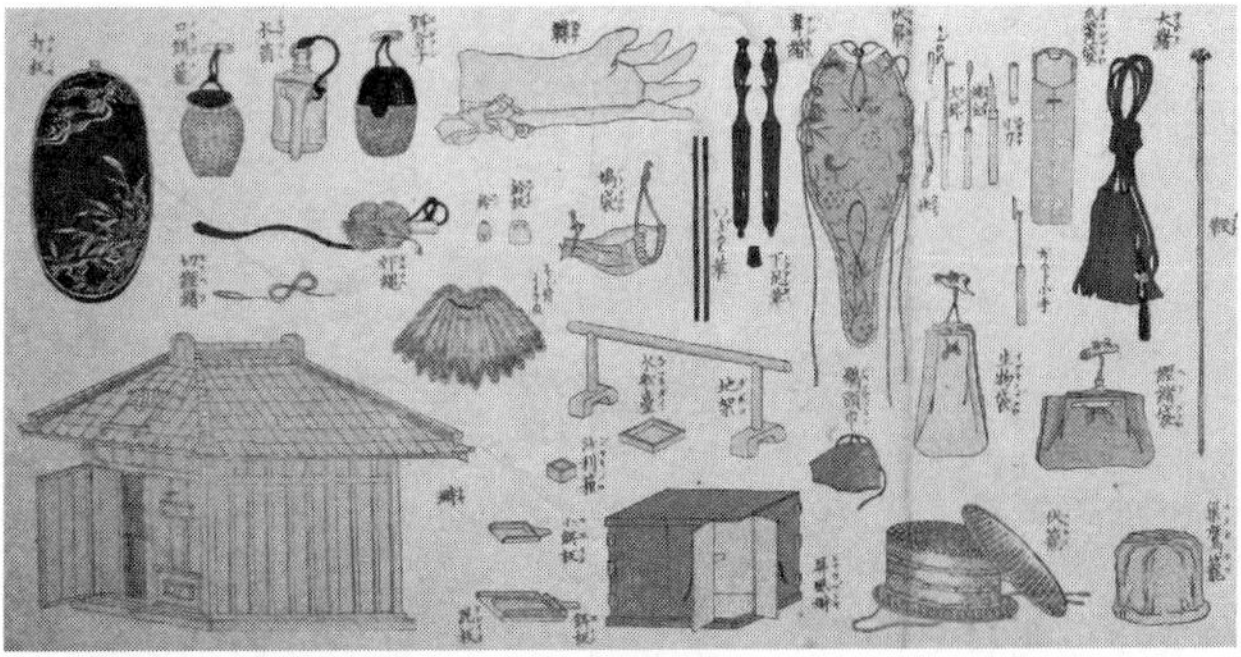

【図2】
鷹狩りに使う各種道具と、飼育のための塒（鳥屋）。『教草』（国立国会図書館蔵）所収の「鷹狩一覧」より。

木の枝にとまってしまったときは、餌の肉片で呼ぶのではなく、餌入れである餌合子《えごし》の蓋と本体をトントンと叩いて鷹を呼び戻すなど、様々な鷹術があります。鷹を調教する鷹匠《たかじょう》（鷹師）には、他の武道と同様に流派があり、鷹術も多く伝えられています。

鷹の扱いに精通した優れた人材を鷹匠として召し抱えることに心血を注いだのが徳川家康です。家康は今川氏の人質時代から鷹を使い、生涯で繰り出した鷹狩りはなんと千回！　織田信長や豊臣秀吉、武田氏や北条氏の遺臣と広く人材を求め、狩りの技術だけでなく、鷹狩りの由来や精神、有職故実をも求めた、まさに鷹狩りマニアでした。そんな家康が遺した一家言。

遠く郊外に出て、下民の疾苦、土風を察するはいふまでもなし、筋骨労動し手足を軽捷

ならしめ、風寒炎暑をもいとはず奔走するにより、をのづから病など起ることなし
自然のなかを走り回っていれば病気などに罹《かか》るわけがない——。自ら漢方薬を煎《せん》じるほどの健康マニアであった家康ならではの自信に満ちていますが、加えて鷹狩りによって民情を視察する意図もあったのです。

家康の鷹狩りは近隣の日帰りコースから、三カ月間の大遠征に及ぶものまでありました。大坂の陣で豊臣氏を滅ぼした元和《げんな》元年（一六一五）九月、家康は駿府を出発、途中鷹狩りをしながら江戸に向かいます。江戸で将軍秀忠と対面するやすぐに進発し、戸田、川越、忍《おし》、鴻巣《こうのす》、岩槻《いわつき》、越谷《こしがや》、葛西《かさい》、東金《とうがね》と各地を巡る鷹狩りツアーを行い、江戸に帰ったのが十一月末。駿府に帰る途中でも繰り返し鷹狩りを行い、それも従者数人が凍死してしまったほどの極寒のなかで行ったというのですから、これはもう鷹狩り中毒です。家康は、翌年、体調を崩し死去しますから、何事もやりすぎは体に毒だったのでは……。

このように家康が個人的に偏愛した鷹狩りですが、その後、幕府の儀礼や慣習として形式化していきます。家康は天皇や公家の鷹狩りを禁止し、将軍のもとに独占する一方、天皇には鷹狩りによって捕った鶴を進上しました。将軍自ら鶴を捕ることが、以後の将軍に継承されていきます。その様子は、『村越筆記』に記されています。

【図3】
楊洲周延『千代田之御表』（国立国会図書館蔵）より「鶴御成」。鷹が捕らえた鶴に駆け寄る鷹匠たち。鷹に比べて鶴の大きさが目立つ。

鶴の御成といふは、入寒後に行はるゝ鷹狩りにして、第一の厳儀なり、（中略）さてこの狩は上刻に始むるを例とし、午後八ッ時になるとも、鶴をとり得ざるときは、将軍喫飯せずといふ、これこの日の狩を重んずるがゆゑなるべし、又鶴をとりたる時は、鷹匠に金五両を給ひ、鶴をおさへたるものには三両の褒美あり、鶴は将軍の前にて鷹匠刀をとり、左腹の脇を割き、胆をいだし鷹に与へ、あとは縫合せて将軍の封印をつけ、直に朝廷へ進献となるなり、鶴の腹をさく時、三度の唱言ありて後、刀を下すといふ

旧暦で十一月後半、寒の入りの後に行われ、最も厳粛な鷹狩りの儀式とされています。鶴を捕るための鷹狩りに出御することを「鶴の御《お》成《なり》」と呼びます。将軍は昼前から鷹狩りをはじ

め、うまく捕れないときは昼食もとらず、午後二時ごろを過ぎても続行されました。もっとも、重要な儀式ですから、捕れないまま終わるわけにはいきませんので、鳥見《とりみ》と呼ばれる担当役人が、あらかじめ鶴に餌を与えて人に馴らしておいてから狩りの日時が決められていました。家康は真っ向勝負だったはずですが、後代の将軍は、当日鷹を放つだけだった模様。国家行事には仕込み……もとい事前準備が肝要です。

捕らえた鶴は、鷹匠が左脇腹から臓腑を取り出し、塩をつめます。将軍が封印をすると、そのまま昼夜を問わず東海道をひた走り、四日ほどで京都の朝廷に届けられました。鶴は「鶴の庖丁」の儀式に使われ、食されました。

また、長寿の薬としても珍重されたため、御三家、前田家、伊達家、島津家に下賜されました。その下の家格の大名には、鴨や雁が下賜されました。四代将軍家綱の時代には、四月には梅首鶏《ばいしゅけい》や鷭《ばん》、七月には雲雀、八月から十月にかけては鶴、十一月には雁といったように、鷹狩りで捕らえた鳥を下賜する儀礼が整備されていました。鳥を下賜された大名は、それを祝して他の大名や家臣を招き饗応することになっていました。

こうした贈答の対象となった鳥を総称して「御鷹之鳥《おたかのとり》」と呼び、捕獲した鶴を贈るのであれば「御鷹之鶴」、白鳥であれば「御鷹之白鳥」など、「御鷹之」を冠して鳥の種類を付けて呼びました。「御鷹之鳥」のなかでは、「御鷹之鶴」が最も重んじられ、将軍自ら捕獲して贈られる鶴は「御拳之鶴」として最上位の贈答品とされました。ちなみに、鉄砲で撃って捕獲した獲物は「御鉄砲之鶴」と呼ばれ、鷹狩りの獲物よりも一等低く評価されたようです。

鷹狩りに利用される鷹も献上と下賜の対象でした。たとえば、家康には伊達政宗、最《も》上義光《がみよしあき》、上杉景勝、津軽為信《つがるためのぶ》、佐竹義宣《さたけよしのぶ》ら、優れた鷹の産地である奥羽を治める諸大名や、対馬の宗氏《そうし》などが鷹を献上しています。来日した朝鮮通信使からも献上されました。将軍のもとに集まった鷹は、さらに諸大名へ下賜されていきます。鷹が「御鷹」と尊称を付けて呼ばれたのは、古来より天皇が鷹狩りを行ってきたという伝統があり、武家は朝廷から鷹をお預かりしているという意識があったからです。そうした権威の象徴としての鷹を与えられることは大変な名誉だったことでしょう。

将軍を頂点に、家格によって諸大名が並ぶ。将軍から頂く鷹と獲物は、将軍と大名の主従関係の証であるとともに、大名間の序列を〝見える化〟していたのです。

【参考文献】

平井誠二「朝儀の近世的展開」（大倉精神文化研究所『近世の精神生活』続群書類従完成会、一九九六年、所収）
根崎光男『将軍の鷹狩り』（同成社江戸時代史叢書3、一九九九年）

文春文庫

更衣《きさらぎ》ノ鷹《たか》 上
居眠《いねむ》り磐音《いわね》（三十一）決定版《けつていばん》

定価はカバーに表示してあります

2020年6月10日　第1刷

著　者　佐《さ》伯《えき》泰《やす》英《ひで》
発行者　花田朋子
発行所　株式会社 文藝春秋

東京都千代田区紀尾井町 3-23　〒102-8008
TEL 03・3265・1211(代)
文藝春秋ホームページ　http://www.bunshun.co.jp

落丁、乱丁本は、お手数ですが小社製作部宛お送り下さい。送料小社負担でお取替致します。

印刷製本・凸版印刷

Printed in Japan
ISBN978-4-16-791514-8